中國語言文字研究輯刊

十 二 編

許 錟 輝 主編

第 3 冊

楊樹達文字訓詁學研究（下）

王 安 碩 著

花木蘭文化出版社

國家圖書館出版品預行編目資料

楊樹達文字訓詁學研究（下）／王安碩 著 -- 初版 -- 新北市：
花木蘭文化出版社，2017〔民106〕
目 2+242 面；21×29.7 公分
（中國語言文字研究輯刊 十二編；第 3 冊）
ISBN 978-986-404-977-6（精裝）
1. 中國文字 2. 訓詁學
802.08 106001500

ISBN-978-986-404-977-6

中國語言文字研究輯刊
十二編　　第三冊　　　　　ISBN：978-986-404-977-6

楊樹達文字訓詁學研究（下）

作　　者　王安碩
主　　編　許錟輝
總 編 輯　杜潔祥
副總編輯　楊嘉樂
編　　輯　許郁翎
出　　版　花木蘭文化出版社
社　　長　高小娟
聯絡地址　235　新北市中和區中安街七二號十三樓
　　　　　電話：02-2923-1455／傳真：02-2923-1452
網　　址　http://www.huamulan.tw 信箱 hml810518@gmail.com
印　　刷　普羅文化出版廣告事業
初　　版　2017 年 3 月
全書字數　329986 字
定　　價　十二編 12 冊（精裝）　台幣 30,000 元

楊樹達文字訓詁學研究(下)

王安碩 著

目 次

第五章　楊樹達甲骨文研究

第一節　楊樹達甲骨文研究著作體例及其研究方法

　　甲骨文字係指商、周時期刻於龜甲、獸骨上之文字，因殷人尚鬼，遇事「先鬼而後禮」〔註1〕，故甲骨文亦多爲貞卜之辭，又稱「卜辭」，其不僅記錄殷人貞卜之緣由、制度內容，同時亦爲記錄殷人文字語言體系，爲我國現存最早之珍貴史料之一。然出土甲文距今已歷千年，文字辨識不易，所識之字不過十一，加以典籍資料缺乏，殷制斑駁難考，學者欲以甲文一窺殷商時期先民生活全貌，實非易事。甲骨文字自晚清出土以來，經劉鶚、孫詒讓整理、考釋，民國以來亦有眾多學者研治甲文，卓然可取者，如羅振玉、王國維、董作賓、郭沫若等均爲名家，考釋大多精確詳實，成績卓著，其著作更爲學者推崇。其後，繼之而出，且成績斐然之學者亦不在少數，諸家後出轉精從而修正、補足前人考釋之不足，時有創獲，甲骨文研究一時蔚爲大觀，楊樹達便爲其中翹楚之一。

　　楊樹達爲民國以來傑出之訓詁學者，於文字、語言、訓詁各方面均有所涉獵，用力甚深，貢獻卓著。楊氏早年醉心文字訓詁與語言語法之學，及至晚年，方始將研究領域擴大至甲文研究之上，其自云：「讀朱芳圃《甲骨學文

〔註1〕〔漢〕鄭玄注、〔唐〕孔穎達疏，《禮記正義》，頁156。

字編》。此爲余治甲文之始。」〔註2〕其後二十年間，著述不懈，以其在文字、聲韻、訓詁方面之深厚學養研考甲文，並廣徵典籍文獻相互印證，補充修正前人考釋，提出自我創見，於甲文研究取得豐碩成果，其研究成果均保存於其所著之《積微居甲文說》、《耐林廎甲文說》、《卜辭瑣記》、《卜辭求義》四書之中。本章即以楊氏《積微居甲文說》、《耐林廎甲文說》、《卜辭瑣記》、《卜辭求義》諸書體例、內容概述，作爲發端，復論楊氏甲文考釋之方，並於後文舉實例探析楊氏甲文研究之優劣得失。

一、楊樹達甲文研究著作概述

（一）《積微居甲文說》

《積微居甲文說》與《卜辭瑣記》1954 年由中國科學院合刊出版，1986 年上海古籍出版社將其收入《楊樹達文集》之中，與《耐林廎甲文說》、《卜辭瑣記》、《卜辭求義》合併刊行，2013 年 9 月再版，爲現行最新版本。全書共收錄楊氏 1944 年至 1953 年間作品共五十三篇，分上、下二卷，上卷又分四類：1、識字之屬，如〈釋尤〉、〈釋🦌〉、〈釋升〉等篇；2、說義之屬，如〈釋星〉、〈釋于〉、〈釋曰〉等篇；3、通讀之屬，如〈釋登〉、〈釋相〉、〈釋大〉等篇；4、說形之屬，如〈釋農〉、〈釋洀〉等篇。下卷亦分五類：1、人名之屬，如〈釋羔〉、〈竹書紀年所見殷王名疏證〉、〈釋河〉等篇；2、國名之屬，如〈釋犬方〉、〈釋方〉、〈釋旨方〉等篇；3、水名之屬，如〈釋滴〉、〈釋沚〉等篇；4、祭祀之屬，如〈尚書肜典無豐于昵甲文證〉、〈釋肜日〉等編；5、雜考之屬，如〈甲骨文之四方風名與神名〉、〈讀胡厚宣君殷人疾病考〉、〈甲文中之先置賓辭〉等篇。楊氏於《積微居甲文說》中之作品，或對前人考釋有所補充，如〈釋于〉篇云：「于當訓往，于寮北宗，謂往寮祭於北宗也。」並舉《詩經》、金文之例證明「于」確有往義〔註3〕，可做實詞，補足前人僅訓「于」爲虛詞之缺〔註4〕，使甲文「于」之訓解更爲全面、完善。又甲文中

〔註2〕筆者案：楊氏此言見《積微居翁回憶錄》，其時爲 1934 年，楊氏此時 50 歲。楊樹達，《積微居翁回憶錄》（北京：北京大學出版社，2007 年 5 月），頁 59。

〔註3〕楊樹達，《積微居甲文說》（上海：上海古籍出版社，2013 年 9 月《楊樹達文集》本），頁 22。

〔註4〕胡小石，〈甲骨文例·言于例〉，《胡小石論文集三編》（上海：上海古籍出版社，1955

之「滴」，葛毅卿〈說滴〉一文嘗疑為漳水〔註5〕，陳夢家則不以為然，以為「僅僅從聲類推求之，未必可信。」〔註6〕然楊氏〈釋滴〉一文不僅據聲類條件推求，尚以殷商國都所在地理位置、甲文可見水名均在河南境內等條件為輔，定甲文之「滴」即今之漳水，補證葛氏〈說滴〉之不足之處，於殷人活動地理位置考證方面，頗有價值。

楊氏《積微居甲文說》除對前人考釋肯定、證補以外，尚能據前人研究成果深入探求，從而修正前人考釋成果，如「犬」有官名之義，郭沫若釋其官職與《周禮·犬人》相當，然楊氏言：「《周禮》犬人職掌犬牲，與狩獵無涉，知名偶同而實則異也。余謂殷人犬職當與《周禮·地官》之迹人相當。」〔註7〕卜辭之「犬」作官職時，其辭例均涉及田獵，與《周禮·犬人》執掌不符，郭氏所訓仍有未臻完善之處，楊氏據辭例與文獻考察，以「迹人」釋其官職，修正郭說，於殷人官制之考訂，實有相當程度之貢獻。又如「洀」字，甲文作「𢆶」，郭沫若釋為「般」，楊氏則據「𢆶」字形構分析，復與傳世文獻互證，釋為「洀」，肯定郭氏訓解同時，亦適度修正其釋字之誤，楊氏云：「郭君未引《管子》書，釋洀為盤，與《尹注》讀為盤者契合，可謂妙悟。惟不知有與甲文形體密合之洀字，而認甲文从水為从殳，不免小失耳。」〔註8〕郭氏據文義考字，未深究字形，故而釋形有誤，楊氏據形、義著手，復與文獻互證，以此修正郭氏誤訓，於文字考釋得其正解，甚有價值。

楊氏甲文研究雖起步較晚，然其精於訓詁考據之學，復立足於前人研究成果之上，甲文研究後出轉精，時有創見，於甲文研究有甚大貢獻。如〈釋星〉一文，楊氏首先提出甲文之「星」名動同詞，讀「星」為「晴」，甲文「大星」、「新星」均當作此解〔註9〕。楊氏此論提出廣獲學界認同，數十年來已為不刊之

年10月），頁58。

〔註5〕葛毅卿，〈說滴〉，《中央研究院歷史語言所集刊》7本4分，（臺北：中央研究院歷史語言研究所，1938年），頁545〜546。

〔註6〕陳夢家，《殷墟卜辭綜述》（臺北：台灣大通書局，1971年5月），頁597。

〔註7〕楊樹達，《積微居甲文說》，頁31。

〔註8〕同上註，頁45。

〔註9〕同上註，頁20〜21。

論，後李學勤發表〈論殷墟卜辭的星〉〔註 10〕一文，即以楊氏此論爲據開展，從而解釋甲文「大星」、「鳥星」等語，可見楊氏此論於甲文天文研究卓著之貢獻與價值。又如〈釋追逐〉，楊氏指出甲文「追」、「逐」二字其義爲一，然用法有別：「追必用於人，逐必用於獸也」〔註 11〕，此說不僅爲楊氏創見，更可見其甲文研究深入細微，對甲文及上古語彙研究亦極有價值。楊氏之《積微居甲文說》對甲文文字、字義、語彙均有深入研究，爲其甲骨文研究之主要著作，雖書中疏漏疵謬在所難免，然於甲骨文研究仍具相當程度價值，爲有志甲骨文研究學人之必讀參考用書。

（二）《耐林廎甲文說》

《耐林廎甲文說》與《卜辭求義》於 1954 年由上海羣聯出版社合刊出版，1986 年上海古籍出版社納入《楊樹達文集》，與《積微居甲文說》、《卜辭瑣記》、《卜辭求義》共同刊行，2013 年 9 月再版，爲目前最新版本。《耐林廎甲文說》可視作《積微居甲文說》之姐妹篇；楊氏於 1954 年寄稿七十篇予中國科學院審查，幾經波折，由時任院長郭沫若選定五十三篇以《積微居甲文說》爲名出版。郭氏審定楊氏文稿刪除十七篇自有其理，然楊氏以爲其中仍有佳作，惋惜不已，其言曰：「此六篇爲郭先生汰去十餘篇之少半，余意以爲可存者，以荊山之和，一再刖足，經郭先生審定，屈已大伸〔註 12〕，不欲復有言也。頃者上海羣聯出版社向余徵稿，余因取此六篇名曰《耐林廎甲文說》付之。」〔註 13〕吾人由此可知《耐林廎甲文說》所收文章緣由，此六文分別爲：〈釋多介父〉、〈說羌甲奭匕庚之見祀〉、〈再說羌甲奭匕庚之見祀〉、〈甲骨文中開礦的記載〉、〈說殷先公先王與其妣日名之不同〉、〈釋𡥉〉等文。《耐林廎甲文說》所收六篇本爲《積微居甲文說》郭氏汰去之稿，故其在研究方法、

〔註 10〕李學勤，〈論殷墟卜辭的星〉，《鄭州大學學報》1981 年，第四期。

〔註 11〕見本章第二節「追逐」舉例。

〔註 12〕筆者案：楊氏初以甲文研究論文七十篇送中國科學院審查，經擱置一年，僅十篇通過審定，楊氏對此結果深感不以爲然，自言：「余頗憤憤，心不能平。」後付書於時任院長郭沫若，郭氏親爲審定，擇文五十三篇以成《積微居甲文說》，是以楊氏自覺「屈已大伸」是也，此事見《耐林廎甲文說·自序》。楊樹達，《耐林廎甲文說·自序》（上海：上海古籍出版社，2013 年 9 月《楊樹達文集》本），頁 1。

〔註 13〕同上註。

內容形式上與《積微居甲文說》頗爲一致，然其考釋文字，訓解辭義，甚或引用文獻方面頗多謬誤，立論多有未確之處，整體而言，其成就與價值均不如《積微居甲文說》。

（三）《卜辭瑣記》

《卜辭瑣記》與《積微居甲文說》於 1954 年合刊，由中國科學院出版，後於 1986 年由上海古籍出版社與《積微居甲文說》、《耐林廎甲文說》、《卜辭求義》合併收入《楊樹達文集》出版，並於 2013 年再版。《卜辭求義》爲楊氏研治甲文多年之心得隨筆，經楊氏整理後刊行，可視爲零散之甲文詞典，楊氏云：「頻年研習甲文，時時讀諸家著作，心有所疑，輒復記之。其有原書偶缺，亦爲之拾遺補缺。積久得若干事。近日無事，輒取刪汰，得四十九條。」〔註 14〕由此可知《卜辭瑣記》雖名曰「瑣記」，實則爲楊氏研治甲文之心得精要。楊氏於《卜辭瑣記》或增補、疏證前人考釋，如釋〈小王〉云：「按于思泊據卜辭有小王父己之稱，釋小王爲孝己，見《殷契駢枝三編》拾貳葉。觀此辭以己日卜，知小王亦謂孝己，于君說良是」以甲骨文例之卜日探尋其義，從而肯定于省吾對「小王」之考釋；又〈釋 ◌ 〉一條，從葉玉森說，釋「◌」爲「煇」，爲「暈」之古文，楊氏云：「葉釋是也。本辭云煇風者，古人云月暈知風，礎潤知雨。」並詳引文獻爲證，申論葉氏之說，使「◌」之考釋更臻完善〔註 15〕。楊氏於《卜辭瑣記》除申附前人考釋成果以外，亦時有創見，如〈匕壬誤爲匕庚〉一則，楊氏指出辭例之卜日與姓名不同，言：「大庚之配爲匕壬，故此以壬日卜。作匕庚者，因大庚庚字而誤。」依殷人祭祀習慣，大庚配偶無爲匕庚之可能，楊氏此說甚確；又如〈寧風〉一則，楊氏以《周禮》爲據，證周、漢二代「寧風」一事與殷商一脈相承，爲「寧風」提出例證，有助對殷商制度之瞭解〔註 16〕。楊氏《卜辭瑣記》所論甲文字、詞雖皆爲篇幅短小之研讀心得，然由書中對前人考釋之增補、修正，可見楊氏考據精細，用功之勤，仍有相當參考價值，不失爲吾人研讀甲文之重要參考書籍之一。

〔註 14〕楊樹達，《卜辭瑣記》（上海：上海古籍出版社，2013 年 9 月《楊樹達文集》本）
　　　頁 3。

〔註 15〕同上註，頁 6、14。

〔註 16〕同上註，頁 5。

（四）《卜辭求義》

《卜辭求義》與《耐林廎甲文說》於 1954 年 9 月由上海羣聯出版社合併出版，1986 年上海古籍出版社合《積微居甲文說》、《耐林廎甲文說》、《卜辭瑣記》併入《楊樹達文集》出版，2013 年 9 月再版。《卜辭求義》以古韻分部為綱目，共錄單字 217 字，名曰「求義」，則知楊氏此書所重乃在甲文義訓之探求，楊氏自云：「余生平喜讀高郵王氏書，故於義詁之學最為留意。治文字之學，以形課義，亦以義課形，務令形、義二者脗合無閒而後已。……余於古文字之研究重視義訓如此。殷墟文字古矣，然既是文字，未有不表義者也。」〔註17〕不論「以形課義」或「以義課形」，其著重之處均在義訓推求，蓋楊氏乃以高郵王氏「就古音求古義，引申觸類，不限形體」〔註18〕之法通讀甲文，以求確詁。《卜辭求義》其形式內容與《卜辭瑣記》相類，均為楊氏研讀甲文之心得隨筆，楊氏言：「往讀甲文諸家之書，遇有說義善者，則手錄之，心有所觸，自覺其可存者，亦附記焉。」〔註19〕由楊氏此言，可知《卜辭求義》之性質與《卜辭瑣記》頗為類似，所不同者，乃在《卜辭求義》多為謄錄前人考釋精善之說，述而不作之處甚多，如模部〈魚〉字下載：

> 《前編》四卷五五葉之六云：「貞其鳳？十月，才在圓魚。」又五五葉之七云：「貞今△其雨？才圓魚。」羅振玉云：「魚字皆假為捕漁之漁。」〔註20〕

此類引錄前人考釋之語，述而不作之例於全書 217 字中佔 99 例之多，份量頗重，此雖述而不作，然楊氏所取乃「自覺其可存者」，由此亦可知楊氏於此類引文之態度，若前人考釋善說有所不足，楊氏意欲疏正其說者，則以按語形式附加於後，如模部〈如〉字：

> 《佚存》百○八片乙云：「辛亥，卜，㱿貞；王曰丁：不如。十一月。」
>
> 樹達按：丁為人名，如，往也。曰與謂同，詳月部曰字下。〔註21〕

〔註17〕楊樹達，《卜辭求義‧自序》（上海：上海古籍出版社，2013 年 9 月《楊樹達文集》本）頁 1。

〔註18〕〔清〕王念孫，《廣雅疏證‧自序》，頁 2。

〔註19〕楊樹達，《卜辭求義‧自序》，頁 1。

〔註20〕楊樹達，《卜辭求義》，頁 11。

〔註21〕同上註，頁 13。

《卜辭求義》內容形式即由上引二類條目構成，爲楊氏依其側重義訓之原則擇錄前人考釋善說加以集錄、補證，可視爲楊氏自編之甲文研究集釋，頗有參考價值。惟《卜辭求義》以義訓爲重，書中仍難避免因義訓而生之若干穿鑿臆斷之失誤，讀者參研之際，仍須多方查證，以免爲其誤導。

　　楊樹達甲骨文研究之成果均載錄於《積微居甲文說》、《耐林廎甲文說》、《卜辭瑣記》、《卜辭求義》之中。楊氏長於訓詁考據，以其豐富考據經驗研讀治甲文，時有創新突破，趙誠便云：「楊氏考釋甲骨文字方法論最大特色就是引入了傳統的訓詁學方法，把研究推進了一步。」〔註22〕趙氏之評論甚允，吾人由此四部作品不僅可一窺楊氏甲骨文研究之成就與價值，同時亦可探知楊氏甲文研究之方法與態度，直至今日，此四書仍爲研讀甲文學人必參之重要著作。

二、楊樹達甲骨文研究方法

　　甲骨文之艱澀難讀，在其出於貞卜，文辭大多簡約，且文字一字多義、一字多形，從而造成識字不易，文義不明，令人怯步。故甲文研究首重方法，空有思維而無方法，必有心無力，不得其門而入。楊氏長於訓詁，其甲文研究方法之特點便在以訓詁考據之方式融入甲文字、詞考釋之中，以較全面之角度檢視甲文，故時而可突破字形限制而有所創獲，爲甲文研究作出貢獻。楊氏於《積微居甲文說・自序》嘗自言其甲文研究方法爲：

> 甲文中已盛行同音通叚之法，識其字矣，未必遽通其義也，則通讀爲切要，而古音韻之學尚焉，此治甲骨者必備之初步知識也。甲文所記者，殷商之史實也。欲明其事，必以古書傳記所記殷周史實稽合其同異，始能有所發明，否則亦無當也。大抵甲骨之學，除廣覽甲片，多誦甲文，得其條理而外，舍是二術，蓋不能有得也。〔註23〕

《卜辭瑣記》又言：

> 余於甲文，識字必依篆籀，考釋則據故書，不敢憑臆立說。自信於

〔註22〕趙誠，〈楊樹達的甲骨文研究〉，《古漢語研究》第66期（北京：中華書局2005年），頁64。

〔註23〕楊樹達，《積微居甲文說・自序》，頁1。

方法上或無大謬耳。〔註24〕

綜楊氏所述，人略可知其甲文研究之方法，乃以《說文》所錄篆籀、或體、重文形體識讀文字，復據其音、義通讀文義，破其通叚，終以典籍文獻加以驗證，以求立論完善、詳實。此法與楊氏《積微居金文說・自序》所言：「首求字形之無牾，終期文義之大安，初因文字以求義，繼復因義而定字」〔註25〕之研究方法一致，即爲楊氏古文字研究之根本方法。今即以此爲條目，簡要論述楊氏甲骨文研究之方法如下：

（一）依《說文》篆籀定字

《說文解字》乃我國文字學專著之濫觴，所載篆文爲我國古文字之最後階段，於文字之形、音、義考釋均有難以抹滅之成就與貢獻，故歷來研究文字、訓詁者，無不奉爲經典，直至今日，吾人考釋文字仍多以其爲依據，爲考釋文字不可或缺之重要字書。楊氏長於訓詁，精熟於《說文》一書，考釋甲文亦對其多所運用，作爲其以形課義、以義課形之重要依據，如《積微居甲文說・釋𦥑》，楊氏以《說文》「妻」之古文作「𡜑」，因其字從「肖」，《說文》言：「肖，古文貴字」〔註26〕，楊氏據以釋形，以爲字形相似，故定甲文之「𦥑」爲「貴」〔註27〕。又如〈釋農〉，楊氏據《說文》「農」之古文字形作「𦦒」與甲文同，故言「西方史家謂初民之世，森林徧布，營耕者於播種之先，必先斬伐其樹木，故字從林也。𦦒字從辰，爲以蜃斬木也。」此亦據《說文》所錄古文字形爲據釋義。《卜辭求義・石》字下，楊氏言：「𠁁」爲「石」字古文，並據《說文》訓「宗廟主」之「祏」爲據〔註28〕，言甲文辭例中之「羔

〔註24〕楊樹達，《卜辭瑣記》，頁3。

〔註25〕楊樹達，《積微居金文說・自序》，頁1。

〔註26〕〔漢〕許慎，《說文解字》，頁620。

〔註27〕筆者案：《說文》雖爲我國偉大字書，考釋文字不可或缺，然甲骨、金文大出之後，《說文》若干錯誤仍須多加考證、修訂，不可盡信《說文》。楊氏考釋文字對《說文》極爲推崇，其間亦難以避免因《說文》產生誤釋。然本節舉例之重點乃在明楊氏據《說文》所釋形、音、義訓解考釋甲文之研究方法，對其引用《說文》之對錯則不在討論範圍，故此處不對楊氏引用正確與否進行討論，相關問題將於本章第四節再行討論。

〔註28〕〔漢〕許慎，《說文解字》，頁4。

ㄱ」爲即「祐」之省形。凡此皆楊氏據《說文》所載篆籀以析甲文字形，據字形演變脈絡以定字求義，即楊氏所謂之「以形課義」是也。

楊氏運用《說文》考釋甲文，除以字形分析甲文形構以識字之外，有時亦根據《說文》所錄字音因聲求義，以破讀甲文文例中之通叚字，如《積微居甲文說・釋弌》，楊氏據《說文》訓「弋」之「橜」字以爲「弋」、「橜」同字，「弌」從「弋」聲，故以「弌」「弌」之通叚，訓爲「差」，言卜辭之「凶弌」即「凶差」，與他辭之「無囚」、「無尤」同義〔註29〕。又如〈釋弋麑〉，楊氏以《說文》「特」訓爲牡牛，復以古音喻四古歸定之規律言「弋」可讀爲「特」，卜辭之「弋麑」即「牡麑」之義〔註30〕。又〈釋大〉言「大」、「逮」音近，復據《說文》「逮」從「隶」聲，「隶」又訓「及」，釋卜辭之「大」爲「逮」之通叚，卜辭言「大今二月不雨」，即謂「逮今二月不雨」之義〔註31〕。凡此皆楊氏據古音以求字義，破讀甲文之通叚，以求文義之通讀，依「乞靈於聲韻，以假讀通之」〔註32〕之述，以達「文義之大安」之目的。

前已提及，楊氏自言文字考釋首重義訓，故其考釋甲文所取之義，亦多由《說文》所載義訓而來，即楊氏於《卜辭求義》所言「以義課形」之法，如《積微居甲文說・釋星》以《說文》「雨而夜除星見」之「姓」爲「星」之別構，據其義言甲文之「星」名動同詞，讀「星」爲「晴」，故言「古人直簡，二事不分，商時猶如此，故甲文中有星無姓。」〔註33〕據《說文》所載義訓以求，實爲創見。又〈釋禦〉，以《說文》：「禦，祀也。從示，御聲。」爲據，言甲文「卸」即《說文》之「禦」，並云：「甲文用此字爲祭名者，往往有攘除災禍之義寓於其中。」〔註34〕說亦甚允。凡此皆楊氏據《說文》所錄義訓以考釋甲文之例，以《說文》所錄字義與甲文字義相互推求，藉以考釋文字，尋求確詁，以收「引申觸類，不限形體」之效。

由此可見楊氏考釋甲文於《說文》多所運用，充分發揮《說文》所錄篆籀

〔註29〕楊樹達，《積微居甲文說》，頁 37。

〔註30〕同上註，頁 39。

〔註31〕同上註，頁 40。

〔註32〕楊樹達，《積微居金文說・自序》，頁 1。

〔註33〕楊樹達，《積微居甲文說》，頁 21。

〔註34〕同上註，頁 30。

形、音、義各方材料考訂、釋讀甲文，往往於前人考釋之外有所創獲，故能取得超越前人之成就。然值得指出者，《說文》雖爲吾人考據古文字，推求文義之重要參考依據，使用《說文》本訓時仍須考量其訓解不可盡信，必以甲骨、金文互相參照，改正誤釋之處，方可發揮以《說文》考釋古文字之最大效用。楊氏於此偶有不察，其依《說文》考釋甲文往往受其制約，致使考釋失據，有所偏頗，此爲研讀楊氏甲骨文研究不可忽視之事。然則有關楊氏因引用《說文》而產生之誤釋並不在此節討論範圍之內，相關問題筆者將於後文探究，此不贅論。

（二）義為之主

楊氏訓解甲文，首重義訓，往往根據卜辭文例字義推求，掌握某字義訓，藉以考釋文字，尋求確詁，嘗謂：「夫文字之生也，有義而後有音，有音而後有形，三事遞衍，而義爲之主。」〔註35〕楊氏之重義訓，可見一斑，其考釋甲文，亦十分著重義訓推求，往往能跳脫文字形體拘牽，以甲骨文例之上下文義推求而有所得，爲楊氏甲文研究之重要方法。如《積微居甲文說·釋亦》楊氏依甲骨文例考察，以爲王襄釋「夜」之說與事理不合，非爲正詁，楊氏據文例求其義云：「亦者，又也，又者，一事而再見之辭也。故卜辭云：『貞舌方其亦出者』，『貞舌方之又出也。』『貞舌方不亦出者』，貞其不又出也。不又出猶今人言不再出也。」〔註36〕楊氏以「亦」爲表頻率之副詞，於辭例、文義均通讀無礙，楊氏以義定字，跳脫字形限制，故其說較王襄爲長。又如〈釋追逐〉一文，楊氏以「追」、「逐」二字所從偏旁之義探析，得知卜辭「追」、「逐」雖同指一事，但「二字用法劃然不紊，蓋追必用於人，逐必用於獸也」〔註37〕，此一發現不僅指出上古漢語詞義形式同義詞之差異，復以甲文之義修正《說文》「追」、「逐」之義混同實爲不確，甚有價值。又楊氏於《卜辭瑣記》〈屮王事〉一則以《周禮》「協事」之義考察辭例，言「協事，協禮事，與甲文句例同」〔註38〕，據義以求，所得結論不僅與甲文文例相合，於事理亦有所

〔註35〕楊樹達〈論小學書流別〉，《積微居小學述林》，頁213。

〔註36〕楊樹達，《積微居甲文說》，頁24。

〔註37〕同上註，頁27。

〔註38〕楊樹達，《卜辭求義》，頁3。

據，故其說較郭沫若訓「古」，于省吾釋「畱」爲長。凡此皆楊氏據義以求之例，實爲楊氏考釋甲文妙法，由文字本身與辭例之義相互探求，不受形構限制，以達「以形課義，亦以義課形」之功，足見楊氏觀點較前人全面，以訓詁考據方法考釋甲文之優勢。然不論「以形課義」或「以義課形」，仍須以文字形構演變脈絡與文例、文獻證據爲參考，不可氾濫無歸的將義訓範圍無限擴大，以免因證據未足而落入主觀臆測之唯心推論，降低考釋成果之正確性與客觀性。楊氏考釋甲文雖以義訓之方頗有所得，然亦偶有因過度偏重義訓而忽略考察字形之情形，此爲討論楊氏「義爲之主」考釋方法之同時，必須注意且釐清之問題。

（三）擅以文獻比對考釋甲文

　　甲骨文多數爲殷人貞卜之辭，去今甚遠，然其文字、詞彙仍留存諸多上古字形、語言重要材料，自有其珍貴價值，後人據今存文獻加以互證，不僅可補充、拓展上古語言資料短缺之不便，更可以文獻加以驗證甲文材料，爲傳世文獻求得例證，使甲文考釋更加全面、完善。此即王國維所言之「二重證據法」，儘管此法並不適用於我國訓詁研究之每一階段，然以甲文通行之上古時期而言，此法仍爲考釋甲文、掌握上古語言材料之重要方法之一。楊氏學識廣博，考釋甲文亦於此法多所運用，十分善於引用文獻資料比對、驗證甲文，於據篆籀定字、以義考釋之外，亦以文獻加以佐證，以求立論有所憑據，完備可信。如前舉《積微居甲文說・釋星》，楊氏據《詩・定之方中》「星言夙駕」一語以證甲文名動同辭，「星」即有「雨止」之義；〈釋于〉據《詩・桃夭》「之子于歸」、〈雨無正〉「維曰于仕」《毛傳》俱訓「于」爲「往」之義，以釋甲文「于」爲介詞訓「往」，均言之有物，說亦甚允〔註39〕。又如〈釋犬〉以《周禮・迹人》所載之執掌修正郭沫若言「犬」爲「犬人」之說；《卜辭瑣記・寧風》以《周禮・小祝》、〈大宗伯〉所載古寧風之義爲據，證成甲文亦有「寧風」之祭，知周人部分祭禮因於殷禮，前有所承；《卜辭求義・射牢》據《周禮・射人》、〈司弓矢〉「射牲」之義以駁郭沫若「謝告」一說之非，皆立論允當，信而有據〔註40〕。

〔註39〕以上各例見〔漢〕毛亨傳、〔漢〕鄭玄箋、〔唐〕孔穎達疏，《毛詩正義》，頁201、47、735。

〔註40〕以上各例見〔漢〕鄭玄注、〔唐〕賈公彥疏，《周禮注疏》，頁 419、674、450、804、

由以上例證，吾人可見楊氏將其廣博之學識運用於甲文考據之上，其引證豐富，書證繁多，爲其甲文研究一大特色，而其善於以文獻與甲文對比、互勘，不僅可補文獻之不足，亦對前人考釋有諸多修正，於甲文研究實有不小貢獻。

　　楊氏甲骨文研究作品體例、內容與研究方法大致如上所述，吾人可見楊氏充分運用其在文字、聲韻、訓詁方面之深厚學養考釋甲文，並旁徵博引傳世典籍文獻資料相互印證，對前人考釋補充、修正，成果頗豐，雖未必如楊氏所自詡珍貴如「荊山之和」，然亦有可觀，於我國甲骨文研究方面，仍具相當程度參考價值。以下即舉楊氏考釋甲文之實例以資討論，一窺楊氏甲骨文研究之優劣得失。

第二節　楊樹達甲骨文研究疏證

　　晚清出土之甲骨文字爲我國上古時期之珍貴原始史料，經由對甲文文字之探究，可探求文字本源、拓展古史資料、補証文獻不足，其價值遠超越傳鈔經傳之數倍。晚清至今日，其間幾經發掘，所見甲骨仍爲鳳毛麟角，吾人今日所見甲文字數共四千多餘，可識讀者尚不過三分之一，足見甲文研究之困難與艱辛。晚清以降，研治甲文學者如林，如葉玉森、羅振玉、于省吾等，各有千秋，名世之作亦多有可見。近人楊樹達爲民國時期傑出學者，精熟文字、語言、訓詁之道，於甲骨文研究，亦用力甚深，屢有創獲。其甲骨文研究著錄集中於《積微居甲文說》、《耐林廎甲文說》、《卜辭瑣記》、《卜辭求義》四書之中，爲近代甲骨文研究之重要著作，今日研讀甲骨之學人必讀之重要作品。本節擬擇楊樹達甲骨文研究著錄中考釋精要之例爲研究範圍，一窺楊氏考釋甲文之精妙。討論時舉例依字例在《積微居甲文說》、《耐林廎甲文說》、《卜辭瑣記》、《卜辭求義》四書中之順序爲之，首列楊氏考釋，其後進行疏證，盡可能爲楊氏研究提供旁證，以一窺楊氏甲骨文研究之價值，分述如下：

一、釋　亦

　　《積微居甲文說》〈釋亦〉下，楊樹達云：

　　　《龜甲獸骨文字》卷貳壹玖之伍云：「貞舌方其亦出？」又見《續編》

　　　842。

叁卷。八之叁《鐵雲藏龜》拾之壹云：「貞舌方不亦出？」又有以亦
出與不亦出同占者：如北大藏片云：貞舌方不亦出？舌方其亦出？」
《龜甲獸骨文字》卷貳叁之壹伍云：「貞舌方不亦出？其亦出？」是
其例也。亦字王襄讀爲夜。見《簠室殷契徵文考釋・天象》叁肆。
按《說文》夜從亦聲，核之音理，王說固爲可通。然余有疑者：舌
方地理，今日故不能質言，然《書契菁華》第壹葉云：「癸巳，卜，
㱿貞，旬無囚？王占曰：有祟，崇其有來𪔅。乞至五日丁酉，允有
來𪔅，自西。洗憂來告：土方正于我東啚。戈二邑；舌方亦㝩我西
啚田。」又云：「王占曰：有祟，其有來𪔅。乞至七日己巳，允有
來𪔅，自西。長有角告曰：舌方出㝩我示𥮗田。」……合勘諸辭，
則舌方雖與殷壞地相接，其出而見侵者，西鄙之田也，示𥮗之田也，
殷屬邑之鄭也，其于殷都故未能朝發而夕至，何至王室之占貞其
夜出與否乎！此事理之不可通者。然則王襄讀爲夜，非確詁也。
愚謂：亦者，又也，又者，一事而再見之辭也。故卜辭云：貞舌方
其亦出者，貞舌方之又出也。貞舌方不亦出者，貞其不又出也。不
又出猶今人言不再出也。蓋舌方寇擾于殷，其事屢見不一見，明見
於卜辭。當貞卜之時，早已有舌方寇擾之事，殷人慮其復出，故爲
此類之貞也。〔註41〕

案：「亦」甲文作「夾」，《說文》云：「人之臂亦也。从大，象兩亦之形。」
〔註42〕字形從大，二點示人腋下之義，爲「腋」之本字，卜辭「亦」無用本
義，假爲語詞〔註43〕。楊樹達云：「副詞，又也。昭十七年《公羊傳注》云：
『亦者，兩相須之義。』按今語之『也』。」〔註44〕楊說是，「亦」於甲文中
已借爲副詞，表「也、又」之義，與《左傳・文公七年》所言：「先君何罪，
其嗣亦何罪」〔註45〕之「亦」用法相同。「亦」於卜辭爲副詞，其辭例爲：

〔註41〕楊樹達，《積微居甲文說》，頁23～24。

〔註42〕〔漢〕許慎，《說文解字》，頁498。

〔註43〕朱歧祥編撰，《甲骨文詞譜》（臺北：里仁書局，2013年，12月），頁196。

〔註44〕楊樹達，《詞詮》，頁323。

〔註45〕〔明〕左丘明傳、〔晉〕杜預注、〔唐〕孔穎達正義，《春秋左傳正義》，頁519。

貞：其亦烈雨？《合集》6589 正

貞：不亦烈雨？《合集》6589 正

旬壬寅雨，甲申亦雨？《合集》12493 反

己酉雨，辛亥亦雨？《合集》12487

癸巳卜，㱿貞：旬無囚？丁酉雨？丁雨，庚亦雨？《合集》12715

貞：今夕其亦雨？《合集》12716

己未卜，㹂貞：舌方其亦征？十一月。《合集》6073

貞：舌方不亦征？《合集》6074

貞：方不亦征？《合集》6683

丁巳卜：方其亦征？《合集》20424

其亦出？《合集》5520

貞：舌方不亦出？《合集》5520

由上舉辭例可看出，「亦」於辭中作用副詞，其義爲「也、又」之義，張玉金言：「『亦』是用來表示兩件事情異中有同的（其實也可以說它是用來表示異中的『同』或重複的），可譯爲『也』。」〔註46〕據此，則知卜辭之「亦」於辭例中爲副詞，王襄將其字釋爲「夜」，不僅與辭例不合，且無法通讀辭例，其說未確，楊氏已據辭例駁之，其說甚是。上舉諸辭之「亦」，當從楊說訓「又」，作副詞解，李孝定謂：

> 卜辭用亦皆爲重累之辭，《簋考·天象》三十四「□貞其□亦雨」
> 上言某日貞其雨，下言又一日亦雨也。王氏讀亦爲夜音固可通。而
> 於事理、辭例則未覈，楊說是也。〔註47〕

李氏所言頗是。「亦」於甲文用以表示事件之頻率，於辭例中亦可見其作用爲修飾動詞之副詞，表示「重累」之義，除楊氏上引卜辭之「亦出」，尚見「亦雨」、「亦征」等詞，其皆爲「也、又」之義。是知甲文之「亦」字，做

〔註46〕張玉金，《甲骨文語法學》（上海：學林出版社，2002 年 1 月），頁 58。

〔註47〕李孝定，《甲骨文字集釋》，頁 3212。

為副詞時，其義為「也」、「又」，王襄據《說文》「夜」字從「亦」聲，而釋為「夜」者非是，當從楊說，以「亦者，又也」為訓。

二、釋追逐

《積微居甲文說》〈釋追逐〉一條下，楊樹達云：

《說文》二篇上辵部云：「追，逐也，從辵，自聲。」「逐，追也，從辵，從豚省。」余按《說文》追逐二字互訓，認為二字為同義。余考之卜辭，則二字用法劃然不紊，蓋追必用於人，逐必用於獸也。卜辭云：「癸未，卜，亐貞，叀禽坒古往字。追羌？」《前編》伍卷貳柒葉壹版。此云追羌者也。又云：「貞乎古呼字。追寇，及？」《藏龜》百壹陸葉肆版。及今言趕上，《左傳·定公四年》云：「吳從楚師，楚人為食，吳人及之。」……此言追寇者也。追羌、追寇，皆追人也。卜辭又云：「己未，卜，亘眞，逐豕，隻？」《前編》叄卷叄叄葉叄版。「辛巳，卜貞王于翌△△坒逐△豕？」《前編》陸卷肆肆頁柒版。此言逐豕也。又云：「△△卜，亘貞；逐馬，隻？王固曰：其隻。己酉，王逐，允隻二。」《前編》柒卷叄肆頁壹版。……此言逐馬者也。……豕、馬、鹿、麋、兔、咒皆獸也，然則逐謂逐獸也。又他辭多言「王田逐」《前編》貳卷柒葉叄版、拾壹葉伍版、拾壹葉叄版、拾伍葉壹版、肆壹葉壹版、《後編》上卷叄拾葉玖版。以逐與田連言。其為逐獸之義，又不待論矣。按追字從自，《說文》訓小自，與追逐義無關。甲文自字恆見，羅振玉謂即師字，其說良是。……甲文追字作 𠂤，象師在前而人追逐之，蓋追字用於戰陳，見追者必為人也。逐字《說文》云從豚省，其實不然。……甲文逐字作 𧗲，象豕在前而後有逐之者。亦別有從犬、從兔與從鹿者，或云與逐為一字，未知信否。……逐字本專用於狩獵，見逐者乃禽獸而非人，故與追為追人者不同。然則二字用法之殊，由於二字構造本異。蓋殷商時代較早，故其用字與造文初義密合也。至《左傳》記周祝聃逐鄭覆兵，〈襄公九年〉。鄭子都拔棘逐穎考叔，〈隱公十一年〉。見逐者為人，義當為追乃不言追而言逐。《孟子》言如放豚，〈盡心下篇〉。見追者為獸，義當言逐，

乃不言逐而言追。此緣《左傳》、《孟子》皆晚周時代之書，其時

距造字時已久，用字已分別不嚴，故與初義不能密合也。〔註48〕

案：「追」，《說文》云：「追，逐也。」〔註49〕甲文作「𧘂」、「𧘂」等形，羅

振玉言：「《說文解字》追从辵，𠂤聲，此省彳。𠂤即師字，𠂤行以追之也。」

〔註50〕羅說不誤，「追」，甲文以「止」與「𠂤」，以示其「追」義，此即與《左

傳·莊公十八年》所言：「公追戎於濟西」〔註51〕之「追」義同，以「追」爲

義。甲文常見「追某方」之例，如：

貞：乎追羌？二告。《合集》490

貞：犬追亘有及？《合集》6946 正

貞：犬追亘無其及？《合集》6946 正

戊午卜，殼貞：雀追亘□□……？《合集》6947 正

戊午卜，殼貞：雀追亘有獲？《合集》6947 正

乙亥卜：令虎追方？《合集》20463 反

己亥，歷貞：三族王其令追召方及于 ？《合集》32815

由上舉辭例可見，或云「追羌」，「追亘」，「追方」與「追召方」，諸辭例之

「追」，以「追」爲其義。又「逐」字甲文作「𧘂」、「𧘂」等形，金文作「𧘂」、

「𧘂」等形，併從「豕」、「止」或「辵」會意，以「止」於「豕」後，亦

示其「追」之義，與「追」同，正《說文》所云：「逐，追也。」〔註52〕之謂，

即《易·睽卦》所謂「喪馬勿逐」〔註53〕，之「逐」。「逐」於卜辭所見之例

亦爲「追」，其辭如：

辛未卜，亘貞：往逐豕獲？《合集》10229 正

〔註48〕楊樹達，《積微居甲文說》，頁 27～28。

〔註49〕〔漢〕許慎，《說文解字》，頁 74。

〔註50〕羅振玉，《增訂殷墟書契考釋》，頁 180。

〔註51〕〔明〕左丘明傳、〔晉〕杜預注、〔唐〕孔穎達正義，《春秋左傳正義》，頁 260。

〔註52〕〔漢〕許慎，《說文解字》，頁 74。

〔註53〕〔魏〕王弼注、〔唐〕孔穎達正義，《周易正義》，頁 162

癸丑卜：王其逐豕獲？允獲豕。《合集》10230

貞：乎逐豕獲？《合集》10236 正

貞：其逐兕獲？《合集》10399 正

貞：翌辛巳王勿往逐兕弗其獲？《合集》10401

甲午卜：今日王逐兕？《合集》33375

丙申卜，爭貞：王其逐麋遘？《合集》10345 正

丙申卜，㱿貞：我其逐麋獲？《合集》10346 正

乎多馬逐鹿獲？《合集》5775 正

癸巳卜：王逐鹿？《合集》10294

貞多子逐鹿？10302 甲正

辛卯卜，㱿貞：乎逐兔？《合集》1772 正

由辭例可見，其云「逐豕」、「逐兕」、「逐鹿」、「逐兔」之「逐」亦以「追」
爲義，其字或有從「犬」作「𧺆」、從「兔」作「𧼯」者，羅振玉謂：「此或
從豕，或從犬，或從兔，從止。象獸走壙而人追之，故不限何獸。」〔註54〕
羅說是也，古人造字本緣事而生，所逐之獸種類不同，字形亦有不同，然其
呈現之「追」某「獸」之義則爲一，後漢字形構演變，僅存留從「豕」之「逐」
表「逐獸」之義。此猶卜辭「牢」有從「牛」、從「羊」從「馬」之形，而今
僅存從「牛」之「牢」，是知「逐」之從「豕」、從「鹿」、從「兔」者義皆無
別，俱與「逐」同，上舉《合集》10294 片辭言「逐鹿」，其「逐」字從「兔」，
正可爲其證，知羅說不誤。

又由卜辭辭例觀之，「追」與「逐」均有「追」之義，二字義雖相同，然用
法實異，不可混同；「追」者，不論「追羌」或「追方」，其義爲「追」，且所追
對象爲人，無一例外，西周金文亦然，〈敔𣪘〉器銘言：「王令敔追御於上洛、㥪
谷，至于伊」（《集成》4323），此記周王令敔追擊南淮夷一事；〈不嬰𣪘〉器銘
言：「王令我追羞于西」（《集成》4328），此乃言追擊玁狁，知金文「追」亦用

―――――――――――――――――――――

〔註54〕羅振玉，《增訂殷墟書契考釋》，頁 187。

於追「人」之事。「逐」字於卜辭不論「逐豕」、「逐兕」、「逐鹿」、「逐兔」，或其字從「豕」、從「犬」、從「鹿」者，其義亦為「追」，是知卜辭追「人」則言「追」，追「獸」則言「逐」，二者同以「追」為其義，然所「追」對象類別不同，當為二字，故楊氏所謂「二字用法劃然不紊，蓋追必用於人，逐必用於獸也」者，其說甚是，足見楊氏於卜辭同義詞用法差異觀察之細微。

「追」、「逐」二字於卜辭、金文初不混用，然至東周以降，於經典文獻則時有互用，如《左傳·隱公九年》言：「戎人之前覆者奔，祝聃逐之」〔註55〕、〈文公七年〉言：「逐寇如追逃。」〔註56〕此以「逐」用於追人之事；《孟子·盡心下》：「追放豚」〔註57〕，此則以「追」言逐獸一事，此或出於二字均有「追逐」之義，時日既久，便通用無別，即楊氏所謂「其時距造字時已久，用字已分別不嚴，故與初義不能密合」之故。「追」、「逐」初不相混，由卜辭與上舉西周中期銅器〈敔殷〉、〈不娶殷〉之例觀之，則最遲於西周中、晚期「追」、「逐」二字尚無混用之例，至東周之後二字逐漸混用，遂無區別，其用為《說文》所承，故以二字互訓，然就甲文觀之，則知《說文》所訓為非。

三、釋禦

《積微居甲文說》〈釋禦〉條下，楊樹達云：

> 甲文有禦字，字作卸，或省作卩，為祭祀之名，即《說文》之禦字也。《說文》一篇上示部云：「禦，祀也。从示，御聲。」考甲文用此字為祭名者，往往有禳除災禍之義寓於其中。如《書契前編》卷壹廿伍之壹云：「貞疒齒，卸於父乙。」《書契後編》卷下拾之叄云：「丁巳，卜，△有疒言，卸△。」《庫方二氏殷虛卜辭》貳捌叄片云：「△疒身，卸于妣己眔妣庚。」又玖貳片云：「貞疒止，卸于妣己。」胡厚宣《殷人疾病考》引卜辭云：「朕耳鳴，有卸于祖庚。」又云：「卸疒身于父乙。」又云：「卸王目于妣己。」並見原文拾叄葉。此皆以人有疾病行禦祀者也。《甲骨文錄》叄壹貳片云：「甲午卜，王

〔註55〕 〔明〕左丘明傳、〔晉〕杜預注、〔唐〕孔穎達正義，《春秋左傳正義》，頁117。

〔註56〕 同上註，頁520。

〔註57〕 〔漢〕趙岐注、〔宋〕孫奭疏，《孟子注疏》，頁396。

馬△馭，其禦于父甲亞。」馭字从馬从彳，字不可識，余疑字从彳
聲，殆假爲广，謂馬病也。此以馬有疾病行禦祀者也。……禦訓
爲祀，經傳無見，惟《尚書大傳》記禦祀六沴，其說頗詳，沴爲
災氣，此與甲文所用禦祀之義正相和矣。〔註58〕

案：甲文「御」作「𦥑」、「𦥑」、「𠂤」、「𠂤」、「𦥑」、「𠂤」等形，其字從「𠃌」
從「𠃌」，楷定作「卸」。歷來說者甚眾，羅振玉釋「御」，以爲「人持策於道
中」，葉玉森、郭沫若、吳其昌等從之，皆以「御」與「馭」爲一字〔註59〕；
聞宥、李孝定非之，以「御」爲「迓」〔註60〕，諸家說解各異，然均未得其
指。朱歧祥謂其字形當爲：「从人跪拜於祭器璧琮之前，以示迎神和祭祀之貌。」
〔註61〕朱氏之說以字形出發，並以傳世文獻爲證，詳述周代祭祀均有以玉獻
祭之行爲，繼而以「御」字所從部件「𠃌」、「𠃌」爲「御」實爲古人祭祀行
爲證，將文字、文獻與古人祭儀結合，論證詳盡，較諸前述各家之論，理據
嚴密，其說可從。「卸」甲文或作「禦」，卜辭用作攘災之祭，其辭例爲：

丙寅卜，㱿貞：于祖辛卸？《合集》272 正

貞：卸自唐、大甲、大丁、祖乙百羌百牢？二告。《合集》300

貞：于羌甲卸克往疾？《合集》641 正

于羌甲卸囚？《合集》721 正

乙丑卜，亙貞：卸于祖丁？1853 正

乙丑卜，爭貞：于祖丁卸？《合集》1854

乙丑卜，爭貞：勿于祖丁卸？《合集》1854

〔註58〕楊樹達，《積微居甲文說》，頁30～31。

〔註59〕羅振玉說見《增訂殷墟書契考釋》。羅振玉，《增訂殷墟書契考釋》，頁 187。葉玉
森說見《殷墟書契前編集釋》，頁 48。郭沫若說見《卜辭通考》。吳其昌說見《殷
墟書契解詁》。

〔註60〕聞宥說見《甲骨文字詁林》引文。李孝定說見《甲骨文字集釋》。李孝定《甲骨文
字集釋》，頁 589。

〔註61〕朱歧祥，〈「植璧秉珪」抑或是「秉璧植珪」──評估清華簡用字，兼釋禦字本形〉，
（漢字史研究與方法論前瞻國際學術研討會會議論文，2014 年 8 月）

壬寅卜，古貞：御于高妣？《合集》2384

貞：御于妣甲？《合集》2389 正

貞：御于母丙豕？《合集》2527

貞：酓子央御于父乙？《合集》3013

貞：御婦㛚？《合集》1773 正

貞：御婦好于高？《合集》2612

貞：王有夢，不爲乎余御囚？《合集》376 正

御囚南庚？《合集》721 正

御囚于妣己？《合集》915 正

貞：御囚于祖乙？《合集》1580 甲

貞：女御齒？《合集》17386

貞：勿女御齒？《合集》17386

貞：勿御無疾？《合集》10407

御疾趾於父乙孽？《合集》13688 正

貞：疾趾於妣庚御？《合集》13689

疾身不御妣己羸？《合集》6475 反

貞：御疾身于父乙？《合集》13668 正

貞：有疾身御于祖丁？《合集》13713 正

辛酉卜：御水于□？《合集》10152

貞：于河御年？《合集》10097

上舉卜辭之「御」皆爲禦祭。由辭例觀之，禦祭除行於先祖、先妣、父兄、諸婦外，尚因「囚」、「疾齒」、「疾趾」、「疾身」等因素而行禦祭，亦有以「水」、「年」等事而行禦祭，可知禦祭之儀範圍甚爲廣泛，亦十分常見。裘錫圭言：

《周禮・天官・女祝》：「掌以時招、梗、禬、禳之事，以除疾央」，
鄭注：「鄭大夫讀梗為亢，謂招善而亢惡去之；杜子春讀梗為更：
玄謂梗，御未至也。除災害曰禬，禬猶刮去也。變異曰禳，禳，
攘也。」孫詒讓《正義》曰：「《說文》示部：『禦，祀也。』疑即
所謂梗矣。」今按，殷人于已至之災殃亦御之，御祭似可包禬、
禳。〔註62〕

裘氏引《周禮》以證「禦」為除災之祭，其說甚是。由卜辭辭例可見，先王、
先妣或王之齒、趾、身疾及水、年之事皆為殷人行禦祭之原因，足見御祭為
殷人攘除災禍、拔除凶邪之祭，即楊氏所謂「甲文用此字為祭名者，往往有
攘除災禍之義寓於其中」，是知楊說不誤也。

四、釋犬

《積微居甲文說》〈釋犬〉下，楊樹達曰：

《殷契粹編》玖叁伍片下云：「戊辰卜，在㳠，犬中告麋，王其射，
凶弋？禽？」郭沫若云：「犬中蓋謂犬人之官名中者，《周禮・秋
官》有犬人職。」考釋壹貳貳葉樹達按郭君釋犬為官名，中為人名，
是也。辭云：「犬中告麋，王其射」，知此犬職官司狩獵，而《周
禮》犬人職掌犬牲，與狩獵無涉，知名偶同而實則異也。余謂殷
人犬職當與《周禮・地官》之迹人相當。迹人職云：「掌田邦之地
政，為之屬禁而守之。凡田獵者受令焉。禁麛卵者與其毒矢射者。」
據此知迹人與犬名號雖異，職掌實同。其證一也。鄭注〈地官・
序官・迹人〉云：「迹之言跡，知禽獸處。」《說文・十篇・犬部》
云：「臭，禽走，臭此動字而知其迹者，犬也。」……犬知禽獸之迹，
司犬之人亦因犬而知禽獸之迹，故能有告麋之舉，此與《鄭注》「迹
之言跡，知禽獸處」正相合，此證二也。《左傳・哀公十四年》云：
「迹人來告，曰：『逢澤有介麋焉。』公曰：『雖魋未來，得左師，
吾與之田，若何？』」據此知諸侯之宋亦有迹人，與《周禮》同。

〔註62〕　裘錫圭，〈讀安陽新出土的牛胛骨及其刻辭〉，《裘錫圭學術文集》（上海：復旦大
　　　　學出版社有限公司，2012年6月），甲骨文卷，頁10。

犬有告麋而殷王卜射，迹人告有麋而宋君召田，其人雖與殷周異
代，其事則先後同符，知殷人之犬與周宋之迹人是一非二，其證
三也。〔註63〕

案：「犬」於甲文作「𤝔」、「𤝖」等形，金文作「𤝲」、「𤝱」等形，即象犬之
側視之形，諸家釋字形、字義爲犬，較無爭議；丁山、陳夢家、饒宗頤等或以
其爲「犬夷」、「昆夷」〔註64〕，除此以外，卜辭常見之犬，有用作祭牲者，其
辭爲：

乙亥卜，殼貞：今日燎三羊、三豕、三犬？《合集》738 正

癸未卜，㝚貞：燎犬，卯三豕、三羊？《合集》14314

㞢犬于父辛、多介子？《合集》816 正

㞢于多介父犬？《合集》1800

勿㞢犬于父甲？《合集》2114

癸卯卜，亘貞：㞢于父甲犬？《合集》2133

貞：㞢犬于父庚，卯羊？《合集》6482 正

貞：㞢犬于娥，卯麀？《合集》14778

貞：燎三犬、三麀？《合集》15639 甲

甲寅卜：其帝方一羌、一牛、九犬？《合集》32112

丁巳卜：㞢燎于父丁百犬、百豕，卯百牛？《合集》32674

叀百犬，卯七牢？《合集》32698

甲午卜：㞢于父丁犬百、羊百，卯十牛？《合集》32698

上舉辭例均爲殷人以犬爲祭牲之例，少則單隻、三犬，多則甚或上百，《禮
記·曲禮》：「凡祭宗廟之禮，牛曰一元大武，豕曰剛鬣，豚曰腞肥，羊曰柔
毛，雞曰翰音，犬曰羹獻。」〔註65〕可見以犬獻於宗廟之祭，於殷商時便已有

〔註63〕楊樹達，《積微居甲文說》，頁31。
〔註64〕于省吾編，《甲骨文字詁林》，頁1552～1555。
〔註65〕〔漢〕鄭玄注、〔唐〕孔穎達疏，《禮記正義》，頁156。

之。《合集》11250 片有字作「」，從「廾」從「犬」，象以手獻犬之形，或可為殷人以犬獻祭之證。

　　殷人以犬為祭牲，且數量至多上百，以事理衡之，應有專門豢養犬隻以供使用之機構或官署存在，卜辭辭例中可見「司犬」一職如《合集》11972 片云：「癸未□□司犬□□□」；20367 片云：「甲戌卜：自司犬」，其執掌或與《周禮》之「犬人」相當，《周禮‧犬人》云：「犬人掌犬牲。凡祭祀，共犬牲，用牷物。」〔註66〕犬人主掌犬牲之使用、挑選，其執掌涉及犬牲之豢養，依其職官所掌，則可推知其或與殷人之「司犬」一官職掌或與周代之「犬人」相近，殷稱「司犬」，周曰「犬人」，官職一也。

　　犬隻可供祭祀，同時亦可為田獵時搜尋獵物之協助，則馭犬助獵之官亦稱犬，如：

　　　　壬戌卜：㱿貞：乎多犬网鹿于麓？八月。《合集》10976 正

　　　　戊辰卜：在淒，犬中告麋，王其射，凶災？擒。《合集》27902

　　　　乙未卜，在盂，犬告有鹿？《合集》27919 反

　　　　□丑卜：犬來告有鷹？《合集》33361

　　　　丙寅卜：犬告王其田□□……《小屯》941

　　　　乙酉卜：犬來告有鹿，王往逐？《小屯》997

由辭例可見，「犬」或稱「多犬」，有協助殷王田獵之職，其所以稱「犬」或「多犬」，或因其馭犬助獵，以探鳥獸之迹，故因以名其官職，然其職掌似與「犬人」有所不同。郭沫若依《周禮》言卜辭之「犬」即為「犬人」一職，然，卜辭之「犬」與「多犬」所涉及均為田獵之事，與「犬人」養犬、供犬之職大不相同，故楊氏以卜辭之「犬」涉及田獵，以為其職與《周禮‧迹人》相似；《周禮‧迹人》云：「掌邦田之地政，為之厲禁而守之。凡田獵者受令焉。」〔註67〕凡田獵，迹人使犬以探獸之迹，而後告於王，此與卜辭「犬告」、「犬來告」之事正相吻合，可知殷人以「司犬」掌養犬、供犬一事，相當於周之「犬人」，而以「犬」、「多犬」掌管田獵一事，「犬」、「多犬」等田獵之

―――――――――――――――――

〔註66〕〔漢〕鄭玄注、〔唐〕賈公彥疏，《周禮注疏》，頁 956。

〔註67〕同上註，頁 419。

官所用犬隻或由「司犬」提供，但與「司犬」職權無涉，不應將不同官職相混為一，可見殷人若干官職與周制大同小異，楊說是也。此例楊氏與郭沫若均以《周禮》為據闡述其說，卻有不同之論述與結論，郭氏雖擅長以古代文化通解甲文，然郭氏受限於「犬」之名號，故以「犬人」釋之，其說非是，以辭義衡之，卜辭之「犬」與「多犬」當從楊說以「迹人」為是。

五、釋　登

《積微居甲文說》〈釋登〉下，楊氏云：

《說文》二篇上址部云：「登，上車也，从址豆。」或从収作𢍰，云：「籀文登从収。」甲文有此字，作𢍰，見《書契前編》卷伍。貳葉壹版。又作𢍰，見《龜甲獸骨文字》卷壹，廿玖葉拾伍版形與《說文》所記籀文同。省址形則作𢍰，或作𢍰。

《殷墟書契續編》壹卷參柒葉壹版云：「登人伐下𠂤，受屮又？祐」《殷墟書契前編》伍卷貳拾葉七版云：「貞勿登人乎望土方？」《續編》壹卷拾葉參版云：「貞登人三千，乎伐舌方，受屮又？」《前編》柒卷貳葉參版云：「庚子卜，㲄貞：勿登人三千乎△伐舌方？弗△其受屮又？」《龜甲獸骨文字》貳卷貳柒葉陸版云：「戊寅卜，㲄貞：勿登人三伐乎代舌方？」《庫方二氏卜辭》參壹零片云：「辛巳卜，貞登婦好三千，登旅萬，乎伐𠂤？」王襄云：「登人疑《周禮·大司馬》比軍眾之事，將有征伐，故先聚眾。」樹達按：王氏明登字之意，是矣，而為能言其本字當為何字。余以聲類求之登蓋讀為徵。《說文》八篇上𡈼部云：「徵，召也。」登、徵古音同在登部，又同是端母字，聲亦相同，故得相通叚也。如余說而是，則殷時兵制殆由於臨時之招募矣。

卜辭又恆云収人，與登人用法同。如《殷墟書契後編》上卷拾柒葉壹版云：「癸巳卜，㲄貞：収人乎伐舌？」又參壹葉伍版云：「丁酉卜，㲄貞：今載王収人五千正土方，受屮又？」是其例也。以辭例觀之，此與前記諸登人之例相同。然収字無徵召之義，音與登字亦遠，頗為難解，余疑甲文登字多从収作，此即登字之省寫也。

《殷契佚存》叁柒捌片戊云：「甲午，卜，亙貞，收馬乎伐△。」又陸

陸玖片云：「貞，乎⸺收牛。」収並爲⸺之省，謂徵馬徵牛也。〔註68〕

案：「登」甲文作「⸺」、「⸺」等形，象以雙手持物手之形，以進獻爲義。亦

有從「米」、從「⸺」、從「示」作「⸺」、「⸺」、「⸺」者，字形所從之物不

同，蓋因所獻之物不同，然則其義爲一，當即《周禮・夏官・羊人》所謂「祭

祀，割羊牲，登其首」〔註69〕之義，如《合集》358：「貞：登王亥羌？」、13390

正：「眞：其登牛馭于唐？」等，皆進獻之義。「登」又假爲蒸，於甲文爲祭

名，其例如：

甲申貞：丁登于祖乙？《合集》1597

貞：叀子漁登于大示？《合集》14831 正

甲午卜，大貞：翌乙未其登，其在祖乙？《合集》22926

庚辰卜，⸺貞：其登於妣辛？《合集》23397

甲申卜，何貞：翌乙酉其登祖乙饗？《合集》27221

甲申卜，何貞：翌乙酉小乙登其眔？《合集》27221

癸丑卜：其登王丁于妣辛，卯牢？《合集》27455 正

癸酉卜，何貞：翌甲午登于父甲饗？《合集》27456 正

其登新二牛用卯？《合集》34594

上舉辭例「登」均假爲「蒸」，其義即經典時見之「烝」，爲宗廟之祭儀，

《禮記・王制》言：「天子諸侯宗廟之祭，春曰礿，夏曰禘，秋曰嘗，冬曰

烝。」〔註70〕《周禮・大宗伯》亦言：「以烝冬享先王。」〔註71〕知「登」假

爲「蒸」，乃爲殷、周時於宗廟饗先王、先祖之祭，故甲文字形從「⸺」，復

有從「米」、從「⸺」、從「示」之形，以示獻祭於宗廟之義。

然卜辭辭例亦時見「登人」一詞，其辭例與宗廟祭祀無涉，辭皆與征伐有

〔註68〕楊樹達，《積微居甲文說》，頁 37～38。

〔註69〕〔漢〕鄭玄注、〔唐〕賈公彥疏，《周禮注疏》，頁 795。

〔註70〕〔漢〕鄭玄注、〔唐〕孔穎達疏，《禮記正義》，頁 385。

〔註71〕〔漢〕鄭玄注、〔唐〕賈公彥疏，《周禮注疏》，頁 460。

關，其辭例爲：

> 貞：登人五千乎覘舌方？《合集》6167

> 貞：勿登人五千？《合集》6167

> 貞：登人三千乎伐舌方，受业彳？《合集》6168

> 庚子卜，宁貞：勿登人三千乎舌方，弗受业彳？《合集》6169

> 戊辰卜，宁貞：都人乎往伐舌方？《合集》6177 正

> 貞：勿登人乎伐舌方，弗其受业彳？二告《合集》6178

> 登人乎伐？《合集》6180

> 貞：登人惟王自望捍？《合集》7218

> 丁酉卜，殻貞：勿登人三千？《合集》7323

「登人」一語，其辭皆與戰事征伐有關，以「登獻」之義釋之則不辭。「登人」一語，當即王襄所謂「比軍眾」一事，《周禮・大司馬》云：「及，建大常，比軍眾，誅後至者。」〔註72〕即言征戰前先行徵集部隊，建軍備戰之事，與今日我國目前所行之徵兵制類似。然則「登」並無「徵」義，故楊氏言：「以聲類求之登蓋讀爲徵」，考「登」、「徵」古音俱在端母蒸部，同音可通，《說文》亦云：「徵，召也。」〔註73〕是知「徵」有「召」義，則「登」於上述諸辭之例，皆當以「徵」爲義，當從楊氏以「登」爲「徵」之假借之說，義方足順。楊氏謂卜辭中之「登人」即「徵人」之謂，所言極是。

六、屮王事

《卜辭瑣記》〈屮王事〉條下，楊樹達曰：

> 《卜辭通纂》五三八片云：「眞令多子族从犬眔向夸，屮王事？」其他辭屢見屮王事之語，屮字从十从口，或釋爲古而讀爲盬，或釋爲叶。余謂釋叶者是也。《周禮・春官・大史》云：「大祭祀，與執事卜日，戒及宿之日，與羣執事讀禮書而協事。」又云：「大

〔註72〕同上註，頁 782。

〔註73〕〔漢〕許愼，《說文解字》，頁 391。

同朝覲，以書協禮事。」協事，協禮事，與甲文句例同。協、叶

字同，《說文》劦部協或作叶，是也。〔註74〕

《卜辭求義》合部下亦云：

> 《龜甲》二卷十一葉之十七云：「行弗其山王事？」樹達按：山字
> 從十從口，或釋爲古，或釋爲叶，古、叶二字並從口從十〔註75〕，
> 說皆可通。以義求之，釋叶者是也。知者，《周禮・大史》云：「與
> 羣執事讀禮書而協事。」《說文》十三篇下協部協或作叶，則卜辭
> 之叶王事，與《周禮》之協事正是同一事也。〈大史注〉云：「協，
> 合也。」〔註76〕

案：甲骨文時見「山王事」、「山朕事」一語，該字甲文作「山」、「凵」等

形，孫詒讓釋「由」〔註77〕，郭沫若釋「古」〔註78〕，以爲即《詩》「王事靡

盬」之「盬」，于省吾釋「甾」，與「載」通，訓「行」，「山王事」即「行王

事」之謂。陳劍從孫詒讓釋「由」，以「山」爲「由」之異體，，讀爲「堪」，

訓「勝任」之義，言「山王事」即「堪王事」。諸家或釋「由」，或釋「古」，

或釋爲「甾」者，皆非是。考甲文已有「由」字作「凵」，與「山」之字形全

不相類，且「由」字甲文之義亦與「山王事」不合，是知孫氏以「山」爲「由」

之說無法成立，孫說非是。又郭沫若以爲「古」字，唐蘭已辨甲文「古」字

作「古」、「㫼」等形〔註79〕，除上文所言與「由」相同，爲甲文已存之字外，

檢視甲文辭例，目前亦尚未可見「古」字有省形作「山」者，「古」、「山」

非爲一字，至爲顯著，唐蘭駁郭氏之說甚是。郭氏以「山」釋「古」，欲與《詩》

〔註74〕楊樹達，《卜辭瑣記》，頁3。

〔註75〕筆者案：「古」甲文作「古」、「㫼」，字從「中」或從「申」之形，至東周字形譌
變方從「十」形，爲篆文所承，非楊氏所謂從口從十，楊說乃據篆文作「古」說解，
其說非是。

〔註76〕楊樹達，《卜辭求義》，頁92。

〔註77〕〔清〕孫詒讓，《契文舉例》（上海：上海古籍出版社，2002年3月，《續修四庫全
書》本），冊906，頁178。

〔註78〕郭沫若，《卜辭通纂》（臺中：文听閣圖書有限公司，2009年10月，《民國時期語
言文字學叢書》本），冊5，頁479。

〔註79〕見《甲骨文字詁林》「古」字下引文。于省吾編，《甲骨文字詁林》，頁2945。

「王事靡盬」一語連結，可謂煞費苦心，然「古」、「屮」實爲二字，不當相混，是知郭說亦非也。

于省吾釋此字爲「峀」，言「屮」孳乳爲「屮」，然徵之卜辭，「屮」字各期均見，均作作「屮」、「屮」等形，其作「屮」形者僅四見，均爲第五期卜辭，詞曰「屮戋」、「屮征」〔註80〕。然以字形觀之，「屮」與「屮」、「屮」字形差異頗大，且「屮」爲獨體字，「屮」、「屮」則爲合體字，「屮」與「屮」、「屮」當非一字，于氏之說未確，不足爲信。又于氏言：「峀字亦通作戋，甲骨文之『戋朕事』（續存下三三六），『羌弗戋朕事』（前四·四·七），與『余令角帝峀朕事』可以互證。」〔註81〕考「戋」卜辭有「傷」義，于氏所舉諸辭之「戋」於辭例義則當訓「史」，不讀爲「事」，「朕史」即「我史」，「戋朕事」即「戋朕史」，與卜辭之「戋我史」一語相同。《合集》9472 片云：「貞：我史其戋方？」、「貞：我史弗其戋方？」同片另二辭又云：「貞：方其戋我史？」、「貞：方弗戋我史？」此俱爲卜問與「方方」戰事成敗與否之辭，胡厚宣云：「方是方國的方。『我史戋方』、『我史弗戋方』和『方戋我史』、『方弗戋我史』這是及復占卜到底我們的史官能不能戰勝方國，或者方國能不能戰勝我們史官的卜辭。……或稱羌弗戋朕史：甲辰卜，王，羌弗戋朕史。二月。（前四·四·七）這是殷王武丁親自占卜說，羌人會不會戰勝我們的史官吧。」〔註82〕胡說可從，由此則知「戋王事」與「屮王事」實非一事，不可一概而論；且于氏所舉《殷墟書契前編·四·四七》一辭爲殘辭，觀其拓片，「戋」字已然從中斷開，與「朕」間是否尚有他字不可得知，據此斷言其爲「戋王事」一詞，臆測成分居多；且羌向爲殷之敵國，當無有「載王事」之可能，于氏釋此片之說尚有疑慮，未必可信。據此知于氏釋「屮」爲「峀」，訓「行」之說值得商榷，其說非是。

衡以辭義，「屮」、「屮」當依楊氏釋「叶」爲是，卜辭時見「屮王事」、「屮朕事」之辭：

己丑卜：爭貞：東屮王事？《合集》177

〔註80〕見《甲骨文合集》36347、36348、36513、36535 四片。

〔註81〕于省吾，《甲骨文字釋林》，頁 70。

〔註82〕胡厚宣、胡振宇著，《殷商史》（上海：上海人民出版社，2004 年 4 月），頁 109。

貞：★山王事？《合集》177

丁酉卜，亘貞：舌山王事？《合集》5446 正

貞：行山王事？《合集》5454

貞：行弗其山王事？二告。《合集》5454

甲戌卜，㱿貞：益★啓，山王事？《合集》5458

癸酉卜，古貞：師般山王事？《合集》5468 正

辛亥卜：㱿貞：刃山王事？《合集》5475

丙午卜，㱿貞：旨弗其山王事？《合集》5478 正

甲戌卜：王余令角帛山朕事？《合集》5495

壬戌□：王絴山朕事？三月。《合集》5497

己卯卜，王貞：鼓其取宋伯，鼓囚？山朕事，宋伯歪從鼓？二月。《合集》5499

以上諸辭言「山王事」、「山朕事」者，以義求之，釋「由」、釋「古」、釋「甾」皆不確，當以楊氏所言「與羣執事讀禮書而協事」，釋協助之義爲是，卜辭言「山王事」、「山朕事」者，即古籍所謂之「協事」，楊氏確是。

又陳劍以爲「山」、「山」爲「由」之異體字，言「由」字作「◎」，其字形上方部件作「○」形爲「山」字所從「｜」之肥筆，並從裘錫圭據甲文「十」作「｜」而釋爲「針」之初文爲說，以爲「山」字爲「由」之異體，讀爲「堪」，其與《左傳》之「堪命」、「能堪」同義，訓卜辭可見之「山王事」、「山朕事」爲「堪王事」、「堪朕事」，爲「勝任」之義。〔註83〕陳氏之說可謂新穎，其舉例繁多，亦多能合乎辭例與文獻所載之義。然「山」、「山」是否爲「由」之異體，恐尙有爭議，朱歧祥《殷墟甲骨文字通釋稿》云：「于省吾《甲骨文字釋林》釋由，似誤。○象舌狀，爲釋舌字亦不可解。今以文字重畫○與單畫｜可通，知克作𢀙又作𢀚，故仍隸定爲叶字，與山、山字同；

〔註83〕陳劍，〈釋　〉，《出土文獻與古文字研究・第三輯》（上海：復旦大學出版社，2010年3月），頁11～19。

協助也。」〔註84〕此朱氏以「凵」、「⊖」筆畫單筆與複筆通用之例，則以「由」為「凵」之異體，恰與陳氏所言相反，知此字於字形說法仍有分歧，尚未可成定論；又陳氏從裘氏之說，以「凵」為「由」，讀為「堪」，其雖可與《左傳》、《國語》等文例通讀，釋為某人是否「勝任」王事，然先由「凵」訓為「由」字異體，復以所從「｜」讀與「針」同，由「針」得聲，再讀為「堪」以得「堪王事」之訓解，仍不若楊氏釋「凵」為「叶」，言「協事」直接，是筆者以為，卜辭「凵王事」、「凵朕事」之語，仍當以楊說為是，陳劍之說雖可於辭例通讀且亦與文獻有所聯繫，然略嫌迂曲，可備一說耳。

七、射

《卜辭求義》鐸部「射」字下，楊樹達云：

> 《粹編》八一片云：「癸酉，貞，射𢏚以𦍋用自上甲，于甲申。」
> 郭沫若云：「射殆官名，如《周官》有射人也。𢏚乃人名。卜言射之人名𢏚者。于甲申之日，以狗祀自上甲以下之先公先王也。」
> 〔註85〕《考釋》十七。

> 《粹編》三一四片云：「于祖丁△𡴎，于父以𡴎，于父甲𡴎，其射？」
> 郭沫若云：「射當讀為謝，告也。」《考釋》五一。樹達按：郭說非也。射為射牲，《戩壽》九之二云：「其射二牢叀伊」，與此行𡴎祭貞射正可互證。《周禮·夏官·射人》云：「祭祀則贊射牲」，又〈司弓矢〉云：「凡祭祀，共射牲弓矢。」《楚語》觀射父曰：「天子禘郊之事，必自射其牲，諸侯宗廟之事，必自射其牛，刌羊，擊豕。」觀卜辭，知周乃因殷禮也。又按《粹編》九二八片云：「王其射，叀翌日戊，亡𢍏？禽，吉。」上言射，下言禽，亦可證也。《粹編》三二九片云：「△△卜，即貞：兄庚歲，其射？」義併同。〔註86〕

〔註84〕 朱歧祥，《殷墟甲骨文字通釋稿》（臺北：文史哲出版社，1989 年 12 月），頁 107。

〔註85〕 筆者案：《殷契粹編》81 片即《合集》32023 片，以下一字「𦍋」，當為「羌」，郭沫若楷定為「𠣪」，訓「狗」言「以狗祀自上甲以下之先公先王」者，乃由誤釋文字而來，其說非是。

〔註86〕 楊樹達，《卜辭求義》，頁 18～19。

《卜辭瑣記》〈射牢〉又云：

> 《戩壽堂殷墟文字》九葉二版云：「其射二牢，叀伊。」王靜安《考
> 釋》無說。余謂此因祭伊尹而射牲也。《周禮・夏官・射人》云：「祭
> 祀則贊射牲。」又〈司弓矢〉又云：「凡祭祀，共射牲弓矢。」《楚
> 語》觀射父曰：「天子禘郊之事，必自射其牲，諸侯宗廟之事，必自
> 射其牛，刉羊，擊豕。」據甲文有射牢之文，知周射牲亦因於殷禮
> 也。《史記・封禪書》云：「上與公卿諸生議封禪，封禪用希，曠絕，
> 莫知其儀禮，而群儒采封禪《尚書》、《周官》、〈王制〉之望祀射牛
> 事。」《續漢書・禮儀志》云：「立秋之日，自郊禮畢，斬牲於郊東
> 門，以薦陵廟。其儀：乘輿御戎路，白馬朱鬣，躬執弩射牲，斬牲
> 之儀，名曰貙劉。」又〈祭祀志〉云：「立秋之日，天子入圃，射牲
> 以祭宗廟，名曰貙劉。」據此三文，知漢世尚行此禮矣。〔註87〕

案：「射」甲骨文作「」、「」、「」等形，金文亦作「」、「」、
「」等形，象揚弓搭矢之形，當以「射矢」爲其本義，諸家釋「射」，較
無疑義，惟唐蘭釋爲「矤」或「弞」，然則「矤」字構義乃偏重在「引」，《說
文》云：「弞，況詞也，从矢引省聲。」〔註88〕於「引」字下又言：「引，開
弓也，从弓丨。」其字從「丨」，段《注》言：「此引而上行之丨。」〔註89〕足
見「矤」、「弞」二字構義當在「引」上，故言「開弓」之謂，與「射」義無
關，《甲骨文詁林》按語已辨唐氏之非，其說可從〔註90〕。「射」，羅振玉云：
「卜辭中諸字皆爲張弓注矢形，或左向，或右向。許書从身，乃由弓形譌，
又誤爲橫矢爲立矢。其从寸，則又之譌也。」〔註91〕羅氏所言甚確，以「射」
爲「射矢」，卜辭時見射獸之辭，皆當爲「射」之本義，其辭云：

> 辛亥卜，爭貞：王不其獲肱射兕？《合集》10419

> 丙寅卜：我乎印取射麋？《合集》21586

〔註87〕楊樹達，《卜辭瑣記》，頁4。

〔註88〕〔漢〕許慎著，《說文解字》，頁229。

〔註89〕〔漢〕許慎著，〔清〕段玉裁注，《說文解字注》，頁646。

〔註90〕于省吾編，《甲骨文字詁林》，頁2608。

〔註91〕羅振玉，《增訂殷墟書契考釋》，頁134。

己巳卜，我貞：射麋？《合集》21586

貞：其令馬亞射麋？《合集》26899

戊辰卜：在澅，犬中告麋，王其射，凵災？擒。《合集》27902

王涉滴射有鹿？擒？《合集》28339

王乎射擒弗悔？《合集》28350

王其田斿，其射麋凵災？擒。《合集》28371

王其射兕凵災？《合集》28391

辭例中「射麋」、「射鹿」、「射兕」等均言射獵之事，「射」當作本義，作「射矢」之義。其後「射」又由射獵活動，演變爲「射牲」之禮，其辭云：

壬子□□貞：祖辛其射？《合集》19477

貞：兄庚歲□□其射？《合集》23501

□丑卜：翌日戊王其射？《合集》28808

翌日辛王其射斿？《合集》28809

癸酉貞：射𢀖以羌用自上甲，于甲申？《合集》32023

庚午貞：射𢀖以羌用自上甲，惟甲戌？《合集》32023

癸卯貞：射𢀖以羌？《合集》32027

癸丑□□又𠂤子大乙乎射？《合集》32406

甲寅貞：又𠂤歲乎射？《合集》34306

諸辭之「射」均爲「射牲」之儀。《合集》32023 即楊氏所舉《粹編》三一四片，郭沫若釋「射」爲「謝」，訓「告」，然甲文已有「告」字，不當先假「射」爲之，復再假「射」爲「謝」；且以「謝」爲祭，於卜辭與經典亦無徵，況卜辭本身已有「告」祭，無以「謝」代「告」之理，是知郭氏之說出於臆測，其說牽強，且無實據，說不可信。此處之「射」，當從楊說，即《周禮·射人》所謂「祭祀則贊射牲」之「射牲」禮，楊氏並以辭例與文獻比對，而言「周乃因殷禮」者，舉證詳細，信而有據，較郭氏之說爲長，故楊說可從。

　　楊氏以「射」爲「射牲」，以駁郭氏「謝告」之說，其說甚是，惟以王國維《戩壽堂殷墟文字》「其射二牢，叀伊」一辭爲據，言「射牢」即「射牲」一事，恐非。金祥恆〈甲骨文躲牲圖〉言：「余疑『二牢』與『其射叀伊』爲兩卜辭。」〔註92〕金氏所疑甚是，此片即《合集》32801片（見附圖2），以拓片觀之，「其射」與下方「二牢」之間留有空隙，似有斷開，應非爲同辭之語，則該辭當爲「其射叀伊」，即行射祭於伊尹，「二牢」則爲他辭之語，不應連讀；且甲文中除此一例，目前仍未見有「射牢」一語。知者，「射牲」之意義，在於王親射獵物，以示隆重，《周禮·司弓矢》云：「共射牲之弓矢」，鄭《注》云：「射牲，是殺牲也。殺牲，非尊者所親，爲射則可。」〔註93〕是知凡「射牲」之禮，必射野生之獵物，以其生鮮血氣以薦宗廟，以示其誠，故〈楚語〉言「天子必自射其牲」。而由卜辭觀之，「牢」已爲圈養之牲，無再行矢射之理，是知「射牢」一語實無理據，其與「其射」不爲一辭，至爲顯著，在未有更多出土甲文例證以資參照之前，仍應將此辭存疑，將其以「射」字連讀作「射二牢」，恐非。王國維錄此辭不愼與下辭連讀作「其射二牢，叀伊」，楊氏一時不察而承王說，以「射牢」爲「射牲」之證據，其說非是。

附圖2：《合集》32801

32801

〔註92〕金祥恆，〈甲骨文躲牲圖〉，《金祥恆先生文集》（臺北：藝文印書館，1990年12月），頁85。

〔註93〕〔漢〕鄭玄注、〔唐〕賈公彥疏，《周禮注疏》，頁847。

八、寧風

《卜辭瑣記》第六〈寧風〉條下，楊樹達曰：

> 《殷契卜辭》五五八片云：「癸卯卜，𠨘貞：寧風。」樹達按：《周
> 禮‧春官‧小祝》云：「寧風旱。」按周人有寧風之祭，此亦因殷
> 禮也。又〈大宗伯〉云：「以副辜祭四方百物。」鄭司農云：「罷辜，
> 披磔牲以祭，若今磔狗祭以止風。」按據此知漢時尚有止風之祭。
>
> 〔註94〕

案：「寧」甲骨文作「𡧛」、「𡨄」等形，羅振玉、王襄、朱芳圃、陳孟家均釋
爲「寧」〔註95〕，朱歧祥《甲骨文詞譜》言：「《通釋稿》：『从宀从甹，隸作寧。
即安寧字。』」〔註96〕羅振玉訓「安」，其云：「《說文解字》：『甹，定息也。
从血，甹省聲。』此从皿，不从血。卜辭甯訓安，與許君訓甹爲定息誼同。
是許君以此爲安甯字，而以甯爲願詞。今卜辭曰：『今月鬼甹』是甹與甯字誼
同，當爲一字。其訓願詞者，當由安誼引申之也。」〔註97〕羅說是也，《說文》
有「甯」、「甹」、「寧」三字，訓「甯」爲「安也」；訓「甹」爲「定息」；訓
「寧」爲「願詞」〔註98〕，「安」則得以「定息」，復引申爲「願詞」之義，
是知《說文》訓「安」之字分「甯」、「甹」、「寧」三字，而於卜辭則爲一字，
知羅說不誤也。「寧」於卜辭有「安」義，其辭云：

> 丙午卜，古貞：旬寧囚？《合集》5884 正
>
> 丙戌卜，殼貞：翌丁亥我狩寧？《合集》11006 正
>
> 貞：翌丁亥勿狩寧？《合集》11006 正
>
> 貞：今夕王寧？《合集》24991
>
> 貞：今夕王寧？《合集》26157
>
> 癸丑卜貞：今夕師無歔，寧？《合集》36461

〔註94〕 楊樹達，《卜辭瑣記》，頁5。

〔註95〕 諸家說見《甲骨文字詁林》。于省吾編，《甲骨文字詁林》，頁2658～2662。

〔註96〕 朱歧祥《甲骨文詞譜》，冊3，頁512。

〔註97〕 羅振玉，《增定殷墟書契考釋》，頁192。

〔註98〕 〔漢〕許愼著，《說文解字》，頁342、216、205。

甲寅卜貞：今夕師無畎，寧？《合集》36461

丁丑卜貞：王今夕寧？《合集》36480

戊寅卜貞：王今夕寧？《合集》36480

上舉辭例之「寧」皆當訓「安」，即《詩·常棣》：「喪亂既平，既安且寧」
〔註99〕之「寧」。以「寧」訓「安」亦有「定息」之義，卜辭亦常見以「寧」
爲祭名，所謂「寧風」、「寧雨」、「寧岳」、「寧四方」者，其辭例言：

　癸卯卜，宁貞：寧風？《合集》13372

　癸未卜：其寧風于方有雨？《合集》30260

　惟假其寧風？《合集》30260

　丙辰卜：于土寧風？《合集》32301

　癸酉卜：巫寧風？《合集》33077

　甲戌貞：其寧風三羊、三犬、三豕？《合集》34137

　辛酉卜：寧風巫九豕？《合集》34138

　乙亥卜：寧雨？若？《合集》30187

　丁丑貞：其寧雨于方？《合集》32992

　戊申卜：寧雨？《合集》33137

　己未卜：寧雨于土？《合集》34088

　丁亥卜：弜寧岳？《合集》34229

　丁亥卜：寧岳燎牢？《合集》34229

　乙未卜：其寧方羌、一牛？《合集》32022

　庚戌卜：寧于四方其五犬？《合集》34144

　寧于滴？《小屯》930

　丙申卜：其寧？戊戌允寧。《小屯》1001

〔註99〕〔漢〕毛亨傳、〔漢〕鄭玄箋、〔唐〕孔穎達疏，《毛詩正義》，頁572。

壬辰卜：其寧疾于四方三羌，屮九犬？《小屯》1059

以上諸辭或言「寧風」、或言「寧雨」、「寧岳」、「寧四方」者，均與祈求災禍定止之禳祭，「寧風」、「寧雨」即楊氏所謂《周禮・小祝》之「寧風旱」者，《左傳・昭公五年》云：「投其首於寧風之棘上」〔註100〕可知周人亦有「寧風」之事，則知楊氏所謂「周人有寧風之祭，此亦因殷禮」乃知於漢世尚存其儀，所言確是。惟其祭於殷不限於「寧風」一事，祭牲亦有「羊」、「豕」、「犬」與人牲「羌」等，不限於「犬」者耳。

本節經由楊樹達《積微居甲文說》、《耐林廎甲文說》、《卜辭瑣記》、《卜辭求義》之若干條例疏證，可見楊氏甲骨文研究之豐碩成果，不僅能對前人考釋有所修正與增補，亦多有創獲，且內容詳實，大多信而有據，令人敬佩。礙於篇幅，本節僅舉出部分精要之例證加以疏證，以見楊樹達甲骨文研究上之成果與價值，供於甲骨文研究有志之同好參酌。然而，智者千慮，必有一失，楊氏之甲骨文研究無可避免存有些許值得商榷之問題，筆者將於下節擇取楊氏甲文研究訓解有誤之例提出商榷，作更進一步之討論。

第三節　楊樹達甲骨文研究商榷

由上節討論，吾人可見楊樹達以深厚之考據功夫，將其甲骨文研究成果錄於《積微居甲文說》、《耐林廎甲文說》、《卜辭瑣記》、《卜辭求義》等書之中，以甲骨文例之義訓考量，善於比對文獻，故時能跳脫字形侷限，將甲骨文與文獻融會貫通，使甲文考釋更臻完善，對甲文之研究有相當程度之價值。然而，甲骨卜辭距今已數千年之遙，加以文獻流存不多，古制艱澀難考，且甲文辭例大多簡約，欲對甲文之文字、殷人制度進行深入研究，實非易事，研契諸家存有若干考釋失誤之處，亦是在所難免。是故楊氏考釋甲文亦因《說文》之侷限，義訓之誤導，引用文獻等問題而存有若干值得商榷之處。本節擬對楊氏若干考釋未確之條例提出商榷，期能在肯定楊氏研究甲文價值之餘，亦能指陳其說應修正之處，使甲文研究更加完整，茲舉例如下：

〔註100〕〔明〕左丘明傳、〔晉〕杜預注、〔唐〕孔穎達正義，《春秋左傳正義》，頁1212。

一、釋 𥫣

《積微居甲文說》「𥫣」字條下，楊樹達曰：

甲文有𥫣字，或作兄，治甲文者無說。余按《說文》十二篇下女
部妻字重文作𡣈，許君云：「古文妻从𥫣女，𥫣，古文貴字。」甲
文之𥫣與古文妻所從之𥫣形相同，然則是貴字也。卜辭云：「翌辛，
卯一牛，大示，小示卯叀羊。」《殷契》六版又云：「乙卯卜，貞，秦
禾自上甲六示，小示，兄羊。」《甲編》柒壹式尋二辭同記大示用牛
小示用羊之事，一作叀羊，一作貴羊，甲文叀與隹同用，世所習
知，蓋叀本當讀爲惠，惠與惟古通用。……按叀、隹甲文又作貴
者，貴字與惠、隹古音同在微部，字可通作。《詩·齊風》：「敝笱
在梁，其魚唯唯。」《釋文》云：「唯唯《韓詩》作遺遺。」是其
證也。貴聲之遺與隹聲之唯可通作，其可與惠通作明矣。故甲文
之叀羊可作貴羊也。〔註101〕

案：字作「兄」、「份」、「介」等形，歷來治甲文者說法不一，商承祚釋「祭」
〔註102〕；于省吾釋「衁」，以其爲殷人之血祭；楊氏則據《說文》「妻」從「𥫣」
之古文「𡣈」，釋爲「貴」，並舉卜辭「卯叀羊」、「𥫣羊」爲例，以爲「叀」
與「貴」通，「𥫣」當釋爲「貴」。陳劍則以其字當楷定爲「汎」，並釋其爲副
詞，言與卜辭常見之「率」、「皆」接近〔註103〕。考「祭」甲骨文作「𦥑」，象
手持肉以薦，與「𥫣」之形體相去甚遠，商氏、葉氏訓「祭」，未確。以字形
觀之，「𥫣」除字旁點畫之外，以「几」爲主要部件，象桌形，《說文》：「踞
几也，象形。」〔註104〕是也。本字從「几」，旁有數點不成文部件示義，于
省吾謂象血滴之形：

《說文》：「衁，以血有所刉涂祭也。從血幾聲。」按幾與几同音，
故通用。至于飢之與饑，机之與機，典籍每互作。因此可知，兄與

〔註101〕楊樹達，《積微居甲文說》，頁 11～12。

〔註102〕商承祚，《殷墟文字類編·待問篇》，頁 415。

〔註103〕陳劍，〈甲骨文舊釋「智」和「衁」的兩個字及金文「鬵」字新釋〉，《甲骨金文論
　　　　集》（北京：線裝書局，2007 年 5 月），頁 181。

〔註104〕〔漢〕許慎，《說文解字》，頁 722。

盤爲古今字。冑以數點象血滴形，與盤之从血同義。盤字典籍亦假幾、刉、祈爲之。《周禮・犬人》：「凡幾珥沈辜用駹可也。」鄭《注》：「玄謂幾讀爲刉，珥當爲衈，刉衈者釁禮之事。」《山海經・東山經》：「祠毛用一犬，祈聊用魚。」又〈中山經〉：「刉一牝羊，獻血。」郭《注》：「以血祭也，刉猶刲也。」……由是可證，甲骨文冑字當於《說文》之盤，典籍亦作幾、刉、祈者，並係音近字通。《說文》：「血，祭所薦牲血也。」……綜之，甲骨文之冑，《說文》作盤，冑與盤爲古今字。冑爲冑物牲或人牲，獻血以祭。〔註105〕

于說是也。「冑」即「盤」，爲殷人薦血之祭。楊氏以「冑」之字形與《說文》「妻」之古文「𡜀」所從之「肖」相類釋「貴」，則不可信。考甲文未見有「貴」或以「貴」爲偏旁之字，金文有「遺」字作「𣨦」、「𣨦」、「𣨦」、「𣨦」等形，其「貴」之偏旁與篆文一脈相承作「𧴯」，然卻未見其字有從「肖」形者，若據此言「冑」即「肖」字作「貴」，仍略嫌牽強，此點于氏已據金文駁之〔註106〕。且楊氏所據「𡜀」乃《說文》所錄之古文，其字形或承六國文字而來，恐有訛變之疑慮，未必可信。季旭昇《說文新證》「妻」字下言：「《說文》古文承楚文字再訛變。」〔註107〕考楚系簡帛文字「妻」字作「𡜀」，字形上方部件已與「冑」字相像，季說可從。是知楊氏以「𡜀」即「冑」字實不可信，其說非是。楊氏自詡精熟《說文》，然其失誤之處往往亦在於此，楊氏考字時對《說文》多所運用，對其所載篆文及其釋形多半宗守不移。以此例觀之，儘管楊氏已對甲骨、金文多所涉獵，卻仍對《說文》所錄字形過於輕信，由《說文》晚出字體反推早期文字，且深信《說文》字義，以致未能直接以甲骨字形考量、釋字，是以致誤。

又楊氏以卜辭辭例「卯叀羊」、「冑羊」相爲類比，並據古音以證「貴」與「叀」通，以「叀羊」可作「貴羊」者，亦非是。知者，「卯」於卜辭爲用牲之法，「叀」作語詞，「卯叀羊」乃卜問是否以羊行「卯」祭於小示；而「冑羊」則謂以羊行「冑」祭之謂，楊氏於「卯叀羊」、「冑羊」之解讀恐誤，且「卯叀

〔註105〕于省吾，《甲骨文字釋林》（北京：中華書局，1979 年 6 月），頁 23～25。

〔註106〕同上註，頁 23。

〔註107〕季旭昇，《說文新證》下冊，頁 186。

羊」、「𣥜羊」明顯爲不同之辭例，無法相爲類比，楊氏如此機械式的類比甲骨辭例，作爲依據，恐難成立，說不可從。饒宗頤《巴黎所見甲骨錄》指出甲文辭例中有「叀」、「𣥜」同辭之例：「弜𥁕智叀舊冊用……𣥜與叀同見一版，知楊說非也。」〔註108〕是知「叀」與「𣥜」爲不同二字，非楊氏所謂通作之字。以義考之，卜辭「𣥜」字當以于說釋「𥁕」爲是。

「𥁕」於卜辭爲用牲薦血之法，亦作祭名，其辭例爲：

乙丑卜，賓貞：小宰羌𥁕，用？《合集》241

己亥卜，賓貞：𥁕，用宰羌？《合集》246

癸亥卜貞：𥁕，用？《合集》553

貞：𥁕卯上甲？《合集》1203 正

癸卯卜，何貞：其𥁕？《合集》31128

癸卯卜：自上甲𥁕，有伐？《合集》32214

其𥁕以小示《合集》32543

丁未貞：奉禾自上甲，大示牛，小示𥁕羊？《合集》33296

乙卯卜貞：奉禾自上甲，大示牛，小示𥁕羊？《合集》33313

乙巳：歲祖乙宰、牝，𥁕于妣庚小宰？《花東》115

由以上辭例可見「𥁕」於卜辭均爲用牲法與祭名，應爲血祭之一類，非楊氏所謂與「叀」通作之「貴」字。古有薦血之儀，《禮記·郊特牲》言：「毛、血，告幽全之物也。告幽全之物者，貴純之道也。」〔註109〕行血祭之目的乃告其先祖所獻祭牲之內外完善與生氣，以示愼重。由「𥁕」之辭例可知商代確有血祭存在，且與傳世文獻相合，連劭名〈甲骨刻辭中的血祭〉一文指出：「卜辭中血祭往往用牡牲，用牲法採取歲、剮，這些都與文獻中的記載一致。」〔註110〕「𥁕」或爲用牲時取血釁於祭器之上，然商代祭祀制度甚爲複雜，用

〔註108〕饒宗頤，《巴黎所見甲骨錄》（香港影印本，1956 年），頁 25～27。

〔註109〕〔漢〕鄭玄注、〔唐〕孔穎達疏，《禮記正義》，頁 818。

〔註110〕連劭名：〈甲骨刻辭中的血祭〉，《古文字研究》第十六輯，（北京：中華書局，1989 年 6 月），頁 58。

牲薦血之血祭或有許多不同形式之表現，限於論題，此處便不再贅論。欲詳有商一代及其後世血祭之源流與細節，可參看連劭名〈甲骨刻辭中的血祭〉一文及《禮記‧郊特牲》、〈祭義〉、《周禮‧春官‧大宗伯》等文獻。

又陳劍楷定「卂」爲「汎」，言其用法與卜辭之「率」、「皆」相同，爲範圍副詞，其云：「全面排比這兩個字在卜辭中的用法，可發現大都與大家公認的表『總括』的範圍副詞『率』和『皆』很接近。將它們釋爲『祭名』或『用牲法』、『祭祀動詞』，是不可信的。」〔註111〕「盟」自于省吾釋爲祭名，學界大多認同其說，以「盟」爲祭名或用牲之法，即上文所言或爲血祭之一類。而陳劍此說別立新義，以卜辭「盟」辭例與「率」之辭例對比，一反將「盟」訓爲祭名之舊說，體例甚嚴，引證資料亦甚詳細。然細審其說，與舊說將「盟」訓爲祭名之差異，似在卜辭斷句識讀、及與卜辭既有之「率用」辭例與「盟」辭例有「盟用」，其辭例、位置相近連結而來，故而認爲「盟」於卜辭與「率」、「皆」等副詞之用法相同，以爲「盟」當作副詞，與「率」、「皆」同義。

然就陳氏所論，其所舉辭例，將「盟」以祭名之改以「率」之副詞之義者，多出於卜辭辭例斷句、識讀之不同，如上舉《合集》241「乙丑卜，賓貞：小來羌盟，用？」陳劍識讀爲：「乙丑卜，賓貞：小來羌，盟用？」；《合集》246一辭：「己亥卜，賓貞：盟，用來羌？」陳劍則識讀爲：「己亥卜，賓貞：盟用來羌？」如此，則舊釋祭名之「盟」則爲「盟用」，其辭例便與「率用」一辭相近，且均處於用辭之位置，故陳劍以爲「盟」之義當與「率」相同，認定爲副詞。然由上舉文例觀之，倘若詞性不同僅因斷句識讀之標準不同，「盟」字便有祭名與副詞之差異，如此卜辭辭例之識讀便有分歧，此一是非，彼一是非，難以做爲判定詞義之標準，陳氏以副詞爲訓，釋「盟」爲「率」之說僅由斷句識讀與前人不同而來，仍有疑慮。再者，以上舉《合集》33296、《合集》33313 二辭爲例，其云：「自上甲，大示牛，小示盟羊」，知者，商人祭祀規範嚴密，不同先祖、神靈均有分別；且大示、小示所含之先祖時有更動，則此言自上甲以下之大示「率」、「皆」以牛爲祭牲、小示「率」、「皆」以羊爲祭牲，似與商人祭祀習慣不符，此又陳氏以「盟」副詞「率」、「皆」一說之不合理之處。其三，若干陳氏讀爲副詞之例，其詞性皆爲動詞，郭靜云〈甲骨文「卂」、「兒」、「率」

〔註111〕陳劍，〈甲骨文舊釋「眢」和「盟」的兩個字及金文「飌」字新釋〉，頁 181。

字考〉一文便指出：

> 在以下祭祀詞中，「兇」字作句末。
>
> 乙卯卜，貞：自上甲兇？（《屯南》80）
>
> 辛巳，貞……上甲兇？（《合集》32369）
>
> 辛巳，……自上甲兇？（《合集》32370）
>
> 辛巳，貞：自上甲兇，叀……（《合集》32368）
>
> 「皆」字放在句末，其文義也完全不通。「兇」字在這裏用作動詞，
> 其涵義應接近於祭祀，或者卜問與祭祀相關的問題。《屯南》1482 言：
>
> 癸未……于上甲，叀兇？
>
> 其中「于上甲」和「兇」之間明顯應有斷句，「于上甲」表達享祀上
> 甲的意思，所以「兇」應該是卜問與祭祀相關的狀態或效果。〔註112〕

郭氏所言確是，陳劍所舉之例以「率」、「皆」等副詞均可通讀，然前已論及，此大多爲斷句與前人有差異之故，而其所舉「盤」辭例，以其爲「率」、「皆」之義者，許多均應以動詞視之；除郭氏則上舉《合集》之例外，《花東》115 片：「乙巳：歲祖乙牢、牝，盤于妣庚小牢？」一辭，「盤」於此辭顯然僅有動詞用法，絕無副詞之可能，若依陳氏所言，以「盤」爲副詞「率」義爲釋，便於句義不協，無法通讀辭例。由以上之討論，可知陳劍以「盤」爲「率」作副詞之說，雖於部分卜辭文例可通讀，故而認定「盤」於卜辭有副詞之用法，然其乃出自文例斷句識讀之差異，且陳氏所舉之例大多均與副詞詞性未合，難以立論。則陳劍之說未必能全盤改易于氏所言祭名之說，故筆者以爲，卜辭之「兇」字仍當以于說釋「盤」爲是。

二、釋易

《積微居甲文說》釋「易」條下，楊樹達云：

> 《書契前編》卷肆肆之叁云：「甲子，卜，殼貞，王疒齒，唯易？」

〔註112〕郭靜云，〈甲骨文「𥄂」、「兇」、「率」字考〉，《甲骨文與殷商史》（新三輯）（上海：上海古籍出版社，2013 年 4 月），頁 204。

又卷陸叄式之壹云：「甲子，卜，殼貞：王疒齒，亡易？」說者讀易
為錫，謂由上帝錫以病癒也。余謂錫愈為凡疾者所求，則不問何病，
皆當有此貞。顧觀卜辭他病未有貞「有易」、「亡易」者，而獨病齒
貞之，這易字非謂錫愈也。余謂此易字義當為更易之易。知者，《大
戴禮・本命篇》曰：「男以八月而生齒，八歲而毀齒，女七月而生
齒，七歲而毀齒。」《素問》曰：「女子七歲，腎氣盛，齒更髮長；
丈夫八歲腎氣實，髮長齒更。」《釋名・釋長幼》云：「毀齒曰齔，
毀洗故齒，更生新也。」《説文》二篇下齒部云：「齔，毀齒也。男
八月生齒；女七月生齒，七歲而齔。从齒从七。」按从七乃字誤，
段氏訂七字為《説文》訓變之七，是也，毀齒為齒落更生，故為七
也。此年幼者有易齒之事也。《釋名・釋長幼》云：「九十或曰齯齒，
大齒落盡，更生細者，如小兒齒也。」此年老者有易齒之事也。卜
辭「有易」、「亡易」之易，即《素問》所謂齒更，齔字所从之齒七
也。今人謂齒墮更生曰換牙，正卜辭易字之義矣。〔註113〕

案：「易」甲文作「⿰」、「⿰」等形，金文作「⿰」、「⿰」、「⿱」等形，
歷來說者眾多，孫詒讓以「更易其日」釋之，即「改天」之義，言「吉則不
易日，不吉則易日」〔註114〕；王國維以「祭名」釋之〔註115〕；郭沫若以「易」
為「暘」，訓為「陰」，楊樹達從之〔註116〕；陳邦福以「易」為「禓」，言古「易」
與「易」多通叚、嚴一萍以「易」為「暘」，以為「易」、「易」一字，「易日」
即「日出」〔註117〕；楊樹達則以「更易」釋之，以上諸家各持己論，亦各有
所據，然均仍有未確之處。考「易」之字形，郭沫若據金文〈德鼎〉（《集成》
2450）、〈德殷〉（《集成》3733）、〈叔德殷〉（《集成》3942）諸器有字形作「⿱」、

〔註113〕楊樹達，《積微居甲文説》，頁 21～22。

〔註114〕〔清〕孫詒讓，《契文舉例》，頁 141。

〔註115〕王國維，《戩壽堂所藏殷墟文字》，頁 1252。

〔註116〕郭沫若，《殷契餘論》（北京：科學出版社，2002 年 10 月，《郭沫若全集》本），
冊 1，頁 392。

〔註117〕陳邦福說見《殷契辨疑》。陳邦福，《殷契辨疑》（北京：北京圖書館出版社，2000
年，《甲骨文研究資料彙編》本），冊 88，頁 3。嚴一萍說見《甲骨文字詁林》所
引《中國文字》之論。

「🌿」、「🌿」者，乃據此言「易」為「益」之簡化〔註118〕。觀郭氏所據諸器，字形作「🌿」、「🌿」、「🌿」等形，其與金文之「益」作「益」、「益」等形相較，其字形構義仍有差異，甲文中已有常見之「益」字作「益」，「易」與「益」字形全不相類，當為不同二字，李孝定便云：「以所舉🌿之字形及音言之，其說或是。然易、益二字之義，又相去懸遠，了不相涉。且契文、金文益字多見，除郭氏所舉🌿字一文外，餘均從益，未見與🌿、🌿形近者。」〔註119〕李說甚是，「易」與「益」於文字形構與取義均有所別，實為不同二字，趙平安〈釋「易」與「匜」──兼釋《史喪尊》〉一文亦云：「益為水自滿溢出，無外力作用。🌿字則不然，既然器內水點朝著一個方向流出，持需持鎣注水無疑。……金文益字跟德器的🌿區別是很明顯的，他們絕不可能是同一個字。」〔註120〕由李氏與趙氏之言，則知「易」、「益」二字乃根本二字，郭氏言其為一字之簡化，其說非是。甲文「易」有作「🌿」形者，徐中舒謂：「象兩酒器相傾注之形。」〔註121〕其說甚是，以盛水或酒之器相互傾注，後字形簡省作「🌿」，酒器相傾注，則酒器水位便有增減變化，故以「變易」之義為「易」之本義。「易」於甲文中十分常見，除本義外另假借為「賜」及「徥」，或為方國之名，茲先舉卜辭辭例如下，再對各家說法提出商榷：

> 丙寅卜，殼貞：來乙亥易日？《合集》655甲正

> 易日？《合集》822反

> 貞：無歸易日？《合集》1191反

> 不其易日？《合集》1191反

> 翌庚寅易日？《合集》1210

> 翌辛巳其易日？《合集》1855正

〔註118〕郭沫若，〈由周初所見四德器的考釋談到殷代已在進行文字簡化〉，《文史論集》（北京：人民出版社，1961年12月），頁344～346。

〔註119〕李孝定，《甲骨文字集釋》，頁3028。

〔註120〕趙平安，〈釋「易」與「匜」──兼釋《史喪尊》〉，《金文釋讀與文明探索》（上海：上海古籍出版社2011年10月），頁69。

〔註121〕徐中舒，《甲骨文字典》，頁1063。

翌辛易日？《合集》1855 正

不其易日《合集》2987

貞：翌丁未不其易日？二告《合集》3251 正

貞：翌丁未不其易日？《合集》3251 正

貞：翌辛未易日？《合集》4055 正

貞：翌庚申我伐，易日？庚申明霧，王來途首雨。《合集》6037 正

貞：翌甲寅不其易日？《合集》8510

□□，爭貞：翌甲申易日？之夕，月又食。甲霧不雨。《合集》11483

貞：甲寅卜，㱿貞：翌乙卯易日？《合集》11506

丙寅卜：内翌丁卯王步易日？《合集》11274 正

□賓翌癸卯易日？允易日。《合集》13074 甲

甲戌易日？《合集》13153

乙亥易日？《合集》13153

甲辰卜：翌乙巳易日？乙巳允易日。《合集》13310

癸卯卜，賓貞：翌甲戌易日？《合集》13311 正

貞：翌甲戌易日？甲戌允易日。十二月。《合集》13311 正

甲申卜，旅貞：今日至於丁亥易日不雨？在五月。《合集》22915

丙寅卜：翌丁卯易日？《合集》24933

丙戌卜，大貞：于來丁酉酚大史易日？《合集》25935

庚午貞：辛未敦召方易日？允易日，弗及召方。《合集》33028

甲辰卜：王步戊申易日？《合集》32941

甲辰卜：王步丁未易日？《合集》32941

乙卯卜：王步丁巳易日？《合集》32941

　　辛酉卜：王入癸亥易日？《合集》32955

　　丙辰卜：不易日丁巳？《小屯》2601

　　丙辰卜：不易日？《小屯》2601

　　戊午卜：王步，易日己未？《小屯》2601

　　戊午卜：王步，易日庚申？《小屯》2601

　　己未卜：王步，庚申易日？《小屯》2601

　　上舉諸辭例中多見「易日」、「不其易日」之語，孫詒讓以《儀禮・特牲饋食禮》「若不吉則筮遠日爲出儀」爲據，言「吉則不易日，不吉則易日」，以「易日」爲「改日」。然商人祭祀，祭祀之日必與先祖之名對應，檢視卜辭辭例，不論於前祭祀一日之卜牲，或於當日祭祀先祖之當日祭，俱無祭日與先祖不相配合之辭，殆無延誤或改易其日之例；且辭例中「易日」、「不其易日」等語亦多見於與祭祀無關之辭例中，故孫氏「吉則不易日，不吉則易日」之「改易」一說，恐難成立，並不正確。王國維以「易日」爲祭名，前已論及，「易日」一語不全然見於祭祀卜辭之中，且多辭言「王步」、「王入」卜問王之出入，或於驗詞出現「允易日」等語，皆與祭祀無關，是知王氏「祭名」一說無所憑依，亦無法成立。至陳邦福「易」爲「禓」、嚴一萍「暘」，言「易」、「易」爲一字之論，考卜辭之「易」作「𝌆」，與「易」字形、字義均有不同，「易」、「易」實爲不同二字；且由上引《合集》6037 正一例之驗辭言「庚申明霧，王來途首雨」觀之，可知庚申之日爲雨天，則占辭所言之「易日」便無「暘日」之可能，則陳氏、嚴氏之說，其誤顯然，說不可信。

　　又郭沫若以「易日」爲「暘日」，言：「乃卜日之陰晴也。」〔註122〕「暘」，《說文》訓爲「日覆雲暫見也」〔註123〕，即今所謂「陰天」，楊樹達從其說，言：「易當讀爲暘。」〔註124〕亦以「易日」爲「暘日」。但觀上舉辭例，多數爲卜「翌日」或二至三日後是否「易日」，而辭例中亦無從得知卜問當日天氣狀態，則所卜問之「易日」是否即爲「陰天」，仍有待商榷；且《合集》11483

〔註122〕郭沫若，《殷契餘論》，頁 392。

〔註123〕〔漢〕許慎，《說文解字》，頁 307。

〔註124〕楊樹達，《積微居甲文說》，頁 21。

片言：「翌甲申易日？」驗詞則謂：「之夕，月又食。甲霧不雨」，顯示甲申當日天象為晴天，而「霧」與「日出雲暫見」之天象狀態亦不相符，則由該驗詞記錄之天氣狀態，可知「易日」非指「陰天」，郭說仍有可疑之處；又由《合集》32941 觀之，甲辰日卜問多日後之連續二日丁未與戊申是否「易日」；《小屯》2601 片連續數日卜問數日後是否「易日」，若「易日」為「陰天」，則不甚合理，沈建華言：「在長達五日中商王反覆問是否有陰天不免有牽強之意。」〔註125〕其說可從，且卜辭中卜問天候之辭有「啓」、「雨」、「風」、「雪」等語，但目前仍未見有可與「易日」對應之辭如「啓日」、「雨日」之例，則「易日」未必即「暘日」，郭氏、楊氏以「易日」為「暘日」之說，立論多有可商之處，未足可信。

　　「易日」既不為「改日」，又不為「暘日」或「暘日」，則當作何解？筆者以為「易日」之「易」仍當依原義，以「變易」之「易」訓之，孫海波言：「易日，易猶變也，猶今言變天。」〔註126〕其說是也，「易日」即卜問天候是否轉變，即今言「變天」。如上舉《合集》33028 辭言：「辛未敦召方易日」，乃卜問討伐召方時是否天候有變？而驗辭云：「允易日，弗及召方」，即言由於天候變易，故而弗及召方；又辭例中涉及「王步」與「王入」等王之出入一事，故辭例常見於前日或數日前先行卜問天候是否有變，以利王之出入。據此可知，甲文中大量出現之「易日」與「不易日」俱為卜問天候是否「變易」，非諸家所謂「改日」、「暘日」或「暘日」之謂。又今人朱歧祥採郭氏「易為益之簡化」之說，其〈易日考〉一文云：「易源自益，而益字既象匜皿中水多而溢出之狀，字的引申自有增多、增強的意思。因此，易、益字同，「易日」即「益日」，可直接理解為充沛的日光，及今言烈日，俗稱大太陽的日子。」〔註127〕朱氏以「易日」為「益日」，作日光充沛之意。然前已論及，「易」與「益」字形全不相類，構字所會之意亦有所別，恐非一字，今以「易日」為「益日」之說，似仍有討論空間。然以「易日」作「益日」於辭例或可通讀，故今亦錄其說於此，可備一說。

〔註125〕沈建華，〈釋殷代卜辭擇日術語「易日」〉，《沈建華甲骨學論文選》（北京：文物出版社，2008 年 8 月），頁 182。

〔註126〕孫海波，《甲骨文編》，頁 394。

〔註127〕朱歧祥，〈易日考〉，《朱歧祥學術文存》，頁 47。

「易」於卜辭尚有「賜予」之義，如：

　貞：翌乙亥易多射、🀲？《合集》5745

　王占曰：吉，易？《合集》9464 反

　乙卯卜，亘貞：勿易牛？《合集》9465

　貞：易牛？《合集》9465

　貞：勿易黃兵？《合集》9468

　庚戌□□貞：易多女，有貝朋？《合集》11438

　易龍兵？《小屯》942

　　上舉辭例皆卜問是否賞賜某物，則辭例中「易」均作「賜」當無可疑，其用法與金文同。「易」又爲地名，如《合集》5637 反云：「易入二十。」此辭刻於甲橋，王宇信、楊升南《甲骨學一百年》：「甲橋刻辭，是刻於龜腹甲兩邊突出的甲橋背面的記事文字，所記內容大多是關於該批卜用龜甲從何處入貢來的。」〔註128〕「易方」王國維言：「其國當在大河之北，或易水左右。」〔註129〕易水位今河北省西部，則「易方」或在殷商之北。

　　又楊氏引「甲子，卜，㱿貞，王疒齒，唯易？」、「甲子，卜，㱿貞：王疒齒，亡易？」二辭，並釋「唯易」、「亡易」爲「齒更」，並以《素問》、《釋名》等文獻爲據，言幼兒與成人俱有「易齒」之事，故二辭之「易」當解爲「易齒」，言卜問商王是否「齒更」。楊氏「齒更」之說有文獻佐證，乍看成理，然似是而非，實與事理相背，不足爲信。蓋「齒更」一事僅爲幼兒成長階段之生理現象，成人之齒謂之「恆齒」〔註130〕，一旦脫落便無再生新齒之可能。此二辭之「王」應爲武丁，爲成年之人，無「齒更」之可能，楊氏「齒

〔註128〕王宇信、楊升南主編，《甲骨學一百年》（北京：社會科學文獻出版社，1999 年 6 月），頁 245。

〔註129〕王國維，〈殷墟卜辭先公先王考〉，《觀堂集林》，頁 419。

〔註130〕筆者案：幼兒一旦換牙即謂之「恆齒」，爲永久性齒牙，不論任何情況，成人絕無再生新齒之可能。《漢語大詞典》「恆齒」一條言：「人和哺乳動物的乳齒脫落後長出的牙齒。恆齒脫落後一般不再重生。」羅竹風等編，《漢語大詞典》（上海：漢語大詞典出版社，1995 年 11 月），卷七，頁 518。

更」一說悖於常理邏輯，其說非是。姚孝遂言：

> 楊樹達以「疾齒唯易」為「齒更」亦有可商，「齒更」乃小兒生理
> 之常，此言「王疾齒」，商王為武丁，不得以「換牙」解之。易當
> 讀作「俟」，《禮記・中庸》：「故君子居易以俟命。」《注》：「平安
> 也。」齒疾而占「佳易」、「亡易」為平安與否也。此與「有壱」、「亡
> 壱」之用意同。〔註131〕

姚說可從。《說文》「俟」訓為「行平易也。」〔註132〕引申而有「安」義，以此
訓上舉二辭，較楊說合於事理，義亦足順，當以此訓為是。楊氏以「齒更」釋
之，雖有其依據，且有文獻佐證，然成人「齒更」一事，若非人工造作，實聞
所未聞之奇事，與人類生理客觀現實有所落差，楊說非是。

三、釋征

《積微居甲文說》「征」字條下，楊氏云：

> 《續編》卷肆壹伍之壹云：「己酉，卜，貞，今日征雨？」《前編》卷
> 貳玖之叁云：「乙未，卜，賓貞，今日其征雨？」又卷叁式拾之叁云：「貞
> 今丙午征雨？今丙午不其征雨？」又卷壹肆玖之伍云：「△子，卜，亘
> 貞，征雨，不多雨？」此皆貞征雨者也。《龜甲獸骨古文字》卷壹柒
> 之廿壹云：「貞征慧雪出△？」《前編》卷叁壹玖之伍云：「辛卯，卜貞今
> 日征雪？妹，昧征雪。」此皆貞征雪者也。《鐵雲藏龜》百式拾之式云：
> 「貞不其征凡？風」此貞征風者也。又壹零叁之肆云：「貞征啟？」又
> 壹零式之叁云：「夕啟？癸巳，征啟。」此貞征啟者也。按《說文》征
> 為徙字之或體，然徙雨、徙雪、徙風、徙啟，文義難通，疑征字從
> 止聲，征蓋假為止也。……上舉辭云：「貞征多雨？」又云：「貞征雨，
> 不多雨？」足為吾說之徵。〔註133〕

《甲文說・讀胡厚宣君〈殷人疾病考〉・凵征》條下云：

> 胡云：征即延，言殷王武丁患頭病，勿延纏也。按征字自羅振玉釋

〔註131〕于省吾主編、姚孝遂按語編撰，《甲骨文字詁林》，頁 3390。

〔註132〕〔漢〕許慎，《說文解字》，頁 77。

〔註133〕楊樹達，《積微居甲文說》，頁 25。

為《說文》訓安步延之延，近人皆從之。胡又以延延為一字，故釋甲文之ㄥ征為勿延纏。然則《說文》彳部徙或作征，則甲文ㄥ征即無徙也。疒首占無徙者，古有患病遷地之俗。《漢書・原涉傳》記涉所知母病避疾在里舍，《後漢書・來歷傳》記皇太子驚病不安，避幸乳母王聖舍，〈魯丕傳〉記趙王商欲避疾，移往學官，皆其事也。今俗人迷信，尚有其事。殷人尚鬼，蓋早有此風，故占徙否也。〔註134〕

《卜辭求義》「征」字條下，楊氏云：

《前編》一卷一葉之七云：「△壬戌，卜，△貞示壬翊△。翊癸亥，其征于示癸。」樹達按《說文》徙或作征，甲文征蓋用此義。此辭蓋以壬戌歲祭於示壬，明日癸亥，改行歲祭於示癸也。二卷二十葉之四云：「△貞，王其戋征，△于夫，征至盂，往來亡災？在七月。」此辭第一征字乃地名，第二征字亦遷改之義。《粹編》一六九片云：「大乙事，其征大丁。」征字義亦同。〔註135〕

又「緝」字下云：

《粹編》七二〇片云：「甲子，卜，不緝雨？」郭沫若云：「緝疑瑱之古字，象耳有充耳之形。不緝雨者，猶他辭言不征雨，雨不延綿也。」樹達按甲文恆言不征雨，征與止同，此緝字蓋從耳聲，亦假為止。耳、止同咍部字，恥字亦從耳，《廣韻》音敕里切，與止音近，故緝可假為止矣。〔註136〕

案：甲骨文「征」字從「彳」、「止」，作「彳止」、「彳止」等形，歷來諸家說法不一，孫詒讓《契文舉例》釋「征」；羅振玉《增訂殷墟書契考釋》釋「延」；王襄以為「延」、「延」二字通，楊樹達則以為考「征」字形，從「彳」、「止」會意，象行走之義〔註137〕。孫氏釋「征」，然「征」甲文作「彳正」，與「彳止」字形、字義迥別，不可一概視之，是知孫說非是。

〔註134〕同上註，頁86。

〔註135〕楊樹達，《卜辭求義》，頁57～58。

〔註136〕同上註，頁58。

〔註137〕以上各家之說見《甲骨文字詁林》「延」字條下。于省吾主編，《甲骨文字詁林》，頁2230～2232。

又楊氏據《說文》「徙」之或體作「𢓊」訓「遷」，或言「征字从止聲，征蓋假爲止」者，亦非。究之字形，「征」字從「彳」、「止」，「彳」有行道之義；「止」甲文作「𐀀」，象腳趾之形，是知「征」字從「彳」、「止」，其構字原理乃強調行走之義，苟依楊說以「字从止聲」，假借爲「止」，則其字所從部件「彳」將何所取義？況「止」之「停止」義本身已是假借，「假借之文聲不示義」〔註138〕，楊氏以此爲訓，忽略文字構形與部件，實無所取義；又「止」古音在端母之部，「徙」古音在心母歌部，聲母一爲舌頭音，一爲齒頭音，舌頭音、齒頭有別，不可互相音轉，且二字韻母遠隔，亦無韻通之理；又《說文》篆文距甲骨卜辭已有千年之遠，篆文字形或有演變、譌誤之慮，今僅據篆文「徙」字重文而驟言假借，亦略嫌輕率武斷。綜上所述，「征」與「徙」實爲不同二字，楊氏以篆文「徙」字或體釋甲文之「征」，於字形已有所誤，訓義爲「遷」，或借「止」者，於字形、字音、字義乃至證據均未盡是，其說實難成立，說不足信。

考「征」字從「彳」、「止」會意，揆之字形、字義，則當以羅氏引《說文》「安步延延」訓「延」者爲正〔註139〕。卜辭「征」有「延續」、「連綿」之義，時見卜問「征雨」、「征風」、「征啓」及是否「征」其行爲動作之卜問，均爲「延續」、「連綿」之義：

> 貞：翌甲寅征雨？《合集》158

> 翌甲征雨。《合集》158

> 貞：不其征雨？《合集》4566

> 貞：征雨。《合集》4566

> 今丙午不其征雨？《合集》4570

> 貞：今丙午征雨。《合集》4570

> 貞：今日其征風？《合集》13337

〔註138〕魯實先，《假借遡原》，頁65。

〔註139〕筆者案：「延」、「延」二字字形相類，古音同在透母元部，當爲一字之分化。季旭昇《說文新證》言：「甲骨、金文从彳从止，與『延』同字。……後來大概因爲『延』用作副詞，所以『步行於路』的意義就在『止』的上方加一斜筆，因而產生了『延』字。」季旭昇，《說文新證》上冊，頁125。

貞：不征啓？六月。《合集》13133 正

貞：不其征啓。《合集》13134

己巳卜貞：啓征？《合集》22280

貞：今夕不其征啓？《合集》24925

其征田無災？《合集》23006

癸卯卜：王其征二盂田，旬受禾？《合集》28230

壬申卜，㱿貞：王勿征南狩？《合集》10610 正〔註140〕

甲子卜，㱿貞：疾疫不征？《合集》13658 正

貞：婦好不征疾？《合集》13711

貞：婦好其征有疾？《合集》13713 正

貞：子賓不征有疾？《合集》13890

婦好其征有疾？《合集》13931

癸酉卜，爭貞：王腹不安，凵征？《合集》5373

丁丑，王卜曰：惟余其凵征？《合集》24980

甲辰卜，出貞：王疾首，凵征？《合集》24956

甲辰卜，出貞：王疾首，凵征？《合集》24957

丙午卜，出貞：歲卜有祟凵征？《合集》26096

壬卜：子其征休？《花東》3

戊卜：翌日己征休于丁？《花東》53

丙辰卜：征奏商若？用。《花東》86

己巳卜：雨不征？《花東》103

其征疾？《花東》117

〔註140〕筆者案：此辭釋文本作「甲申」，然實際檢視拓片，申上一字應爲「壬」字，據此改作「壬申」。

上舉諸辭或言「征雨」、「征風」、「征啓」、「征田」、「征狩」、「征疾」、「凵征」者，均為「延續」、「連綿」之義，趙誠〈甲骨文虛詞探索〉即言：「甲骨文寫作㣬，或寫作㣫，左右無別。均象止行走於道路之形。一切行走均有繼續之義，則為本義之引申。卜辭用作副詞，有『連綿』、『繼續』之義。」〔註141〕趙說是，「征」於卜辭用作「延續」、「連綿」之義，與「止」義無涉，是知楊氏據《說文》「徙」字重文以為「征」假借為「止」之論，實不足信，其字仍當依羅氏訓「延」為是。又楊氏〈讀胡厚宣君〈殷人疾病考〉釋「凵征」以「古有患病遷地之俗」、「今俗人迷信，尚有其事。殷人尚鬼，蓋早有此風」為據，釋「征」為「徙」乃出於主觀臆測，且所舉二、三文例均為去殷甚遠之漢代文獻，以今律古，未有確證，其論亦不足信。

「征」於卜辭除用作副詞表「延續」、「連綿」之義以外，於辭例可見尚有用作祭名者，如：

> 壬戌□貞示壬，翌□……歲翌癸亥，其征于示癸？《合集》22710

> 大乙史，其征大丁？《合集》27126

> 戊申卜，即貞：其征丁歲？六月。《合集》23069

> 甲戌卜，行貞：歲其征於祖甲？《合集》23097

> 戊申卜，中貞：王賓征凵尤？《合集》22587

> 丙午王卜：大征？《合集》23667

> 甲辰王卜：大征？《合集》25929

> 辛巳王卜：大征？《合集》25929

> 戊辰卜：其征兄己、兄庚？《合集》27616

> 戊辰卜：其征兄己、兄庚？歲？《合集》27617

> 貞：征？《花東》205

> 乙：歲征祖乙？《花東》237

〔註141〕趙誠，〈甲骨文虛詞探索〉，《古文字研究》第十五輯（北京：中華書局，1986年6月），頁279。

以上諸辭之「祉」均用作祭名，俱卜問是否進行「祉祭」。其中《合集》22710
一辭，即楊氏《卜辭求義》「祉」字條下所引《前編》一卷一葉之七條；《合
集》27126 一辭，即楊氏所引《粹編》169 片，二辭楊氏均以「徙」之本義訓
「遷」，意謂遷祭示癸、遷祭大丁。然前已提及，「祉」、「徙」為不同二字，「祉」
與「徙」義無涉，此處「祉」應解為祭名，《合集》22710「祉于示癸」乃卜
問是否對「示癸」行「祉祭」；《合集》27126 乃卜問是否對「大丁」行「祉祭」，
非楊氏所謂「改遷」之義，楊說非是，論不可據。

　　又楊氏《卜辭求義》「緝」字引《粹編》720 片「不緝雨」即「不祉雨」，
即「不止雨」者，亦非。該辭「緝」字作「𦗁」，丁山隸作「珥」，釋「緝」；
郭沫若言為「瑱」之古文；于省吾釋為「茸」，訓為「盛」；李孝定以為讀為
「弭」，訓「止」〔註142〕。考「𦗁」字從「耳」、「糸」，象以「糸」相連於「耳」，
季旭昇《說文新證》言：「學者或釋聯，字從耳、從幺，會耳聯之意。《說文》
為從『絲』有『絲連不絕』之意。」〔註 143〕則知此「𦗁」亦有「延續」、「連
綿」之義，楊氏、李孝定訓「止」，郭氏釋「瑱」，于省吾訓「盛」皆不確。
姚孝遂亦言：

> 字當訓「聯」。《說文》：「聯，從耳，耳連於頰也。從絲，從絲，絲
> 連不絕也。」契文即從「耳」、從「糸」。「糸」即「絲」之省。「不
> 聯雨」即「不連雨」，猶他辭之言「不祉雨。」〔註 144〕

姚說可從。「𦗁」可釋為「聯」字，有「連綿」之義，「不聯雨」即謂「不祉雨」，
亦「延續」、「連綿」之義。楊氏雖以「止」、「耳」古音相近為據，言「緝」假
為「止」，然「止雨」義不可通，僅憑聲音條件之孤證〔註145〕，其說仍有未逮，
論不足信。此辭「緝」當訓「聯」，其為「延續」、「連綿」之義，非楊氏所謂「停

〔註 142〕諸家說見《甲骨文字詁林》。于省吾編，《甲骨文字詁林》，頁 652～653。

〔註 143〕季旭昇，《說文新證》下冊，頁 179。

〔註 144〕于省吾編，姚孝遂按語，《甲骨文字詁林》，頁 653。

〔註 145〕筆者案：「耳」、「止」古聲母同屬舌音，古韻同在之部，有假借條件，但僅憑此語
　　　　音條件認定「緝」假借為「止」，證據仍顯薄弱。王力便言：「兩個字完全同音，或
　　　　者聲音十分相近，古音通叚的可能性雖然大，但是仍舊不可以濫用。如果沒有任何
　　　　證據，沒有其他例子，古音通叚的解釋仍然有穿鑿附會的危險。」王力，《王力文
　　　　集·訓詁上的一些問題》，（濟南：山東教育出版社，1990 年 6 月出版），頁 196。

止」之義。

四、釋戠

《積微居甲文說》「戠」字條下，楊氏云：

> 卜辭云：「己卯卜，王貞：余勿从洗戜戠？」《續編》伍卷壹貳葉貳版又云：「貞勿△△丁宗，凶戠？」《甲編》壹貳玖陸或云戠，或云凶戠，依字讀之，義不可通。余按：戠者，忒之假字也。《易·豫掛·象傳》云：「天地以順動，故日月不過而四時不忒。」《釋文》引鄭《注》云：「忒，差也。」《詩·大雅·瞻卬》云：「鞫人忮忒。」《毛傳》云：「忒，變也。」甲文言凶戠，猶他辭言凶它、凶匄也。戠得叚忒者：《說文》十二篇下厂部云：「弋，橛也，象折木衺銳之形。」又六篇上木部云：「樴，弋也，从木，戠聲。」按弋、樴古韻同在德部，聲亦相近。弋爲象形，樴爲後起之形聲字，實一字也。弋、樴字同，而忒字从弋聲，故得假戠爲忒矣。[註146]

案：「戠」甲文作「🀅」、「🀅」、「🀅」、「🀅」等形，金文作「🀅」、「🀅」、、「🀅」、「🀅」，字並從「戈」，從「🀅」或「🀅」，金文初與甲文同形，後有於「口」形加點作「🀅」者，篆文或承此而來作「🀅」，知「戠」字初不從「音」。「戠」字甲文屢見，饒宗頤、于省吾釋爲「臷」[註147]；羅振玉、李孝定均釋爲「犆」，即「黃牛」[註148]；郭沫若以爲「日之變」，即「日蝕」[註149]；裘錫圭釋「待」[註150]；楊氏則以爲「忒」之通叚。實際以甲骨辭例觀之，筆者以爲「戠」有作名詞爲人名曰「子戠」者，亦有作地名者；其餘出現均爲祭祀動詞，釋「臷」、「犆」、「日蝕」、「待」、「忒」均末確。茲舉「戠」辭例於下，再行分辨：

〔註146〕楊樹達，《積微居甲文說》，頁37。

〔註147〕于省吾，《甲骨文字釋林》（北京：中華書局，1979年6月），頁182。

〔註148〕羅說見《增訂殷墟書契考釋》。羅振玉，《增訂殷墟書契考釋》，頁101。李說見《甲骨文字集釋》。李孝定，《甲骨文字集釋》，頁334。

〔註149〕郭沫若，《殷契粹編》（臺北：大通書局，1970年2月），頁365。

〔註150〕裘錫圭，〈說甲骨卜辭中「戠」字的一種用法〉，《裘錫圭學術文集》，甲骨文卷，頁163。

□戌卜貞：不夷余奠子戠？十月。《合集》20036

乙丑卜：王勿畱侑子戠？《合集》20037

壬辰子卜貞：婦🏠子曰戠？《合集》21727

乙亥卜：戠于之，若？《花東》5

戠弜出宜？用。《花東》26

戊卜：戠弜酯子興、姒庚？《花東》28

以上辭例可見「子戠」，或曰「戠」當爲人名，《合集》20036、20037 之「子戠」作爲被祭祀之對象，或爲已過世之「多子」之一；《合集》21727 則爲卜問婦🏠所生之子是否可以「戠」命名，一爲祭祀對象，一爲初生嬰兒，二者應爲不同之人，然不論是否爲同一人，「戠」字有作人名之用，當無疑問。另「戠」之字義當爲祭名或用牲法，卜辭中常見，其辭爲：

我勿以戠牛？《合集》8969 正

其戠牛？茲用。《合集》35995

乙丑卜，行貞：王賓祖乙，戠一牛？《合集》22550

辛酉貞：大乙戠一牢？《合集》32425

戊寅卜，旅貞：王賓大戊戠無固？《合集》22835

戊戌卜貞：王賓大戊戠無固？《合集》22843

戊申卜，旅貞：王賓大月戠無固？《合集》22845

戊午卜，大貞：王賓戠無固？《合集》25662

戊辰卜，即貞：王賓戠無固？《合集》25664

丁卯卜，尹貞：王賓戠無固？《合集》25672

丙寅卜，旅貞：王賓戠無固？《合集》25690

戊申卜，寧貞：王賓戠無尤？《合集》27042 反

己亥卜，寧貞：王賓戠無尤？《合集》27042 反

甲辰卜，暊貞：王賓戠無尤？《合集》30547

弜戠日其有歲于仲己？《合集》27388

戠日？《合集》29697

庚辰貞：日戠其告于河？《合集》33698

戊子貞：日有戠告于河？《合集》33699

甲子卜貞：日戠于甲寅□□《合集》33703

弜有戠？茲用。《合集》30521

弜有戠？茲用。《合集》30522

弜有戠？《合集》32425

壬寅貞：月又戠，王不于一人囚？《小屯》726

壬寅貞：月有戠，其有土，燎大牢？《小屯》726

　　檢視上舉各辭，可見「戠」或為用牲法，即上舉辭例所謂「戠牛」、「戠一牛」、「戠一牢」者，而其餘各辭均為祭名。「戠」既為用牲法或祭名，則羅振玉、商承祚、李孝定釋「戠」為「犆」，羅振玉、商承祚云「戠」與《說文》訓「黏土」之「埴」通〔註151〕，故又可與「犆」通，言「戠」即《禮記‧玉藻》所謂「大夫以犆牛」之「犆牛」，以土色為黃，故以其為「黃牛」。李孝定更進一步以「犆」一詞於辭例中與「不純色牛」相對，言所謂「黃牛」乃為「純色牛」之概念〔註152〕。考羅氏、商氏、李氏以「戠」通叚為「犆」，訓為「黃牛」者，考「戠」古音在端母職部，「埴」、「犆」在定母職部，具音轉條件，然其說似先據文獻有作「犆」者，方與《說文》訓「黏土」，且音近可通之「埴」之連結，復由其義訓解「戠」字為「犆」言其為「黃牛」。其說不僅無法通讀上列各辭，亦與實際所見辭例拓片字形不合，若李孝定《甲骨文字集釋》楷定為「犆」之諸字〔註153〕，以《甲骨文合集》所收與「戠」、「牛」有關之8969正、30718、35995、37000、37001、37002諸片辭例檢視，上舉

〔註151〕〔漢〕許慎著，《說文解字》，頁690。

〔註152〕詳見《甲骨文字詁林》「戠」字下。于省吾編，《甲骨文字詁林》，頁2347～2351。

〔註153〕李孝定，《甲骨文字集釋》，頁333。

諸片拓片中，「⼷」、「⼧」字形均未相連，無一如《甲骨文字集釋》所錄字體相連可楷定爲「犆」形者，則諸家釋「歆」爲「犆」，復通叚爲「犆」欲與經典文獻連結者，其說可商；且島邦男《殷墟卜辭研究》即引《合集》23165片爲例：「白牛其用于毓祖乙歆」〔註154〕，由此片觀之，苟依羅氏諸家所言，「歆」爲「犆」爲「純色牛」而言，則該片「歆」與「白牛」同在一版，足見「歆」不爲「犆」，亦非表示「純色牛」之謂，是知羅氏等人之說與文例不符，說不可信。又饒宗頤據《禮記‧聘禮》、于省吾據《儀禮‧鄉射禮》以「歆」通叚爲「膱」，即「肉乾」之義，乃取「奉膱」之義。考「歆」、「膱」古音俱在端母職部，同音可通。然以上舉卜辭辭例觀之，以「歆」通「膱」，於甲文辭例之詞性與用法亦不能合，無法通讀辭例，則于氏釋「膱」，亦不足信。

又郭沫若《殷契粹編》以「日歆」、「日又歆」等與以爲「歆」與「食」通，以其爲「日之變」，即今人所云「日蝕」者，說亦非是。上舉辭例中，《合集》27388 至《小屯》726 片諸辭出現「日歆」、「日又歆」、「月又歆」諸例，「日歆」與「月歆」相對，郭氏「日蝕」說看似言之成理，然細審卜辭辭例，多見「月食」一語，其字形均作「食」，則「月食」與「月歆」是否同爲一事仍須細作考量。島邦男於此便採懷疑之態度：

> 若將「日歆」釋作日蝕的話，那麼舉例來說，像「甲子卜貞日歆于甲寅」的卜辭，勢必要解爲卜甲子日五旬後的甲寅日是否有日蝕了，這當然是極爲無稽之事。又下舉二詞皆爲武乙時告祀父康丁之辭〔註155〕，且其卜日是連續的，如果將「日又歆」釋爲日蝕的話，那麼便成了庚辰與辛巳兩日都有日蝕了，武乙一代果眞有可能有日蝕行於庚辰與辛巳兩日的組合嗎？像這樣，要把「日歆」解作日蝕是相當困難的。〔註156〕

島邦氏之說甚爲精當，則由辭例觀之，「日歆」或「歆日」、「月又歆」等語，疑爲卜問是否對日進行祭祀，非郭氏所謂「日之變」之「日蝕」。

又楊氏舉「貞勿△△丁宗，凶歆？」一辭爲例，以「凶歆」一詞所在位置

〔註154〕島邦男，《殷墟卜辭研究》（臺北：鼎文書局，1975 年 12 月），頁 269。

〔註155〕筆者案：此二詞分別爲《合集》33698：「庚辰貞：日又歆其告于父丁？」、《合集》33710：「辛巳貞：日又歆其告于父丁？」

〔註156〕島邦男，《殷墟卜辭研究》，頁 268～269。

與卜辭常見之「弋它」、「弋勾」相同，並據《說文》訓「弋」之「樴」字以爲「弋」、「樴」同字，故將「戠」釋爲從「弋」聲之「忒」，訓爲「差」，「弋戠」即「弋差」，即「無因」、「無尤」之義。筆者以爲楊說亦未確，考楊氏之說乃據篆文之「樴」字而來，以「樴」從「戠」聲，又訓爲「弋」，故「戠」假爲從「弋」聲之「忒」。然前文已提及甲文「戠」作「𢦏」，字形初不從「音」，且《說文》「戠」字下言「闕」，顯見許慎亦未知其音義，則篆文之「戠」與甲文之「𢦏」是否爲同字仍有疑慮；且「戠」字從「戈」，「戈」與「弋」爲根本不同之物，安得以「弋」與後起之「樴」字義訓，據以訓釋甲文之字？是知楊氏以「戠」爲「忒」不僅於字形理據不足，且釋義亦略嫌迂迴，其說恐非是。楊氏舉例即《合集》13544 片：「貞：勿征 𠙹丁宗，無戠？二月」一辭，其義頗難所解。裘錫圭〈說甲骨卜辭中「戠」字的一種用法〉嘗論及卜辭中部分之「戠」，可轉讀爲「待」，其云：「跟『戠』相對的動詞，有『占』、『步』、『出』、『入』、『歸』、『徝』、『比』、『酒』；『屮』（侑？）、『故』、『用』、『退』、『才』（伐？）、『使』等字。我們的任務就是要根據『戠』的字音，在古漢語裡找出一個在語義上可以跟上列這些詞處在正反相對的地位的動詞。看來這個動詞只能是須待的『待』。」〔註157〕裘氏詳列甲文辭例，認爲部分甲文辭例中如「余戠」、「勿用戠」、「入戠」、「歸戠」等均應讀爲「待」，「待」古音在定母之部，與「戠」音近可通，且以裘氏所舉之例檢驗，讀「戠」爲「待」均可通讀，裘說可信。以裘氏訓「待」之說檢驗上舉《合集》13544 片所言，前言「勿征（延）」，後卜問是否「無戠」，則「無戠」依裘氏所釋之「待」似可通讀，且於字義叫楊氏所訓直接，或可備一說。

然《合集》13544 片於「戠」字可見辭例中，「無戠」一詞目前僅此一見，確爲特例。筆者以爲研討甲骨文例當以常見辭例爲基準，偶遇特例如此，未有充份例證支持所論，不妨存疑處理，不必強爲之解。知者，甲骨文與篆文爲不同文字系統，且篆文晚出一千餘年，若如楊氏釋此例先以「戠」與「樴」通，再以「樴」《說文》訓「弋」爲據，言「弋」與「忒」通叚，未考慮文字字形演變，僅憑單一語音條件，即先掌握某一後起字義爲原則，逕行反推較早文字系

〔註157〕裘錫圭，〈說甲骨卜辭中「戠」字的一種用法〉，《裘錫圭學術文集》，甲骨文卷，頁 163。

統之字義，恐仍有先入為主，倒果為因之疑慮，故筆者以為將此視為特例，不妨存疑待考，僅以未確之條件強為說解，其論恐難成立，不足為信。

五、釋登

《積微居甲文說》「登」字條下，楊氏曰：

> 卜辭又恆云收人，與登人用法同。如《殷墟書契後編》上卷拾柒葉壹版云：「癸巳卜，骰貞：收人乎伐舌？」又叁壹葉伍版云：「丁酉卜，骰貞：今載王收人五千正土方，受出又？」是其例也。以辭例觀之，此與前記諸登人之例相同。然收字無徵召之義，音與登字亦遠，頗為難解，余疑甲文登字多從収作，此即登字之省寫也。

> 《殷契佚存》叁柒捌片戊云：「甲午，卜，亘眞，收馬乎伐△。」又陸陸玖片云：「貞，乎木收牛。」収並為發之省，謂徵馬徵牛也〔註158〕

《卜辭求義》鍾部「収」字下又云：

> 《後編》上卷三一葉之六云：「丁酉，卜，骰貞，今春王收人五千正土方，受出又？」同卷十七葉之一云：「癸巳，卜，骰貞，収人乎伐舌方，受……」《龜甲》二卷十一葉之十六云：「辛亥，卜，単貞，収眾人大大原文如是。事于西奠。」〔註159〕同卷二五葉之六云：「乙巳，王貞，啓乎兄曰：盂方収人，其出伐↓甶高，其令東佮會于高」、弗每，不曹戈？王卜曰」……樹達按：以上四辭，皆假収為登，乃徵字之義也。《簠室人名》七十七片云：「貞呼収甶。」樹達按：収甶即徵師也。按卜辭恆云登人，假登為徵，詳見後登部。登自從収，故又登登作収〔註160〕，其義仍為徵。此事由今日觀之，至為無理，

〔註158〕楊樹達，《積微居甲文說》，頁38。

〔註159〕筆者案：此片即《合集》24片，「眾人大大」不詞，審度拓片，人後一字當為「立」，辭當云：「眾人立大事于西奠。」「立」當訓舉，「立大事」，即「定大事」之謂。此楊氏或據所見文獻引錄，未及審視原片，故雖疑有誤，但不能質言其故，僅以「原文如是」一語帶過。

〔註160〕筆者案：楊氏原文「詳見後登部」，然登部所收字例未見「登」字，未知其故。又上海古籍出版社2013年版《卜辭求義》中楊氏原文「登登作収」一語甚為怪異，對照1971年台灣大通書局《積微居小學金石論叢、卜辭求義》合訂本之《卜辭求

然事實卻如此也。〔註161〕

案：上節已論及，楊氏以「登」假借爲「徵」，釋「登人」即「徵人」之義，所言不虛，然此以「𠬞」爲「登」之省形，以爲「𠬞人」亦即「登人」與「徵人」同義者，則猶有未確。甲文亦常見「𠬞人」一詞，其辭例爲：

丁酉卜，㱿貞：今𢀛王𠬞人五千征土方，受㞢又？三月。《合集》6409

辛巳卜，爭貞：今𢀛王𠬞人乎婦好伐土方，受㞢又？五月。《合集》6412

丙子卜，韋貞：王𠬞人？《合集》7277

甲申卜，㱿貞：乎婦好先𠬞人于龐？《合集》7283

乙酉卜，㱿貞：勿乎婦好先于龐𠬞人？《合集》7284

貞：令在北工𠬞人？《合集》7294 正

貞：勿令在北工𠬞人？《合集》7294 正

辛亥卜，爭貞：𠬞人？《合集》7302

貞：乎𠬞牛？《合集》97 正

貞：𠬞牛？《合集》8933 正

勿乎𠬞羊？《合集》8949

貞：勿乎𠬞羊？《合集》8950

「𠬞」從二手，像雙手相對聚物之形，甲文當讀爲「供」。屈萬里言：「楊樹達謂假爲登，乃徵字之義；說固可通。然𠬞字《唐韻》音拱，《廣韻》、《集韻》並音恭。而卜辭習見𠬞人之語；則𠬞當讀爲共，即供給之供也。」〔註162〕據屈氏

義》手抄打印本，其文作「省登作收」，依楊氏前文所述，當以「省登」爲正，2013年版作「登登」者甚誤。上海古籍出版社 2013 年版《楊樹達文集》此類文字訛誤頗多，非僅見《卜辭求義》一書有此錯誤，疑因打字排版而誤，或因校對不力所致，以現今科技與對出版業精細度之要求，實不該有此失誤，特此記之。

〔註161〕楊樹達，《卜辭求義》，頁 44。

〔註162〕屈萬里，《小屯第二本・殷墟文字甲編考釋》（臺北：中央研究院歷史語言研究所，1937 年 6 月），頁 182。

所言，則知卜辭所謂「卅人」、「卅牛」、「卅羊」者俱爲「供給」之義，非楊氏所謂「登」字省體，亦非「登」之假借。「𠬝」古音在見母東部，與「登」、「徵」之端母蒸部音韻遠隔，無相通之理，自無假爲「登」之可能，故楊氏有「收字無徵召之義，音與登字亦遠，頗爲難解」之嘆，故將「𠬝」視作「登」之省形，以取「徵」義。然「登」字雖從「𠬝」構字，但「𠬝」與「登」乃不同二字，不當以其字從「𠬝」構形，即據以言其爲「登」省體，楊氏此論乃欲以「徵」義連結，實有可商。李孝定便言：

> 楊謂爲登之省文，似有可商。蓋卜辭亦有作登人者，惟較少見，作收人者則多見，何以少數作本字而多數作省文？至於假借，必取音近，收、登音固不近也。屈氏謂收讀爲共，供也。其説可從。
>
> 〔註163〕

李氏所言確有其理。觀甲文辭例，「𠬝人」與「登人」於辭例、用法上同指聚集、徵集，雖無顯著差異，然則「𠬝」與「登」實非一字，不得混同。楊氏執著於「徵」義，故將「𠬝」釋爲「登」之省形，然其説於形、音、義皆不可通，此楊氏自亦知曉，故言「此事由今日觀之，至爲無理」，顯然其自身對此説亦猶豫未決。筆者以爲，凡立一説，倘己身尚有疑惑，則不妨存疑；若楊氏此例，據以「登」具「徵」義爲原則索求「𠬝」字之義，顯然並未留心「𠬝」可有讀爲「供」之可能，「供人」、「徵人」其義相近，非必如楊氏所言「𠬝」爲「登」之省體方可解釋文例不可，楊説非是。

六、釋大

《積微居甲文說》「大」字條下，楊氏曰：

> 《殷契粹編》柒玖捌片云：「大今二月不其雨？」郭沫若云：「大假爲答，達從夆聲，夆從大聲。又達作达，正從大聲。」《考釋》壹零柒又捌零玖片云：「貞大今三月不其雨？」郭云：「大假爲達，逮也，及也。」《考釋》壹零捌樹達按郭君釋大爲逮及，是也。讀大爲達，恐非是。以達字無逮及之訓也。余謂大與逮音近，大假爲逮耳。《説文》十二篇下辵部云：「逮，唐逮，及也，從辵，隶聲。」又三篇

下隸部云：「隸，及也。」《書契前編》壹卷肆拾伍葉陸版云：「貞：
及十三月雨？」又叁卷拾玖葉貳版云：「乙酉卜，大貞：及茲二月
有大雨？」此云「大今二月」、「大今三月」猶彼云「及十三月」「及
茲二月」也。〔註164〕

案：「大」甲骨文作「大」，金文作「大」，《說文》云：「天大地大人亦大焉。
象人形」〔註165〕，「大」之字形象人正面站立〔註166〕，依其字形，各家釋大，
較無疑義，惟郭沫若以「大」假爲「達」〔註167〕，楊氏從郭氏之說修正，以
「大」爲「隸」之假借。「大」於甲骨卜辭至爲常見，用作表示大小之「大」，
其常見辭例爲：

貞：其有大雨？《合集》12704

乙酉卜，大貞：及茲二月有大雨？《合集》24868

卯惟羌有大雨？《合集》26961

己丑卜：今夕大雨？《合集》27219

既伐大啓？《合集》5843

戊申卜貞：翌己酉大啓？《合集》21022

乙卯卜：翌丁巳其大風？《合集》21012

辛未卜，王貞：今辛未大風不隹囚？《合集》21019

其遘大風？《合集》38558

其有大風？《合集》30225

大水不各？《合集》33348

貞：今秋禾不遘，大水？《合集》33351

〔註164〕楊樹達，《積微居甲文說》，頁40～41。

〔註165〕〔漢〕許愼，《說文解字》，頁496

〔註166〕朱歧祥《殷墟甲骨文字通釋稿》云：「象人正面之形，即大字。」朱歧祥，《殷墟
甲骨文字通釋稿》，頁22。

〔註167〕郭沫若，《殷契粹編》，頁555、557。

　　叀大牢此有雨？《合集》28244

　　叀大牢？《合集》29553

　　貞：王疾隹大示？《合集》13697 乙正

　　大示卯一牛？《合集》14835

　　貞：勿屮于四大示？《合集》14846

　　貞：卸王自上甲，智大示，十二月《合集》14847

　　甲辰王卜：大征？《合集》25929

　　辛巳王卜：大征？《合集》25929

諸辭之「大雨」、「大啓」、「大風」、「大牢」、「大示」、「大征」之「大」均表大
小之「大」，使用範圍亦甚廣泛，為卜辭常見之義。「大」於卜辭亦有用作地名
與人名者，其辭例如下：

　　辛酉卜：七月大方不其來征？《合集》20476

　　乙酉卜，行貞：王步，自邁于大，無災？在十二月。《合集》24238

　　貞：大今三月雨？《合集》12528

　　大今三月不其雨？《合集》12529 正

　　戊辰卜，大〔又〕疾，凵征？《花東》299

　　貞大。《花東》307〔註168〕

　　庚戌卜：子叀彈乎見丁眔大，亦燕岊？用。《花東》475

　　乙卯卜：其禦大于癸子，冊狂又一妟？用又疾子岊。《花東》478

　　上列諸辭之「大」中，《合集》20476、24238、12528、12529 諸辭均為
地名，即「大方」，《屯南》1209 片云：「叀大方伐？」釋文云：「大方，方國
名。」〔註169〕鍾柏生《殷商卜辭地理論叢》言：「大方出現於第三、四期卜
辭……在其他諸期卜辭中，大方亦簡稱大，其首領稱為大子……總合以上三

〔註168〕筆者案：考古所釋文云：「貞大疑為大貞之倒文。」其說可從。

〔註169〕中國社會科學院考古研究所編，《小屯南地甲骨》，頁936。

地的地望，可知大方在殷西。卜辭三、四期時曾叛殷，是殷之敵國。」〔註170〕；
《花東》諸辭則用作人名，吳其昌云：「『大』字作𢎜，乃貞人名也。」〔註171〕
「大」爲祖庚、祖甲時出組卜辭常見之貞人，是知「大」字有作人名解者。
郭沫若《殷契粹編》798 片、809 片釋「大」爲「達」假爲「逮」〔註172〕，
楊樹達承其說，以「大」爲「逮」之假借，言卜辭中之「大今」即謂「及今」。
案郭、楊二氏之說俱誤，考「大」於卜辭爲地名，則郭氏《粹編》所引 798
片、809 片：「貞：大今二月不其雨」、「貞：大今三月雨」二辭，俱爲卜問「大」
之一地是否降雨之辭，非卜問「大」是否「達」、「逮」二月、三月降雨，郭
氏之論乃出於未明辭例之「大」用作地名，故以特例視之，以「大」爲「達」
之通叚，其說非是。又楊氏以「大」假爲「逮」，並舉「及今日」、「及茲二月」
等辭例爲證，看似成理，然卜辭已有「及」字，至爲常見，且卜問爲習見之
「雨」與「不其雨」之事，衡之事理，似不當捨常用字以就特殊字。是知楊
氏釋「大」爲「及」，其義仍嫌迂曲，且楊說承郭氏誤說而來，猶有可商，未
可盡信，二辭之「大」依文例仍當訓爲地名，郭氏、楊氏以通叚視之，其說
非是。

七、釋農

《積微居甲文說》〈釋農〉下，楊氏云：

> 《說文》三篇上農部云：「農，耕也，从晨，囟聲。」籀文作𦦲，古
> 文作𨑭，又作𦦥。今按甲文作𦦥，从辰，从林，與許記古文第二字
> 同。《殷墟書契前編》伍卷肆捌葉貳版作𦦦，於从辰从林之外又加
> 从又，義尤完備〔註173〕。字从林者，西方史家謂初民之世，森林徧
> 布，營耕者於播種之先，必先斬伐其樹木，故字从林也。𦦥字从辰，
> 爲以蜃斬木也。甲文字作𢆶或𢆶，象蜃蛤之形。《淮南子·氾論訓》
> 篇云：「古者剡耜而耕，摩蜃而耨。」知古初民耕具用蜃爲之，𦦥

〔註170〕鍾柏生，《殷商卜辭地理論叢》（臺北：藝文印書館，1989 年 9 月），頁 234～235。

〔註171〕吳其昌，《殷墟書契解詁》，冊 10，頁 106。

〔註172〕郭沫若，《殷契粹編》，頁 555、557。

〔註173〕筆者案：羅振玉《殷墟書契考釋前編》字作「𦦦」，楊氏說其字「於从辰从林之外
又加从又」，但所引字形未加「又」形，疑爲楊氏一時疏忽所致。

字从辰，謂以蜃斬木也。

農字見於彝器銘文者，如〈令鼎〉、〈史農觶〉、〈史農鼎〉、〈郘公鼎〉、〈農卣〉諸器皆从辰从田，〈散氏盤〉則从晨从田。蓋甲文所示為將營耕作豫為準備時之情事，彝銘所示為已耕種後之情事，文字之構造與社會事狀之後先兩相吻合也。甲文彝名皆會意字，篆文从凶聲，則由會意變為形聲矣。凶艸同義，凶有艸音，故農從之得聲，亡友沈兼士之說，不可易矣。〔註174〕

案：「農」字甲文从辰从林，作「農」、「農」等形，金文或從「田」，作「農」、「農」、「農」、「農」等形，字皆從「林」、從「辰」或從「田」會意。羅振玉、王襄、孫海波均釋為「農」〔註175〕。「農」所從之「辰」，依郭沫若說當為「蜃」，為耕地之器，其曰：「余以為辰時古之耕器，其作貝殼形者，蓋蜃器也，《淮南子‧氾論訓》曰：『古者剡耜而耕，摩蜃而耨。』其作磬折形者，則為石器。」〔註176〕郭說甚是，「辰」本為「蜃」義，因「辰」假為地支之名，故孳乳「蜃」字還原本義。「蜃」為耕地之器，用以治田，故「農」從「辰」，以示耕地之義，楊說得之，惟言「以蜃斬木」以釋其字所從之「林」則未確。知者，甲文從「艸」與從「林」每無別，如「莫」甲文作從「艸」作「莫」，或從「木」作「莫」，是知「農」字從「林」，乃示以「蜃」治田之義，非謂「以蜃斬木」之謂，裘錫圭便言：「可以肯定辰是用來清除草木的一種農具。……為了農業目的清除樹木的時候，除了用辰，無疑還會用一般的石斧、石斤。」〔註177〕裘說是，「蜃」為甲殼一類，其物雖堅，但必難以斷木，楊氏「以蜃斬木」之說，似有可商。且所云「西方史家謂初民之世，森林徧布，營耕者於播種之先，必先斬伐其樹木，故字從林」一語，實出於楊氏對字形之想像解釋，亦未必可信。

楊氏以為「甲文所示為將營耕作豫為準備時之情事，彝銘所示為已耕種後之情事，文字之構造與社會事狀之後先兩相吻合」之說，乃出於楊氏主觀臆測，

〔註174〕楊樹達，《積微居甲文說》，頁44～45。

〔註175〕見《甲骨文字詁林》。于省吾編，《甲骨文字詁林》，頁1133～1138。

〔註176〕郭沫若，《甲骨文字研究》，頁200。

〔註177〕裘錫圭，〈甲骨文中所見的商代農業〉《裘錫圭學術文集》，甲骨文卷，頁246。

實無根據，亦不足信。以「蓐」之字義爲持「蜃」治田，故爲農耕字，復又有作時間詞表「晨」義者，朱歧祥《甲骨文詞譜》云：「即晨字，字與暮字相對。《類纂》釋爲蓐、晨。」[註178] 其說是，甲文「蓐」字除有「農」義之外，辭例亦有用作時間詞表「晨」義者：

> 丙午卜，即貞：翌丁未，丁蓐歲？其有伐？《合集》22610

> 貞：仲丁歲，叀蓐？《合集》22859

> 己酉卜，即貞：告于母辛，叀蓐？《合集》23419

> 己酉卜□貞：告于母辛，叀蓐？《合集》23420

> 壬申卜，即貞：兄壬歲，叀蓐？《合集》23520

以上諸辭之「蓐」皆爲「晨」義，以「蓐」兼表「治田」與「晨」義，其字於金文或有加「田」形以示「治田」之義作「𦦮」、「𦦬」、「𦦡」等形以爲區別，其目的在還原本義，非欲刻意表示「已耕種」之狀態。知者，文字造作自有其發展演變之規則，非於造字之前先有某種先驗之規範，而後依規範造字，以此作爲釋字基準，恐有本末倒置之失。以楊氏此說爲例，豈金文之「蓐」造字之前，便先已有甲文「蓐」字表示「耕種前」之概念，因此刻意追求「已耕種」之概念而加「田」爲之？楊氏之說不僅與文字發展規律相背，亦無邏輯可言。是知楊氏「甲文所示爲將營耕作豫爲準備時之情事，彝銘所示爲已耕種後之情事」一說，實爲望文生義之論，其說非是。

又楊氏以篆文「農」從「囟」聲者，而言「囟甾同義，囟有甾音，故農從之得聲」一說，亦非是。前已言及，金文「蓐」爲表「治田」之義而加「田」形示義，其字形爲傳文所本而又小異，羅振玉言：「從田與〈淇田鼎〉、〈史田觶〉同，知許書從囟者，乃從田之譌矣。」[註179] 其說甚是，金文從「田」作「𦦡」，篆文作從「囟」作「𨑠」者，「囟」實爲「田」之形譌，非「農」從「囟」得聲。徵之古音，「農」爲泥母冬部字，「囟」爲心母眞部字，聲母一爲舌頭，一爲齒頭，韻母亦遠隔不通，「農」實無從「囟」聲之理，是知羅說不誤，《說文》「農」字從「囟」實出於形譌，實爲誤會意爲形聲，楊氏一

[註178] 朱歧祥，《甲骨文詞譜》，冊 2，頁 429。

[註179] 羅振玉，《殷墟書契考釋》，頁 189。

時失察，依《說文》釋其聲，乃言「農」從「囟」聲，然於形音均不可通，
說不足信。

八、釋多介父

《耐林廎甲文說》〈釋多介父〉一文，楊氏云：

卜辭中屢見多介父之名，如云：

貞坐犬于多介父？貞勿侑犬于多介父？《前編》一卷四六葉三
版　按坐晚期卜辭作又，王靜安以侑字說之，是也。今於再見
以後皆作侑字。

庚申卜，亘貞，不惟多介父壱？《通纂》別二東大藏片十

貞不惟多介父？《前編》一卷四六葉二版。又見《龜甲》一卷
一四葉一版

或省作多介，如云：

父辛不壱？不惟多介它王？貞夕侑于妣甲。《前編》一卷二七葉
四版

貞侑于大甲。貞侑于多介。《前編》一卷四五葉六版

戊午，不隹多介？《藏龜》一七七葉一版

貞不隹多介？《續編》五卷二四葉七版

貞不隹多介壱？《新獲》一二五

于多介且戊。《藏龜》八十葉二版

又或省稱多父，如云：

隹多父壱？《明義士》四八八

多父。《龜甲》一卷十一葉十八版

又或省稱介，如云：

貞于甲介御帚妌？《前編》一卷四三葉四版

此多介父果爲何人乎？吳其昌云：「多介父之時代雖不可確知，
然貞人之亘爲武丁時人，卜祭多介父已爲亘貞，知必在武丁之
先矣。又多介父與妣甲、父辛之祀同片，又以多介、且戊爲次，

殷帝系中妣甲及日甲、日辛、日戊同時者，惟有陽甲之奭為妣甲，其諸弟適有小辛、兄戊，其時適在武丁之前，多介父乃陽甲以迄小辛間之人也。」樹達按吳說頗為詳核，顧未能質言多介父為何人。以余考之，蓋即殷王盤庚也。今請以四證明之。《鐵雲藏龜》百五一葉二版云：「戊子卜，庚于多父旬。」按此辭又見《書契前編》一卷四六葉四版。考卜旬之辭必在癸日，此辭卜於戊子，其辭亦與他卜旬之辭不類，其非卜旬之辭甚明。考《太平御覽》卷八十三引《竹書紀年》云：「盤庚旬自奄遷于北蒙，曰殷。」知盤庚又名曰旬。辭云多父旬，旬蓋盤庚之名，多父其字。古人於名字並舉，必先字而後名，此辭正與之合。《春秋‧隱公元年》之邾儀父，《禮記‧檀公》上篇之嗚呼哀哉尼父，稱父者皆字也。後起字作甫，《禮記‧曲禮》下篇云：「臨諸侯畛于鬼神曰：『有天王某甫。』」鄭《注》謂某甫為其字。《說文》訓甫為男子之美稱，亦謂字也。據卜辭，字以父稱，自殷人已然矣。此一證也。

卜辭卜日必與殷先祖之日名相同，先祖名甲者必用甲日卜，名乙者必用乙日卜，此定例也。此辭云：「戊子，卜庚于多父旬。」辭雖不見盤庚之名，而以多父即為盤庚，故將有所事，以庚日為卜。此二證也。

《藏龜》八十葉二版云：「于多介且戊。」且戊者，武丁有兄名戊，卜辭稱兄戊，廩辛、康丁時則稱且戊。兄戊於盤庚為猶子，盤庚於兄戊為伯父，辭先多介而後且戊，長幼之次正相符合。此三證也。

吳其昌謂多介父為陽甲至小辛時代之人，按盤庚實為陽甲之弟，小辛之兄，與吳君所考時代正合。此四證也。

合此四證，多介父為盤庚，蓋無可疑。〔註180〕

案：楊氏從吳其昌以「多介父」乃陽甲以迄小辛間人之說，並引「戊子，卜庚于多父旬」、「于多介且戊」二辭為據，舉四證以釋「多介父」即殷王盤庚。然

〔註180〕楊樹達，《耏林廎甲文說》，頁5～7。

楊氏所舉四證，率皆誤釋，多有可商之處，其以「多介父」爲盤庚一說，未可盡信。尋楊氏所引《鐵雲藏龜》百五一葉二版「戊子，卜庚于多父旬」一辭即《合集》6692 片，檢視拓片，該辭「庚」字非此辭之字，應由下方殘辭所誤入，非楊氏所謂以「庚」日卜，以此言「多介旬」爲盤庚之名，乃由「庚」字誤入辭例產生誤讀而來，說不足信。

《合集》6692 片整辭當作「戊子卜：于多、父、旬？」辭中「多」、「父」、「旬」均爲地名，《合集》16039 片云：「辛未卜：以京、父、旬□」，「父」、「旬」與地名「京」並列，可證此二辭之「父」、「旬」地名，非謂「多父」之名爲「旬」〔註 181〕；又楊氏據《太平御覽》所引古本《竹書紀年》所言「盤庚旬自奄遷于北蒙」一句爲據，言「旬」爲盤庚之名者，亦可商。「盤庚旬自奄遷于北蒙」一句，先於《太平御覽》之《水經注》、《史記索隱》皆作「盤庚自奄遷于北蒙」，俱無「旬」字〔註 182〕，且「盤庚」名「旬」，僅見於《竹書紀年》，無見於卜辭與典籍，《竹書紀年》爲晚出文獻，其眞實性與史料價值仍有待確認，內容未必可信，且楊氏所引《竹書紀年》又爲《太平御覽》所轉載之文字，是否經人編輯、竄改亦未可知，以此爲證，尚有疑慮，仍不甚可靠，楊氏僅據此薄弱例證便驟言「旬」爲盤庚之名，「多父」爲盤庚之字，牽合文獻以證成其說，仍略嫌牽強，此楊氏舉例證之不可信者一也。

又楊氏據《藏龜》八十葉二版云：「于多介且戊。」言「且戊」即武丁之兄、盤庚之姪「兄戊」，並以其受祀順序於「多介」之後，據此以證「多介父」即爲「盤庚」，其說亦不可信。考「且戊」一名，見於一、二、四、五期卜辭，各期所見「且戊」均非同一人。第一期卜辭多見「兄戊」之名，武丁有兄名「兄戊」當無可疑，然楊氏所舉「于多介且戊」一辭爲第一期武丁卜辭，以「兄戊」爲武丁之兄，則武丁卜辭所見之「且戊」，絕無爲武丁之兄「兄戊」之可能。楊氏以此辭「且戊」祭祀順序先後爲例，欲證「多介」即爲「盤庚」之說，實乃疏忽卜辭分期問題所致，其說於實際狀況不合，實不足信，此楊

〔註 181〕筆者案：魯實先亦指出此二辭中之「父」、「旬」與「京」並舉，則此處之「多」當爲地名，不當以人名視之。魯實先講授、王永誠編，《甲骨文考釋》（臺北：里仁書局，2009 年 2 月），頁 20。

〔註 182〕見王國維《古本竹書紀年輯校》。王國維，《古本竹書紀年輯校》（臺北：大通書局，1976 年 7 月《王國維先生全集初編》本），冊 11，頁 4621。

氏所舉例證之不可信者二也。

　　按詞云「多介父」者，「多」乃爲「眾多」之「多」，甲文「多」有「眾多」之義，如《合集》810 正：「壬寅卜貞：多子獲鹿？二告」、《合集》2923：「貞：惟多兄？」《合集》2192：「勿又多父？」、《合集》616：「乎多臣伐工方？」、《合集》33692：「辛亥貞：壬子又多公歲？」諸辭言「多子」、「多兄」、「多父」、「多臣」、「多公」者，與此云「多介」、「多介父」之「多」相同，爲表「眾多」之「多」，葉玉森便云：「殷人謂羣曰多，《尚書》中屢見此習語。」〔註183〕是知「多」於卜辭有表「眾多」之義，此所謂「多介父」者，其「多」正爲「眾多」之義。考「多介父」一語，歷來說者看法不一，前已論及，吳其昌、楊樹達以「多介父」爲人名之說不可信；饒宗頤以「多介父」之「介」爲敬詞〔註184〕，亦有未確。裘錫圭則以《禮記・曾子問》「孝子某，使介子某，執其常事」之「介子」鄭《注》訓「介」爲「次」爲據，言「介」與卜辭之「嫡」相對，即「庶出」之義，其言曰：

　　在商代語言裡，跟表示直系的「帝」這個詞語相對的是「介」。卜辭裡屢見帶「介」字的親屬稱謂，如「介子」、「介兄」、「介父」、「介母」、「介祖」等：

　　…………

　　（6）㞢（侑）于介子。《殷墟文字丙編》（以下簡稱《丙》）四八四

　　（7）于父乙多介子㞢。

　　（8）㞢犬于父辛多介子。《丙》二九三

　　（9）貞：㞢于多介兄。《拾》二・一五

　　（10）貞：不（唯）多介兄。《京津》八三一

　　（11）貞：㞢犬于多介父。

　　（12）貞：勿㞢犬于多介父。《前》一・四六・三

　　（13）㞢犬于三介父，卯羊。《甲骨文合集》（以下簡稱《合》）二三

〔註183〕葉玉森，《殷墟書契前編集釋》，頁 67。
〔註184〕饒宗頤，《殷代貞卜人物通考》（香港：香港大學出版社，1983 年 11 月），頁 383。

四八

‥‥‥‥‥‥

「介」字有「副」的意思，如使者之副稱「介」，次卿稱「介卿」等，古書習見。《禮記・曾子問》稱庶子爲介子：

曾子問：「宗子爲士，庶子爲大夫，其祭也如之何？」孔子曰：「以上祭牲于宗子之家，祝曰：『孝子某使介子某荐其常事。』」

鄭注：「介，副也。不言庶，使若可以祭然。」《禮記・內則》稱冢子以外諸子之婦爲介婦：「介婦請於冢婦。」

鄭注：「介婦，眾婦。」卜辭中親屬稱爲中的「介」字。應該跟「介子」、「介父」的「介」字同義。……

（13）的三介父應該是武丁卜辭屢見的「三父」……武丁卜辭的三父，指武丁生父小乙之兄陽甲、盤庚、小辛三王。他們都是旁系，所以稱爲介父。商人所說的「帝」、「介」，跟周人所說的「嫡」、「庶」，其意義顯然是很相近的。〔註185〕

　　裘氏由宗族制度探討，並據傳世文獻加以佐證，言「多介父」即「多庶父」。裘氏之論建立於殷人有宗法制度之上，然並非全無問題。首先，「介子」一詞爲後出文獻所載詞語，去殷甚遠，且所記爲周人禮制；故裘氏以「介」爲「副」一說成立與否，必先釐清之問題在於殷人是否已具宗法制度，且「嫡」、「庶」分明，如周人一般嚴密。知者，商代繼統紛雜，王位時而傳弟，時而傳子，似無固定繼統制度，故王國維言：「商人無嫡庶之制，故不能有宗法。」〔註186〕其後陳夢家提出商代繼統法「傳弟與傳子實爲併存的，然商人傳弟則確爲其祭統法的特色。」〔註187〕之觀點，說者紛紛，迄今尚無定論。

　　爲解決商王並非全然父死子繼之問題，裘氏對其論點加以補充：「商代區

〔註185〕裘錫圭，〈關於商代的宗族組織與貴族和平民兩個階級的初步研究〉，《古代文史研究新探》（南京：江蘇古籍出版社，1992 年 6 月），頁 300～301。

〔註186〕王國維，〈殷周制度論〉，《觀堂集林》（臺北：臺灣大通書局，1976 年 7 月《王國維先生全集初編》本），冊 2，頁 456。

〔註187〕陳夢家，《殷墟卜辭綜述》，頁 370。

分直系、旁系的「帝介」之制，跟後來講禮制的人所強調的主嫡、主長，爲人后者爲人子那一套制度，當然還是有一定的距離的。但是他跟宗法制度強調宗子世襲制以及大小宗統屬關係的精神，則是完全符合的。」〔註188〕雖裘氏言之鑿鑿，然其論尚有可商之處，未必盡是。首先，以商代王位繼統一事觀之，商人王權轉移屢有兄終弟及、父死子繼相互交錯之情況，顯見殷人未行所謂「立嫡」之制，遑論裘氏所言「宗子世襲」之制；且據《禮記·檀弓》所載周初文王捨其子伯邑考而傳位於武王一事〔註189〕，可知最遲至周初亦未有嚴格規範之「宗子世襲」之事〔註190〕，故王國維言：「是故大王之立王季也，文王之舍伯邑考而立武王也，周公之繼武王而攝政稱王也，自殷制言之，皆正也。」〔註191〕王說甚確，以商王繼統一事，實無法確知殷人已有「宗子世襲」之「嫡」、「庶」之別，裘氏此說乃以後世之制反推前代之事，似有未當，其說可商。其次，裘氏以殷人「大示」、「小示」爲據，言殷人行大小宗之統屬之制者，亦非。徵之甲骨文例，卜辭可見之殷人「大示」、「小示」內容時有更易，而其區別則在先公先王之時代順序，繼而「大示」立「大宗」，「小示」立「小宗」，與周人之「大宗」、「小宗」之「嫡」、「庶」之制顯然有所不同，若據此論殷人已有如周制之「宗子世襲」、「大小宗統屬」關係，臆測成分居多，仍嫌牽強，難以成立。其三，以祭祀習慣而論，殷人行周祭之制，受祭先公先王者眾，且兄弟同禮，無親疏之別，此與周人祭祀親疏有別之觀點大相逕庭，是知殷人祭祀先祖並無主、副之分，此亦可證殷人未有「嫡」、「庶」之觀念〔註192〕，裘氏以殷商已有「嫡」、「庶」之別釋「介」爲

〔註188〕裘錫圭，〈關於商代的宗族組織與貴族和平民兩個階級的初步研究〉，《古代文史研究新探》，頁302。

〔註189〕《禮記·檀弓》：「昔者文王捨伯邑考而立武王。」〔漢〕鄭玄注、〔唐〕孔穎達疏，《禮記正義》，頁167。

〔註190〕筆者案：由殷商帝王傳位情況與《史記·周本紀》記古公亶父傳位季歷、《禮記·檀弓》文王傳位武王一事，可見遲至周初，仍未見有宗子世襲制之祭統法形成，《荀子·儒效》言：「周公屏成王而及武王，以屬天下，惡天下之離周也。成王冠，成人，周公歸周，反籍焉，明不滅主之義也。」由此推衍，則知周之宗子世襲之制，可能在周公時方始創制，殷商未有此制。

〔註191〕王國維，〈殷周制度論〉，《觀堂集林》，頁453～454。

〔註192〕王國維言：「商人祀其王，兄弟同禮，即先王兄弟之未立者，其禮亦同，是未嘗有

「副」一說，實有可商。據此三點，吾人可知商代實不存在所謂「宗子世襲制」之「家天下」制度，筆者以爲裘說雖爲學界廣泛接受，且與文獻、事理相合，然仍無法證明商代已有「宗子世襲」之繼統法，釋「多介父」之「介」爲「副」，仍有所疑，裘氏之說未必成立。

屈萬里《殷墟文字甲編考釋》中言「介」與「个」通，「多介父」即「多个父」：

> 多介一辭，第一期卜辭中習見。卜辭中又常見「多介父」、「多介兄」、「多介子」等稱。「多介」或「多介父」，楊樹達謂吳其昌以爲乃羊甲以迄小辛間之人（《解詁》一五七）即盤庚（《耐林廎甲文說》）。非是。按介、个二字古通。《書・秦誓》：「若有一介臣。」〈大學〉引此文，介字作个。左氏襄公八年傳：「若不使一介行李。」杜《注》：「一介，獨使也。」獨使，即一個使者。是亦謂一介爲一个也。卜辭多介，意蓋指多个祖先。〔註193〕

古籍確有「介」、「个」相通之例，如：《國語・吳語》有云：「一介嫡女」〔註194〕、《禮記・雜記》：「寡君有宗廟之事，不得承事，使一介老某相執綍」、《左傳・昭公二十八年》：「君亦不使一个辱在寡人。」杜《注》云：「一个，單使。」此正與〈襄公八年〉杜《注》所言「獨使」義同，可爲「介」、「个」相通之證。屈氏以「介」通「个」，則「多介父」即「多个父」，即指生父以外之伯父、叔父等先祖，於「多介子」、「多介兄」、「多介母」等語亦可通讀，且於文獻亦有所徵，當以屈說爲正，「多介父」即「多个父」，即指眾多先公先祖之謂。是知「多介父」與「多父」同義，與吳其昌所謂陽甲迄小辛間之人名無涉，亦非楊氏所云爲盤庚之名。吳其昌釋爲人名乃爲誤釋，楊氏從其說以爲盤庚之名，亦由誤讀辭例與牽合文獻而來，其說爲非，論不足信。

九、釋🖐

《耐林廎甲文說》〈釋🖐〉下，楊樹達云：

嫡庶之別也。」同上註，頁 453。

〔註193〕屈萬里，《小屯第二本・殷墟文字甲編考釋》，頁 19。

〔註194〕〔明〕左丘明傳、〔晉〕杜預注、〔唐〕孔穎達正義，《春秋左傳正義》，頁 1489。

甲骨文有✳字，省形作✳，繁文作✳或✳，葉玉森釋為春，……自葉氏為此說，董彥堂於所著《卜辭中所見之殷曆》一文中推演其義，於是近日治甲文者，除郭沫若、商錫永、孫海波諸君外，大抵遵依其說。然試依其說徧考卜辭，有令人懷疑不置者。如《殷墟書契後編》卷上（廿九葉十版）云：

　丁巳卜，今春（姑依葉說釋之，下同。）方其大出？四月。

《殷墟書契前編》卷一（四六頁四版）云：

　丙戌卜，今春方其大出？五月。

《殷墟書契續編》卷三（十一葉五版）云：

　△爭貞，今春王從✳乘伐下吉，（吉字疑）受有又？十一月。

又同卷（八葉九版）云：

　辛巳卜，✳貞，今春王從✳乘伐土，受有又？十一月。

《殷契粹編》（一一〇五片）云：

　△△（卜）✳（貞，今）春王（往伐）土方，受有又？十二月。

按殷人早分一年為十二個月，有閏則為十三個月。假使殷人果曾分一年十二個月為春夏秋冬四季，自當以每年年首之正、二、三三個月為春，四、五、六三個月為夏，七、八、九三個月為秋，十、十一、十二三個月為冬，殆無疑義。如此，則四月以後，若非追溯往事，不得言今春。卜辭皆占未來之事，四月以後，自不得復占問今春之事，其理甚明。今依葉氏之釋，乃於夏季之四、五兩月，冬季之十一、十二兩月卜問今春之事，豈非火不可通之事哉！……

然則✳、✳究當何字乎？今欲明此字，當先取甲文中他字與此字之形相關涉者究之。甲文才字作✳，𡿩害之𡿩作✳，戕傷之戕作✳、✳，皆才之孳生字也。然甲文戕字不止✳之一形，有作（一）✳者，又有作（二）✳者。《說文》戕本作戕，字從才聲，由此推知甲文之✳、✳亦當從✳、✳得聲。試問第二形所從之中非即吾人所討論杏字省形之✳乎？第一形所以從✳，非即✳字所從乎？如余上來所說之字形無誤也，則✳、✳之字音殆非如「才」字不可矣。

葉氏爲此字上多冠以「今」字，依卜辭「今月」、「今日」辭例，今下一字當紀時，其說是矣。然則此字之正確之釋，必：

一，義爲紀時，可與「今」字連文者。

二，音讀如「才」者。

必具備此兩條件，而後此字正確之釋乃可期。余據此搜求，則「載」字最爲近之。《爾雅・釋天》：

夏曰歲，殷曰祀，周曰年，唐、虞曰載。

則「載」爲紀時之字也。「今載」猶云「今歲」，字可與「今」字連文，又無論矣。…… 一年十二月中之任何一月皆可稱今年，則卜辭四月、五月、十一月、十二月之貞辭與「今載」之文又毫無滯礙也。

或問曰：此字之繁文爲🝏，卜辭常見「子🝏」之文，如《殷墟書契前編》卷六（四三頁四版）云：

貞子🝏不死？（《後編》下廿九葉七版同文）

《龜甲獸骨文字》卷一（八葉十七版）云：

貞今乙丑乎子🝏△牧？

又同卷（十四葉六版）云：

貞乎子🝏彳于△？

《續編》卷一（三十葉四版）云：

貞來乙丑勿乎子🝏屮于父乙？

子🝏果爲何人乎？按胡厚宣〈釋囚篇〉（三葉）引一辭云：（原注：七ｗ四五）

△酉卜，賓貞：子🝏不死？

按賓爲武丁時貞人，知子🝏當爲武丁之子。《續編》例辭稱父乙者，武丁稱其父小乙也。此皆「子🝏」當爲武丁之子之證也。考《太平御覽》卷八十三引《竹書紀年》云：

帝祖甲載居殷。

知殷王祖甲之名爲載，而祖甲實爲武丁之子，是卜辭所謂子🝏者正

是祖甲也。此又字當釋載之確證也,知載爲祖甲,則如《鐵雲藏龜》
(一八一葉二版)云:

　　△丑卜,于載酒鼓。

《前編》卷六(五六頁三版)云:

　　于載酒。

《鐵雲藏龜拾遺》(一二葉十版)云:

　　△屮△燀△于載△羊十。

前人皆不明其辭爲何義者,今可知其爲後人祀祖甲之貞矣。武丁時
卜辭稱子載,此自祖甲生時之稱,若祀祖甲之辭,乃祖甲死後所貞,
而直稱其名曰載者,殷人無諱名之制也。……

或問曰:今載連文,義固通矣,亦於經傳有徵乎?曰:經傳中雖無
今載之文,固有今載之實也。《左傳‧宣公十二年》記楚令尹孫叔
敖之言曰:「昔歲入陳,今茲入鄭(二語同篇再見,又其一爲晉隨
會語。)」考楚入陳在〈宣公十一年〉,昔歲即去年也。此以今茲與
昔歲爲對文也。又〈僖公十六年〉曰:「今茲魯多大喪,明年齊有
亂,君子將得諸侯而不終。」《孟子‧滕文公下篇》曰:「什一,去
關市之爭,今茲未能,請輕之,以待來年然後已。」此以今茲與明
年或來年爲對文也。〔註195〕

案:甲文「屮」字或作「屮」,亦有省形作「米」者,歷來釋者眾多,孫詒讓
以爲其字從「禾」,釋爲「杏」;于省吾釋「條」;商承祚以爲「秋」之初文;
唐蘭釋「若」;陳夢家釋「世」〔註196〕;楊樹達釋「載」,劉釗釋爲金文「者」
字〔註197〕;陳劍初從楊說謂爲「載」字,後修正爲「告」字〔註198〕。各家說

〔註195〕楊樹達,《耐林廎甲文說》,頁18~23。

〔註196〕以上各家之說均見《甲骨文字詁林》1405「屮」字條。于省吾主編,《甲骨文字詁
　　　　林》,頁1355~1364。

〔註197〕劉釗,〈釋屮〉,《古文字研究》第十五輯(北京:中華書局,1986年6月),頁229
　　　　~234。

〔註198〕見陳劍,〈甲骨金文「戈」字補釋〉、〈釋造〉二文。陳劍,《甲骨金文考釋論集》(北
　　　　京:線裝書局,2007年5月),頁99~106、127~176。

釋各異。莫衷一是，迄今尚無定論。此字字形作「𣐈」，上方部件似「屮」或「木」，與甲文「禾」作「𣐈」之形差異甚大，當爲二字，是知孫氏以爲從「禾」釋「杏」之說，當非是。又于省吾釋「條」，然甲文「條」字作「𦓔」，與「𣐈」字構形全不相類，當無爲同字之理，且「𣐈」於辭例爲時間詞，與「條」作動詞之辭性、用法全不相同，于說亦非是。其餘諸家或釋「若」、釋「秋」、釋「載」均有未確；劉釗以「𣐈」爲「者」，然「者」字作「𣐈」、「𣐈」、「𣐈」、「𣐈」等形，其字形構與「𣐈」之部件全然不類，若據金文「者」字言「者」、「𣐈」爲一字，仍嫌牽強，說不足信〔註199〕；又陳劍以爲「𣐈」後「演變成了『造』字所從的聲符『告』形」〔註200〕，蓋陳氏之言，乃以「告」字作「𤯄」，字形上部所從之「屮」與「𣐈」省作「𤯄」之形構連結，以甲文「屮」、「木」往往通作之例，故以爲「𣐈」與「告」爲一字。然卜辭「告」作「𤯄」或作「𤯄」，其字固有從「屮」形者，然亦有如前舉從「屮」作「𤯄」之形者，金文常見字形亦多作「𤯄」、「𤯄」、「𤯄」等形，則「告」字上部構件是否即爲「屮」形，恐仍有討論空間，徐中舒便云：「言、舌、告、音諸字，都爲同義的異形字。在甲骨文中言作𤯄，舌作𤯄，告作𤯄或𤯄。在金文中音作𤯄。此四字小篆作𤯄、𤯄、𤯄、𤯄，字形都像張口伸舌之形。舌在口中不能靜止不動，言、告、音三字之上部，即舌在口中運動之形。」〔註201〕若從徐氏之言，則「告」字尚有由「舌」構字之可能，若今僅以告字有作「𤯄」之形者，即言其字從「屮」，爲「𣐈」字上方所從之「𣐈」形之省，而言「𣐈」爲「告」之異體，恐仍有可商之處。且「𣐈」字上方所從之「𣐈」形，上方蜷曲之形與甲文「木」作「𣐈」，字形仍有差異，則「𣐈」所從之「𣐈」是否爲「木」尚未可知，是否可據「告」字以釋「𣐈」仍有可疑，陳劍之說，仍待商榷。且「𣐈」於卜辭常見時間詞之用法，與「告」爲動詞之義亦有區別，則知「告」與「𣐈」之構形、詞性均有

〔註199〕筆者案：今人宋華強〈釋甲骨文中的「今朝」和「來朝」〉一文，於劉釗之說已有詳細論證，此不贅言。唯宋氏從于省吾說以「𣐈」爲「条」，並讀爲「朝」之說亦嫌牽強，其說非是。宋華強，〈釋甲骨文中的「今朝」和「來朝」〉，《漢字研究》第一輯（北京：學苑出版社，2005 年 6 月），頁 367～374。

〔註200〕陳劍，〈釋造〉，《甲骨金文考釋論集》，頁 129。

〔註201〕徐中舒言見《甲骨文字詁林》「告」字下引文。于省吾編，《甲文文字詁林》，頁 686～687。

分別，不可一概而論，陳氏之說無論釋「𢦏」，釋「告」均無以立論，說亦非是。考「𤉢」於卜辭辭例中常見之例前方多有「今」做爲時間詞之用，其辭例爲：

辛巳卜，𡧊貞：今𤉢勿望乘？《合集》3995

丙辰卜，殸貞：今𤉢我其自來？《合集》4769 正

丙辰卜，殸貞：今𤉢我不其自來？《合集》4796 正

庚申卜，殸貞：今𤉢王循伐土方？《合集》6399

丁酉卜，殸貞：今𤉢王供人五千征土方，受有𠂤？三月。《合集》6409

辛巳卜，爭貞：今𤉢王供人乎婦好伐土方，受有𠂤？五月。《合集》6412

辛巳卜，𡧊貞：今𤉢王比□乘伐下危，受有𠂤？十一月。《合集》6413

□□□，殸【貞】：【今】𤉢王□□土方，受有𠂤？十二月。二告。《合集》6430

□巳卜，爭貞：今𤉢王比望乘伐下危，受有𠂤？十一月。《合集》6487

辛巳卜，爭貞：今𤉢王勿比望乘伐下危，弗其受有𠂤？《合集》6487

丁巳卜：今𣚨方其大出？四月。《合集》6689

丙戌卜：今𣚨方其大出？五月。《合集》6692

□□□出貞：來𤉢王其叙丁□《合集》25370

丁亥卜，出貞：來𤉢王其叙丁𥂖𠀒新？《合集》25371

上舉諸辭或言「今𤉢」，或言「來𤉢」，可見「𤉢」字均作時間詞使用，當無疑義。楊氏釋此字爲「𢦏」，言甲文「𢦏」所從「屮」形與「𤉢」省體之「屮」形相同，言「𤉢」必讀「才」聲，且與「今」連言，故釋此字爲「𢦏」，「今𤉢」即爲「今𢦏」之謂。考甲文「戈」字作「𢦏」、「𢦏」等形，或從「中」聲，或從「屮」形，亦有從倒「屮」作「𠦄」者，其字以「戈」爲主體，「屮」於「戈」上或正或倒，應爲「戈」上纓飾之形，與「𤉢」字所從象草木狀之「屮」顯然不同，且「𤉢」字另有一省體從「木」作「𣚨」，「屮」形或由此再省而來，雖

與「艸」所從之「屮」形體相類，然爲不同事物，實與「艸」字無涉。若以此爲據，以「艸」從「才」聲，「𣥎」字必讀「才」聲，欲連結二字形、用法全然不同之字，仍嫌牽強；且楊氏言「屮」爲「𣥎」之省體，然檢視楊氏所舉五例，即《合集》6413、6430、6487、6689、6692 諸片，除 6692 一片字作「屮」形以外，其餘均作「𣥎」形，未見省體。然《合集》6692 片「屮」字下方有一裂紋，或導致「屮」形下方無可辨識，未必可爲「𣥎」有省作「屮」形之例；復檢核「𣥎」字各辭，或可見有省形作「朿」者，是筆者以爲《合集》6692 片作「屮」形者，極可能爲該片「屮」之下方裂紋使字形下方殘缺所致（見附圖 3），則「𣥎」字是否有省體作「屮」，仍有待確認，以未明形體逕行比附他字構形，亦有未當。是知楊氏以「𣥎」必從「才」聲，釋字爲「載」者，實於字形判斷有所誤差，主觀臆測成分仍大，頗有望文生義之弊；而「今載」一語於卜辭、傳世文獻俱無可見文例，楊氏乃舉《左傳‧宣公十二年》、〈僖公十六年〉、《孟子‧滕文公》之「今茲」一語爲證，言「今茲」與「昔歲」對文，可爲「今載」之證。然文獻可見「今茲」一語未必均可以「今載」之義解之，如《詩‧小雅‧正月》：「今茲之正，胡然厲矣」、《左傳‧昭公三年》云：「今茲吾又將來賀，不爲此行也。」上二句「今茲」皆當以「今時」爲義，不得以「今載」之義釋之，則「今茲」未必即爲「今載」之義，亦難以爲卜辭「今𣥎」爲「今載」之證。楊氏此論出於對字形之主觀臆測，復欲牽合文獻以證其說，可謂煞費苦心，然其說於字形、文義均不可通，其論牽強，說不可信。

　　前已提及，「𣥎」於卜辭常見「今」之後方，爲紀時之時間用語。葉玉森釋「春」，言：「卜辭當象方春之木，枝條抽發，阿儺無力之貌。」〔註202〕其說或可從之，考卜辭「春」字作「𣥎」、「𣥎」、「𣥎」、「𣥎」，其字從「木」或「屮」，或從「屯」、或從「日」構形，與「𣥎」字從「朿」之構義相類，且「春」作時間詞之用法與「𣥎」全同，故筆者疑「𣥎」字即「春」之異構，郭店楚簡「春」字有作「𣥎」、「𣥎」〔註203〕等形者，或由「𣥎」所過渡而來，

〔註202〕葉玉森，《殷墟書契前編集釋》（臺中：文听閣圖書有限公司，2009 年 10 月，《民國時期語言文字學叢書》本），冊 2，頁 254。

〔註203〕湯餘惠主編，《戰國文字編》（福州：福建人民出版社，2005 年 8 月），頁 39。

可爲其證。以「春」爲紀時之語，故其廣義亦可稱「年」，董作賓《殷曆譜》云：「『今春』、『今秋』作今年，乃春與秋之廣義，蓋以一年有一度春秋也。」〔註204〕其說是也，以「春」有「年」義，故卜辭有云「今春」復接「三月」、「五月」、「十一月」、「十二月」者，其義皆爲「今年」之義，蓋「春」字本已有「年」義，非如楊氏所謂必從「才」聲爲「載」，復訓爲「今載」之義方可通讀，據此可知「」字不必非爲「載」字方可通讀，楊氏訓「載」，說不可信。

附圖 3：《合集》6692

6692

又楊氏以「」爲「」之繁文，據此釋卜辭「子」爲「子載」，並據《竹書紀年》「帝祖甲載居殷」之語，言「子」即武丁之子「祖甲」者，亦不可信。「子」見於第一期武丁卜辭，其武丁時「諸子」之一，當無可議。然觀其字形，「」字上方所從字形或與「黍」形較爲相近，與「」字從「」頗有差距，據此「」、「」爲不同二字，不可混同，二字更無繁、省之辯。既「」非「」之繁文，且前文已論「」、「載」二字無涉，則楊氏「子」爲「子載」，實爲牽強無據之臆說，以其爲祖甲之名，言生稱「子」，死爲「祖甲」之論，更爲無稽。且《竹書紀年》之眞實性仍待確認，「祖甲」之名是否爲「載」，亦難確知，引此爲據，仍有未當。楊氏「祖甲」爲「子」

〔註204〕董作賓，《殷曆譜》（臺北：中央研究院歷史語言研究所，1992 年 9 月），卷下，頁 39。

之論亦見於《積微居甲文說・竹書紀年所見殷王名疏正》〔註205〕一文，而今楊氏論「卤」爲「載」，復言此論，故於此條一併論之。

十、釋兄

《卜辭求義》唐部「兄」字下，楊氏云：

> 《粹編》一四八片云：「辛巳，卜，其告水入于上甲兄大乙，一牛，王受又？」〔註206〕郭沫若云：「兄在此當是介系詞，亦猶及與，以聲類求之，殆假爲竝也。」《考釋二六下》樹達按郭說得其意矣，讀爲竝，似非是。《詩・召旻傳》云：「兄，茲也。」《桑柔傳》云：「兄，滋也。」兄通作況。《國語・晉語注》云：「況，益也。」兄況有滋益之義，故意有及與之義，傳注雖無所見，然可由甲文中推撅得之。《藏龜》一二七葉之一云：「辛丑卜，殼貞，兄于母庚。」孫詒讓云：「兄疑當爲祝之省字。」《舉例》上九下樹達按兄爲祝之初字，人以口祝，故兄从儿从口，與見、企、臭、鳴等字同例。詳見余〈釋兄篇〉。〔註207〕

《積微居小學述林・釋兄》下楊氏云：

> 余疑兄當爲祝之初文，祝乃後起之加旁字。《說文》一篇上示部云：「祝，祭主贊詞者，从示，从人口。一曰：从兌省。《易》曰：『兌爲口，爲巫。』」蓋祭主贊詞之祝，以口交於神明，故祝字初文之兄字从儿从口，此與人見用目，故見字从人目，企用止，故企字从人止，臥息用鼻，故眉字从尸自，文字構造之意相同。許君不知此，而以兄長之義說之，宜其齟齬不合矣。兄本尸祝之祝，其變爲兄弟之兄，今雖不能質言其故。竊疑尸祝本相連之事，古人祭祀以孫爲王父尸，則祝贊之職，宜亦不當外求。兄長於弟，差習語言，使之主司祝告，固其宜也。其後文治大進，宗子主祭，猶此意矣。兄任祝職，其始也，兄、祝混用不分，後乃截然爲二，以兄弟之義作儿

〔註205〕楊樹達，《積微居甲文說》，頁58～59。

〔註206〕筆者案：此辭即《合集》33347片，檢視拓片「大乙」後方當爲「二牛」，特此言之。

〔註207〕楊樹達，《卜辭求義》，頁22。

口之形，字遂不可說。〔註208〕

案：「兄」於甲骨文作「𠑗」、「𠑗」等形，金文作「𠑗」、「𠑗」等形，王襄楷定爲「兄」，言其爲「睨」通叚；羅振玉、葉玉森、屈萬里均楷定爲「兄」，惟葉玉森併言「𠑗」爲「兄」之異體；屈萬里則謂當讀爲「祝」；郭沫若以「兄」爲介系詞假爲「竝」〔註209〕。觀「兄」之字形，併從人、口會意，構字之義尚不確知，甲骨文已用作兄長之「兄」。經典或假「兄」爲語詞，故金文加聲符作「𤰞」、「𤰞」等形，以別其假借。甲文另有「𠑗」字，或從「示」作「祝」，金文作「祝」、「祝」等形，象人跪於示前有所祝禱，是以字從「示」、「𠑗」會意，當爲「祝」字無誤，葉玉森以其字爲「兄」之異體，其說非是。〔註210〕郭沫若以「兄」爲語詞，假爲「竝」、楊氏亦以「兄」爲語詞，假爲「況」，且爲「祝」之初文，然實際檢視卜辭辭例，「兄」、「祝」二字於卜辭中迥然有別，實爲不同二字，郭、楊二氏之說有待商榷。考「兄」卜辭辭例如下：

𠑗甲豚，父庚犬？《合集》31993

𠦪父乙羊，𠦪母壬五豚，𠑗乙犬？《合集》32729

其𠂔𠑗丙眔于子癸？《合集》27610

丁未卜，古貞：屮于𠑗丁？《合集》1087

貞：屮羊于𠑗丁？《合集》2878

隹𠦪𠑗戊？《合集》2915 反

丁卯卜：王𠑗戊叀牛？《合集》19761

己未卜：王屮𠑗戊羊？用。《合集》20015

己卯卜，旅貞：王賓𠑗己彡無尤？在正月。《合集》23141

貞：𠦪庚歲眔𠑗己，其牛？《合集》23477

〔註208〕楊樹達，《積微居小學述林》，頁82～83。

〔註209〕諸家說詳見《甲骨文字詁林》引文。于省吾編，《甲骨文字詁林》，頁85～86。

〔註210〕筆者案：關於「兄」、「祝」形、義相關問題，詳見後文第六章〈釋兄〉一文，此處將重點集中在甲文文例之上，相關問題後文已有論及，此不論述。

丁巳卜：其桒于兄己？《合集》27613

己未卜：其彳歲于兄己，一牛？《合集》27615

庚午卜，旅貞：王賓妣庚歲眔兄庚無尤？《合集》22560

貞：彳庚歲眔兄己，其牛？《合集》23477

庚寅卜，行貞：兄庚歲先日？《合集》23487

其彳兄辛叀牛？王受彳？《合集》27622

甲申卜，即貞：其彳于兄壬于母辛宗？《合集》23520

隹兄癸？《合集》22196

貞：隹多兄？《合集》2923

丁酉卜，古貞：多兄壱？《合集》2924

貞：屮于多介兄？《合集》2926 正

丁未卜貞：兄不其？《合集》2933

兄隹有壱？《合集》2936

上舉諸辭中，不論「兄甲」、「兄乙」、「兄丙」等「兄某」之詞或「多兄」、「多介兄」或單稱「兄」者，其義皆爲《爾雅》「男子先生爲兄」[註211] 之「兄」，且諸辭字形均作從人、口會意之「兄」；「祝」作「祝」或作「祝」，用以祝禱於先祖、先妣，其辭例爲：

貞：祝于祖辛？《合集》787

祝于祖辛？《合集》787

甲辰卜：祝于母庚《合集》2570

辛丑卜，㱿貞：祝于母庚？《合集》13926

癸亥卜：往衛祝于祖辛？《合集》19852

辛酉卜：王勿祝于妣己？《合集》19890

〔註211〕〔晉〕郭璞注、〔宋〕邢昺疏，《爾雅注疏》，頁 117。

辛酉卜：王🔣于妣己逬取祖丁？《合集》19890

亥卜：🔣于二父一人，王受🔣？《合集》27037

癸巳卜，大貞：其至祖丁🔣，王受有🔣？《合集》27283

🔣祖丁、祖乙？《合集》27295

戊午卜：其🔣于父甲叀己？《合集》27461

其🔣工父甲三牛？《合集》27462

弜🔣妣辛？《合集》27554

弜🔣母戊？《合集》27554

夕🔣上甲歲？《合集》32347

辛巳卜：其告水入于上甲🔣大乙二牛，王受🔣？《合集》33347

貞：叀父甲🔣用？《合集》30439

貞：叀祖丁🔣用，王受🔣？《合集》30439

叀茲🔣用？《合集》30418

叀茲🔣，王受🔣？《合集》30634

癸未貞：叀茲🔣用？《小屯》771

奉年上甲、示壬，叀茲🔣用？《小屯》2666

甲戌貞：叀茲🔣用？《小屯》3006

上諸辭之「🔣」、「🔣」皆用於先祖或先妣，當為「祝」字無疑。其中《合集》13926 為楊氏所引《藏龜》一二七葉之一片、《合集》33347 為《粹編》一四八片，由原拓片檢視，此二片字均作「🔣」形，當為「祝」字，與「兄」字有別，則郭氏以「兄」為介系詞，假為「竝」之說乃由誤認字形而來，其說有誤，不辯自明。楊說承郭氏之誤而來，雖典籍確有以「兄」為「況」通叚，作副詞與連詞之例，然於甲文目前實未見有以「兄」作副詞使用之例，且「兄」與「祝」根本二字，毫不相關，楊說亦非是。

又楊氏以「兄」爲「祝」之初文，亦非。由上舉辭例可見，「兄」於卜辭作「{兄}」，「祝」於卜辭作「{祝}」、「{祝}」，一者從「{兄}」，一者從「{示}」，且文義、用法區別甚爲顯著，徐中舒曰：「或以兄、{祝}同，實非一字。{祝}於卜辭用爲祝，兄用爲兄長字，用法劃然有別，毫不混淆。」〔註212〕其說甚是，「兄」、「祝」於卜辭爲迥異二字，楊氏《卜辭求義》「兄爲祝之初字」之說與客觀條件不符，其說有誤，不足爲信。

十一、釋侯

《卜辭求義》侯部「侯」字條下，楊氏云：

> 《簠室征伐》四十片云：「戊午，卜，方出，其受侯又？」《戩壽》
> 四十七葉之七云：「甲辰，卜，雀受侯又？」樹達按侯爲發語詞，《詩》
> 「侯栗侯梅」是也，他詞皆言受业又，此二獨變业言侯，业與侯皆
> 無義。〔註213〕

案：「侯」甲文作「{侯}」、「{侯}」，金文作「{侯}」等形，並象射矢於箭靶上〔註214〕，字形以「矢」，本義當與射矢有關，李孝定云：「厂像射侯之形，矢集其下，當爲會意字。蓋躲侯之形甚多，不可悉象，且無矢亦無以見其躲侯之義，故從厂從矢會意也。從人無義，蓋爲譌變。」〔註215〕李說甚是，則知「侯」之本義當爲射矢之箭靶，《詩·齊風·猗嗟》：「終日射侯，不出正兮」〔註216〕，正以「侯」之本義言之。《說文》釋形以爲從「人」，言「从人从厂」者，乃受東周文字譌變與「人」形近所影響，說不可信，李氏已辨其形，其說可從〔註217〕。「侯」於甲文辭例中目前未見用其「本義」者，於辭例中爲爵位之「侯」，即《左傳·襄公十五年》所謂：「王及公、侯、伯、子、男、甸、采、衛、大夫，

〔註212〕徐中舒主編，《甲骨文字典》，頁966。

〔註213〕楊樹達，《卜辭求義》，頁40。

〔註214〕徐中舒，《甲骨文字典》，頁583。

〔註215〕李孝定，《甲骨文字集釋》，頁1810。

〔註216〕〔漢〕毛亨傳、〔漢〕鄭玄箋、〔唐〕孔穎達正義，《毛詩正義》，頁356。

〔註217〕筆者案：「侯」字甲骨、金文並從「矢」，作「{侯}」、「{侯}」等形，至東周「矢」形
　　　　譌變爲「庆」、「{矢}」等形漸有與「人」形相近之形，其或影響篆文字形，承其演
　　　　變而譌變作「{侯}」，故許慎誤以其字從「人」。

各居其列，所謂周行也。」〔註218〕之「侯」同，其辭例爲：

貞：勿令▨侯？七月。《合集》00006

貞：令▨侯歸？《合集》3289 正

貞：叀象令比▨侯？《合集》3291

貞：令▨侯歸？《合集》3294

貞：勿比▨侯歸？《合集》6554

己酉卜，殻貞：乎囝舞侯？《合集》6943

貞：勿乎囝舞侯？《合集》6943

貞：叀□令比亞侯？

乙未貞：其令亞侯帚，叀小□？

戊戌卜：方出其受侯屮？二告。《合集》6719

甲辰卜：雀受侯祐？《合集》33071

□辰貞：令犬侯□載王事？《合集》32966

辛巳貞：犬侯以羌其用自？《小屯》2293

多侯歸？《小屯》3396

貞：侯弗敦昳？《合集》6840

甲申卜，王貞：侯其災耑？《合集》6842

貞：令侯？二告。《合集》13506 正

貞：勿令侯？《合集》13506 正

惟王令侯歸？《合集》32929

用侯屯？《合集》32187

壬戌卜，乙丑用侯屯？《合集》32187

己巳□侯其□不征雨？《合集》12805

多侯歸？《小屯》3396

〔註218〕〔明〕左丘明傳、〔晉〕杜預注、〔唐〕孔穎達正義，《春秋左傳正義》，頁 934。

戊卜：侯奠其乍子齒？《花東》284

上舉諸辭除《合集》12805 似作地名以外〔註219〕，其餘諸辭之「𤰒侯」、「舞侯」、「亞侯」、「犬侯」、「多侯」、「侯奠」等詞之「侯」均爲爵位之名，即《尚書・酒誥》所謂：「越在外服，侯、甸、男、衛、邦伯。」〔註220〕諸辭之「侯」，可能均爲殷商外服從屬之邦。陳夢家《卜辭綜述》言：「某侯亦可以省稱爲侯。」〔註221〕由此可知「侯」於卜辭中均作名詞使用，所謂「受侯祐」亦爲「受某侯祐」之省，未見有作虛詞使用之例。楊氏據《詩・小雅・四月》「侯栗侯梅」一語爲據，以「侯」爲發語詞，言「他詞皆言受屮又，此二獨變屮言侯，屮與侯皆無義」之論，然此句與〈小雅・四月〉句法全不相類，無法比對，亦無法於甲文辭例尋得佐證，其說非是。

十二、釋𠬝

《卜辭求義》德部下「𠬝」字，楊樹達云：

《前編》一卷三四葉之六云：「御于高妣己，二羚，曶𠬝，𡗾。」又八卷十二葉之六云：「戊寅，卜，貞王卜用血，三羊曶，伐廿，卯卅，牢卅，𠬝二𡗾于妣庚。」𡗾字不識，亦牲名。《後編》上卷廿一葉之十云：「來庚寅，酚血三羊于妣庚，曶，伐廿，卯卅，牢卅，𠬝三𡗾。」樹達按𠬝字當讀爲副。𠬝聲畐聲音同字通，匍匐或作扶服，是其證也。〔註222〕

案：「𠬝」字甲骨文作「𬀇」、「𬀈」等形，從「𠂤」、「又」，羅振玉謂「象从又按跽人，與『印』同義」；王襄、商承祚均以爲「服」之本字；吳其昌云其爲「抑」之初文；郭沫若釋爲古「孚」字；屈萬里釋其爲《說文》訓「柔皮」之「𠬝」；王承招、姚孝遂則以其爲奴隸或俘虜〔註223〕。以「𠬝」之字形作「𬀇」、「𬀈」觀之，郭沫若言「象以手捕人之形」，其說可從，由此可知《說文》言：

〔註219〕此詞雖爲殘詞，但依文義判斷似爲卜問「侯」地是否延雨，或可用作地名。

〔註220〕〔漢〕孔安國傳、〔唐〕孔穎達疏，《尚書正義》，378。

〔註221〕陳夢家，《殷墟卜辭綜述》，頁330。

〔註222〕楊樹達，《卜辭求義》，頁64。

〔註223〕諸家說見《甲骨文字詁林》下引文。于省吾編，《甲骨文字詁林》，頁407～409。

「治也。从又、卩，卩事之節。」〔註224〕所釋形、義皆誤，然郭氏釋此爲「孚」之古字，則爲非，此說姚孝遂於《甲骨文字詁林》「𠬝」字按語舉甲文文例言甲文動詞用「俘」，名詞用「𠬝」兩不相混，已辨郭氏訓解爲非，此不贅述。楊氏於此則以「𠬝」讀爲「副」，訓爲「判」〔註225〕，當動詞用，其說與卜辭文例不符，其說恐非。考「𠬝」於卜辭常與名詞「牛」、「羊」、「宰」、「牢」等祭牲位於相同詞位，且與動詞「酓」搭配出現，其辭例爲：

　　屮于妣甲十𠬝？《合集》697

　　屮于妣庚十𠬝？《合集》700

　　貞：酓妣庚十𠬝，卯十宰？《合集》698 正

　　貞：𡆥婦好于父乙，宜宰又穀，酓十宰、十𠬝、穀十？《合集》702
正

　　貞：酓妣庚𠬝，新穀？《合集》724 正

　　壬寅卜，爭貞：酓妣庚𠬝？《合集》779 正

　　𡆥于高妣己宜二羚，酓𠬝、参？《合集》784

　　庚寅：宜一牛妣庚，酓十𠬝、十宰，十穀？《合集》893 正

　　酓妣庚十𠬝，卯十宰？《合集》968 正

　　三𠬝又三牛？《合集》73751 正

　　□來庚寅酓，盟三羊于妣庚□酓伐廿，其卅宰，卅𠬝，三勿？《合集》
22229

　　甲寅卜貞：三卜，用盟三羊酓，伐廿□□，卅宰，卅𠬝，三勿于妣
庚？《合集》22231

　　由上舉辭例看出，「𠬝」於甲文辭例中均與「牛」、「羊」、「牢」等祭牲爲在同一詞位，詞性用法相當，且多位於動詞「酓」後方，其義當爲祭牲一類無誤。姚孝遂云：「卜辭於俘獲之敵方人員，每以其方國之名名之，如羌、奚等皆是，

是爲專名；或籠統名之曰反，是爲通名，卜辭之反，一律用作祭祀時之犧牲，牛、羊、豕並列。」〔註226〕以「反」作爲祭牲，其詞性當爲名詞，楊氏以「反」通「副」，訓爲「判」，乃以動詞釋之，其詞性與卜辭所見文例不同，且訓「判」文義難通，是知楊氏以「反」通「副」之未確，說不可信。

楊氏所引《後編》文例：「來庚寅，酚血三羊于妣庚，曹，伐廿，岊卅，牢卅，反三夗」一辭，言「夗字不識，亦牲名」，其判斷亦有所誤。「夗」即「多」字，於此辭爲「分胙肉」之義〔註227〕，連邵銘〈甲骨刻辭中的血祭〉一文言：「YH127 所出字體特殊的那種卜辭中有『胹』字，寫作『夗』從二肉，實切肉的象形，它可能是臑字的本體。」〔註228〕其說可從，「夗」爲切肉，當爲肢解祭牲後以其肉獻祭，楊氏解爲牲名，實有未確。以「反」爲祭牲，「夗」爲胙肉，則可知楊氏對辭例判讀有誤，楊氏上引文例即《合集》22229 片，實際檢視該辭拓片，則該辭或當重新斷句爲：「□來庚寅酚，盟三羊于妣庚□曹伐廿，其卅牢，卅反，三夗？」「牢」與「反」均作祭牲，當與前方數詞連讀作「卅牢」、「卅反」義方足順，楊氏或因對文例判讀有所誤解，以致對個別詞性解讀錯誤，故將名詞之「反」通作「副」，以動詞視之，其說非是。「反」既爲名詞，且於甲文辭例中做爲祭牲一類，則其本義爲何？朱歧祥謂：「⿰，象手從後執人，人膝跪從之。字與後之反字無涉，宜隸爲奴。」〔註229〕並舉文獻與甲骨辭例爲證，其說可從。則「⿰」作名詞爲祭牲當爲其大類，其本義則可依朱氏之說，以「奴」爲其本義。

十三、釋奚

《卜辭求義》微部「奚」字條下，楊氏曰：

《前編》二卷四二葉之三云：「壬身，卜，貞：田奚，往來亡災？

〔註226〕于省吾主編、姚孝遂按語，《甲骨文字詁林》（北京：中華書局 1999 年 12 月），頁409。

〔註227〕徐中舒曰：「古時祭祀分胙肉，分兩塊則多義自見。」徐中舒，《甲骨文字典》，頁753。

〔註228〕連劭名：〈甲骨刻辭中的血祭〉，《古文字研究》，第十六輯，頁 52。

〔註229〕朱歧祥，〈釋奴〉，《周原甲骨研究》（臺北：臺灣學生書局，1997 年 7 月），頁 131～138。

王卜曰：吉。隻狼十二。」樹達按卜辭屢見「田雞」之文，如同書二卷三十七葉之一云：「戊辰，卜，貞：王田雞，往來亡災？」又三七葉之二云：「△△王卜，貞：田雞，△△亡災？王卜曰：吉。△△，獲狼△」是也。此奚字殆雞之省假字。〔註230〕

又豪部「要」字下言：

《粹編》一二八片云：「丁酉，卜，曼帝声。」郭沫若云：「曼即要字。要殆假爲郊。声讀爲穀，爲郊祀上帝以穀也。」《考釋》一六五樹達按要蓋假爲禴，卜辭有冊字，即禴，屢見。要與禴古音同。〔註231〕

案：「奚」於甲文作「𡘾」、「𡘇」、「𡗗」、「𡘙」、「𡙅」、「𡙊」等形，金文作「𡘾」、「𡗗」、「𡘙」、「𡙅」，字從「人」或從「大」，或從「女」，各家釋「奚」無誤，羅振玉、郭沫若以爲「罪隸」或「罪人」〔註232〕；饒宗頤、張秉權則以其爲地名〔註233〕，楊樹達亦以地名釋之，言「田奚」即「田雞」，「奚」爲「雞」之省借。考「奚」於卜辭之辭例爲：

己巳卜，殼貞：奚不因？王占曰：吉，勿因。《合集》734 正

癸丑卜，亘貞：王比奚伐卬？《合集》6477 正

癸丑卜，亘貞：王比奚伐卬方？《合集》812 正

王勿比奚伐？《合集》812 反

甲辰卜，殼貞：奚來白馬□□王占曰：吉，其來。《合集》9177 正

甲辰卜，殼貞：奚不其來白馬？五。《合集》9177 正

貞：今春奚來牛？五月。《合集》9178 甲

貞：今春奚不其來牛？《合集》9178 乙

〔註230〕楊樹達，《卜辭求義》，頁 69。

〔註231〕同上註，頁 53。

〔註232〕羅說見《增訂殷墟書契考釋》，頁 94。

〔註233〕饒宗頤說見《甲骨文通檢‧田獵篇》前言。饒宗頤，《甲骨文通檢‧田獵篇》（香港：香港中文大學出版社，1999 年），頁 29。張秉權說見《殷墟文字丙編考釋》。張秉權，《小屯第二本‧殷墟文字丙編考釋》（臺北：中央研究院歷史語言研究所，1973 年 12 月），頁 235。

戊辰卜貞：王于田奚，往來無災？獲狐七。《合集》37480

戊辰王卜貞：田奚往來無災？獲狐七。《合集》37481

辛巳卜，在敦貞：王田奚衣無災？《合集》37644

戊辰卜貞：今日王田奚不遘大雨？《合集》37645

乙丑卜：王侑三奚于父乙，三月征雨？《合集》19771

庚午卜：𡉈奚大乙三十？《合集》19773

丙戌卜：烄奚？《合集》23201

辛丑卜：奚卯祖乙？《合集》32524

丁酉卜：奚帝南？《合集》34074

由上舉諸辭，吾人可見「奚」於甲文詞例中多作地名，由《合集》37480、37481、37644、37645 諸辭可見商王有於「奚」地進行田獵之事。又《合集》9177 片可見「奚」獻白馬於商之辭例觀之，「奚」可能為商代時部族或方國其中之一，孫淼《夏商史稿》言：「這是說奚向商貢白馬和牛。這個奚字，顯然是國名或族名。這表明商代確有一個族或方國名曰奚。」〔註234〕其說可從。「奚」為商代時之部族或方國，有時亦配合商之征伐，故辭例亦可見「比奚伐𢀛」之例（《合集》812 正、6477 正）。以「奚」為地名或方國，商王時田獵於此，亦或俘虜該地之人以為人牲，如上舉《合集》19771、19773、23201、32514、34074 諸辭，均可見「奚」方之人偶有作為祭祀之人牲之例。「奚」方之人偶有用為人牲，此或《周禮・天官・酒人》「奚三百人」、〈禁暴氏〉「凡奚隸聚而出入者」〔註235〕以「奚」為「奴」之由來，則知羅振玉、王襄等以「罪隸」釋「奚」者，乃用「奚」後出之義，其說恐非，「奚」仍當依辭例所示釋為地名或方國為是。「奚」疑為卜辭之「陵」方，為殷商西北之方國〔註236〕，叛服

〔註234〕孫淼，《夏商史稿》（北京：文物出版社，1987 年 12 月），頁 494～495。

〔註235〕見《周禮・酒人》、〈禁暴氏〉。〔漢〕鄭玄注、〔唐〕賈公彥疏，《周禮注疏》，頁 13、968。

〔註236〕筆者案：《合集》36481 片云：「□□小臣牆比伐，擒危、美人二十四人，□□人五百七十，陵百□□，車二丙盾百八十三。」此辭乃記殷與外族征戰一事，饒宗頤《甲骨文通檢・田獵篇》：「甘肅靈台草坡出土〈陵伯彝〉，奚即陵，地在靈台。」

無常，故偶有獻「白馬」、「牛」於商，又偶有爲商征伐，俘虜「奚」人用作人牲之事。

又楊氏言「田雞」即「田奚」一事，考「雞」於卜辭作「𪇸」，於卜辭均用作地名，其辭例爲：

戊戌王卜貞：田雞往來亡災？王占曰：吉。茲卻獲狐。《合集》37363

戊寅王卜貞：田雞往來亡災？王占曰：吉。茲卻獲狐二十。《合集》37472

戊寅王卜貞：田雞往來亡災？王占曰：吉。茲卻獲狐二。《合集》37494

戊辰卜：王田雞往來□□？《合集》37734

乙丑卜：王其田雞叀戊□□《小屯》4357

諸辭均作「田雞」，無一例外，足見「雞」於辭例中爲一地名，郭沫若《卜辭通纂》言：「《春秋》襄三年：『同盟於雞澤。』杜《注》：『雞澤在廣平曲梁縣西南。』《國語》作雞丘。地與安陽相隔僅一日路程，卜辭之雞當即此。」〔註237〕據郭氏考證，上舉諸辭之「雞」即《春秋》之「雞澤」、《國語》之「雞丘」。楊氏「奚」爲「雞」之省假，當本郭氏此說而來，然觀卜辭「田雞」一詞，全無省「隹」形作「奚」之例，楊氏但憑「雞」從「奚」聲，便言「奚」爲「雞」之省借，卻無實際辭例佐證，立論理據薄弱，其說猶有疑義，恐難成立。且若依郭說，「雞」地爲「雞澤」，在今安陽附近，則與殷西北之「奚」又相距甚遠，則楊氏「奚」與「雞」，省借，以其爲同地，證據仍不充足，恐非是。

又楊氏所引郭沫若《殷契粹編》128 片即《合集》34074 片，而檢視此版拓片，郭氏釋「要」之字作「𡣫」，應爲「奚」字，整辭當作「丁酉卜：奚帝南？」，郭氏釋字有誤，故以「奚」爲「要」，假爲「郊」，以「郊祀」之說，實由誤釋字形而來，其說非是。楊氏未核對字形，承郭氏所釋字形，以「要」借爲「禴」之假借，乃牽強附會之說，亦失之遠矣。

饒宗頤《甲骨文通檢·田獵篇》，頁 29。筆者案：甘肅位殷商西北，據此可知此版所記爲商與西北方國征戰之事。

〔註237〕郭沫若，《卜辭通纂》（臺中：文听閣圖書有限公司，2009 年 10 月《民國時期語言文字叢書》本），冊 5，頁 447。

　　經本節討論，吾人可見楊氏雖十分擅長以《說文》篆籀重文、或體爲線索，據以考定、推求甲文字形，同時擅以甲骨文例之義訓推求字義，復廣徵文獻，以傳世文獻比對、推演殷人制度以求義訓正詁。然楊氏甲文研究失誤之處亦大多在此，由本節所舉條例，可見楊氏或因過於信從《說文》所載篆籀字形，以致於字形演變有所疏忽或判斷失誤；或因強調義訓，以致未能由材料本身之客觀條件討論甲文，而有主觀臆測之弊；復因義訓故，引用文獻未加詳查，遽以文獻比附其說，而有望文生義、以偏概全之憾，凡此皆爲楊氏甲骨文研究失誤之處，研契學子於肯定楊氏考索甲文成就同時，亦需留心楊氏研究中的若干謬誤之處，以免爲其誤導。本節商榷對楊氏甲骨文研究略事分析，以見楊氏考釋甲文之疏漏。惟楊氏之學深廣博雜，礙於篇幅與學識所限，本節未能對楊氏若干考釋失誤條例一一詳加商榷，力有未逮，甚爲可惜。至楊氏考釋甲文方法上之失誤，則留待下節再行深入討論。

第四節　楊樹達甲骨文研究之侷限與不足

　　經上兩節之討論，吾人可見楊樹達以豐厚學養，將其甲骨文研究成果載於《積微居甲文說》、《耐林廎甲文說》、《卜辭瑣記》、《卜辭求義》四書中。楊氏善用音訓、義訓之法，擅長以文獻比對立證，往往跳脫舊釋侷限，使甲文之考釋與解讀更加完備，時有創見，對近代甲文研究，承先啓後，多有影響與貢獻。然出土甲骨去今千年之遙，文字辨識不易，辭例簡約難讀，加以資料不豐，殷商古制晦澀難考等因素，後人欲深入研究甲骨文字、考證殷人制度，實屬不易，即博學鴻儒王國維、羅振玉等人所論亦未必盡是，故楊氏於甲文之考釋存有若干失誤與不足之處，亦是在所難免。大體而言，楊氏考釋甲文失誤之處，或出於時代侷限，所見甲骨資料不足，以致於文字判讀、史料古制考證未能多方瞭解；或因過於依從《說文》本訓，考釋文字難脫《說文》篆、籀之制約，以致文字識讀失準；或因主張考釋文字義訓爲先，難以避免主觀臆測、想像詮釋之侷限，導致訓解有所偏失；或爲牽合文獻，改易客觀事實，以求甲文考釋結論合於後出文獻，如此便有以今律古之疑慮，即便有創見，亦難以成立。本節承接上節對楊氏考釋甲文之商榷而來，擬對楊氏考釋甲文之侷限與不足加以討論，以見楊氏甲骨文研究之疵謬，分述如下：

一、釋字以《說文》篆、籀爲主，受其制約

　　許愼《說文解字》爲我國文字學專著之經典，於文字之形、音、義各方面均有所得，歷來學者識字多以《說文》爲本，奉爲圭臬。楊樹達爛熟於《說文》，對其亦極其推崇，並譽《說文》爲「今日根究古義唯一之寶書」〔註238〕，足見楊氏對是書之推崇。然《說文》成書東漢，去古甚遠，所訓文字之形、音、義仍存有相當程度之疏漏與謬誤，及至甲骨、金文現世，吾人方知《說文》所錄字形之不可盡信，於其所錄篆文字形之本義、謬誤多有糾正，以復文字之正詁。楊氏對許書仍十分看重，極力推崇，考釋甲骨文字亦多由《說文》所錄篆、籀形體、本義推衍，爲其考釋甲文之重要依據，嘗謂：「余於甲文，識字必依篆籀。」〔註239〕《說文》所錄篆文爲我國古文發展最後階段，依其篆籀字形、本訓輔助考釋古文形、義，乃爲吾人考釋古文常法，本無可厚非，然楊氏精熟《說文》，對其所錄字形過於信從，則難避免受到《說文》本訓制約，影響楊氏考釋甲文之正確、客觀，降低甲文考釋之可信度。如甲文之「𦥑」，楊氏依《說文》「妻」字所收重文從「肖」，許氏言「肖，古文貴字」爲據，釋「𦥑」爲「貴」，繼而以其古音與「叀」通，以將卜辭「卯叀羊」與「𦥑羊」二詞連結，言「𦥑羊」即「叀羊」〔註240〕。然《說文》所錄「妻」之重文所以從「肖」，乃由於東周字形謬變所致，恐非本初字形，許氏說解已然有誤，楊氏再以此爲據考釋甲文字形，其結論必然有所誤差，其說恐難令人信從。

　　類似情形亦見於《積微居甲文說》所釋「延」字一條。「延」，從彳從止，羅振玉釋「延」，各家從之。楊氏則據《說文》「徙」之或體「𢔗」訓「遷」，又以其字從止聲，假爲停止之「止」。然「延」之字形由「彳」、「止」會意，「彳」，其形構爲強調行走之義，若依楊氏假借爲「止」一說，則「彳」之偏旁便無所取義，且「止」之「停止」義已爲假借，更不當以其字從「止」就必有「止」義，楊氏此論之誤乃在對《說文》所錄字形過於輕信，復以晚出字形規範早期字形，其說並不正確〔註241〕。楊氏以後起篆文或體字形以釋甲文已有未妥，其訓義又未能令人信從，故其說並未受到重視，楊氏對此深感

〔註238〕楊樹達，〈形聲字聲中有義略證〉，《積微居小學金石論叢》，頁63。

〔註239〕楊樹達，《卜辭瑣記》，頁3。

〔註240〕詳見前文「𤔲」字考辨。

〔註241〕詳見前文「延」字考辨。

不以爲然，其言曰：

> 余讀征爲止，核之於文字之征從止聲，稽之於事理之貞風雨必貞止
> 風雨，證之於甲文本身之有「止風」、「鳳止」，似皆較羅釋爲長，
> 而世人不肯輕信者，殆以有先入之言爲主也。余不得已，明羅氏之
> 說根本錯誤，非好施駁詰也。〔註242〕

由楊氏此言可見其對許書所錄字形之信從，一旦《說文》字形可與甲文連結，便無可疑議，不容反駁置喙，其以《說文》爲據之說，更爲不可疑易之論。然以此字爲例，「征」、「徙」二字所會字義不同，顯爲不同二字，不可混同，不當以篆文或體規範甲文字形；亦不得因其字從「止」聲，便驟言假借，置其餘偏旁於不顧，其說恐仍有待商榷，不如羅氏訓「延」之說爲長。楊氏此說之失在於對《說文》所載字形過於輕信，從而疏忽文字形構之考察，一旦析形產生誤差，所釋之義亦難避免出現謬誤。

又甲文有「𡉚𤰒」一詞，「𡉚」各家釋「圣」，惟說解不同，楊氏據《說文》「汝、潁之閒致力於地曰圣，從又、土，讀若兔、鹿之窟」爲據，言「窟」與「掘」同從「屈」聲，故釋「𡉚」爲「掘」之初文；復以《說文》「𥑐」字偏旁爲據，釋「𤰒」爲「𡇧」，《說文》讀「𡇧」爲「獷」，故假借爲「礦」，因釋「𡉚𤰒」即言「掘礦」，並引《周禮‧卝人》、《管子‧地數》及《山海經‧中山經》等先民開礦之文獻，以證甲文開礦一事，已先於戰國典籍千載之久〔註243〕。然《說文》所謂「致力於地」一說語焉不詳，難以判定所指「致力於地」之爲何種活動〔註244〕，僅能由此處判斷爲行事於土地之上，無法確知其所指爲於土地進行何種活動，今但憑《說文》所記音讀即定其字爲「掘」，仍嫌牽強；且《說文》言「圣」爲「汝、潁之閒致力於地」，可知其於漢時當爲方言。知者，卜辭爲殷人共同語之書面形式，若依楊氏之論，則「圣」之爲「掘」，其義當已存於殷時共同語中，然其義不僅於卜辭文例無法通讀，且不見於先秦典籍，則知「圣」當非「掘」之初文，楊氏據其音讀釋「𡉚」爲

〔註242〕楊樹達，《積微居甲文說》，頁26。

〔註243〕楊樹達，《耐林廎甲文說》，頁11～13。

〔註244〕于省吾《甲骨文字釋林》言：「按許說必有所本，但也不免籠統，究竟致力於地指的是哪種具體事？令人無從索解。」于省吾，《甲骨文字釋林》，頁233。

「掘」，當為誤釋。此字當從于省吾說釋「墾」〔註245〕義方足順，楊氏據《說文》以漢時方言比附其字，實有未妥，說不可從。

又「田」於卜辭作「田」、「𝌀」、「𝌀」等形，俱為田土之「田」，象田間有阡陌之形。楊氏則據《說文》之「冏」與甲文「明」之異體「◖田」連結，釋「田」為「囧」，再以「囧」讀若「獷」，通「礦」，言「𝌀𝌀」即「開礦」。然土田之「田」與窗牖之「囧」字形迥別，取義亦有不同，實為不同二字，不可混而為一，李孝定便言：

> 楊氏釋囧非是。契文囧作囧，與此迥異，不能執卜辭明或作◖田，遂謂𝌀、𝌀皆囧字也。蓋◖田所從之田為偏旁，與月字並見故不嫌與田形混，若𝌀、𝌀、𝌀皆獨體之文，何緣正其為囧字乎？〔註246〕

李說甚確，早期文字字形尚未固定，象形字尤然，甲文不論作「田」、「𝌀」、「𝌀」之形皆為「田」字，「𝌀𝌀」即為「墾田」，與「開礦」無涉，楊氏比附《說文》字形釋「田」為「礦」，實為望文生義之誤釋，其說難以成立。

由上舉文例可見楊氏考釋甲文時對《說文》所載篆文及其所釋形、音、義之重視，儘管已見眾多甲骨、金文材料，仍對《說文》析形過於輕信，往往於字形演變脈絡有所疏忽；而經由楊氏因《說文》衍生之誤釋，吾人可知雖《說文》於文字訓詁有一定程度之影響，為考釋甲骨、金文賴以參考之重要依據；然甲骨、金文與篆文分屬不同文字系統，各有其發展、演變，且篆文多承東周文字而來，字形往往已有變化，即便可於甲骨、金文尋得踦迻之跡，仍應有所分辨取捨，故以篆文反推古文字之侷限仍大，訓解古文字不可字字皆據《說文》探求本義，仍應妥善運用，有所取捨，方能達到文字訓解之最佳效果。

二、義為之主，易流於主觀臆斷

楊氏訓解甲文，著重義訓，往往根據卜辭文例字義推求，掌握某字之音、義，藉以考釋文字，尋求確詁，嘗謂：「治金文，初據字以求義，繼復因義以定字。余於古文字之研究重視義訓如此。殷墟文字古矣，然既是文字，未有不表

〔註245〕同上註，頁 234～242。

〔註246〕李孝定，《甲骨文字集釋》，頁 4032。

義者也。」〔註247〕依楊氏此言，可知其考釋文字，以形辨義，由義考字，且首重義訓一端，甚或以為形、音、義三者，「義為之主」〔註248〕，考字當捨形就義，方可得其正詁，楊氏言：

> 余謂吾輩考釋古文，首當求文義之合，而形則次之。蓋古人作字無定形，形相似者時相淆混，與今日約定俗成後之文字不同。考釋文字，舍義以就形者，必多窒礙不通，而屈形以就義者，往往犁然有當。〔註249〕

楊氏此論蓋脫胎於高郵王氏「就古音以求古義，引申觸類，不限形體」〔註250〕一法，然王氏之言，意在申明考釋古文當不受形體侷限，非言不究字形，文字形、義一體，若形構不明，不知演變，何以定其音、義？是知王氏此言，未嘗有「舍形就義」之思，後人不察，逐漸失其眞。楊氏闡揚王氏之法，考釋甲文首重義訓，但求之過深，過於偏重，往往先掌握某義為原則，再依其原則推衍文字以定義，如若未有充分證據支持，便易忽略辭例、形構等客觀條件，其結論往往有主觀臆斷之失。如釋「大」，楊氏先據郭沫若之說以「大」有「及」義，復以其與「逮」音近之故，言卜辭「大」為「逮」之通叚〔註251〕。然檢視甲文辭例，「大」實無「及逮」之義，楊氏據義以求，未考慮甲文辭例之客觀條件，其說看似成理，實則可商。

又如「兄」字，楊氏以「兄」通作「況」，復為「祝」之初文〔註252〕。然以甲文辭例觀之，卜辭之「兄」義皆為「兄長」之「兄」，如「兄甲」、「兄乙」、「多兄」等皆是，未見通「況」作副詞之例，可見「兄」通作「況」乃後起之義，楊氏一時疏忽，未詳檢文例，以後起之義比附甲文，似有未當。又楊氏以「兄」為「祝」之初文，乃據《說文》訓「祝」所從之「兄」為「兌」省，由

〔註247〕楊樹達，《卜辭求義‧自序》，頁1。

〔註248〕楊樹達，〈論小學書流別〉云：「夫文字之生也，有義而後有音，有音而後有形，三事遞衍，而義為之主。」楊樹達，《積微居小學述林》，頁327。

〔註249〕楊樹達，《卜辭瑣記》，頁11。

〔註250〕〔清〕王念孫，《廣雅疏證‧自序》，頁2。

〔註251〕詳見前文「大」字考辨。

〔註252〕詳見前文「兄」字考辨。

「巫」之義而來〔註 253〕，故有「蓋祭主贊詞之祝，以口交於神明，故祝字初文之兄字从儿从口」之說。然以字形審視，「兄」於卜辭作「」，「祝」於卜辭作「」、「」，一者從「」，一者從「」，且於甲文辭例用法迥別，實爲不同二字，楊氏未能就文字形構、辭例等條件行客觀之審度，逕據後起文義比附，不免令人有空中樓閣之感，難以立說。

又卜辭可見辭例「貞：勿舌河？」、「勿舌？」等語，楊氏曰：「以舌爲動字，又云舌河，舌與河義不相承，頗爲難解，余熟思之，舌蓋假爲涉也。」〔註 254〕蓋楊氏先以「河」爲「河水」義爲準，復以「舌河」義不可通，定「舌」爲「涉」之通叚。然此處之「河」乃指殷之先祖，非謂「河水」，則「舌」於此當爲祭名〔註 255〕，其義或與「祰」祭相當，「勿舌河」、「勿舌」均爲對行「舌」祭宜否之卜問，與「涉」義毫無相關，李孝定云：「于氏據余永梁之說而復加以推闡〔註 256〕，並謂卜辭用此爲祭名，說皆可从。楊氏謂當讀爲涉，於『舌河』、『勿舌河』諸辭固可通讀，而於『舌母庚』一辭則無由索解，不如于說之允當也。」〔註 257〕楊氏此說由「河」義爲準，故認定「舌河」必爲「涉河」，因定「舌」字之義爲「涉」，然作爲楊氏判定「舌」義之原則「河」已然有誤，「舌」之誤釋自然無可避免，究其緣由，恐怕仍在楊氏以義相求，未能全面性的以辭例考察所致〔註 258〕。他如前述楊氏以「掘礦」之義釋「」一詞、以「止」義釋「祉」等例，因義以定字，不僅易忽視辭例與字形等客觀材料而導致誤釋，更從而降低訓詁考據之科學性與準確性。

〔註 253〕《說文》「祝」字下云：「祝，祭主贊詞者，从示，从人口。一曰：从兑省。《易》曰：『兑爲口，爲巫。』」〔漢〕許愼，《說文解字》，頁 6。

〔註 254〕楊樹達，《卜辭求義》，頁 31。

〔註 255〕饒宗頤，《巴黎所見甲骨錄》，頁 32～34。

〔註 256〕于省吾，《雙劍誃殷契駢枝續編》（成都：四川大學出版社，2000 年 8 月），冊 8，頁 243。

〔註 257〕李孝定，《甲骨文字集釋》，頁 681。

〔註 258〕筆者案：值得注意的是，楊氏於〈釋舌〉一文之前，於 1950 年已著〈釋河〉篇（收入《積微　居甲文說》），其中提及：「郭沫若釋爲河字，是也。……余疑河爲殷之先人。」顯見楊氏並非不知「河」於卜辭有先祖之名與河水二義，此處楊氏以「河水」義規範「舌河」一詞，逕捨「河」爲殷之先祖之義，以其「涉」義，其原因恐在楊氏已爲「涉河」一先入爲主之觀念所囿，且未針對甲骨辭例通盤檢視所致。

　　由以上討論，吾人可知義訓雖爲我國傳統訓詁考據慣用之法，但若以此爲首要，視爲考釋文字之優先考量，則似有未妥。要之，我國文字形、音、義一體，彼此關係緊密，缺一不可，以義定字固然可解眾多難通之例，但一味求義，忽略形、音之源流演變，便無法貫通古今，以達訓詁以今語釋古語之目的。是筆者以爲考釋文字，形、音、義三者實爲不可分割之要素，形訓、音訓、義訓當依所面對問題之實際情況交互應用，實無先後、主從之分，若楊氏所謂「求文義之合，而形則次之」之法，實屬不必。是知楊氏考釋甲文以義爲先之法實有未當，不僅易忽略文字形構脈絡與辭例本身呈現之客觀條件，若無充足證據支持其論，便易流於主觀臆測，以原則決定結論，便難求得正詁。故楊氏所謂「屈形就義」之考字方法侷限仍大，往往降低訓詁考據之功能性，影響文字釋讀，此則爲吾人在從事訓詁實踐之際值得關注與深思之問題。

三、輕信文獻、牽合比附臆斷

　　楊樹達爲學廣博，且精於考據，其甲文研究之另一特點，即在引證豐富，書證繁多。楊氏善於運用傳世文獻與甲文文例、字義對比，進而定字義，通叚借，以明文獻之確詁，補典籍所不足，博采眾書，折衷適當，故時能有所創獲。以傳世文獻作爲考據甲文之輔助固然能比對、印證甲骨文義與殷人制度，拓展古史資料，爲考釋古文利器；然上古時期文獻保存不易，典籍傳世亦時有斑駁，引用文獻典籍若過於輕信所載之文，未能多方求證考索，仍有一定程度之風險與侷限，影響文義判讀，降低訓詁實踐之價值。楊氏考據甲文，雖能旁徵博引，爲其立論提供佐證，然亦偶有過於輕信文獻，逕以後世晚出文獻比附牽合甲文之情形，從而影響其結論之客觀、準確。如〈讀胡厚宣君〈殷人疾病考〉〉一文釋「匸征」一詞，楊氏便以《漢書·原涉傳》、《後漢書·來歷傳》、〈魯丕傳〉等文獻中記漢人「患病遷地」之俗爲據，而有「殷人尚鬼，蓋早有此風，故占徙否也」一說，以證「征」有「徙」義，與《說文》所載「徙」之或體連結 〔註 259〕。然前已論及，楊氏釋「征」爲「徙」乃爲誤釋，援引爲證之文例又爲去殷甚遠之漢代文獻，所言「今俗人迷信，尚

―――――――――――――――――――――――
〔註259〕詳見前文「征」字考辨。

有其事。殷人尚鬼，蓋早有此風」一說更爲以今律古之揣測，難以確知殷人確有此俗，以此爲據欲佐證其說，恐有未確。

又甲文有「王疒齒，唯易」、「王疒齒，亡易」等語，楊氏以「易」爲「更易」之「易」，釋「易」爲「齒更」，並以《釋名・釋長幼》「九十或曰齯齒，大齒落盡，更生細者，如小兒齒也。」一語爲據，言成人亦有「齒更」之現象，以證其「齒更」一說〔註260〕。姑不論《釋名》一書爲去殷甚遠之漢代文獻，以今日科學昌明、醫學發達之角度觀之，若非打造人工假牙，成人落齒再生實無可能；即以楊氏所處之二十世紀五零年代，成人易齒一說，亦爲荒誕之論，楊氏豈信此理？以此爲證，實難取信於人。蓋楊氏考字以義爲準，此釋之前，必已先有「齒更」之想法於心，復於文獻尋求相合其說之材料，方以《釋名》相關說法爲據。然《釋名》此論甚爲荒誕，與人類生理實際狀況不符，楊氏援引此說當爲牽合「齒更」之義而來，實有牽強附會，輕率武斷之失，不僅扭曲事實邏輯，同時亦大幅降低訓詁考據之科學性，以此釋字，結論勢必備受檢驗。

楊氏引用文獻之另一問題，在於引用類書所載之二手甚或三手資料與甲文互證。類書雖具保存古籍，便於觀覽群籍等優點；但輯佚之作出自眾手，千百年間著作典籍，著錄內容是否已遭改動、增刪，輯佚者是否更加潤飾、擅改均不得而知，引用必有相當程度之疑慮。楊氏《耐林廎甲文說・釋多介父》一文以《太平御覽》所錄《竹書紀年》載「盤庚旬自奄遷于北蒙，曰殷」一語爲據，言盤庚之名爲「旬」，卜辭「卜庚于多父旬」一語即言「多父」名「旬」，以證「多介父」爲殷王盤庚之名〔註261〕。然前已論及，「卜庚于多父旬」之「庚」爲他辭誤入，整辭當作「卜于多父旬」，且「多」、「父」、「旬」爲方國名，不爲一詞，楊氏所據已然有誤；又「盤庚旬自奄遷于北蒙」一事，先於《太平御覽》之《水經注》、《史記索隱》皆作「盤庚自奄遷于北蒙」，並無「旬」字，則《竹書紀年》所載盤庚名「旬」一事仍有待考證，不宜貿然引用。又〈釋𢦏〉一文，楊氏釋「𢦏」爲「載」，並以「𢦏」爲「𢦏」繁文，並據《太平御覽》轉引《竹書紀年》所記「帝祖甲載居殷」，言「子𢦏」即武

〔註260〕詳見前文「易」字考辨。

〔註261〕楊樹達，《耐林廎甲文說》，頁7。

丁之子「祖甲」〔註262〕。然前釋已證「🔣」不爲「載」,「🔣」亦非其繁文,
楊氏所以釋「🔣」爲「載」,恐怕乃爲牽合《竹書紀年》「祖甲載」一語而作,
且不論所釋字形已誤,《竹書紀年》史料價值與眞實性本身就值得探究,實無
確證,難以立論。管錫華《校勘學》便言:「不僅類書的引文不可盡信,一般
書籍的引文和注解同樣都不可盡信。因爲這些引文同樣都不完全忠實於原
文。」〔註263〕其說甚是。知者,古本《竹書紀年》現世於西晉太康年間,所
載內容雖起自夏代,部分內容與傳世文獻差異甚大,即以甲文資料檢驗,亦
多有可疑,歷來學者多疑其僞作,史料價值有待商榷;《太平御覽》成書宋太
平興國年間,時代更晚,不僅與古本《竹書紀年》相距近七百年,且爲類書,
幾經謄錄,難以避免產生錯誤。故楊氏使用此類異文資料所得出之結論,史
料價值與正確性實有待商榷,蓋無法保證楊氏轉引類書之材料是否正確無
誤,或已經爲後人改動,倘引用錯誤資料,逕行牽合比附,所得結論不僅無
益於甲文釋讀,更降低訓詁考據之客觀與正確。因此,即便引證豐富爲楊氏
考釋古文之一大優點,吾人面對楊氏研究成果時,仍不可忽視其因引用文獻
而產生之誤釋,以免產生誤導,信從不正確之結論。

　　經由楊樹達甲骨文研究《積微居甲文說》、《耐林廎甲文說》、《卜辭瑣記》、
《卜辭求義》四部書概括來看,大致可見楊氏研究甲文之方法與成就,及其侷
限與缺失。吾人可見楊氏研究甲文仍有以《說文》爲本之情形,且對《說文》
所載篆、籀形義過於信從,未能針對甲文形義獨立思考、研究,反爲《說文》
侷限,以致結論有所誤差;尊信《說文》,以其爲定字標準,固可視爲時代侷限,
然凡釋字必據《說文》爲宗,逕以篆文形義規範甲文,則降低訓詁考證之可靠
性,徒增考釋上的困擾,於古文字考據方面助益有限。考釋文字據義以求,有
其理論依據,然不應過於絕對;不同體系之文字形、音、義自有其發展規律,
不可能於造字之前已先有某些先驗之理論或義項規範,而後文字再依循此先驗
規範創制,復與不同體系文字相互承接、演變。因此,形訓、音訓、義訓不應
有先後、主從之分,考釋文字應由文字材料著手,就字論字,形訓、音訓、義
訓隨其需求轉換互用,不當以理論作爲考釋文字之原則,再由原則決定結論。

〔註262〕同上註,頁22。

〔註263〕管錫華:《校勘學》(合肥:安徽教育出版社,1998年9月),頁195。

凡此皆爲楊氏考釋文字時之盲點，若將研究範圍擴大，吾人甚至可見楊氏所有文字訓解均存有此種問題，一旦其所根據之理論無法與文字實際狀況相符，所得結論自然難以成立，從事考據工作當深察此法之不妥，以免爲其所制。

　　本章由楊氏所著甲骨文研究之四部書籍，檢視其考釋甲文之得失，可見楊氏訓解甲文之優點，如善於運用《說文》所錄篆籀、重文或體以推求甲文字形，進而求義定字；復善用義訓，依甲骨文例詞義推求，從而解決不少難解辭例；博考群籍，旁徵博引，以傳世文獻審度、印證甲文，有助拓展古史資料。凡此皆楊氏甲骨文研究之重要成就與優點，故而時有創見，成果頗豐，於甲文研究有相當程度之貢獻。然亦無可避免可見若干侷限與缺失，如楊氏因過信《說文》形、義，而爲其所限，致使釋字偏頗，失其正詁；義訓爲先，忽略研究材料呈現之客觀條件，訓解流於主觀臆測，導致偏失；復因義訓之故，引用文獻刻意擇取合於義訓之材料，輕忽所引文獻之正確性與客觀性，逕以牽合，導致誤訓。凡此皆爲楊氏甲文研究之盲點，吾人在欽佩楊氏甲文研究成果同時，亦需留氏之若干誤釋，以免爲其所誤。以楊氏博學強記，學養之深，欲將其甲骨文研究一一檢視、考證，絕非輕易，且短時間能盡全工。本章即暫以上舉字例爲討論範圍，一窺楊氏甲骨文研究之優劣得失，期爲濫觴，唯礙於篇幅與學識有限，未臻完善之論，所在多有，其餘相關問題，則有待日後深入研究再行修正，或期於博學方家，不吝給予斧正，以求完善。

第六章　楊樹達文字考釋專論研究

第一節　楊樹達文字考釋專論理論概要

楊樹達精於訓詁考據，其於文字、語言、文獻各方均有涉獵，其中考釋文字一端，可謂用力頗深，時有創見。楊氏早年留學日本深受西方語言學影響，自謂考釋文字之本乃由歐洲語源學 Etymology 而來：「我研究文字學的方法，是受了歐洲文字語言學 Etymology 的影響的。少年時代留學日本，學外國文字，知道他們有所謂的語源學。偶然翻檢他們的大字典，每一個字，語源都說得明明白白，心竊羨之。因此我後來治文字學，盡量的尋找語源。」〔註1〕由此可知，楊氏考釋文字乃重在文字音、義關係之探討，以聲訓之方法考索文字語源為主要目的。

楊氏文字考釋專論主要見於《積微居小學金石論叢》與《積微居小學述林》二書之中，共收釋字文章 180 餘篇，且大多為形聲字聲符語源之考釋與探索，除可見楊氏探求漢字語源之用心，亦可從其中窺探楊氏以文字聲訓與傳世文獻比對之方法探文字語源，觀點與方法均較清儒進步，故能取得超越前人之成就。然而，儘管楊氏取得優於前人之研究成果，但其考釋文字之法，仍以漢儒聲訓為主，偏於因聲求義一端，未能由形、音、義多方考察，因此考釋文字仍未能

〔註1〕楊樹達《積微居小學述林‧自序》，頁1。

盡是，爲其遺憾之處。本章擬對楊氏《積微居小學金石論叢》與《積微居小學述林》二書所錄文字考釋專論加以檢驗〔註2〕，探其然否，擬先述楊氏釋字理論於前，復取其所釋文字加以檢驗、商榷，最後討論楊氏釋字之侷限與理論缺失。本節所欲討論者，即爲楊氏賴以釋字之「形聲字聲中有義」、「造字時有通借」、「字義同緣於語源同」等理論〔註3〕，分述於下：

一、「形聲字聲中有義」

楊氏訓解文字之目的在求語源，故楊氏訓解文字賴以因聲求義之聲訓，故其考釋文字多以形聲字爲對象，而「形聲字聲中有義」則爲其理論依據。楊氏嘗謂：

> 自清儒王懷祖、郝蘭皋諸人盛倡聲近則義近之說，於是近世黃承吉、劉師培後先發揮形聲字義實寓於聲，其說亦既圓滿不漏矣。蓋文字根於言語，言語託於聲音，言語在文字之先，文字第是語音之徽號。以我國文字言之，形聲字居全字數十分之九，謂形聲字義但寓於形而不在聲，是直謂中國文字離語言而獨立也。〔註4〕

依楊氏所言，可知「形聲字聲中有義」即以形聲字聲符兼義之理出發，企圖繫連、探究形聲字聲符與語源之關係，楊氏於〈形聲字聲中有義略證〉一文舉出

〔註2〕筆者案：楊氏晚年另有文字學著作《中國文字學概要》與《文字形義學》二書，二書內容以許氏《說文解字》所收字例爲主要條目，分述楊氏於六書之分項原則與理論，與《積微居小學金石論叢》、《積微居小學述林》文字考釋專論以聲訓探求語源之法有所分別，當與六書理論有所區隔；又先進周孟樺撰《楊樹達文字形義理論初探》一文，即以楊氏《中國文字學概要》與《文字形義學》爲主要論述對象，於楊氏六書理論之優劣得失已有詳論，甚爲得宜。爲免繁複，筆者本章所論乃以楊氏《積微居小學金石論叢》與《積微居小學述林》所收文字考專論爲主，除非論述需要，於楊氏六書理論便不再考辨、贅述。如欲詳楊氏之六書理論，則可參照周君《楊樹達文字形義理論初探》一文。周孟樺，《楊樹達文字形義理論初探》（中壢：國立中央大學中國文學系碩士論文，2006年7月）。

〔註3〕楊氏考釋文字均以此三理論爲基礎開展，此三則釋字理論均爲前人理論之延伸與發揚，然其中多有矛盾與侷限。本節僅針對其釋字理論作簡要介紹，對其釋字論之侷限與缺失將於本章第三節詳細探討，此節除行文必要，便不再針對楊氏釋字理論之侷限與缺失多做探討。

〔註4〕楊樹達，〈形聲字聲中有義略證〉，《積微居小學金石論叢》，頁60。

九例，如：「関聲、瞿聲字多含曲義」、「燕聲、宴聲字多含白義」、「曾聲字多含重義、加義、高義」、「赤聲、者聲、朱聲、叚聲字多含赤義」、「旅聲、呂聲、盧聲字多含連立之義」、「并聲字多含並列之義」、「重聲、竹聲、農聲字多含厚義」、「取聲、奏聲、恖聲字多含會聚之義」〔註5〕，每例之下再繫連多字，以示讀者「形聲字聲中有義」之理，並言：

> 觀上方九例，吾國語言義逐聲生之故，學者蓋可以豁然明白矣。字
> 義既緣聲而生，則凡同義之字或義近之字，析其聲類，往往得相同
> 或相近之義，亦自然之結果也。〔註6〕

　　既然「字之義得諸字之聲」，則凡形聲字聲符所示之義必然相同或相近。由此可知楊氏所謂「形聲字聲中有義」，即段玉裁所謂「凡從某聲皆有某義」之承繼與發揚，楊氏乃企圖以此法因聲求義，繫連形聲字聲符，欲探得聲符最初之語源，以探究文字原初之義，故楊氏除〈形聲字聲中有義略證〉中所舉九例之外，於個別文字考釋亦多所發揮，如〈釋贈〉言：「則皮字固有加義。皮有加義，胈從皮聲，亦有加義」、「曾有益義，故從曾聲之字多含加益之義，不惟贈字爲然也。」〈釋雌雄〉言：「今按此聲字多含小義」、「按厷聲字多含大義」、「按叚聲字亦多含大義」、「按分聲字亦多含大義」、「吳聲亦多含大義」、「按取聲、聚聲及音近之字多含小義。」〈釋睍〉言：「按毛聲之字多含選擇之義。」〔註7〕〈釋姊〉言：「按古次聲字多含次比之義。」〈釋虹〉言：「凡從工聲之字，皆有橫而長之義。」〈釋卩〉言：「凡粦聲字皆含曲義，字從卩從粦而訓爲卻曲，此制字時卩即卻之明證也。」〈釋甬〉言：「鐘形狹而長，甬字象之，故凡甬聲之字，其物多具狹長之形。」〔註8〕經由以上字例，可見楊氏「形聲字聲中有義」理論，考釋文字力求由形聲字聲符考證文字初義，探索語源，可謂煞費苦心，加之其觀點較前人先進，又因考據方法進步，文字材料較豐富等優勢，所論大多有充足例證，成果較前人詳實，故獲得超越前人之成就。

〔註5〕同上註，頁63～75。

〔註6〕同上註，頁76。

〔註7〕以上字例見《積微居小學金石論叢》頁5～6、47～49、128。

〔註8〕以上字例見《積微居小學述林》頁9、46、67、73。

　　經由「形聲字聲中有義」對形聲字聲符之探討與其語源之推求，不僅可探知文字原初之義，有助解決訓詁工作之疑難，同時亦能將紛雜之形聲字聲符系統略加歸納，有以簡馭繁之功。然而，儘管「凡從某聲皆有某義」之理論於形聲字聲符研究有莫大助益，吾人仍必須留心文字發展過程中，形聲字聲符偶有不兼義之情況，不可毫無節制將「形聲字聲中有義」之理論無限擴大，影響聲訓理論之客觀性與科學性。楊氏於「形聲字聲中有義」理論多所發揮，然時而對形聲字聲符過於深求，從而忽略形聲字聲符亦有不兼義者，而此種「無一字無來處」之態度，則往往降低研究成果之可信度，反對訓詁造成阻礙與侷限，為其遺憾之處。總而言之，楊氏經由「形聲字聲中有義」理論，針對形聲字聲符兼義之功能推求字義、探詢語源，實為對清儒訓詁聲訓之妙法之承繼與發揚，然使用此法仍須留意形聲字聲符不兼義之情形，以避免誤訓。

二、造字時有通借 〔註9〕

　　「造字時有通借」為楊氏由「形聲字聲中有義」延伸而出之理論，其〈造字時有通借證〉一文曰：

> 六書有假借，許君舉令、長二字為例，此治小學者盡人所知也。然此類實是義訓之引申，非真正之通叚，且以號令年長之義為縣令、縣長，乃欲避造字之勞，以假借為造字條例之一，又名實相舛矣。
>
> 余研尋文字，加之剖析，知文字造作之始實有假借之條。〔註10〕

依楊氏所言，可知所謂「造字時有通借」，乃基於「形聲字聲中有義」之理，延伸探討形聲字聲符於造字時即已假借之理，企圖以「造字時有通借」解釋文字本義，並以「聲符假借」之法解決形聲字聲符有不兼義之情況，藉以探求文字語源。楊氏於〈造字時有通借證〉中共舉六十餘例，其例如「若」，楊

〔註 9〕筆者案：「造字時有通借」一說之觀點，本源於魯實先與楊樹達討論之理論，後楊氏搶先發表〈造字時有通借證〉一文，然由於理論本就未臻成熟，加以楊氏對文字形構關注不足，是以其論點多處有待商榷。此點魯實先於《假借遡原・原敘》已有提及，並舉例修正，詳情可參看《假借遡原・原敘》之敘述。魯實先，《假借遡原・原敘》（臺北：文史哲出版社，1973 年 10 月），頁 1～4。

〔註10〕楊樹達，《積微居小學述林》（上海：上海古籍出版社，2013 年 9 月），頁 152。

氏云：「按右爲手口相助，不得訓手，而許云右手者，字借右爲又也。〈三篇
下〉又部云：『又，手也，象形。』右與又音同，故借右爲又耳。」又「義」
楊氏云：「按字從我，故訓己，羊與威儀不相涉，而字從羊者，羊爲像之借字
也。」〔註11〕；「肢」，楊氏云：「或作肢。按肢從支者，人之手足如樹木之有
枝，故以從支表其義，從支猶從枝也。若肢之從只第以只與枝音同，借其字
書之耳。」又「犗」，楊氏云：「按此牡牛割勢使不能生殖者，字從害聲，害
蓋假爲割，謂於體中有所割去也。割從害聲，害、割古音同，故假害爲割矣。」
又「靬」，楊氏云：「按義爲乾革而字從干，明借干爲乾也。干與乾古音同隸
寒部見母，二字同音，故得相借也。」〔註12〕經由上舉諸例，可見楊氏釋字採
「造字時有通借」一論之目的，乃欲通過文字「形符」、「聲符」於造字時已
假借之理路，探求文字本義，解決形聲字聲符不兼義之問題，與求取語源，
故其自言：「今字之聲旁無義者，得其借字而義明。」〔註13〕如此，形聲字聲
符便字字有義可求，以此爲據，破其假借以求取本義，使文字之義各有所安，
以便進一步探求文字語源。

　　造字時形符或聲符假借，爲文字發展時實有之現象，其或因早期文字數
量不足，用以補救文字數量不足之憾；或用於避免字形相似、相近文字相互
混淆，故加以區別，如「鋋」，《說文》訓「小矛」〔註14〕，「延」無小義，其
字當取有小義之「肙」作「銿」，然此便與訓「小盆」之「銿」〔註15〕字形相
混，故製字時假音近之「延」爲「肙」，避免字形混淆〔註16〕。據此吾人可知
文字發展過程中「造字假借」乃爲實有之現象，楊氏釋字主張「造字時有通
借」，其基本觀點正確無誤。然以上舉之例觀之，「延」與「小矛」無關，可

〔註11〕以上爲楊氏以會意字形符探討文字本義之例，見〈積微居小學述林・造字時有通
借證〉一文，頁153、154。

〔註12〕以上爲形聲字聲符假借之例，見上註同文，頁156、158、162。

〔註13〕同上註，頁170。

〔註14〕〔漢〕許慎，《說文解字》，頁717。

〔註15〕同上註，頁711。

〔註16〕魯實先《假借遡原》曰：「小臣曰倌，小矛曰鋋，所從官、延二聲，并肙之借。以
肙爲小蟲，故孳乳爲小流之涓，與小盆之銿。觀夫小臣之倌亦即書傳所見之涓人
與中涓，是知倌所從官聲乃肙　假借，堛乎無疑。」魯實先，《假借遡原》，頁83、
84。筆者案：「延」古音在定母元部，「肙」在曉母元部，音近可通。

知所謂「造字時假借」之情形仍屬「無本字」之假借,則楊氏「造字時有通借」之理論於原則上仍有可商之處,於釋字方面仍難以解決形聲字聲符不兼義之現象〔註17〕。

三、字義同緣於語源同

楊氏考釋文字之目的在求取語源,嘗謂:「欲于聲音訓詁相通之業有所發皇。」〔註18〕故其所釋之字,泰半以形聲字為主,冀以形聲字聲符兼義之功能,以探求文字得義之源。經由「形聲字聲中有義」、「造字時有通借」等理論之探求,楊氏以為凡形聲字聲符必定兼義,而「字之義必得諸字之聲」,音同音近之字,其義也必定相同或相近:「字義既緣聲而生,則凡同義之字或義近之字,析其聲類,往往得相同或義近之義,亦自然之結果也。」〔註19〕

由於形聲字必定兼義,且同聲皆同義,是故楊氏以聲義同源為基礎,提出「字義同緣於語源同」一說,作為形聲字理論之進一步闡釋,楊氏自謂:

> 一九三三年春,偶憶《大學》「為人父止於慈」一語,為慈之聲類之茲即子,於是悟形聲聲類有假借。明年春,讀《毛詩》,見〈大雅・崧高〉篇《傳》以增訓贈,因推知賀、賞、賦諸文,加、尚、皮皆有增義,而得同義之字往往同源之說。〔註20〕

由此可知楊氏所謂「字義同緣於語源同」即欲經由同源詞之研究,進一步推求字義與語源之關係。楊氏在〈字義同緣於語源同例證〉、〈字義同緣於語源同續證〉二文中共舉 75 例,如:「淪、澐」、「鰥、鰱」、「贈、貺、賞、賀、賦、賜」、「昏、莫、晚」、「甌、甊」、「盂、盌」、「比、閭、族、黨」、「獄、圄」、「分、別」、「析、解」、「賢、能、豪」、「傷、諼、詐」〔註21〕;「塍、倩」、「聰、明、僚、靈」、「鑣、鑣」、「譽、俌」、「桎、杚、梏」、「菠、苔、苓」、「曾、尚」、「咸、同、合」等等〔註22〕。漢語同源詞為語音與語義的相互結合,凡同源之詞音、

〔註17〕楊氏假借觀點存有許多值得探討之處,此點將於後文詳述。

〔註18〕楊樹達,《積微居小學金石論叢》,頁 79。

〔註19〕同上註,頁 76。

〔註20〕楊樹達,《積微居小學金石論叢・自序》(上海:上海古籍出版社 2013 年 9 月),頁 21。

〔註21〕以上諸例見〈字義同緣於語源同例證〉,《積微居小學金石論叢》,頁 80~112。

〔註22〕以上諸例見〈字義同緣於語源同續證〉,《積微居小學述林》,頁 263~279。

義必然有所關連，王力嘗謂：「凡音義接近，音近義同，或義近音同的字，叫做同源字。這些字都有同一來源。」〔註23〕是知同源詞具音、義相同或相近之條件，而同源詞之義素亦相同或相近，是故同源詞每每同義。楊氏以此為據，以為凡詞素義相同者，均為其字所以得義之源，故總結出「字義同緣於語源同」之結論。然由上舉諸例觀之，楊氏所舉之例有時僅是詞之義素相同，未必符合同源詞音、義相關之條件，楊氏以字義相同之字反推語源之作法實與同源詞之原則相反，其理論基礎仍有值得商榷之空間。儘管如此，楊氏「字義同緣於語源同」一說將諸多形聲字聲符字義相同之字加以類聚，在材料整理與相同聲符之歸類方面，仍有一定程度之價值存在。

楊氏釋字之目的在求語源，「形聲字聲中有義」、「造字時有通借」、「字義同緣於語源同」諸說便為其賴以因聲求義之基礎，期以通過形聲字聲符意義之研究，全面推求漢語語義與語源。儘管楊氏在釋字理論有所侷限與缺失，但以其訓詁考據之深厚學養與科學進步之觀點互補，於釋字方面仍有可取之處，如「暍，《說文》訓為「暑傷」〔註24〕，「害」訓「傷」〔註25〕，楊氏曰：「按曷從匃聲，匃丰音同，曷、害音亦同。害訓傷，暍訓暑傷，聲同則義同也。」〔註26〕「曷」、「害」同為匣母月部字，同音多同義，「害」有「傷」義，則「曷」亦有傷義，故楊氏由形聲字聲符推求，得從日之「暍」得訓「暑傷」之源由。又「毨」字，楊氏言：「按毛聲之字多含選擇之義。」「毛」之本義為「毛髮」，引申為似髮之草亦曰「毛」，如《左傳‧隱公三年》：「苟有明信，澗谿沼沚之毛。」〔註27〕「毛」引申為草，草可採摘，故「毛」有擇義，「凡從某聲皆有某義」，故「毛」聲字多有選擇義。又「誣」字，楊氏言：「字從巫者，《韓非子‧顯學篇》云：『今巫祝之祝人曰：使若千秋萬歲。千秋萬歲之聲聒耳，而一日之壽無徵於人，此人所以簡巫祝也。』」、「蓋巫之為術，假託鬼神，妄言禍福，故誣字從巫從言，訓為加言，引申其義則為欺，為誣罔不信也。」考「巫」字本義為祀神巫祝，所言均為鬼神之語，善以誇詞示人，

〔註23〕王力，《同源字典‧同源字論》（北京：商務印書館，1982年，10月），頁3。

〔註24〕〔漢〕許慎，《說文解字》，頁309。

〔註25〕同上註，頁345。

〔註26〕楊樹達，《積微居小學金石論叢》，頁17。

〔註27〕〔明〕左丘明傳、〔晉〕杜預注、〔唐〕孔穎達正義，《春秋左傳正義》，頁74。

故訓「加」之「誣」以聲符「巫」而得義，而有「加言」之義。他如〈釋晚〉、〈釋旁〉、〈釋官〉、〈釋鐉〉、〈釋晶〉、〈釋畕〉、〈釋久〉、〈釋物〉等均於其釋字理論有所發揮，於考釋文字本義與語源方面，仍有相當程度之貢獻。

儘管楊氏依循因聲求義之法，對文字字義與語源多所探求，然仍難避免千慮之失，所釋文字未能盡是。楊氏爲其所處時代與知識侷限所圍，其所賴以釋字之「形聲字聲中有義」、「造字時有通借」、「字義同緣於語源同」等理論均不甚完備，甚至有觀念上之混淆與誤解，加之過於深信因聲求義之法，偶有忽略文字實際狀況及客觀條件，造成結論過於偏失之憾。筆者以爲，與其錦上添花，以楊氏釋字正確之例爲內容，頌贊楊氏訓詁精實，學養深厚云云，不如將其釋字有誤之例加以商榷，爲其匡謬。故本章即擬以楊氏訓解文字侷限之處加以檢驗，取若干楊氏釋字可商字例加以探究，以見楊氏釋字之不足之處。

第二節　楊樹達文字考釋專論商榷

楊氏早年留學日本，深受西方語言學影響，考釋文字之目的由 Etymology 而來，盡力求取文字語源〔註 28〕。然實際檢視楊氏考釋文字之法，仍以漢儒音訓之法爲之，偏於因聲衍義一端，未能由形、音、義多方考察；又其釋字仍未脫離《說文》之範疇與制約；楊氏因聲求義之釋字方法，雖因循清儒「凡從某聲皆有某義」之理，但理論基礎與觀點仍有其侷限與缺失，所論不能盡是。故楊氏考釋文字雖盡力探求語源，然其失誤之處也往往在此，龍宇純便直指楊氏考字盲點所在：

> 一曰迷信小篆即原始之形，而許君之說即本初之義。二曰不達語言文字之爲二事；又固執其形聲字必兼義之謬見。三曰不解文字有原始造字之義、有語言實際應用之義。〔註29〕

〔註28〕筆者案：《牛津語源學辭典》於 Etymology 之定義爲：「The study of the historical relation between a word and the earlier form or forms which it has, or has hypothetically developed.」Matthews, P.H.，《牛津語源學辭典》，頁 119。由上述 Etymology 之定義，可知 Etymology 即言探究文字、詞彙之歷史源流及其早期或最初形式與假設其發展。然需特別指出者，以楊氏考釋文字所呈現之結果觀之，楊氏考釋文字仍停留在文字訓解方面，尚未觸及「語源學」之範疇。

〔註29〕龍宇純，〈造字時有通借證辨惑〉，《絲竹軒小學論集》，頁 1。

龍氏批評甚爲精當。字形乃文字之本，文字構形數有更迭，楊氏往往宗守篆文
與《說文》義訓，致使釋字失誤；又楊氏精於音訓，每每深研音、義，而尠究
字形，捨形就義之結果，結論易有穿鑿附會、望文生義之弊；執著「形聲字聲
中有義」、「造字時有通借」、「字義同緣於語源同」等理論，以之作爲釋字之原
則與標準，則易忽略文字實際狀況，而有掩耳非聰之侷限〔註30〕。是知楊樹達
釋字方法有其盲點存在，往往就所釋字之音、義爲原則，復以《說文》與傳世
文獻結合爲訓以求語源，作爲釋字之標準。楊氏此法賴以音訓，因音衍義，於
文字構形關注略有不足，以此釋字，易有先入爲主、臆斷穿鑿之失，從而影響
其論點之客觀性。上節將楊氏主要釋字理論介紹之後，本節擬針對楊氏考釋文
字之盲點加以檢驗，刺取若干楊氏釋字可商之例深入研究，以見楊氏釋字疏漏
之處，茲舉如下：

一、釋獄

《積微居小學金石論叢》：〈釋獄〉下，楊氏曰：

> 《說文》十篇上狀部云：「獄，确也。从狀，从言。二犬，所以守也。」
> 按从言之義許君不及。二犬守言，義不相會，自來小學家未有言之
> 者。惟亡友林義光著《文原》，謂言當辛之譌變，辛，罪人也。按
> 林君立意善矣，謂言爲辛之譌變，苦無文證，頗嫌專斷。愚謂林君
> 求之於形，故爲失之。今按《說文》三篇上言部，言从辛聲，辛部辛
> 訓辠，則獄字所从之言，實假爲辛。从二犬从言，謂以二犬守罪人
> 爾。

> 稽之經傳，獄字恆指獄訟爲言，不必指繫囚之地。《周禮・大司寇》
> 云：「以兩劑禁民獄。」鄭《注》云：「獄，謂相告以罪名者。」〈大
> 司徒〉云：「凡萬民之不服教而有獄訟者。」鄭《注》云：「爭罪
> 曰獄。」《左傳・襄公十年》云：「坐獄於王庭。」〈周語〉云：「夫

〔註30〕　筆者案：「凡從某聲皆有某義」乃爲訓詁因聲求義之重要法門之一，然楊氏求之太
過，於形聲字聲符兼義往往過於執著，有以偏概全，拘牽形體之失，故有值得商
榷之處。筆者此處言及楊氏於「凡從某聲皆有某義」有所承繼與延續，進而造成
釋字失準者，均屬此類，非對「凡從某聲皆有某義」與楊氏訓詁釋字之全面否定，
爲免誤解，特此言之。

君臣無獄。」韋《注》云:「獄,訟也。」〈鄭語〉云:「褒人有獄。」
韋《注》云:「獄,罪也。」〈晉語〉云:「梗陽人有獄。」《詩‧
召南‧行露》「速我獄」與「速我訟」對言。由此言之,獄文从狱,
《說文》狱訓二犬相齧,蓋以二犬相齧喻獄訟者兩造之相爭,相
爭以言,故文从言。獄訟義同,獄之从言,猶訟訓爭亦从言矣。
蔡邕《獨斷》云:「唐、虞曰士官,夏曰均臺,殷曰牖里,周曰囹
圉,漢曰獄。」然則許君二犬守之之訓,乃以漢制推說古文,故
與經傳獄字之義不合歟。〔註31〕

案:「獄」字,從二犬,從言會意,當以「爭訟」為其本義,《說文》訓「确」,
是以「确」之引申義為訓,謂有爭訟則務須確實,此即已釋「獄」字所以從言之
故,楊氏不知許氏訓「确」之緣由,謂「從言之義許君未及」,似有未確。然許
氏以「确」訓「獄」乃以後起引申義釋之,終非「獄」之本義,且「二犬,所以
守也」亦為不明字形之誤釋,是知《說文》釋「獄」本訓猶待修正,不可輕信。

　　然何以確知「獄」之本義為「爭訟」?以傳世文獻觀之,「獄」字皆作「爭
訟」之義,如《周禮‧地官‧鄉師》:「掌其戒令糾禁,聽其獄訟。」〔註32〕
〈墓大夫〉:「凡爭墓地者,聽其獄訟。」〔註33〕〈大司寇〉:「以兩劑禁民獄。」
〔註34〕〈小司寇〉:「以五刑聽萬民之獄訟,附于刑,用情訊之。」〔註35〕《左
傳‧莊公十年》:「小大之獄,雖不能察,必以情。」〔註36〕《禮記‧檀弓》:「寡
人嘗學斷獄矣。」〔註37〕〈王制〉:「司寇正刑明辟,以聽獄訟。」〔註38〕〈樂
記〉:「夫豢豕為酒,非以為禍也,而獄訟益繁,則酒之流生禍也。」〔註39〕
《墨子‧尚賢》:「賢者之治國也,蚤朝晏退,聽獄治政,是以國家治而刑法

〔註31〕楊樹達,《積微居小學金石論叢》,頁38～39。

〔註32〕〔漢〕鄭玄注、〔唐〕賈公彥疏,《周禮注疏》,頁287。

〔註33〕同上註,頁571。

〔註34〕同上註,906。

〔註35〕同上註,913。

〔註36〕〔明〕左丘明傳、〔晉〕杜預注、〔唐〕孔穎達正義,《春秋左傳正義》,頁240。

〔註37〕〔漢〕鄭玄注、〔唐〕孔穎達疏,《禮記正義》,頁317。

〔註38〕同上註,頁411。

〔註39〕同上註,頁1102

正。」〔註40〕〈非命〉：「所以聽獄制罪者，刑也。」〔註41〕《呂氏春秋・仲春紀》：「命有司，省囹圄，去桎梏，無肆掠，止獄訟。」〔註42〕〈孟秋紀〉：「決獄訟，必正平。」〔註43〕以上文獻諸例或言「獄」，或言「獄訟」者，「獄」皆當作「爭訟」解，知「獄」於文獻確以「爭訟」爲義，其爲「獄」之本義甚明。人「爭訟」以言，其字從言，從二犬者，即取義於「二犬相齧」之義，孫詒讓即言：「🗡字中𢆡言，左右皆爲犬，亦碻是獄字。《說文》獄𢆡狀，而狀訓二犬相齧，此篆作兩犬反正相對之形，與今本《說文》作🗡者微異，而於形尤精。」〔註44〕孫詒讓釋形甚是，二人相爭以言，猶二犬相齧以爭，此即「獄」所以從言、從狀之理，故戴家祥《金文大字典》謂：

> 《周官・地官・大司徒》：「凡萬民之不服教而有獄訟者」，鄭《注》：
> 「爭罪曰獄。」又〈秋官・大司寇〉：「以兩劑禁民獄」，鄭《注》：
> 「獄謂相告以罪名者。」《說文》：「狀，兩犬相齧」，蓋以兩犬相齧
> 喻獄訟兩造之爭，爭者必以言，文故从言。〔註45〕

戴說是，「獄」之本義爲「爭訟」，人之爭訟以言，又以二犬相爭以爲比擬，故其字從言、從犬各有所歸，非言所謂「繫囚之地」。林義光《文源》謂「獄」字之「言」爲「辛」之譌變，考「言」於甲骨文作「🗡」，金文作「🗡」；「辛」字甲骨文作「🗡」，金文作「🗡」，二字形構除「言」有口形以外，上部字形相近，後世或有混同，故《說文》訓「言」爲「從口辛聲」〔註46〕，林氏以「言」爲「辛」之譌變，乃本《說文》而來，然「言」、「辛」實爲二字，雖字形相近易混，然畢竟二字，「言」殊無譌變作「辛」之理，林說非是。楊氏則承《說文》之訓，以「獄」所從之「言」爲「辛」之假借，言：「言從辛聲，辛部辛訓皋，則獄字所从之言，實假爲辛」則有未確。以「言」之構形

〔註40〕王煥鑣，《墨子校釋》（杭州：浙江文藝出版社，1984 年 11 月），頁 49。

〔註41〕同上註，頁 284。

〔註42〕陳奇猷校釋，《呂氏春秋校釋》（上海：學林出版社，1984 年 4 月），頁 63。

〔註43〕同上註，頁 376。

〔註44〕〔清〕孫詒讓，《古籀拾遺》（香港：崇基書店，1968 年 7 月《古籀拾遺》、《古籀餘論》合刊本），頁 107。

〔註45〕戴家祥主編，《金文大字典》（上海：學林出版社，1999 年 5 月），頁 4350。

〔註46〕〔漢〕許慎著，《說文解字》，頁 90。

觀之，其字甲文作「」，金文作「」，其字從「舌」構形，以示言出於口舌之義〔註47〕，為指事字，非《說文》所謂「从口辛聲」之形聲字〔註48〕。楊氏承《說文》誤訓，以為「言从辛聲」，與文字構形條件不符，其說自不可信；又楊氏以為「言假為辛」者，雖「言」與「辛」古音相近，具假借之理，然文獻亦未可見其二字通作之例，其說亦難以成立。林義光以「言」為「辛」之譌變，楊氏曾經批評「苦無文證，頗嫌專斷」，今楊氏僅依《說文》誤訓為證，驟言「言假為辛」，亦無文證，則楊氏之論，亦嫌專斷，其說可商。考林氏所以言「獄」之「言」為「辛」之譌變，楊氏所以論「言」為「辛」假借者，皆受《說文》「獄」字本訓「二犬，所以守也」之影響，故林氏、楊氏皆先入為主以「獄」為「囹圄」之義，而不察「獄」之本義為「爭訟」，是以二家訓解俱與形、義不符，其說非是。

又楊氏於此條訓解後半，大量引用書證，言：「稽之經傳，獄字恆指獄訟為言」、「蓋以二犬相齧喻獄訟者兩造之相爭，相爭以言，故文从言。」由楊氏此言，可看出其對「獄」字說解之混亂與矛盾。依楊氏所言，「獄」字從言之理既為「以二犬相齧喻獄訟者兩造之相爭，相爭以言，故文从言」，則楊氏據此釋字義已足順，又何勞以「言」為「辛」假借？筆者以為，由於楊氏已先入為主以「獄」為囹圄之義，因此若「獄」所從「言」若不為「辛」，即無由解釋《說文》所謂「二犬，所以守也」之說，而於傳世文獻中又無法取得足以支持其論點之文證，令楊氏對「獄」之訓解舉棋不定，無所憑藉。故楊氏不得已將兩說並存，並引用大量文獻書證，言「許君二犬守之之訓，乃以漢制推說古文，故與經傳獄字之義不合歟」，企圖修正許氏之說，然楊氏此舉卻剛好證明「獄」之本義為「爭訟」，且實不必以「言」為「辛」之假借，致使釋字冗雜，前後矛盾，讀之者不免迷惘，無所適從。對此，龍宇純便言：「凡立一說，必當於其決然無疑者言之，若楊氏所取材，焉能立其說哉。」〔註49〕龍氏此言甚確，文字訓解當力求客觀，若楊氏考字以「義為之主」，往往以意逆志，罔顧字形呈現之客觀條件，以此為據，欲考釋文字之本義，不免令人有空中樓閣之遺憾。

〔註47〕 龍宇純，《中國文字學》（臺北：臺灣學生書局，1984年9月），頁184。

〔註48〕 〔漢〕許慎著，《說文解字》，頁90。

〔註49〕 龍宇純，〈造字時有通借證辨惑〉，《絲竹軒小學論集》，頁9。

二、釋詩

《積微居小學金石論叢》:〈釋詩〉下,楊氏曰:

> 《說文》三篇上言部云:「詩,志也,志發於言。从言,寺聲。」
> 古文作訨,从言,屮聲。按志字从心屮聲,寺字亦从屮聲,屮、
> 志、寺古音無二。古文从言屮,言屮即言志也。篆文从言寺,言
> 寺亦言志也。《書‧舜典》曰:「詩言志。」《禮記‧樂記》曰:「詩
> 言其志也。」《左傳‧襄公二十七年》記趙文子之言曰:「詩以言
> 志。」其請鄭七子賦《詩》之言曰:「請皆賦以卒君貺,武亦觀七
> 子之志。」又〈昭公十六年〉記韓宣子請鄭六卿賦《詩》之言曰:
> 「二三君子請皆賦,起亦以知鄭志。」《禮記‧孔子閒居》記孔子
> 之言曰:「志之所至,詩亦至焉。」《荀子‧儒效》篇曰:「詩言是
> 其志也。」蓋《詩》以言志爲古人通義,故造文者之制字也,即
> 以言志爲文。其以屮爲志,或以寺爲志,音同假借耳。〔註50〕

〈造字時有通借證〉一文又云:

> 三篇上言部云:「詩,志也。从言,寺聲。」古文从古文言,从屮
> 聲。按許以志訓詩,而志字不見於《說文》,蓋偶脫去。大徐及段
> 氏並補之,是也。志字從心屮聲,詩字从寺,寺亦从屮得聲,古
> 文詩字則徑从屮,寺、屮皆志之假也。《書‧舜典》曰:「詩言志。」
> 故造詩字者即以言爲其形,以志之同音字寺、屮爲聲,意謂志、
> 寺、屮音同,本易曉也,不謂偶一狡獪,遂令人迷罔二千年矣。〔註
> 51〕

案:楊氏釋字堅守「形聲字聲中有義」之原則,而認爲形聲字聲符於造字時
即有假借,故楊氏此即以「詩」字所從「寺」聲爲「志」之借,併舉《尚書》、
《左傳》、《禮記》等傳世文獻爲證,雖言之鑿鑿,似有所據,然其論率皆謬
誤,不足爲信。考「寺」字金文作「𡊁」、「𡊁」、「𡊁」、「𡊁」等形,字從「又」
「之」聲,高田忠周以爲「持」之最古字〔註52〕,是知「寺」當以「持」爲

〔註50〕楊樹達,《積微居小學金石論叢》,頁40。

〔註51〕楊樹達,〈造字時有通借證〉,《積微居小學述林》,頁159。

〔註52〕見《金文詁林》「寺」字下引文。周法高編,《金文詁林》,頁541。

本義，《說文》訓「廷」者，乃以假借義爲本義；又「寺」於東周字形譌變，於形符「又」下添一衍筆作「𡬝」，而形爲小篆所承，故許氏言「从寸之聲」，乃因文字譌變而誤釋字形〔註53〕。是知楊氏言「寺」從「屮」聲，乃由《說文》篆文字形而來，「之」、「屮」同字，知楊氏釋「寺」字之聲符推演乃承《說文》篆文而來，尚無多大疵誤，然字形演變已可看出篆文與金文之文字系統有別，楊氏未能上遡更早字形，引以爲論，可見其釋字重心仍偏於聲符，於字形關注略有疏漏。

承上所述，吾人知「寺」從「屮」聲當無可疑，「寺」古音定母之部，「志」古音端母之部，具通叚條件，又何由得知楊氏以「寺」爲「志」之假借者爲非？徵之文獻，《周禮》有「寺人」一職〔註54〕，見於其他傳世文獻者，如《詩·秦風·車鄰》：「未見君子，寺人之令」、〈小雅·巷伯〉：「寺人孟子，作爲此詩」〔註55〕；《左傳·僖公五年》：「及難，公使寺人披伐蒲」、〈成公十七年〉：「郤至奉豕，寺人孟張奪之，郤至射而殺之」、〈襄公二十六年〉：「寺人惠墻伊戾爲大子內師而無寵」、〈昭公六年〉：「寺人柳有寵，大子佐惡之。」〔註56〕由上舉文獻諸「寺人」之例，可見先秦文獻多見「寺人」一詞，苟依楊氏之論，以「寺」爲「志」之假借，文獻中當亦可見「志人」一名，然遍檢文獻，從未見有「志人」一名，則「寺」、「志」雖音近可通，卻無法於文獻尋得實際用例，仍缺乏佐證，而有濫用假借之失，王力嘗謂：

> 兩個字完全同音，或者聲音十分相近，古音通叚的可能性雖然大，但是仍舊不可以濫用。如果沒有任何證據，沒有其他例子，古音通叚的解釋仍然有穿鑿附會的危險。〔註57〕

〔註53〕《說文》三篇下訓「寺」爲：「廷也，有法度者也。從寸屮聲。」筆者案：以「寺」之字形觀之，其字並無取象官府或侍者之理，是知訓「廷」當爲假借，非「寺」之本義。〔漢〕許慎著，《說文解字》，頁122。

〔註54〕《周禮·天官·寺人》：「掌王之內人及女宮之戒令，相道其出入之事而糾之。」〔漢〕鄭玄注、〔唐〕賈公彥疏，《周禮注疏》，頁190。

〔註55〕〔漢〕毛亨傳、〔漢〕鄭玄箋、〔唐〕孔穎達疏，《毛詩正義》，頁409、771。

〔註56〕〔明〕左丘明傳、〔晉〕杜預注、〔唐〕孔穎達正義，《春秋左傳正義》，頁341、796、1041、1231。

〔註57〕王力，〈訓詁上的一些問題〉，《王力文集》，頁196。

土說甚是。即便「寺」、「志」二字音同，亦不過爲用字假借之條件之一，若於文獻經典無法尋得佐證，仍不可據二字有音韻關係，便驟然言其必爲假借，失之武斷，此由經典文例知楊氏論點可商者二也。

又楊氏以「寺」爲「志」之假借，故言「詩」亦爲「誌」之假借，並遍舉《尚書》、《左傳》、《禮記》所謂「詩言志」之說爲證，然楊氏所引諸多文獻，時代均晚於「詩」字創製，則以「詩」爲「誌」之假借一論，亦無所取證，龍宇純便言：

> 楊氏以〈堯典〉「詩言志」爲詩字制造之所本，然〈堯典〉之成書，當在戰國初年，而《詩經》、《論語》中多有詩字，即令「詩言志」一語早有流傳，亦何證知其在詩字制成之前而爲制字者之所取！且既取以制字矣，又何故而易志爲之爲寺乎？楊氏自謂已發二千年來之覆，實則楊氏於數千年後自覆自發，何有於人哉？〔註58〕

龍氏批評頗有其理，倘「詩」爲「誌」之假借，則「誌」又當爲何字之假借？若依楊氏「形聲字聲中有義」之論，則「誌」之聲符「志」不當爲兼義之字？楊氏釋字往往以意逆志，先掌握某種字義，其後盡可能於文獻尋求文例，加以牽合，其結論往往失之主觀、武斷。以此篇釋「詩」一字爲例，即可看出楊氏乃先掌握「詩言志」一義爲原則，然後逕以己意比附文獻，最終得出「詩」爲「誌」之假借錯誤結論。楊氏此種推求文字本義之法，已然形成文字訓解上之「偏見」〔註59〕，楊氏釋字常易陷於唯心之推論，影響結論之客觀、正確，即由此種「偏見」而來，故其考字易流於主觀，而有望文生義之失，不僅失其正詁，亦對後起學者論學產生極大影響。

近人葉舒憲撰《詩經的文化闡釋》一書，於第三章論「詩言志」一詞時，即採用楊氏「寺」爲「志」假借之說，以「言志」即「言寺」，又據楊氏「寺」從「㞢」聲之理出發，又以篆文「之」字作「㞢」形，誤爲甲文「祐祭」之「㞢」，

〔註58〕龍宇純，〈造字時有通借證辨惑〉，《絲竹軒小學論集》，頁 16。

〔註59〕筆者案：美國著名心理學者 Elliot Aronson 在其知名著作《社會性動物》一書嘗提及人類偏見之一爲「證實偏差」：「證實偏差（confirmation bias）指的是這樣一種傾向：一旦人們持有了某種看法，只要有可能，他們就會帶有偏見地看待隨後出現的事件，以證實自己的看法。」Elliot Aronson 著、邢占軍譯，《社會性動物》（上海：華東師範大學出版社，2007 年 12 月），頁 320。

進而得出「寺人」爲掌祭禮主持之職，與儒家傳統士人、君子之文化意涵之結論〔註60〕。前已論及，楊氏以「寺」爲「志」之論，源出自楊氏訓詁時先入爲主之「偏見」，葉氏未加明辨，引以爲據，更進一步以楊氏「寺」從「屮」聲之「屮」爲甲骨文「祐」祭之「屮」，而有「寺人」爲主持祭禮之人之論。然考楊氏之論，「寺」字所從之「屮」爲小篆之字形，其字爲「之」，甲文作「屮」，篆文「之」形作「屮」，與甲文「祐」祭之「屮」字形相類，僅爲偶一發生之巧合，二字一爲篆文，一爲甲文，字義、用法絕不相同；葉氏依據楊氏錯誤訓解加以延伸，復以晚出篆文字形欲釋甲文，以「寺人」爲主持祭禮之人，實令人有不辨麥菽之感，其論自不可信，其後所論之文化價值云云，則可信度勢必大幅降低，僅爲一種「後見之明」〔註61〕的過度詮釋而已。楊氏因文字訓解之「偏見」而做出錯誤解讀，葉舒憲不察而引用楊氏錯誤訓解加以延伸闡釋，進一步使錯誤訓解之影響加深、擴大，此種承繼前人錯誤結論加以闡釋發揚之作法，不過是重蹈前人誤訓之覆轍，於訓詁考據並無任何助益。

三、釋義

《積微居小學金石論叢》:〈釋義〉下，楊氏曰:

《説文》十二篇下我部云:「義，己之威儀也。从我羊。」按此爲今言威儀之儀本字，鄭司農注《周禮·肆師》所謂古者書儀但爲義，今時所謂義爲誼者也。文从我，故訓説言己，立誼顯然。然文何以从羊，頗難索解。二徐及段氏謂與善美同意，殊嫌膚泛。今按羊蓋假爲像。《説文》八篇上人部云:「像，象也。从人从象，象亦聲。讀若養。」〔註62〕《易·繫辭》曰:「在天成象。」此言天象也。

〔註60〕 參見葉舒憲《詩經的文化闡釋·第三章》。葉舒憲，《詩經的文化闡釋》（西安：陝西人民出版社，2005年5月），頁134～244。

〔註61〕 Elliot Aronson 論及人類偏見時亦提及所謂的「後見之明」:「事後聰明偏差（hindsight bias）:一旦人們知道了某個事情的結果，他們便會強烈地傾向於（往往是錯誤的）認爲，自己事先能夠預測到這一結果。」Elliot Aronson 著、邢占軍譯，《社會性動物》，頁321。

〔註62〕 經韵樓藏版《説文解字注》作「像，似也。」段玉裁云:「各本作象也，今依《韵會》所據本正。象者南越大獸之名，於義無取。」筆者案:古多假「象」爲「像」，「像」者言相似之義，當依段本作「似」者爲正。

僖公十五年《左傳》曰：「物生而後有象。」此言物象也。然人亦
有象，故像字从人象。以其字讀若養，故字變爲樣，今通言人之樣
子是也。像讀若養，養从羊聲，故制義字者假羊爲像。然則文从我
羊，實言我像，我像即今言我樣，故以己之威儀立訓矣。〔註63〕

案：「義」甲骨文作「𦏧」，金文作「義」、「義」等形，與篆文作「義」同
體，併從羊我聲，聲符「我」併兼義，從「我」即言己身，從「羊」則表美、
善之義；段玉裁曰：「从羊者，與善、美同意。」〔註64〕是知「義」或即以「己
身之美善」爲義，《詩・大雅・文王》：「宣昭義問，有虞殷自天。」〔註65〕〈史
牆盤〉：「檣角熾光，義其禋祀。」（《集成》10175）此皆用「義」之本義者也。
「義」以「己身之美善」爲本義，引申而有「儀容」、「儀表」之義，即《說
文》所謂「己之威儀」，文獻經典多作「儀」，如《詩・大雅・民勞》：「敬慎
威儀。」〔註66〕是知《說文》言「己之威儀」者，乃取其引申義爲訓，非「義」
之爲「威儀」義。

楊樹達承《說文》之訓，以「己之威儀」出發，欲將「義」所從之「羊」
與「像」義加以繫連，故有「制義字者假羊爲像。然則文从我羊，實言我像，
我像即今言我樣，故以己之威儀立訓矣」之論。蓋楊氏之意，乃以會意字之形
符於造字時已有假借，以「像」讀若養，古音在定母陽部，「羊」古音爲定母陽
部，二字同音，得相假借，故楊氏認爲「羊蓋假爲像」。以古音觀之，「像」、「羊」
二字古音雖同，具通叚條件，然以「義」之形構觀之，形符「羊」爲後起形聲
字「像」之假借者，實無所取義，況「像」本身已爲假借字，「假借之文聲不示
義」〔註67〕，楊氏以此爲訓，安得取義？「義」字從「羊」，「羊」引申即有美
善之義，此理楊氏應已知曉〔註68〕，卻仍以「羊」爲「像」之假借，所爲何來？

〔註63〕楊樹達，《積微居小學金石論叢》，頁41～42。

〔註64〕〔漢〕許慎著、〔清〕段玉裁注，《說文解字注》，頁639。

〔註65〕〔漢〕毛亨傳、〔漢〕鄭玄箋、〔唐〕孔穎達疏，《毛詩正義》，頁965。

〔註66〕同上註，頁1142。

〔註67〕魯實先，《假借遡原》，頁65。

〔註68〕筆者案：楊氏於《積微居讀書記・說文求是》中嘗謂：「羊性馴柔，故從羊之字多
善義，如美、如善，從羊之形者也。」〈說文求是〉一文作於1940年代，〈釋義〉
一文作於1935年，〈釋義〉寫作雖早於〈說文求是〉一文，然以楊氏爛熟於《說

實令人費解。

四、釋賢

《積微居小學金石論叢》:〈釋賢〉下,楊氏曰:

> 《說文》六篇下貝部云:「賢,多才也。从貝,臤聲。」按文从臤
> 者,三篇下臤部云:「臤,堅也。古文以爲賢字。」據此知臤乃堅
> 之初文。人堅則賢,故即以臤爲賢,後乃加形旁之貝爲賢字耳。十
> 篇上能部云:「能,熊屬,足似鹿,从肉,㠯聲。能獸堅中,故稱
> 賢能而彊壯稱能傑也。」〔註69〕今按能與耐字同,惟堅乃能耐也。

〔註70〕

案:《說文》訓「臤」以「堅」乃以兩字同音之聲訓而來,非言「臤」、「堅」
同義,亦非「臤」之本義。究之字形,「臤」甲文作「🐚」,金文作「🐚」等
形,「臤」之字形,從「臣」,從「手」,以「手」形牽引「臣」之取象構字,
馬敘倫以其爲「牽」之本字,《說文解字六書疏證》便言:「按此牽引之牽本
字。堅也以聲訓。」〔註71〕馬說可從,則知此字之本義或當以「牽」爲其義。
《說文》以聲訓釋「堅」,與文字形體不符,說不可信。又「古文以爲賢字」,
則以假借義釋之,《說文》訓解字義,凡言「古文以爲某」者,即示讀者其字
於本義之外,於古文尚見其他用途,如「疋」字下云:「古文以爲《詩・大雅》
字」;「丂」字下云:「古文以爲巧字」。凡此皆用「古文以爲某」以表古文中
別有假借之用〔註72〕。是知「臤」下云「古文以爲賢字」,即示人「臤」爲「賢」
者,爲假借之用,知「臤」字之本義非如《說文》所訓之「堅」,而「賢」亦

文》一書,理應早已知曉從「羊」之字有美、善之義,故筆者以爲楊氏應遠在撰
寫〈說文求是〉之前便已深明此理。

〔註69〕 此句楊氏斷句失準,當於賢能之後斷開,應作「故稱賢能,而彊壯稱能傑也」義
方足順。

〔註70〕 楊樹達,《積微居小學金石論叢》,頁51。

〔註71〕 馬敘倫,《說文解字六書疏證》(上海:上海書店,1985年4月),頁94。

〔註72〕 筆者案:《說文》言「古文以爲某」者,其用意雖爲指出某字於本義之外,於古文
尚見其他用途,但並非專指假借一端,需視文字實際字義之情況而定。此例言「古
文以爲賢字」,則當爲假借無誤。

爲其假借義，非指「臤」即「賢」之謂也。

又楊氏此處尚引「能」字爲旁證，考《說文》以「能」爲「从肉，以聲」之形聲字者，亦非。徵之字形，「能」於金文作「」、「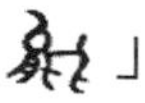」、「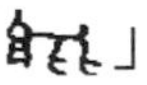」、「」等形，俱象獸形，而爲獨體象形字。《說文》所以言「从肉，以聲」者，乃因「能」字篆文作「」，字形產生變化，不易察覺「能」之初形，故將獸嘴之狀誤認爲肉形，且將獸頭部構件誤爲「」，是以「从肉，以聲」釋之，致使釋義產生誤差，以形聲釋象形，是以致誤；然許氏析形雖誤，訓「能」本義爲「熊屬」，則仍可知許氏知其本義爲獸，非爲「賢能」之本字。以「能」之本義爲獸，傳世文獻假爲賢能之「能」，非「能」之本義也。《說文》訓「能」爲：「熊屬」，便已言其本義爲獸，其後言「能獸堅中，故稱賢能，而彊壯稱能傑」者，乃爲申附「賢能」之假借義而來，段玉裁云：「此四句發明叚借之恉，賢能、能傑之義行，而本義廢也。」〔註 73〕是知，《說文》「能」字訓解已言明其本義爲「熊」，繼而指明「賢能」之「能」爲假借，非其本義；楊氏釋「臤」字乃據《說文》錯誤之聲訓解開展，又未深究後世「賢」、「能」之義皆爲假借，非文字之本義。楊氏以爲「形聲字聲中有義」爲原則，而不知「假借之文，聲不示義」〔註 74〕之理，故逕以己意比附《說文》誤訓，而有「人堅則賢」之錯誤結論，實不足信。

楊氏訓解文字，往往根據《說文》訓解出發，掌握某字之音、義關係，再以聲訓尋求語源爲考釋方法，反對文字構形未有太多關注。由此字之訓解，即可看出楊氏釋字時於字形之忽略；楊樹達嘗謂：「考釋文字，舍義以就形者，必多窒礙不通，而屈形以就義者，往往犂然有當。」〔註 75〕然而，因聲求義，以聲訓作爲考釋文字的唯一手段，使楊氏對文字之聲、義過度關注，往往使結論淪爲主觀推斷與臆測，有望文生義之失，于省吾嘗謂楊氏釋字盲點曰：

> 留存至今的某些古文字的音與義或一時不可確知，然其字形則爲確切不移的客觀存在。因而字形是我們實事求是地進行研究的唯一基礎。有的人卻說：「考釋文字，舍義以就形者，必多窒礙不通，而

〔註 73〕〔漢〕許慎著、〔清〕段玉裁注，《說文解字注》，頁 484。

〔註 74〕魯實先，《假借遡原》（臺北：文史哲出版社，1973 年 10 月），頁 65。

〔註 75〕楊樹達，《卜辭瑣記》，頁 11。

屈形以就義者，往往犁然有當。」這種方法完全是本末倒置，必然
導致主觀、望文生義，削足適履地改易客觀存在的字形以遷就一己
之說。這和真正科學的方法，是完全背道而馳的。〔註76〕

于氏之論確有其理，楊氏釋字往往於字音過於深求，忽視文字構形與演變之理，
時爲比附《說文》形聲訓解而曲解文字，易流於主觀臆斷之弊，此楊氏釋字之
一大盲點，考釋文字者不可不察，以此爲鑒。

五、釋僞

《積微居小學金石論叢》〈釋僞〉一條下，楊氏言：

> 《說文》八篇上人部云：「僞，詐也。从人，爲聲。」按〈三篇〉
> 下爪部云：「爲，母猴也。其爲禽好爪。」好爪者，言其喜動作屑
> 屑，故引申爲作爲之爲，又引申爲詐僞之僞，又引申爲僞言之譌，
> 皆受義於母猴之爲。〔註77〕

案：「爲」字《說文》誤訓，其義非是「母猴」，經羅振玉據卜辭指陳其誤後，
已是學界公論。考「爲」字甲骨文作「🐾」，金文作「🐾」等形，無一可見「母
猴」之狀。羅振玉曰：

> 爲字古金文及石鼓文並作🐾。从爪，从象，絕不見母猴之狀。卜
> 辭作手牽象形，知金文及石鼓从⻌者，乃⻌之變形。非訓覆手之爪
> 字也。意古者役象以助勞其事，或尚在服牛乘馬以前，微此文幾不
> 能知矣。〔註78〕

羅說是也，「爲」之本義當得之於以手牽象，再由其引申而有作爲之義。依羅氏
所言，可知「爲」字於甲骨、金文字形均爲象形，非爲「母猴」一類，至小篆
字形產生譌變，方使許氏於本義產生誤訓。以手牽象從事勞役，故引申而有作
爲之義，復又引申爲「僞」。許氏未見甲骨、金文之「爲」字字形，因而誤釋其
義爲「母猴」，楊氏依循《說文》誤訓以釋「僞」，言其受義於「母猴」之義，
實失之遠矣。

〔註76〕于省吾，《甲骨文字釋林‧序》，頁 3～4。

〔註77〕楊樹達，《積微居小學金石論叢》，頁 52。

〔註78〕羅振玉，《增訂殷墟書契考釋》，頁 168。

六、釋曾

《積微居小學金石論叢》：〈釋曾〉一條下，楊氏曰：

> 《說文》二篇上八部云：「曾，語之舒也〔註79〕，從八，從曰，囟聲。」
> 樹達按曾為會意字，當云：從曰，從囟，從八。從曰者，五篇上曰
> 部云：「曰，詞也。從口，乙象口氣出形。」從囟者，十篇下囟部云：
> 「囟，在牆曰牖，在屋曰囟。」或作囧，又或作窗。從八者，八部
> 下仌云：「八象氣之分散。」五篇上兮部兮下云：「八象氣越于。」
> 曾從曰、從囟、從八，蓋為口氣上出穿囟而散越也。十篇上黑部云：
> 「黑，火所熏之色也。從炎上出囟。」曾為口氣上穿囟，猶黑之言上
> 出囟也矣。口氣上出穿囟而散越，故訓為語之舒。引申之，則義為
> 高舉。《楚辭‧東君》云：「翾飛兮翠曾。」王《注》云：「曾，舉
> 也。」《淮南子‧覽冥篇》云：「鳳皇曾逝萬仞之上。」高《注》云：
> 「曾猶高也。」其北地高樓無屋謂之增；矢繳射高謂之矰；魚網置
> 木上者謂之罾；聚薪柴人居其上謂之橧，皆為高義之引申也。

> 八部又云：「尚，曾也，庶幾也。從八，向聲。」按尚為會意兼聲字，
> 當云：從八，從向，向亦聲。七篇下宀部云：「向，北出牖也。」尚
> 從八從向，謂氣散越達於牖外也。尚、曾二字義同，故其組織亦同
> 矣。尚有高上之義，猶曾之引申為高也。〔註80〕

案：「曾」字甲骨文作「曲」，金文作「曾」、「曾」等形，為象形字〔註81〕，
非《說文》所謂「從八，從曰，囟聲」之形聲字，亦非楊氏所言「從曰，從囟，
從八」之會意字，「曾」之本義當訓為「甑」，為食器一類，非《說文》所言
之「語之舒」者。以字形觀之，「曾」於卜辭作「曲」，「田」象「甑」之本
體，上象蒸汽之形，其後金文加「凵」形以示「甑」之底座，非言其字從口，
至篆文譌誤為「凵」，而許氏據篆文釋義，方使義訓產生誤差。朱芳圃曰：

> 曾即䎽若甑之初文。象形。《說文》鬲部：「䎽，驚屬。從鬲，曾聲。」
> 又瓦部：「甑，甗也。從瓦，曾聲。」《爾雅‧釋器》：「䎽謂之鬵。」

〔註79〕筆者案：各本《說文》均作：「詞之舒也。」此作「語之舒」，或為楊氏筆誤。

〔註80〕楊樹達，《積微居小學金石論叢》，頁54～55。

〔註81〕徐中舒，《甲骨文字典》，頁68。

・273・

《釋文》：「𩰫，本或作甑。」《方言‧五》：「甑，自關而東謂之甗，或謂之鬵。」是甑即𩰫之重文，𩰫與鬵一聲之轉，𩰫與甗同實而異名。……蓋甑、甗以炊飯，與鼎以烹肉同。其器下體承水，上體承飯，中設一箄。金文曾字从 田 ，即象其形。《說文》竹部：「箄，蔽也。所以蔽甑底。从竹，畀聲。」……箄爲甑之特徵，故造字取以爲象。下从 ㅂ ，所以承之。〔註82〕

朱氏之論甚是，「曾」即爲「甑」之初文，食器之屬，其字屬象形，不從「囧」，亦與「囧」義無涉，是知《說文》釋字形、義皆誤，與「曾」之本義相去甚遠，說不可從。

又楊氏以《說文》「詞之舒」爲依據，言「曾」字「从曰，从囧，从八」，認爲其字從「囧」，故謂「口氣上出穿囧而散越，故訓爲語之舒。引申之，則義爲高舉。」楊氏欲以此論將《說文》「詞舒」之訓與傳世文獻「曾」之「高舉」義加以牽合，此亦穿鑿之論，未足可信。蓋楊氏所據之《說文》訓「曾」爲「詞之舒」已證其論有誤，後續闡釋、申論均難脫主觀臆測之弊，此楊氏之論尚有可商，不足爲信者一也。又「曾」所以有「高舉」之義，乃由「層」義而來，非由「口氣上出穿囧而散越」得之。考「曾」之古音在從母東部，「層」在從母蒸部，旁轉可通，《說文》訓「層」爲「重屋」，段玉裁言：

> 曾之言重也，曾祖、曾孫皆是也。故从曾之層爲重屋。《考工記》：
> 「四阿，重屋。」《注》曰：「重屋，複笮也。」後人因之作樓，
> 木部曰：「樓，重屋也。」引申爲凡重疊之偁。〔註83〕

段說無誤，層層相加，故又引申而有高義，此即「曾」於文獻中義訓爲「高舉」之故，非楊氏所謂「口氣上出穿囧而散越，故訓爲語之舒。引申之，則義爲高舉。」楊氏欲牽合《說文》本訓與經典用義，故穿鑿其說，牽強附會，忽略文字本訓與經典用義本有不同，況其立論所據《說文》之說爲誤訓，其說自不可信，此楊氏之論不足爲信者二也。

楊氏此條另舉「尙」字，並據《說文》「尙」從「向」聲，而「向」爲「北出牖也」，故言「尙从八从向，謂氣散越達於牖外也。尙、曾二字義同，故其組

〔註82〕 朱芳圃，《殷周文字釋叢》（臺北：臺灣學生書局，1972 年 8 月），頁 102～103。
〔註83〕 〔漢〕許愼著、〔清〕段玉裁注，《說文解字注》，頁 405。

織亦同矣。尙有高上之義，猶曾之引申爲高也。」蓋楊氏以「尙」有高上之義爲原則，其字又從「向」聲，故以「尙」、「曾」二字構字之理相同，其義亦相通。案楊氏此論對「尙」字之形、音、義均有誤解，且爲比附「曾」有「高舉」之義而發，仍有可商之處；考「尙」金文作「𣅃」、「𥄂」、「𤖅」等形，字形初不從「向」，至東周時方於「八」下添一衍筆作「𤖅」、「𤖅」，此字形爲小篆所本，故篆文作「尙」。若此，「尙」既不從「向」，則《說文》釋以「向」聲、楊樹達釋以「從八，從向，向亦聲」者，均爲未知字形演變之誤說，論不足信，此以字形證「尙」與「向」聲無涉者一也。又「尙」爲定母陽部字，「向」屬曉母陽部字，知者，定母爲舌頭音，曉母屬喉音，二者發聲部位迴別，不可互相音轉，徵之古音，「尙」從「向」聲實無理據可循，此以字音證「尙」與「向」聲無涉者二也。又楊氏以爲「尙」有「高上」之義，乃認定其與「曾」字義同。然「尙」所以有「高上」之義，乃因其與「上」字通叚而來，「尙」、「上」古音俱在定母陽部，同音可通，「上」有高義，故「高上」之義與「尙」字本身並無關連，此以字義證「尙」與「向」聲無涉者三也。是知楊氏據《說文》之訓，以「尙」字爲「曾」之「高舉」義佐證之論，於文字之形、音、義俱誤，於所釋文字仍難脫主觀臆測之弊，其論牽強，說不可信。

七、釋介 [註84]

《積微居小學金石論叢》：〈釋介〉下，楊氏曰：

> 《說文》二篇上八部云：「介，畫也。從八，從人，人各有介。」按人各有介之說意怊不明，介用畫義，古書亦罕見，殆非正義也。近人有易許說者，謂字象人著介形。按八不類介甲形，說亦非是。愚謂：介，閒也，從人在八之閒。《左傳·襄公九年》云：「天禍鄭國，使介居二大國之閒。」又〈襄公三十年〉云：「政多門以介於大國。」又〈襄公三十一年〉云：「以敝邑褊小，介於大國。」《史記·十二諸侯年表》云：「楚介江淮。」《漢書·鄒陽傳》云：「陽介於羊勝、

[註84] 筆者案：楊氏於 1936 年在《積微居小學金石論叢》發表〈釋介〉篇之後，1952 年又於《積微居小學述林》一書再發表〈再釋介〉一文加以補充，筆者此處將兩篇合而爲一，一併討論。

公孫詭之閒。」皆用介字本義者也。〔註85〕

《積微居小學述林》:〈再釋介〉下又云:

> 《說文》二篇上八部介訓畫,謂字从八从人,人各有介,余昔非之,謂字从人在八之閒,當以介在介閒爲義矣。由此孳乳,田境介在田閒,故謂之界;門關介在闌閒,故謂之閞;裏衱在裏衣之中,故衱謂之衱。物相界接者往往相摩切,故齒相切謂之齘,刮謂之扴。人相接者往往相嫉忌,故妎謂之妎。今語恆云磨擦,嫉妎正磨擦之一事也。諸从介之字以介在介閒之義說之,則豁然通解,以許君之訓說之,則義不可通:此又可反證許君立訓之未審矣。〔註86〕

案:《說文》以「畫」訓「介」,乃承訓「竟」之「界」義而來,《說文》「界」字下言:「竟也。從田介聲。」段玉裁言:「竟俗本作境,今正樂曲盡爲竟,引申爲凡邊竟之稱。界之言介也,介者,畫也。」〔註87〕是知許氏所以言「介」之本義爲「畫」,乃因承「邊境」之「界」義而來,故許氏云「人各有界。」〔註88〕然「界」亦應是由訓「界」之「畺」字而來〔註89〕,如此輾轉爲訓,意義略顯迂曲,亦無明顯佐證,故楊氏非之,言之成理。然則楊氏以「介」之本義爲「閒」,則爲非。楊氏以「介」爲「閒」之說,當承《段注》而來,《說文》「介」字下段玉裁注曰:「分介必有閒,介又訓閒。」〔註90〕所不同者,段氏以「閒」爲「介畫」之引申義,而楊氏則以「閒」爲「介」之本義。然「介」之本義非如楊氏所言訓「閒」,而當以「冑甲」爲其本義。

「介」之甲骨文作「」、「」等形,金文作「」形,皆象人衣甲,而以「冑甲」爲其本義〔註91〕。其字從人,加以不成文之部件,以示人衣甲於中之形,應屬象形之合體象形一類,非許慎《說文》所訓「从八从人」之會意字。又楊氏所謂「八不類介甲形」一言,可知楊氏雖修正許氏義訓之非,

〔註85〕楊樹達,《積微居小學金石論叢》,頁56。

〔註86〕楊樹達,《積微居小學述林》,頁55～56。

〔註87〕〔漢〕許慎著、〔清〕段玉裁注,《說文解字注》,頁703。

〔註88〕〔漢〕許慎著,《說文解字》,頁49。

〔註89〕同上註,頁704。

〔註90〕〔漢〕許慎著、〔清〕段玉裁注,《說文解字注》,頁49。

〔註91〕徐中舒,《甲骨文字典》,頁70。

然於「介」之六書判斷，則仍從許說，是楊氏亦誤以象形爲會意矣。楊氏以「介」爲「閒」，並舉《左傳・襄公九年》「天禍鄭國，使介居二大國之閒」一句爲例，按此句之「介」確應解釋爲「閒」，然《左傳》中仍多見以「介」爲「冑甲」之義者：《左傳・宣公二年》：「既而與爲公介。」《注》曰：「靈輒爲公甲士」〔註92〕；〈襄公二十六年〉：「介於其庫。」《注》曰：「入高魚庫而介其甲」〔註93〕；〈昭公七年〉「或夢伯有介而行。」《注》曰：「介，甲也。」〔註94〕；〈哀公十五年〉：「大子與五人介。」《注》曰：「介，披甲。」〔註95〕其餘書傳亦可見「介」做「冑甲」之義，如《周禮・夏官・旅賁氏》：「軍旅，則介而趨。」《注》云：「介，披甲」〔註96〕；《禮記・曲禮》：「介冑則有不可犯之色。」《注》云：「介，甲也」〔註97〕；《管子・小匡》：「介冑執枹，立於軍門。」〔註98〕由上述經傳材料可見「介」訓爲「甲」顯然多於訓爲「閒」者，楊氏飽覽群經，當知「介」多有訓「甲」義之例，此卻欲以孤證立論，於證據上仍略嫌薄弱，此楊氏偶一疏忽，抑或刻意牽合文獻之說，則不得而知。

　　以「介」之本義爲「甲」，則凡有甲殼者亦稱爲「介」，如《禮記・月令》之「介蟲」〔註99〕、《淮南子・墜形》之「介鱗」〔註100〕，此皆爲「甲」之引申義。又凡物於介甲之中，本體與介甲必有閒，故又引申有「閒」義，如楊氏所舉《左傳・襄公九年》：「天禍鄭國，使介居二大國之閒。」苟如楊說，以「閒」爲「介」之本義，則上舉經傳之「介甲」與「介蟲」諸詞便無從取義，不得其解。是知楊氏用以訓「介」爲「閒」，實誤以引申義爲本義，其說

〔註92〕〔明〕左丘明傳、〔晉〕杜預注、〔唐〕孔穎達正義，《春秋左傳正義》，頁597。

〔註93〕同上註，頁1049。

〔註94〕同上註，頁1247。

〔註95〕同上註，頁1686。

〔註96〕〔漢〕鄭玄注、〔唐〕賈公彥疏，《周禮注疏》，頁825。

〔註97〕〔漢〕鄭玄注、〔唐〕孔穎達疏，《禮記正義》，頁78。

〔註98〕顏昌嶢著，《管子校釋》（長沙：岳麓書社，1996年2月），頁183。

〔註99〕《禮記・月令》：「介蟲敗穀。」鄭《注》言：「介，甲也。甲蟲屬冬。」〔漢〕鄭玄注、〔唐〕孔穎達疏，《禮記正義》，頁522。

〔註100〕《淮南子・地形訓》：「介鱗者夏食而冬蟄。」高《注》云：「介，甲。龜鼈之屬也。」張雙棣撰，《淮南子校釋》（北京：北京大學出版社，1997年8月），頁463。

非是。又楊氏〈再釋介〉一文所舉之「閞」、「祄」、「齘」等字之義確承「閒」義而孳乳，然前已證「閒」乃「介」之引申義，以此駁《說文》「界畫」之說尚可，然用以立論「介」之本義為「閒」，則仍有未足，無從取信於人也。

八、釋臣

《積微居小學金石論叢》〈臣牽解〉條目下，楊氏言：

> 《說文》三篇下臣部云：「臣，牽也，事君者。象屈服之形。」大徐音植鄰切。按許君以牽訓臣，乃以聲為訓，明其語源。植鄰切之音與牽聲紐不同，古音殆不當爾。觀㊣從臣聲，《白虎通·三綱六紀》篇及《孝經·援神契》並云：「臣，堅也。」《廣雅·釋詁》云：「臣，掔也。」亦皆以聲為訓。知臣古音當與㊣、牽、堅、掔音近矣。臣之所以受義於牽者，蓋臣本俘虜之稱，《禮記·少儀》云：「臣則左之。」《注》云：「臣謂囚俘」是也。蓋囚俘人數不一，引之者必以繩索牽之，名其事則曰牽，名其所牽之人則曰臣矣。〔註101〕

案：《說文》「臣」字，歷來闡釋者不少，而針對許氏《說文》所訓：「臣，牽也」〔註102〕之義釋義者，則主要有三：其一為以臣為牽之初文者，如章太炎《文始》言：「案牽，引前也。臣即初文牽字，引申為奴虜，猶曰㝓，曰㝓臣矣」〔註103〕；其二以臣為豎目之形者，郭沫若《甲骨文字研究》言：「均象一豎目之形，人俯首則目豎，所以『象屈服之形』者，殆以此也」〔註104〕；楊樹達則以聲訓觀之，以為「牽」即為「臣」之語源，以「臣」為俘虜，必以繩繫以牽之，故受義於牽。以上諸家俱本《說文》訓解而來，而顯然並未注意《說文》以聲訓釋「臣」為「牽」，乃是出於不明「臣」字本義而來，故以聲訓釋其本義，以配合其「象屈服之形」義訓，而造成後人曲解；章氏、郭氏、楊氏諸家說解，至少有以下幾點矛盾之處：（一）甲骨、金文「臣」之字形作「𠂤」、「臣」、「臣」、「臣」、「臣」之形，文字形構無由可見與「牽」有

〔註101〕楊樹達，《積微居小學金石論叢》，頁116。

〔註102〕〔漢〕許慎著，《說文解字》，頁119。

〔註103〕章太炎，《文始》，（臺北：臺灣中華書局，1970年8月），頁61。

〔註104〕郭沫若，《甲骨文字研究·釋臣宰》，（北京：中華書局，1976年5月），頁66。

關之取象，以字形觀之，欲以「牽」義訓「臣」，實屬牽強。若必以「牽」義訓與「臣」有關之字，則「臤」字從手作「⿰丮又」尚猶可說，光以「臣」之字形，實無義可以「牽」義爲訓。又金文〈㷅段〉（《集成》2954），器銘可見一字作「㷅」，字形由「人」、「牛」、「自」構形，象人牽引牛鼻之形，若以文字構形分析，則此「㷅」字之形取象或較「牽」義相近。若此字之取象近似於「牽」，則可明顯比較以「臣」之字形訓「牽」之不合理之處，以「臣」之字形由「目」構形，實無以「牽」義爲訓之理，是知《說文》以「牽」訓解仍有疑議，尚待檢驗，而楊氏從之，由其音訓加以比附，則使文字解釋更加迂迴難辨。（二）章太炎謂「臣」、「牽」爲一字，然則前已提及「臣」、「牽」依字形取象觀之乃爲不同二字，以「臣」訓「牽」無索取義，若逕從《說文》之訓解強加解釋，不顧文字形義條件，則略嫌專斷，亦失之偏頗。（三）郭沫若釋「臣」之本義爲奴隸，並謂：「人俯首則曰豎目，所以『象屈服之形』者殆以此也。」蓋郭氏之論，乃以「臣」之本義爲奴隸，奴隸低頭俯首，人低頭則其目直立，便爲「豎目」。然「臣」字形構觀之，其形作「⿸⺆⺆」、「⿸⺆⺆」、「⿸⺆⺆」、「⿸⺆⺆」、「⿸⺆⺆」，其字「目」形直立，未見有作「⿰」形者，古文字以「目」取象之字，直立、橫向分別明顯〔註105〕，郭氏以「臣」爲「豎目」之說，顯然與「臣」之形構有違，且其所謂：「均象一豎目之形，人俯首則目豎」之說，乃爲解釋、申附《說文》「象屈服之形」而發，然《說文》於「臣」之義訓本不可信，孫海波便云：「訓臣牽也，是以聲衍，本非初誼；若云牽目誼亦未安。」〔註106〕可知《說文》以聲訓釋「臣」本便已有所誤，其云「事君者。象屈服之形」則更爲牽強之論，今郭氏以「臣」之字形爲「豎目」，以釋《說文》義訓，其說自屬牽強，不足爲信。由上述諸點，可知章氏、郭氏、楊氏之說皆由《說文》爲基礎加以闡發，然《說文》既以聲訓爲訓，所錄非「臣」字本義，其釋義亦屬牽強之語，章氏、郭氏、楊氏訓解以《說文》之說爲本，然既《說文》訓解有誤，諸家結論由《說文》而來，自不可信。

「臣」之字形於甲骨文作「⿸⺆⺆」、「⿸⺆⺆」等形，於金文作「⿸⺆⺆」、「⿸⺆⺆」、「⿸⺆⺆」

〔註105〕《甲骨文字詁林》「臣」下按語云：「甲骨文『見』字橫其目，『望』字則豎其目，區別極嚴。」其說可從。

〔註106〕見《甲骨文字詁林》「臣」字下引文。于省吾編，《甲骨文字詁林》，頁632。

等形，由字形觀之，其字與「目」爲取象當無可疑，然其構字本義或不可確知。舊說如葉玉森、章太炎、郭沫若、楊樹達等人，多從《說文》：「事君者。象屈服之形」爲說訓其本義爲「奴隸」〔註107〕。然以甲骨文中可見辭例檢視，「臣」於卜辭中或云「小臣」，如《合集》12：「貞：惟小臣令眾黍，一月？」、5582：「貞：小臣允有？二告。」或云「王臣」，如《合集》117：「王臣其有孕？」或云「帝臣」，如《合集》217：「惟帝臣令？」、14223：「惟帝臣令，出？」或云「多臣」，如《合集》614：「呼多臣伐舌方？」、615：「貞：呼多臣伐舌方？」等等，上舉卜辭之中不論「小臣」、「王臣」、「帝臣」、「多臣」，爲官職名稱，其辭例所載內容亦與「奴隸」之義無涉，則諸家以「奴隸」爲「臣」之本義者，其說恐仍有待商榷，所論未必可信。《甲骨文字詁林》「臣」下按語便云：「卜辭『臣』爲職官名，無一例外。從未見以臣爲奴隸者，不得以周以後臣之身份爲奴隸，以論斷卜辭『臣』之身份爲奴隸。」〔註108〕其說可從，考銅器銘文中時見以「臣」爲賞賜物品賜予下位者之例，如〈乍冊夨令段〉：「姜賞令貝十朋，臣十家，鬲百人」（《集成》4300）、〈易旁段〉：「趞叔休于小臣貝三朋，臣三家」（《集成》4042）、〈不嬰段〉：「賜女弓一矢束，臣五家」（《集成》4328）、〈耳尊〉：「侯休于耳，賜臣十家」（《集成》6007）等，由上舉金文文例觀之，「臣」不僅可賜，且以「家」爲單位，如賞賜物般有數量性，則可知金文之「臣」之意義相當於「臣僕」、「奴隸」之流，則知「臣」之義於周代已有轉變，與卜辭可見之「臣」用義不同。然不論是甲文爲官職「臣」，或金文爲臣僕之「臣」，其義均與「臣」之字形取象無涉，所用應已非「臣」之本義，「臣」之本義爲何，今或不可確知，難以索解。

由上述討論可知，許慎以「事君者」訓「臣」，所用已非「臣」之本義，加以聲訓解字，更使「臣」字本義迂曲不明。而楊樹達以《說文》爲本，以爲「臣」以「牽」爲語源，且「臣之所以受義於牽者，蓋臣本俘虜之稱」一說，乃沿襲《說文》本論而來，其云「囚俘人數不一，引之者必以繩索牽之，名其事則曰牽」者更爲附會《說文》聲訓而發，並未留意文字形、義條件而逕以音訓爲之，其說非是，亦不可信。

〔註107〕同上註頁 628～637。

〔註108〕同上註，頁 637。

王力《中國語言學史》曾言及楊樹達之研究方法：「從原則出發，而不是從材料出發，這是楊氏研究方法上的缺點。」〔註 109〕儘管王力之言乃針對楊氏語音學研究而發，然筆者以為楊氏在文字訓解上亦存在此種問題。楊氏釋字往往據形聲字深求其聲符之音、義，而反遭音訓制約，從而疏忽文字形、義上之推求；以此條「臣」字訓釋為例，楊氏一味據《說文》探求語音條件，卻忽略「臣」、「牽」二字在形、義上毫不相關，所得到的結論，勢必有所誤差，經不起檢驗。

九、說丨

《積微居小學金石論叢》：〈說丨〉下，楊氏曰：

> 《說文》一篇上丨部云：「丨，下上通也。引而上行讀若囟，引而下行讀若退。」按此字為囟、退二字之初文，其以引而上行讀若囟孳乳者皆有上義，引而下行讀若退孳乳者皆有下義。〔註 110〕

案：「丨」《說文》言：「下上通也。引而上行讀若囟，引而下行讀若退。」〔註 111〕楊樹達加以闡發，以《說文》之說為本，復引「舁」、「覨」、「遷」、「僊」等具「升」義之字為例，欲證其「引而上行」之義；引「退」、「隊」、「碟」、「頓」等具「降」義之字，欲證其「引而下行讀若退」之義。

案《說文》訓「丨」為「引而上行讀若囟，引而下行讀若退」，此說不論於字音、字義均不合常理，且毫無根據。文字為語言之載體，倘一字之字義，因書寫方向不同而有數種意義，在文字之功能性上，顯然不符文字記錄語言之原則。且若「丨」因上行與下行之書寫方向不同，而有不同承載之字義，若非親眼所見其書寫方向，單憑「丨」之字形，讀者又從何領會其字義所表為上行之「囟」，或下行之「退」？且先民造字之初，自然界象「丨」之形者事物繁多，則又何以確知「丨」之字形是象「引而上行」或「引而下行」之物類？此亦為《說文》釋「丨」訓解字義與文字承載語言功能不合之處。又「丨」之字音，「引而上行」讀「囟」，「引而下行」則讀「退」，段《注》復言：「今音思二切，囟

〔註 109〕王力，《中國語言學史》，頁 211。

〔註 110〕楊樹達，《積微居小學金石論叢》，頁 126。

〔註 111〕〔漢〕許慎，《說文解字》，頁 20。

之雙聲也。又音古本切。」〔註112〕則「｜」字，可讀「囟」或「退」，又可因古本切而讀若「袞」；「囟」古音屬心母眞部，「退」古音屬透母沒部，「袞」古音則在見母元部。如此「｜」之一字，同時擁有三種讀音，且三種讀音彼此遠隔，全無相通，此又與文字承載語言之功能相違，此《說文》釋「｜」於字音之不可信者。

由上述討論可知，《說文》釋「｜」之說與文字發展之現況有所誤差，以字音、字義檢視更可知《說文》釋字有誤，不足爲信。而楊氏釋「｜」乃本《說文》之訓而來加以闡發，即便所舉之「舁」、「舁」、「遷」、「儹」均有「升」義，與上行有關；「退」、「隊」、「磏」、「頓」均有「降」義，與下行有關。然除此之外，所引諸字均無法看出與「｜」字有任何關係，楊氏所以廣徵諸字，其目的仍在於爲「引而上行讀若囟，引而下行讀若退」尋求證據。然前已提及《說文》「引而上行讀若囟，引而下行讀若退」之說於字音、字義有諸多與文字發展法則相違背之處，不足爲信。而今楊氏以《說文》本訓爲原則出發，欲據《說文》錯誤結論訓釋文字，其所做出之結論，仍多有所疑，未可盡信。楊氏釋字往往依從《說文》訓解，雖偶能有所跳脫，指出《說文》訓解之誤，但大多時候，楊氏對《說文》之態度，仍是亦步亦趨，難以脫離其制約。由「｜」字之訓釋爲例，若《說文》釋字已然有誤，楊氏再以《說文》錯誤結論加以闡發、申論，所得出的論點與釋義，自然無法取信於人。王力嘗評楊氏爲學以材料遷就原則〔註113〕，豈虛言哉？

十、釋乙

《積微居小學述林》：〈釋乙〉下，楊樹達云：

> 《說文》十四篇下乙部云：「乙，象春艸木冤曲而出，陰氣尚彊，其出乙乙也。」按《文選・文賦》云：「思乙乙其若抽。」李《注》云：「乙乙，難出之貌。」尋乙有難出之義，故乙聲之字多受此義焉。《禮記・內則》曰：「魚去乙。」鄭《注》云：「乙，魚體中害人者名也。今東海鯦魚有骨，名乙，在目旁，狀如篆乙。食之，

〔註112〕〔漢〕許愼著、〔清〕段玉裁注，《說文解字注》，頁20。

〔註113〕王力，《中國語言學史》，頁211。

鯁人，不可出。」此魚骨難出謂之乙也。《方言》十云：「讓，極，
吃也，楚語也，或謂之䡄。」按《説文》二篇上口部云：「吃，言
蹇難也。」䡄從乙聲，有蹇吃之義，謂言難出於口也。《方言》十
又云：「歖，嗇，貪也，荊、汝、江、湘之郊，凡貪而不施謂之歖，
或謂之嗇，或謂之悋，悋，恨也。」按歖爲悋嗇不施，謂錢財難
出於手也。按䡄字從車，本義爲報，不關言語。歖字從壹，亦與貪
吝義不相關。此皆別有本字，惜今不可考耳。〔註114〕

案：「乙」甲骨文作「乚」、金文作「乚」，俱象物彎曲之形。「乙」字本義歷來
訓解不一；《説文》訓爲「象艸木冤曲而出，陰氣尚彊，其出乙乙也。」〔註115〕
《爾雅・釋魚》訓爲「魚腸」，其言曰：「魚枕謂之丁，魚腸謂之乙，魚尾謂
之丙。」〔註116〕郭沫若從其說言：「乙象魚腸，丙象魚尾……乙、丙、丁均爲
魚身之物，此必爲其最初義。」〔註117〕《禮記・內則》訓「乙」爲「魚骨」，
云：「魚去乙。」鄭《注》云：「乙，魚體中害人者名也，今東海鰌魚有骨名
乙，在目旁，狀如篆乙，食之鯁人，不可出。」〔註118〕楊樹達以《説文》訓
解爲據，並引此說以證《説文》訓「乙」之有「難出」之義。另有不同於《説
文》之說，方濬益《綴遺齋彝器考釋》言「乙」爲「燕」側面之形〔註119〕；
李孝定則以爲「乙」象流水之形〔註120〕。以上諸家釋「乙」或以《説文》爲
據申論，或另闢蹊徑，自成一說，然由「乙」之字形觀之，則知各家說法均
有可商之處，未可盡信。戴家祥《金文大字典》「乙」字下言：

> 乙之詞義多用爲天干名，《爾雅・釋天》：「太歲在乙曰游蒙」、「月
> 在乙曰橘」是也。殷人以生日名子，卜辭、金文常見父乙、祖乙等
> 詞是也。至其字形何以作乙，《爾雅・釋魚》云：「魚枕謂之丁，魚

〔註114〕楊樹達，《積微居小學述林》，頁53～54。

〔註115〕〔漢〕許慎，《説文解字》，頁747。

〔註116〕〔晉〕郭璞注、〔宋〕邢昺疏，《爾雅注疏》，頁303。

〔註117〕郭沫若，《甲骨文字研究》，頁165～166。

〔註118〕〔漢〕鄭玄注、〔唐〕孔穎達疏，《禮記正義》，頁849。

〔註119〕〔清〕方濬益，《綴遺齋彝器考釋》（香港：明石文化國際出版有限公司，2004年
　　　　12月《金文文獻集成》本），頁362。

〔註120〕李孝定，《讀説文記》（臺北：中央研究院歷史語言研究所，1992年1月），頁310。

腸謂之乙，魚尾謂之丙。」郭璞注：「此皆似篆書字，因以名焉。」
許氏謂：「乙，象春艸木冤曲而出，陰氣尚彊，其出乙乙也。」其
義蓋取證于《白虎通》「乙者，蕃屈有節欲出」，後人對此亦難置信。
方濬益謂即〈十二篇〉訓「玄鳥也」之乙，象燕子側飛形，然卜辭
燕字作𤇾，乙字作乙，兩字並存用途不同，方說有待證實。〔註121〕

　　戴說甚允。《說文》釋「乙」所謂「春艸木冤曲而出，陰氣尚彊，其出乙
乙也」之訓，實以陰陽五行釋其形義，知者，文字創製先於陰陽五行千年，
以此釋字，焉能取信於人？是知《說文》釋「乙」乃穿鑿之說，不足為信。
又郭氏據《爾雅·釋魚》、楊氏據《禮記·內則》闡釋《說文》「難出」之義
者，亦有可商之處；考文字初創之世，先民造字俱以生活所見之物以為取象，
以「乙」之線條形構簡潔，自然之中可象之物甚多，若前舉數家所言之物如
「草木」、「流水」等物均有可能為其取象，然「乙」字於卜辭已為習見之字，
其造字之時理應早於殷商甚久，以先民造字之時，自然界可資取象之物類繁
多，與「乙」形象相類，可象之物必定甚多，衡之事理，當未必如《爾雅》、
《禮記》所載單以「魚類頭骨」、「迴腸」取象字義，若單據此類後世文獻書
證資料便言「乙」之本義為「魚骨」、「魚腸」，仍不甚科學，有待商榷。是知
不論《禮記》所訓之「魚骨」，或《爾雅》所釋之「魚腸」，均不足信。又《爾
雅》、《禮記》與郭、楊二氏之訓皆歸本於《說文》「其出乙乙也」一語，以釋
其有「難出」之義，然《說文》以陰陽五行釋字已然為非，其後續申論便易
流於主觀臆斷之失，亦不足信。又楊氏所舉從「乙」聲之「軋」、「𩐈」二字，
此或由「乙」字詰詘之形比擬取象而孳乳，非字從「乙」聲而必有其「難出」
之義。至方濬益釋「乙」為燕側飛之形者，戴氏已言其非，此不贅述。

　　若「乙」不為《說文》所訓之「難出」之貌，亦非「魚骨」、「魚腸」諸物，
則「乙」字究竟為何物之象，又當以何義為訓？筆者以為世遠年湮，今恐難有
足信之論矣。近人張秉權曰：

「乙」字，許氏以為「象春艸木冤曲而出」、「象人頸」。饒炯《說文
解字部首訂》以為「乙即古文芽字，象勾萌之形。」章炳麟《文始》
以為「乙當為履之初文……乙象足迹如㯑形。」郭氏〈釋干支〉據

────────────

〔註121〕戴家祥主編，《金文大字典》，頁84。

《爾雅》以爲象魚腸之形。吳其昌〈金文名象疏證〉以爲象刀形。李氏《集釋》以爲與許書訓流之乙實爲一字，這個字在甲骨文中確與訓流之乙形體相同。但它究竟象流水，還是象魚腸，或艸木冤曲，那就很難確定了。〔註122〕

考「乙」被借爲干支之名甚久，甲骨、金文亦多作此用，以其製字甚早，又久借爲他義，致使本義隱沒不顯，時至今世，欲再斷其本義，頗爲不易，幾不可爲。朱歧祥〈論甲骨文字形與概念的區隔〉一文言：

> 如只單由形近的視覺來看，乙當然可理解爲象小鳥形（如巢穴作
> 𣎴），或象流水之形（如水字可作乙），但是都沒有實証。干支一類
> 都是以假借的形式出現，多不以本義入文，目前無法由上下文判斷
> 他們最早的用法，恐以闕如爲宜。〔註123〕

朱說甚是。「乙」字借爲天干字既久，其構字本義已然不明，現或一時無法確知其本義，考釋文字若遇此例，不妨存疑，或可留待日後更多例證出土再行檢視，不必強爲之解。

十一、釋用

《積微居小學述林》:〈釋用〉篇，楊樹達曰：

> 《說文》三篇下用部云：「用，可施行也，从卜中，衛宏說。」按
> 卜中之說，後人多疑之，宋戴侗《六書故》謂用象鐘形，即鏞之古
> 文，說頗近似。今以龜甲金文觀之，不惟衛宏卜中之說爲無稽，即
> 戴氏之說亦不相合，皆非也。今謂：用者，桶之初文也。唐本《說
> 文》木部云：「桶，木方器也。受十六升，从木甬聲。」……觀甲
> 文用字之形，皆以三直畫爲幹，其橫畫或正或邪，或上或下，其數
> 或二或三，或右三而左二，或右二而左一，絕不一致。蓋橫畫第示
> 爲飾之橫欄，器無定形，故字亦無定式也，此以字形爲證者一也。
> 金文〈番生簋〉、〈毛公鼎〉並云：「簟弭魚𩨭」，此即《詩·小雅·

〔註122〕張秉權，〈甲骨文中所見的數〉，《中央研究院歷史語言研究所集刊》第 46 期，第三分（1975 年 6 月），頁 369～370。

〔註123〕朱歧祥，〈論甲骨文字形與概念的區隔〉，《朱歧祥學術文存》，頁 126。

采芑》之「簟茀,魚服。」𠂤象矢在用中之形,近人吳大澂、羅振玉皆謂即《說文》弩矢箙之箙字,由此字變爲今之葡字,其說碻不可易。𠂤下截即用字,即變爲今之葡字,下亦從用;此由箙、葡字形可以爲證者二也。桶可以受器,其爲用至廣,故引申爲一切器用之用,由有形引申爲無形,則爲行用之用;此用字引申之次第顯明可說者也。許君以引申最後之義爲初義,宜其與字形不合矣。〔註124〕

案:「用」字甲骨文作「𦥑」,金文作「𦥑」、「𦥑」,篆文作「𦥑」等形,歷來解說者眾,羅振玉釋「用」,並言《說文》所引衛宏「卜中」之說爲非〔註125〕;于省吾則謂「用」爲「桶」之初文〔註126〕;葉玉森云其字從「𦥑」,爲架形〔註127〕,裘錫圭修正其說,以「𦥑」爲「同」,「同」、「用」古音相近,言「用」爲「𦥑」之分化字〔註128〕;楊氏亦主「桶」說,以「用」爲「桶」之初文,諸家所論各有理據,至今尚無定論。由「用」之字形觀之,其字應爲象形,其字或有作「𦥑」者,或有作「𦥑」者,全與「卜」、「中」之形不類,可知「用」字所從部件與「卜」、「中」無涉,是知《說文》引衛宏言「從卜中」者,當爲謬言,說不可信,羅氏已據「用」之字形而評《說文》所引衛宏之說違誤,其說甚是。又楊樹達以「用」爲「桶」之初文,以甲文「用」字字形橫畫不定,認爲古器物「橫畫第示爲飾之橫欄,器無定形,故字亦無定式也」,復以「箙」字爲證,截斷其字以下截爲「用」形,作爲「用」可受器之證,並引申爲一切器用之用。楊氏雖以甲骨、金文字形作爲依據,其說看似成理,宜然有據,然其說於字形、字用之理解均有誤差,釋「用」爲「桶」乃爲誤解字形,未明字用之誤釋,說不可信。李孝定《甲骨文字集釋》言:

> 揆之古文從卜從中之說自不可信,葉、余、陳諸氏之說亦未足以厭人意,蓋字固不從干或貞,葡字亦非從用也。徐灝《說文段注箋》

〔註124〕楊樹達,《積微居小學述林》,頁63。

〔註125〕羅振玉,《增訂殷墟書契考釋》,頁195。

〔註126〕于省吾,《甲骨文字釋林》,頁359~361。

〔註127〕見《甲骨文字詁林》下引文。于省吾編,《甲骨文字詁林》,頁3402。

〔註128〕裘錫圭,〈甲骨文中的幾種樂器名稱——釋「庸」、「豐」、「鞀」〉,《裘錫圭學術文集》,甲骨文卷,頁37。

云：「戴氏侗曰：『用宣籀文以爲鐘。一說此本鏞字，象鐘形，借爲施用之用。』又曰：『庸大鐘也。』」灝按古文𤰒或作𤰒，兩旁象欒銑，中象篆帶，上出象甬，短化象旋蟲，絕肖鐘形。用鐘甬字古篆作𤰒形，聲亦與用相近，金部鐘或作銿尤其明證。」……徐氏爲用、甬古爲一字，並象鐘形，其說極碻。施用之說，其引申誼也。〔註129〕

　　蓋李氏引徐灝之說，乃據戴侗以「用」爲「鏞」之初文一說，惟以「用」、「甬」爲一字之說，則猶有未確；「甬」當爲鐘柄，即《周禮・考工記》「舞上謂之甬」〔註130〕之「甬」，此說詳見後文「甬」字商榷，此不贅述。然李氏據戴侗之說以「用」之本義爲「鐘」，則無可疑。楊氏以「用」爲「桶」之初文，並以其字橫劃「或上或下」、「或二或三」筆畫不定之形，言其爲象器物之狀，然考文字發展初期之線條型態尚未固定，其筆畫、字形與具體字義未必關連，若依楊氏以字形橫畫「或上或下」、「或二或三」之論以爲來源，說解字形，仍嫌籠統不確，未足徵信於人。又楊氏以「葡」字爲例，以其字下半部爲「用」形，可受器爲用，故以其爲「用」字爲「桶」之證。考「葡」於金文作「𤰒」，象矢置於箭袋之中，字形所取爲矢置袋中之整體形象，今若將其整體之形象截半用以釋「用」，則其字上半剩餘部件將何所取義？故李氏《集釋》亦言：「葡字亦非從用」，則知楊氏將「𤰒」字攔腰截斷，徑以其字下半爲「用」之說，亦非文字析形之常法，其說如此，乃欲牽合其以「用」爲「桶」之初文而來，其說猶有可商，未得文字形、義之恉。

　　「用」既非楊氏所言爲「桶」之初文，則其本義該當爲何？筆者以爲，究其形、聲，當以戴侗「用」爲「鏞」之說較爲近理，然戴說猶有未確。考甲骨、金文「用」字之形，當爲樂器「鐘」字之全體象形。以字形觀之，「𤰒」字三直畫乃象鐘之左右兩銑與鼓、鉦構形，橫畫或二或三，乃象鐘篆之形，此即前引徐灝所謂「兩旁象欒銑，中象篆帶，上出象甬」之狀，與「鐘」形相同；《周禮・考工記・鳧氏》言：「鳧氏爲鐘，兩欒謂之銑，銑間謂之于，于上謂之鼓，鼓上謂之鉦」〔註131〕者，正與「用」字字形相合，可證「用」

〔註129〕李孝定，《甲骨文字集釋》，頁 1117～1118。

〔註130〕〔漢〕鄭玄注、〔唐〕賈公彥疏，《周禮注疏》（北京：北京大學出版社，1999 年 12 月《十三經注疏》本），頁 1103。

〔註131〕同上註。

字形構乃象「鐘」形，其本義當即爲「鐘」。「用」之本義爲「鐘」，後借爲「施用」之義，乃據其義而造從「庚」〔註132〕之「庸」字，後「庸」又假爲「平庸」之義，復又添加義符作「鏞」，乃爲後起之形聲字，則知「用」與「鏞」實無別，其本義即爲「鐘」，魯實先《轉注釋義》便言此乃爲別假借之轉注：

> 亦有爲別假借，而迭生轉注者。若用爲鐘之象形，借爲施行，故孳乳爲庸。又以庸借爲庸常與功庸，故孳乳爲鏞。是用之與鏞凡更二注也。〔註133〕

據魯氏之言可知「用」、「庸」、「鏞」乃爲所謂「存初義」之轉注〔註134〕，以音求之，「用」、「庸」古音同屬定母東部，「鏞」屬余母東部，「鐘」屬端母東部，《說文》錄其或體從「甬」作「銿」，「用」、「甬」古音同，此又可證「用」、「庸」、「鏞」俱爲「鐘」義，而「用」之本義即爲「鐘」。又據上引魯氏之言，可知「鏞」與「鐘」當爲一字，《毛詩》、《爾雅》、《說文》俱言「鏞」爲大鐘，別「鏞」、「鐘」爲二物者，是皆忽略文字轉注運用之理，而誤釋形義，而有所失誤。今以形、聲深究，知「用」之本義爲「鐘」，非楊氏所謂「桶」字初文，楊氏析形、釋義皆有誤差，其結論與文字狀況有所落差，當知其說有誤，所論非是。

又楊氏所謂「許君以引申最後之義爲初義」一說，乃以其認爲「用」爲「桶」之初文論點而來，然今既知「用」與「桶」義無涉，而眾多從「用」之字，諸字本義均不從「施行」之義引申或孳乳，則知《說文》所謂「施行」，當是以假借爲其本義，非所謂以「引申最後之義爲初義」，楊氏此論亦非。

十二、釋卪

《積微居小學述林》：〈釋卪〉下，楊樹達曰：

> 《說文》九篇上卪部云：「卪，瑞信也，守國者用玉卪，守都鄙者

〔註132〕筆者案：「庸」字從「庚」，「庚」，《說文》云：「從用更，更，更事也。」是知「庚」有更代之義，故從「用」孳乳爲「庸」時，以「庚」爲義符，以示文字轉注更代其義之作用。〔漢〕許慎著，《說文解字》，頁129。

〔註133〕魯實先，《轉注釋義》（臺北：洙泗出版社，1991年12月），頁73。

〔註134〕魯實先，《轉注釋義》曰：「所謂存初義者，乃以初文借爲它義，或引申與比擬而爲它名，因續造新字，俾與初義相符。」同上註，頁2。

用角卩，使小邦者用虎卩，土邦者用人卩，澤邦者用龍卩，門關者用符卩，貨賄用璽卩，道路用旌卩，象相合之形。」樹達按許君説卩象相合之形，説殊不類，非其義也。卩部云：「卻，脛頭卩也，從卩，桼聲。」愚謂卩乃卻之初文，卩字上象卻蓋，下象人脛，象形字也。卩、桼古音同在屑部，聲亦相近，卻字乃象形加聲旁字耳。卩部又云：「卷，卻曲也，從卩，釆聲。」凡釆聲者皆含曲義，字從卩、從釆而訓爲卻曲，此制字時卩即卻字之明證也。〔註135〕

案：楊氏以「卩」爲「卻」之初文，所據者乃篆文作「𩒻」之形而來，楊氏或以人跪坐則卻控於地，而人跪坐則膝蓋彎曲，正與篆文「𩒻」彎曲形所象，故言「上象卻蓋，下象人脛」，楊氏此論與段玉裁觀點類似，《説文解字注》「居」字下段玉裁云：

　　古人有坐、有跪、有蹲、有箕踞，跪與坐皆卻著於席，而跪聳其體，坐下其脽。〔註136〕

楊氏釋「卩」爲「卻」之初文，疑即由段説之延伸，然以「卩」爲「卻」之初文，實有未確，楊説非是。考「卩」於甲骨文作「𠂤」、「𠂤」等形，象人長跪之形，當爲「跽」之初文，近人屈萬里曰：

　　𠂤羅振玉釋人，非是。按：此與《説文》之卩字，形雖相似，義實懸殊。疑此乃跽之初文，隸定之當作卩；《説文》以爲「瑞信」者，蓋後起之義也。〔註137〕

屈説甚是，《説文》足部下「跽」字訓爲「長跽」〔註138〕，正與「卩」甲骨文作「𠂤」形所示相同，乃象人跪坐之形，非如楊氏所言專指人體部位之「卻」。龍宇純曰：

〔註135〕楊樹達，《積微居小學述林》，頁67。

〔註136〕〔漢〕許慎著、〔清〕段玉裁注，《説文解字注》，頁403。

〔註137〕屈萬里著，《小屯第二本・殷墟文字甲編考釋》，頁497。

〔註138〕《説文》足部「跽」下言「長跽」者，各本均作「長跪」，今引作「長跽」者，乃據段本《説文注》而來，段氏曰：「長跽，各本作長跪，今正。按係於拜曰跪，不係於拜曰跽。〈范睢傳〉四言秦王跽，而後乃云秦王再拜是也。長跽乃古語。」〔漢〕許慎著，〔清〕段玉裁注，《説文解字注》，頁81～82。

《說文》云：「卩，瑞信也。象相合之形。」是把卩自認爲後世節信的節。楊氏不從許說，是其高明之處。根據卻卷二字，便說卩是卻字的象形初文，其出發點便是接受了《說文》卩字的讀音，究竟「卩」是否果然爲一獨立字，基本上不能認爲無問題；卻蓋的膝可否用象形的方式來表現？如「卩」的形象是否能表現出來卻蓋？當然也都成問題。楊氏著眼於卻卷二字，以爲卩即是卻，似乎覺得理所當然。〔註139〕

是知楊氏以「卩」爲「卻」，實未細考文字字形演變，而逕以後起字反推文字，欲探文字語源。然其說與文字實際狀況不符，說不可信。

十三、釋甬

《積微居小學述林》:〈釋甬〉下，楊氏曰：

> 《說文》七篇上马部云：「甬，艸木華甬甬然也，从马，用聲。」樹達按马訓艸木之華未發圅然，許以甬从马，故以艸木華甬甬然爲說，乃傅合爲之，非正義也。尋金文〈毛公鼎〉、〈吳尊〉、〈師兌簋〉、〈彔伯威簋〉甬字皆作甬，文不從马，足知許說之非矣。愚謂甬象鐘形，乃鐘字之初文也。知者：甬字形上象鐘懸，下象鐘體，中橫畫象鐘帶，此字形可證者一也。《說文》十四篇上金部云：「鐘，樂鐘也，秋分之音，物種成，从金，童聲。」或作鋪，云：「鐘或从甬。」今推尋文字孳乳之次第，甬爲純象形文，初字也；於象形字加義旁金而爲鋪，後起之字也；最後字爲鐘，从金，童聲，則純形聲字矣。許以物種成說鐘字之源，乃附會之說，不足據也。……〈考工記〉云：「鳧氏爲鐘，兩欒謂之銑，銑間謂之于，于上謂之鼓，鼓上謂之鉦，鉦上謂之舞，舞上謂之甬，甬上謂之衡。」鄭《注》謂于、鼓、鉦、舞四者爲鐘體，甬、衡二者爲鐘柄。按甬本是鐘，乃後人用字變遷，縮小其義爲鐘柄，雖與始造字之義範圍廣狹不同，而事屬樂鐘，絕無疑義，決非如許君艸木華甬甬然之說。……鐘形狹而長，甬字象之，故凡甬聲之字，其物多具狹長之狀。……五篇上竹部云：

〔註139〕龍宇純，〈詩義三則〉，《絲竹軒詩說》，頁237。

「箳，斷竹也，从竹，甬聲。」十二篇上虫部云：「蛹，繭蟲也，从
虫，甬聲。」按箳與蛹不惟狹長，其形圓，尤與鐘形相似。〔註140〕

案：「甬」字金文作「𤽎」、「𤽎」、「𤽎」、「𤽎」等形，其字從用，而象器
物之形，爲象形字，字形上端部件並非從「弓」，《說文》據「弓」部「艸木之
華未發函然」之義說爲訓，以其爲形聲字，而言「艸木華甬甬然」者，乃因許
氏未審字形，故誤釋形義，楊氏於引文中已駁其說，《說文》所訓非是。然楊氏
以〈毛公鼎〉、〈吳尊〉、〈師兌簋〉、〈彔伯戎簋〉諸器銘文爲例，言「甬」之本
義爲「鐘」，而爲「鐘」之初文者，則爲楊樹達對文字之誤釋，未足可信。

何以知楊氏釋字有誤？考〈毛公鼎〉銘文曰：「易女秬鬯一卣……金車、緙
較、朱鬢㠯𩨘、虎幕熏裏、右軛、畫轉、畫輯、金甬、錯衡。」（《集成：2841》）；
〈彔伯戎簋〉銘文曰：「易女秬鬯一卣、金車、𨍭𢅁較、𨍭𩨘、朱虢斳、虎幕朱
裏、金甬、畫輯、金厄、畫轉、馬四匹、鎣勒。」（《集成》：4302）；〈師兌簋〉
銘文曰：「易女秬鬯一卣、金車、𨍭較、朱虢𩨘斳、虎幕熏裏、右軛、畫轉、畫
輯、金甬、馬四匹、鎣勒。」（《集成》：4318）；〈吳方彝〉〔註141〕銘文曰：「易
秬鬯一卣、玄衰衣、赤舄、金車、𨍭𩨘、朱虢斳、虎幕熏裏、𨍭較、畫轉、金
甬、馬四匹、鎣勒。」（《集成》：9898）四器銘文之中，賞賜物「金甬」前後之
物俱爲車器或馬匹，衡之事理，於眾多車器之中不當突以樂器夾雜其中，若「金
甬」爲樂器之屬，於銘文中不僅文義不協，亦不合於邏輯事理，是知楊氏據金
文以「甬」爲「鐘」之說猶有可商，非其本義。

前已提及，「甬」字所從之「用」，本義爲鐘，則「甬」於「用」字之上增
添「マ」形部件，以示鐘類樂器舞上之甬，可掛於虡上，此正《周禮・考工記・
鳧氏》所謂之「舞上謂之甬」即其本義，高鴻縉《字例》言：

　　按甬爲鐘柄，从卩象形，非文字，用聲。徐顥曰：「此當以鐘甬爲其

　　本意，〈考工記・鳧氏〉：『舞上謂之甬』，鄭云鐘柄是也。」〔註142〕

高氏所言無誤，「甬」之本義即〈考工記〉所言之鐘柄，非楊氏所謂「鐘」之
初文，若夫楊氏「甬本是鐘，乃後人用字變遷，縮小其義爲鐘柄」之言，乃

〔註140〕楊樹達，《積微居小學述林》，頁72～73。

〔註141〕此器當爲方彝，非尊。

〔註142〕高鴻縉，《中國字例・第五篇》（臺北：臺灣省立師範大學，1960年6月），頁161。

為比附其「甬」為「鐘」之說而發，如此結論過於空泛，且缺乏文獻根據，仍未能取信於人。以「甬」為鐘柄，則凡與其性質、構形相近之物亦可比擬曰「甬」，郭沫若云：「『金甬』即『金桶』，〈輿服志〉：『乘輿，龍首銜軛，左右吉陽筩。』又『凡輓車以上，軛皆有吉陽筩。』」〔註143〕考「筩」字，《說文》言：「斷竹也。」〔註144〕「筩」之本義為「斷竹」，則其形當為中空可套物之狀，據此形構，郭氏所謂「軛皆有吉陽筩」，當指車軛之軛套而言。郭氏之言可信，以「甬」為車軛之「軛套」，則知前述〈毛公鼎〉、〈吳方彝〉、〈師兌簋〉、〈彔伯𣪕簋〉諸器銘文賞賜物所言之「金甬」一物，所指應為古時車器中車軛兩端之首，即青銅製之軛套，以其套於車軛之上，又與鐘甬構形類似，故車軛之「軛套」亦名為「甬」，亦為車器之一種，此所以「金甬」一物於上舉諸器銘文中與車器、馬匹同時並列，其為車器，非為樂器甚明，此又「甬」字本義不為「鐘」之另一例證。又楊樹達所舉甬聲「筩」、「蛹」諸字，言「鐘形狹而長，甬字象之，故凡甬聲之字，其物多具狹長之狀」，知者，銅器之鐘形渾圓，形狀並非如楊氏所言「狹而長」之形，則「筩」、「蛹」二字亦非由鐘形而來甚明。前已提及，以「筩」之本義為「斷竹」，即為竹管，竹管中空、長圓，故其字亦由「甬」之鐘柄義比擬構字；蟲類所結之「蛹」亦長而中空，且多懸於樹木枝葉之間，與鐘柄懸於虡上之形亦相似，是「蛹」亦由鐘柄之義比擬而來，並非因其「狹而長」而得義，此又可證楊氏「甬」之為「鐘」之說不可信之一例。由此可知，「甬」字之本義仍當依《周禮‧考工記》所言之鐘柄為正，非楊氏所謂「鐘」之初文，楊氏釋「甬」析形錯誤，所論非是。

十四、釋革

《積微居小學述林》：〈釋革〉下，楊樹達云：

> 《說文》三篇下革部云：「獸皮治去其毛曰革。革，更也，象古文革之形。」或作𠦶，云：「古文革从三十，三十年為一世而道更也。白聲。」樹達按許君說古文革从三十，定為形聲字，殊為牽強。尋四篇上羽部云：「𦐫，翅也，从羽，革聲。」愚以革古文審之，上

〔註143〕郭沫若，《兩周金文辭大系考釋》，頁64。
〔註144〕〔漢〕許慎著，《說文解字》，頁196。

象鳥口，與燕字同，⊥象鳥身及尾，兩旁爲鳥翅，蓋翄之初字也。

字義爲鳥翅，字若偏舉鳥翅，則形義不顯，故於翅之外並舉口與身

尾，猶噬古文作🐦，兼舉口及頸脈。篆文眉作🐦，兼舉額理及目也。

小篆變易古文，象形之故不可得見矣。革爲初文，翄加義旁羽耳。

許君不知其爲一字而分列之，殆失之矣。〔註145〕

案：由字形觀察，「革」字象獸皮開展之貌，而由《說文》訓爲：「獸皮治去

其毛曰革」一語可知，獸皮有毛者謂「皮」，去其毛者曰「革」，此即「革」

字之本義。由字形觀之，「革」字於金文作「🐦」、「🐦」，帛書作「🐦」等形，

均象獸皮開展之形，魯實先《假借遡原》曰：「革與古文之🐦，并像張革待乾

之形，而《說文》釋爲從卅臼聲。」〔註146〕高鴻縉亦云：「革，獸皮。治去其

毛者也。字倚🐦（兩手，所以治去毛也）。畫獸（🐦象獸頭及身）皮形。革由

物形🐦生意，故爲去毛之皮。」〔註147〕是知「革」之本義即爲「獸皮」，如《詩・

羔羊》所言：「羔羊之革」〔註148〕；《周禮・掌皮》所謂：「掌秋斂皮，冬斂

革。」〔註149〕而《說文》誤解形義，故言：「革，更也，象古文革之形」，又

依古文「🐦」字而有「古文革從三十，三十年爲一世而道更也。臼聲」之訓，

不僅將象形誤爲形聲，復以陰陽災異之說參於訓解之中〔註150〕，致使「革」

字本義隱沒不見，說不可從。楊氏雖已評許氏訓解牽強，但語焉不詳，故特

此論之。

　　又楊氏以「革」之古文作「🐦」，而言其爲鳥之象形，本義爲「翄」者，

亦屬主觀臆測，說不可信。前已論及，「革」之本義爲獸皮，由金文、簡帛之字

形觀之，其字形乃象「張革待乾之形」，古文從臼作「🐦」，所從之「🐦」形僅

〔註145〕楊樹達，《積微居小學述林》，頁 75。

〔註146〕魯實先，《假借遡原》，頁 251。

〔註147〕高鴻縉，《中國字例・第二篇》，頁 228。

〔註148〕〔漢〕毛亨傳、〔漢〕鄭玄箋、〔唐〕孔穎達疏，《毛詩正義》（北京：北京大學出
　　　　版社，1999 年 12 月《十三經注疏》本），頁 85。

〔註149〕〔漢〕鄭玄注、〔唐〕賈公彥疏，《周禮注疏》，頁 177。

〔註150〕筆者案：許氏所謂「三十年爲一世而道更也」，可能是由《史記・天官書》所言之
　　　　「天運三十歲一小變」之說而來，此乃漢代盛行之陰陽災異之說，本屬穿鑿附會，
　　　　荒誕無稽之論，用以說解文字本義，自不足信。

是無獨立音、義之部件，用以表示獸皮之開展之形，非楊氏所謂「兩旁象鳥翅」之謂。楊氏先掌握「靭」字之義，繼而欲以其義牽合《說文》所錄「革」之古文，而言「革」之本義爲「靭」，不僅有主觀臆測，望文生義之弊，且於釋字過程上本末倒置，忽視字形條件。「革」之本義與「靭」無涉，楊說牽強，無法探信。

十五、釋冂

《積微居小學述林》〈釋冂〉下，楊樹達云：

《說文》五篇下冂部下云：「冂，邑外謂之郊，郊外謂之野，野外謂之林，林外謂之冂，象遠界也。」或作同，又或作坰。愚謂同從囗，坰從土，與郊坰之義相會，是也。至謂冂象遠界，謂與同、坰爲一字，則殊不然。尋十二篇上戶部云：「扃，外閉之關也，從戶，冏聲。」愚謂冂乃扃之初文也。知者：冂左右二畫象門左右柱，橫畫象門扃之形，此以字形證之者一也。七篇上鼎部云：「鼏，以木橫貫鼎耳而舉之，從鼎，冂聲。」按戶扃之形橫，故橫貫鼎耳之鼏於冂受其聲義，若冂爲林外遠界，鼏字何所取義乎？此以從冂得聲之字證之者二也。冂部云：「央，中也，從大在冂之內，大，人也。」按人依扃而立，頭在冂兩端之正中，故央有中義。若冂爲遠界，則央從冂之義不明矣。七篇下巾部云：「帚，糞也，從又持巾掃冂內。」案持巾掃冂，謂以巾拂拭關扃也。若冂爲遠界，掃者何由以巾掃之乎？十篇下焱部云：「熒，屋下燈燭之光也，從焱冂。」按燈燭之光在屋下，故從冂，若冂爲遠界，於義又無所取矣。此以從冂爲義諸字證之，知其不然者三也。蓋冂爲象形字，扃則形聲字也，同從冂聲，扃復從冏聲，冂孳乳爲扃，與臾孳乳爲蕢，凵孳乳爲筐同例，許君不明此，謂與同、坰爲一字，誤矣。〔註151〕

案：「冂」，《說文》所錄之古文作「同」，與金文作「同」、「同」、「同」者相同，諸字形均爲從囗，冂聲之字，而以國界爲義，則「冂」當爲「同」之初

〔註151〕楊樹達，《積微居小學述林》，頁76～77。

文。因「冂」字形與訓「頭衣」之「冃」字形相近易混〔註152〕，故後又於字形下方加一橫畫作「囗」，象城邑之貌，以示其遠界之義，故「同」字從囗，則「冂」、「囗」實爲一字之異構，繁簡有別而已。蔡信發《說文部首類釋》便言：

> 該字本義爲「國界」，由獨體象形之「囗」省去一邊而成，屬省體象形；唯近世學者大都解該字爲獨體指事。古文作同，從囗冂聲，是冂的後起形聲字，非眞古文。或體作坰，從土同聲，是同的後起形聲字。〔註153〕

蔡說是也，以「冂」之本義爲國界，「囗」象城邑，則城邑居於國界之中則爲「同」，凡一國蓋以土地爲疆界，故後起之字復又加「土」形以見其義，足知《說文》訓「冂」爲「遠界」者確爲文字本義，當無可疑。然世有不以爲然者，林義光《文源》以「冂」爲「扃」之初文，其言曰：

> 《說文》云：「同，古文冂，從囗，象國邑。」按古文作冋。從廿不從囗。當即扃鐍之扃之本字。象物上覆蓋之形。廿，物也。〔註154〕

案林義光未知「冂」與「冃」爲不同二字，以「冂」訓覆，故有「象物上覆蓋之形」之言，而以「扃」訓其本義，實誤解文字構形與製字之義，苟如其說以「扃」爲本義，則其餘從「同」之字，如「坰」、「迥」、「駧」字便無從取義，不得其解，林氏此論迂曲牽強，說不可信。楊樹達承林義光之說，亦以「扃」爲「冂」之本義，言「冂」字「象門扃之形」，並舉「鼏」、「央」、「帚」、「熒」諸字欲駁《說文》，言之鑿鑿，看似成理，然其理論乃根據林義光錯誤訓解而來，於所舉諸字形、義亦多有誤解，其說亦不可從，今即以楊氏所舉三處商榷《說文》之論，分別言之：

楊氏承林義光之說，析形謂「冂」字「左右二畫象門左右柱，橫畫象門扃之形」，故言其以「扃」爲本義。然「冂」之構形乃由「遠界」之義構字，因國

〔註152〕筆者案：《說文》「冂」訓爲「覆」，與訓「重覆」之「冃」、訓「小兒與蠻夷頭衣」之「冃」爲一字之異體，即「帽」之初文，引申而有覆蓋之義。

〔註153〕蔡信發，《說文部首釋類》（臺北：臺灣學生書局，2002年10月），頁145。

〔註154〕林義光，《文源》（臺北：新文豐出版股份有限公司，2006年7月《石刻史料新編第四輯》本），頁563。

有定界，故以左右界畫與上一橫畫爲形，以示畫內爲其疆土之義；蔡信發《說文部首釋類》引其師魯實先之說法云：

> 國之遠界，沒有都邑城郭，且國界沒有定形，也就很難象形或指事構字，因此就省囗爲冂，以示遠界。〔註155〕

魯氏之論甚是。「冂」之構字乃由遠界之義而來，其後起形聲字爲「冋」，故從「冋」聲之字亦多有「遠」義；「扃」，《說文》訓爲「外閉之關也」，即今所謂之門閂，其物應遠於生活起居之所，故其字從「冋」，乃承其遠界之義而來，非「冂」之爲「扃」之初文者，是知林氏、楊氏之論與構字之義不符，說不可信。又楊氏所謂「左右二畫象門左右柱，橫畫象門扃之形」，實爲望文生義，主觀臆度之說，若從其說，豈文字有左右二豎與上一橫畫者俱象門扃之形乎？此楊氏釋字不可信之證者一也。

又楊氏所舉之「鼏」字，依《說文》所訓「以木橫貫鼎耳而舉之」爲據，故言「若冂爲林外遠界，鼏字何所取義乎？」案「鼏」字《說文》所收有二，一訓爲「以木橫貫鼎耳而舉之」；一訓爲「鼎覆也。」〔註156〕筆者以爲此二字實爲一字，當以「覆鼎」爲義，其字所從之「冖」實爲「冃」字，以取其「覆鼎」之義〔註157〕，「冂」、「冃」字形相近易混，故許氏不察，將其誤分爲二字，故同爲一字之「鼏」有「以木橫貫鼎耳而舉之」、「鼎覆也」二種訓解。而有「鼏」之字形分析，可知「鼏」之所從之「冂」形與義爲「國界」之「冂」本就風馬牛不相及，楊氏以此爲例，焉能取信於人？此楊氏釋字不可信之證者二也。

楊氏復舉《說文》「冂」部下所收「央」字，以《說文》「央，中也，從大在冂之內」之訓爲本，故言：「人依扃而立，頭在冂兩端之正中，故央有中義。若冂爲遠界，則央從冂之義不明矣。」考「央」字甲骨文作「𡆥」，字形從大從凵，象人戴枷之形，爲「殃」之本字〔註158〕。「央」至金文字形作「𡴭」，

〔註155〕蔡信發，《說文部首釋類》，頁145。

〔註156〕〔漢〕許慎，《說文解字》，頁322。

〔註157〕筆者案，《說文》五篇下另有「冟」字，金文作「𣄰」、「𣄰」等形，與「鼏」字構字同意，是知「鼏」當以「覆鼎」爲其本義。所從「冂」之形當爲「冃」，與「冋」無涉。

〔註158〕徐中舒，《甲骨文字典》，頁595。

凵形譌變似冂，至小篆則字形再變而作「帚」，而許氏未覺篆文字形已然譌變，故將其字置於「冂」部之下。由是觀之，《說文》釋「央」於形有所誤解，於義則又以引申爲其本義，則知「央」之與「冂」義無涉，楊氏援引「央」字爲例，仍無法爲其立論提供更多佐證。

又「帚」之一字，楊氏亦欲由《說文》「从又持巾掃冂內」之語以證「冂」無遠界之義。「帚」字甲文作「帚」、金文作「帚」，商承祚曰：

> 金文作帚。《說文》帚：「糞也，從又持巾掃冂內。」此從帚，象埽竹。人象柄末之鐏，所以卓立地上者。冂乃置帚之架，象埽畢到植於架上之形。小篆以帚形誤又，鐏形誤巾，架形誤冂內，失之彌遠矣。〔註159〕

商說是也，《說文》「从又持巾掃冂內」之義不可通，而由「帚」之甲文、金文字形觀之，其字上象帚鬚，下爲帚柄之狀，而所作冂形，即爲置帚之架，是知「帚」字義與「冂」義無涉，楊氏以其爲例，自是無法取信於人，說不可信，楊氏於此例尚舉「熒」字爲證，並言：「按燈燭之光在屋下，故從冂，若冂爲遠界，於義又無所取矣。」楊氏蓋依《說文》以「熒」之所從之「冖」爲屋形，而「燈燭之光在屋下」則又從《說文》之曲說而來。「熒」由字形觀之，乃從焱冂聲，而亦承「冂」遠界之義而來；《楚辭·九思》：「鬼火之熒熒」，王《注》云：「熒熒，小火也。」〔註160〕此正言「熒」之本義，凡目視遠物，覩之必小，故訓「小火」之「熒」從「冂」，亦取其遠界之義耳。許氏未察「熒」之所從之「冂」爲遠界之義，而誤以「冂」爲形近之「冖」，以覆義言之，故言「屋下燈燭之光」，實悖於文字形義之誤說。苟如楊氏「燈燭之光在屋下」之論，「冂」爲屋形，則「熒」字「冂」上二「火」之字形將何所取義？依楊氏所言，「燈燭之光在屋下」，則以燈火之光僅限於屋內，自然無見其光於屋上；而觀「熒」之字形，字形上部從二「火」，此便與楊氏所謂「燈燭之光在屋下」之說相互矛盾，以此解字，其說語文字形體不符，實難取信於人。故以形、義觀之，「熒」字所從之「冂」仍當以遠界之義爲訓，楊氏依從《說文》誤訓之結論，實不足信。楊氏欲證「冂」非爲遠界，所舉之「央」、「帚」、「熒」

〔註159〕商承祚，《甲骨文字研究》，頁151。

〔註160〕〔宋〕洪興祖撰，《楚辭補注》（臺北：藝文印書館，1981年3月），頁538。

諸字，均對形義有所誤解，具非信實之例，此又楊氏釋字不可信之證者三也。

由以上之論，吾人可知「冂」之一字，《說文》訓爲遠界，實無可疑之處。說字者若不能細考文字形義與先民構字要旨，便易陷於望文生義、主觀臆測之泥淖之中，釋字若此，其結論必有可商之處，備受檢視，學之者不可不戒矣。

十六、釋兄

《積微居小學述林》:〈釋兄〉下，楊氏曰：

> 《說文》八篇下兄部云:「兄，長也，从儿，从口。」按兄从儿口，殊無義理，徐鍇謂:「以口教其下，故从口」說殊牽強。段玉裁謂兄字當以滋益爲本義，兄弟之兄爲借義；王筠謂字本象人形，不从口；要皆以字形與字義不相脗合，故爾紛紛有言。余謂凡形義不能密合之字，形義二事必有一誤。若兄字者，字形不誤，許君未得字之初義，立訓誤也。余疑兄當爲祝之初文，祝乃後起之加旁字。《說文》一篇上示部云:「祝，祭主贊詞者，从示，从人口。一曰:从兑省。《易》曰:『兑爲口，爲巫。』」蓋祭主贊詞之祝，以口交於神明，故祝字初文之兄字从儿从口，此與人見用目，故見字从人目，企用止，故企字从人止，臥息用鼻，故眉字从尸自，文字構造之意相同。許君不知此，而以兄長之義說之，宜其齟齬不合矣。兄本尸祝之祝，其變爲兄弟之兄，今雖不能質言其故。竊疑尸祝本相連之事，古人祭祀以孫爲王父尸，則祝贊之職，宜亦不當外求。兄長於弟，差習語言，使之主司祝告，固其宜也。其後文治大進，宗子主祭，猶此意矣。兄任祝職，其始也，兄、祝混用不分，後乃截然爲二，以兄弟之義作儿口之形，字遂不可說。〔註161〕

案:「兄」於甲骨文作「」、「」等形，金文作「」、「」等形，與甲文同，字併從人、口會意，構字之義尚不確知，文獻多用爲兄長之「兄」爲其本義；季旭昇《說文新證》言：

〔註161〕楊樹達，《積微居小學述林》，頁82～83。

本義：兄長。《詩・邶風・柏舟》：「我心匪鑒，不可以茹，亦有兄

弟，不可以據，薄言往愬，逢彼之怒。」〔註162〕

季說甚允。「兄」即《爾雅・釋親》所言：「男子先生爲兄，後生爲弟」之「兄」，以「兄長」爲其本義。〔註163〕《說文》以引申爲本義，又以「長」訓「兄」乃爲音訓，未合文字創製要恉，不若《爾雅》訓解直接。「兄」之本義爲兄長，經傳或借爲副詞使用，如《詩・大雅・桑柔》：「倉兄塡兮」、「亂兄斯削」〔註164〕；《墨子・非攻》：「棘生乎國道，王兄自縱也。」〔註165〕此皆以「兄」借爲語詞之例，而徐鍇《說文繫傳》、段玉裁未知「兄」假爲語詞，故以假借義釋本義，其說非是。以「兄」借爲語詞，古文或加聲符作「兄」、「兄」等形，以別其假借義〔註166〕，如青銅器〈沇兒鐘〉：「以樂嘉賓，及我父兄、庶士。」（《集成》203）、〈子璋鐘〉：「用樂父兄、諸士。」（《集成》113）諸器之「兄」均作「兄」，是皆因「兄」假借爲語詞，故另造新字以別其假借義也。

又楊氏以「兄」爲「祝」之初文者，亦非。考「祝」於卜辭作「兄」、「祝」等形，金文作「祝」、「祝」等形，象人跪於示前有所祝禱之形，故其字從「示」、「兄」會意。《周禮・大祝》：「大祝掌六祝之辭，以事鬼神示，祈福祥，求永貞。」〔註167〕以「祝」掌祭祀之辭，故有發言祝禱之職，故其字從「兄」會意。然「祝」雖從「兄」，但「兄」、「祝」二字迥然有別，不可混用，姚孝遂便言：「兄字作兄，邑字作邑，祝字作兄、兄、兄、祝，皆有別，不得相混。唯《後》上七・一〇兄辛之合文作兄，是爲例外，乃誤刻。」〔註168〕姚說甚允，徵之卜辭文例，「兄」與「祝」各自有其用義〔註169〕，除上述姚說所舉

〔註162〕季旭昇，《說文新證》，頁52。

〔註163〕〔晉〕郭璞注、〔宋〕邢昺疏，《爾雅注疏》，頁117。

〔註164〕〔漢〕毛亨傳、〔漢〕鄭玄箋、〔唐〕孔穎達疏，《毛詩正義》，頁1177、1180。

〔註165〕王煥鑣，《墨子校釋》（杭州：浙江文藝出版社，1984年11月），頁156。

〔註166〕魯實先《轉注釋義》言：「兄借爲茲益，故孳乳爲兄。」魯實先，《轉注釋義》（臺北：洙泗出版社，1992年12月），頁7。

〔註167〕〔漢〕鄭玄注、〔唐〕賈公彥疏，《周禮注疏》，頁658。

〔註168〕于省吾主編、姚孝遂按語編撰，《甲骨文字詁林》（北京：中華書局，1999年12月），頁86。

〔註169〕筆者案：「兄」、「祝」二字甲骨文例分別甚顯，其文例與用法前論楊樹達甲骨文學說時已有詳細舉例，因此章乃針對楊氏釋字部分辨析，甲骨文辭例部分，此處便

一例「兄」字之誤刻以外，「兄」、「祝」二字於卜辭中毫無相關之處，徐中舒亦言：

> 或以𠒂、𠫵同，實非一字。𠫵於卜辭用爲祝，𠒂用爲兄長字，用法劃
> 然有別，毫不混淆。〔註170〕

　　由徐說可見「兄」、「祝」於卜辭用法迥異，則可知楊氏「兄當爲祝之初文，祝乃後起之加旁字」之說與客觀條件不符，其說可商，不足爲信。「兄」、「祝」兩字判然有別，故於二字之間實難尋求其關連性，故於「兄」、「祝」之別，楊氏便有「不能質言其故」之難，是知楊氏亦知二字難以繫連，故疑之未能有定。然楊氏雖疑不能決，卻未存疑，仍強爲之解，而有「兄任祝職，其始也，兄、祝混用不分，後乃截然爲二」之論，此實出於楊氏主觀臆測，忽略文字實際使用情況，失之輕率、武斷，其說非是。

十七、釋步、𣥂

　　《積微居小學述林》：〈釋步、**𣥂**〉下，楊氏曰：

> 𣥂部云：「𣥂，足剌𣥂也。从止、屮，讀若撥。」按𣥂象左右二足分張之形，許君但云从止、屮，亦非也。今長沙謂左右兩足分張爲𣥂開，讀𣥂爲平音，與字形字義皆相合。足部又云：「跋，步行獵跋也，从足，貝聲。」此與𣥂爲一字。異者，𣥂爲象形字，跋爲形聲字耳。余謂象形、指事、會意三書字多變爲形聲，此一事也。解云步行獵跋，獵跋即剌𣥂也。剌𣥂或作剌犮。十篇上犬部云：「犮，走犬貌，从犬而丿之，曳其足則剌犮也。」按人兩足分張而行爲剌𣥂，犬曳足而行爲剌犮，皆言其行不正也。〔註171〕

案：楊氏於釋「**𣥂**」前釋「步」云：「止、屮皆象足趾，左右異向者，一象左足，一象右足也。步字止在上，屮在下，象左右二足前後相承之形，許君云从止屮相背，非也。」〔註172〕楊氏釋「步」所言不誤，「步」字乃從二止，象人

　　　暫不引述。

〔註170〕徐中舒主編，《甲骨文字典》，頁966。

〔註171〕楊樹達，《積微居小學述林》，頁131～132。

〔註172〕同上註。

移止前行之形，《說文》訓爲「从上屮相背」乃誤釋字形，楊氏駁之甚允。然楊氏於「步」後再釋「屮」字，則猶有未確，要其曲解字形，有牽強附會之失，說不可從。

考「止」於甲骨文作「屮」、「屮」等形，金文作「止」、「屮」等形，上古文字字形未定，正書反書無別，作「屮」、「屮」爲「止」，作「屮」、「屮」亦爲「止」，《說文》未知此理，而誤分爲「止」、「屮」二字，其說非是。吾人既知「止」、「屮」俱爲「止」字，則「屮」合二「止」會意，則當象人之左右二足並列之形，非《說文》所謂「足剌屮」之謂也。季旭昇《說文新證》曰：

> 從小篆來看，「屮」字象左右顛倒的兩隻腳，即左腳在右邊、右腳在左邊，所以《說文》要解釋爲「足剌屮也」，但人類事實上是沒有這樣的腳，在甲骨、金文中見到所從的「屮」形，兩腳或相向，或相背，並沒有不同，這個字所要表現的應該只是並列的兩隻腳。〔註173〕

季旭昇析形甚是，「止」字正書反書無別，非象足之「止」因左右異向而有二名，是知「屮」從二「止」會意，其義與「步」相同，「步」爲前後移足，「屮」爲象足並列之形而已；甲骨文從「止」之「正」作「正」，從二「止」之「圍」作「圍」〔註174〕；乘車之「登」亦以左右足爲象，均可爲證。《說文》未達古義，將「止」分爲「止」、「屮」二字，又將合二「止」會意之「步」、「屮」分訓爲「从止屮相背」、「足剌屮」者，實屬不必，苟如其說，則從二「止」會意諸字若「圍」、「登」、「步」者均無所取義，是知《說文》所訓，實難信從。

「止」、「屮」爲一字，併象「足」形，故《說文》訓「步」爲「从止屮相背」，楊氏非之，而言「止、屮皆象足趾，左右異向者，一象左足，一象右足也」，此並據此以駁《說文》誤訓。然「屮」下《說文》訓「足剌屮」，言不良於行者，楊氏卻從其「足剌屮」之義，並舉「跰」、「犮」二字以證「剌屮」之義，故言「人兩足分張而行爲剌屮，犬曳足而行爲剌犮，皆言其行不正也」，釋字前後矛盾，令人難以適從。按「跰」字《說文》訓「步行獵跋也」；「犮」訓「从犬而丿之曳其足則剌犮也」〔註175〕，二字雖均表「行不正」之義，且

〔註173〕季旭昇，《說文新證》，頁99。

〔註174〕此字《甲骨文字詁林》釋「征」，朱歧祥《殷墟甲骨文字通釋稿》則以此爲「圍」字。

〔註175〕〔漢〕許慎著，《說文解字》，頁83、480。

均與「址」有音韻相轉之關係〔註176〕，然「址」字前已證其爲雙足並列之形，無「剌址」之義，與「跟」、「友」所示之義無涉，楊氏以《說文》錯誤訓解欲附會後起之「跟」與訓犬行不良之「友」字，其說實屬牽強，不足取信。

由此字訓解條例，亦可見楊氏於「步」、「址」二字說解不一，前後矛盾。楊樹達訓「步」言「止、屮皆象足趾，左右異向者，一象左足，一象右足也」顯見楊氏已知「止」之正反書無別；然訓「址」則又言「人兩足分張而行爲剌址」，亦即楊氏於此又採信《說文》「蹈也，从反止」〔註177〕之說。同一「止」字，楊氏於前後認定落差極大，實令人費解，「步」、「址」二字構字原理殊無相異，以楊氏之論，豈「止」字前後排列爲「足」，左右並列則不爲「足」乎？蓋楊氏釋字強調「義爲之主」〔註178〕，故其釋字往往以義爲原則，嘗言：「考釋文字，舍義以就形者，必多窒礙不通，而屈形以就義者，往往犁然有當。」〔註179〕然文字字形爲考字客觀要素，考釋文字捨形就義，便易流於主觀論斷，罔顧字形呈現之客觀現實，其結論自不可信，故于省吾有「望文生義、削足適履」之批評〔註180〕。于氏之言可謂中肯，以釋〈步、址〉一文觀之，楊氏訓解以義爲主導，卻罔顧文字構形現實，致使訓解雜亂，前後矛盾，釋字牽強若此，安可謂「犁然有當」乎？

經由以上對楊氏文字考釋商榷，可看出楊氏十分擅長以文字聲訓與傳世文獻比對之方法探詢文字語源。儘管楊氏考釋文字盡力滿足歐洲語源學 Etymology 之條件，然實際檢視楊氏考釋文字之法，仍以漢儒音訓爲主，大體仍未脫離《說文》之範圍與制約，而其所引爲準則之釋字理論亦不過對清儒聲訓理論之承繼與發揚。是知楊氏考釋文字盡力探求語源，但其失誤之處也往往在此；經由本節所舉字例之商榷，吾人可見楊氏時有過於強調因聲求義之法之弊，深信某聲必有某義之理，以致對字形演變有所忽略與判斷失誤；以傳世文

〔註176〕筆者案：「址」、「跟」古音同在幫母月部，「友」在並母月部，聲近韻同。

〔註177〕〔漢〕許慎著，《說文解字》，頁68。

〔註178〕楊氏曾謂：「夫文字之生也，有義而後有音，有音而後有形，三事遞衍，而義爲之主。」楊樹達，〈論小學書流別〉《積微居小學述林》，頁327。

〔註179〕楊樹達，《卜辭瑣記》，頁11。

〔註180〕于省吾，《甲骨文字釋林·序》，頁4。

獻之文例比附《說文》，時有穿鑿，使結論過於輕率；或於文字形、義過於信從《說文》，難逃《說文》制約，若《說文》有所疏漏，結論易流於主觀臆測，有所偏失。有關楊氏釋字時因時代或理論缺失所造成相關問題，將於下節進行討論。

第三節　楊樹達文字考釋專論理論侷限與不足

　　經由上文對楊氏所釋諸字之考證與檢驗，可發現楊氏考釋文字採用之方式，仍以漢儒音訓爲主，大體也未脫《說文》之範圍與制約；而其所謂「同源」一說，亦不過於傳統聲訓有所承繼與延續，此與西方語言學中所謂的 Etymology 一詞之定義仍有所差距，此或楊氏受其身處時代與知識侷限所致，或出於楊氏本身對文字理解之誤，故使釋字有所失誤，失其正詁。綜而論之，楊氏以此作爲一個學術理論，欲左右逢源，盡釋文字，其結論是必須受到檢驗與評議的。本節擬論楊氏釋字所受之侷限與缺失，由其對《說文》之態度出發，繼而論及楊氏釋字以義爲先之觀念，以及其「形聲字聲中有義」、「造字時有通借」、「字義同緣於語源同」諸說，分別舉例加以討論，以見楊氏於文字學理論之侷限與缺失，分述如下：

一、宗守《說文》，受其制約

　　許愼《說文解字》一書爲中國系統文字學專著之濫觴，於文字之形、音、義各方面均有難以抹滅之成就與貢獻，故歷來研究文字、訓詁者，無不奉爲經典。清代考據學大盛，清儒更將《說文》奉爲圭臬，考釋文字言必稱是，清儒對《說文》之推崇，可見一斑。然而，儘管《說文》於文字訓詁之研究影響甚鉅，拘於時代侷限，《說文》所訓文字之形、音、義仍存有相當程度之疏漏與謬誤，而清儒多墨守，訓解文字信從無疑，故難避免《說文》對其學說造成之制約與謬誤，影響結論之正確、客觀，對文字訓詁之發展，實爲一大阻礙。

　　楊氏之文字考釋，於《說文》多所運用，對《說文》亦極其推崇，〈形聲字聲中有義略證〉嘗謂：「吾國字書，莫精於許氏《說文解字》。」又言「蓋許書實爲今日根究古義唯一之寶書。」〔註181〕由此看來，儘管楊氏自言「前人只作

〔註181〕見楊樹達〈形聲字聲中有義略證〉一文。楊樹達，《積微居小學金石論叢》，頁60、

證明《說文》的工作，如段玉裁、桂馥皆是，我卻三十年來一直作批判接受的工作」〔註182〕，但楊氏對許書仍十分看重，極力推崇，致使楊氏雖盡力避免重蹈清儒受《說文》束縛之覆轍〔註183〕，然過於重視小篆形、義之結果，仍使楊氏訓解文字對《說文》過於依賴，難以避免受其制約。今人龍宇純嘗謂楊氏「迷信小篆即原始之形，而許君之說即本初之義」〔註184〕，即指出楊氏訓解文字宗守《說文》之盲點，其說甚允。以下即舉出楊氏訓解文字受《說文》制約之例若干，分形、義二點加以說明：

（一）釋形之誤

《說文》為我國首部有系統討論文字之專書，歷來考釋文字本形本義者無不奉為圭臬，對其所錄之字形、字義深信不疑。然《說文》一書所載之篆文，僅為我國古文字發展最後階段字形，逮近世甲骨、金文大出，於篆文字形之變異、譌誤多有糾正，則《說文》所錄字形之不可盡信，方為人所周知。楊氏考釋文字對於說文多所運用，儘管其自詡「甲文、金文大出，我盡量地利用它們」〔註185〕，然細檢楊氏釋字過程，可發現楊氏或因對《說文》研究深入之故，對其所錄字形過於信從，故而無形之中受《說文》所制約，影響考釋文字之正確、客觀。如「若」字，《說文》訓為「擇菜也。从艸右，右，手也。」〔註186〕然其字甲骨文作「𦥯」，金文作「𦥶」，象人跪坐梳髮之形，至東周字形部件譌變為似「屮」、「艸」之形，至篆文作「𦥑」，梳髮之形已不復見，故《說文》以「艸」、「右」析形，實乃誤釋。經由甲骨文、金文檢驗，近世學人即知《說文》「若」字析形有誤，對「若」字說解多有修正〔註187〕，然楊氏〈造字時有通借證〉卻言：

> 一篇下艸部云：「若，擇菜也，从艸右。右，手也。」按右為手口

63。

〔註182〕楊樹達，《積微居小學術林・自序》，頁2。

〔註183〕楊氏自言：「前人所受的桎梏，我努力掙扎擺脫他，務求不受他的束縛。」同上註。

〔註184〕龍宇純，〈造字時有通借論辨惑〉，《絲竹軒小學論集》，頁1。

〔註185〕楊樹達，《積微居小學述林・自序》，頁2。

〔註186〕〔漢〕許慎著《說文解字》，頁44。

〔註187〕筆者案：甲骨、金文大出之後，與楊樹達約莫同時期之文字學家，於「若」之說解多有修正，見羅振玉《殷墟書契考釋》、葉玉森《說契》、孫海波《甲骨文編》。

相助，不得訓手，而許云右手者，字借右爲又也。〔註188〕

以「右」爲「又」之假借，乃由「若」字從「右」爲基礎之延伸，可見楊氏對「若」字之構形，仍從《說文》訓解。然而，既然「若」字《說文》析形有誤，則楊氏之論由其錯誤析形開展而來，自然有所誤差，無法取信於人。

楊氏訓解文字時此類情形甚多，此類訓解楊氏均由《說文》錯誤析形爲基準，或延伸闡釋許說，或連結文獻經典，申發議論，殊不知其所據之基礎論點已然謬誤，不論如何申附許說，創造新解，其實亦不過重蹈前人覆轍而已。更有甚者，楊氏釋字時不察所據之《說文》析形有誤，不僅闡釋許說，甚至爲其辯白，反以商榷許說諸家之說均爲妄言，斥爲可笑。如楊氏釋「走」從《說文》之論，以其字從「夭」，象人奔跑「屈身」之狀，其言曰：

> 按走從夭止會意，自來治《說文》者不能明言其義：故有謂從夭爲從大之誤者，顧藹吉、鈕樹玉、王筠、徐灝諸人是也；……字從夭者，《說文》云：「夭，屈也，從大，象形。」尋大象人形，則夭亦謂人，蓋謂屈身之人也。凡人疾走時，必少屈其身向前以取勢，絕無胸腰直挺者，此奔走二字從夭之說也。〔註189〕

案「走」甲文作「𧺆」，金文作「𡴂」、「𡴂」、「𡴂」諸形，由字形觀之，其字最初之形「𧺆」，或加止旁之「𡴂」，「𧺆」均象人奔跑開展、揮動雙臂之形，其部件亦象大形，不爲「夭」〔註190〕，可見《說文》所錄篆文作「𡴂」者已有譌變，則以「屈身」訓其部件爲「夭」，顯然爲《說文》誤釋字形，是以後起諸家多有所疑。楊氏未察此理，不僅依附、申明許說，復批評諸家學者疑議毫無是處，〈主名與官名的會意字〉一文論「走」時即謂：

> 我說「夭」字從「大」字變形來的，「大」字象人形，「夭」字指的

〔註188〕楊樹達，〈造字時有通借證〉，《積微居小學述林》，頁153。

〔註189〕楊樹達，《積微居小學述林》，頁129。

〔註190〕季旭昇《說文新證》曾指出：「甲骨文『夭』字，象人揮動兩手跑步之形。」又言：「考古所見文字材料，其上部所從『夭』形，沒有一個是傾頭的，《說文》小篆字形不可信。」季旭昇，《說文新證》，頁96。筆者案：季氏將「走」釋爲「夭」，不確，其字象人奔走之形，且頭無歪斜，當即釋爲走。姚孝遂言：「走當訓走，諸家釋夭皆非是。」于省吾主編、姚孝遂按語，《甲骨文字詁林》（北京：中華書局，1999年12月），頁318。

還是人，是說屈身的人。「走」字本是疾走的意思，今語說跑，試
看賽跑的人沒有一個不彎著身子向前的，決沒有一個挺直著身子跑
的〔註191〕。由這個字可以見到造字人體物之精。許慎的話一點是沒
有錯。只怪後人讀書總是和實際脫節，擺在眼面前的事物，不肯留
意考察，至於立說紛紛，毫無是處，殊覺可笑。〔註192〕

楊氏此言可見其對許書信從之態度，一旦《說文》釋形確立，即無可疑議，不
容置喙。然透過甲骨文、金文字形之觀察，吾人當知《說文》釋「走」從「夭」
之不確，而楊氏為申明許說而論跑者姿勢云云，便覺穿鑿附會，過於武斷；至
於直斥他人學說「毫無是處，殊覺可笑」，略嫌主觀，此雖可謂書生意氣，然終
究未妥，有失學者風範。

我國文字形義一體，若字形訓解錯誤，勢必影響對字義之判定，此為一
體兩面之事。楊氏考字有時亦因對《說文》所釋字形過於執著，從而影響對
字義之判斷，如釋「獄」字，楊氏因《說文》釋形所言「二犬，所以守也」
一說過於執著，認定「獄」字本義為「囹圄」，並以《說文》「言」從「辛」
聲之誤釋，故釋「獄」字所從之「言」為「辛」之假借，其後又因傳世文獻
與其釋義不相吻合，企圖自圓其說，反使說解混亂，不得其解〔註193〕。又如
釋「尚」時，以《說文》所釋從「向」聲為依據，然以古文字材料溯源，「尚」
字作「𠈌」、「𠈌」、「𠈌」等形，字不從「向」，《說文》所錄篆文之形作「尚」，
乃因「尚」至東周字形產生譌變所致，楊氏不察字形已有改變，以《說文》
釋形為據，其後所論皆為錯誤結論之引申，自不足信〔註194〕。又有時楊氏明
知《說文》釋形有誤，卻罔顧字形呈現之客觀現實，為比附字義而強加解釋，
造成訓解矛盾，使讀者有漫無體例之感，如釋「步」、「址」二字，楊氏已知

〔註191〕筆者案：楊氏此說亦值得商榷。以筆者自身經驗與觀察，跑步時人體確實會微微
前傾，但此動作與楊氏所謂彎腰「屈身」之動作仍有相當大的差距。事實上，除
短跑競賽起跑動作以外，吾人實在沒有看過跑者「屈身」跑步的現象。楊氏所述
與實際狀況不符，此說解乃為牽合《說文》「夭」字釋形而發，有牽強附會之失，
此於事實邏輯相違，降低訓詁考據之科學性。

〔註192〕楊樹達，《積微居小學述林‧主名與官名的會意字》，頁323～324。

〔註193〕詳見第二節「獄」字駁議。

〔註194〕詳見第二節「曾」字駁議。

古文字正、反書無別，是不論「止」、「屮」均爲「止」字，故訓「步」字正確無誤。然訓「屮」時楊氏反以《說文》「蹈也，从反止」爲據，將「止」、「屮」視爲不同二字，再逕以比附後起文字之義，前後說解雜亂無章，矛盾之大，不僅無助釋字，亦無從取信於人。〔註195〕

　　楊氏考字時對《說文》多所運用，對其所載篆文及其釋形多牢宗守不移。儘管楊氏雖已對甲骨、金文多所研究，仍對《說文》析形過於輕信，忽略字形演變脈絡；而經由楊氏考釋析形錯誤之例討論，吾人可見大凡楊氏釋形謬誤之處，往往亦是其墨守於《說文》誤訓之處，即便楊氏自況研究方法與前人研究大有不同，然其考釋文字之字形取材仍宗守《說文》形訓，此點與清儒面對《說文》之態度並無多大差別，故楊氏由此觀點所導出之結論，恐怕仍有待商榷。訓詁考字的工作無可避免需對《說文》之參照與運用，然使用《說文》必須體認其訓解不可盡信；如上述楊氏訓解上之問題可看出宗守《說文》所產生之侷限與錯誤，一旦析形產生謬誤，釋義之誤也就無從避免。

（二）釋義之誤

　　楊氏考釋文字於字義十分看重，儘管自言研究方法爲「承繼〈倉頡篇〉與《說文》形義密合的方法」〔註196〕，但實際考釋文字時卻以「義爲之主」，其〈論小學書流別〉一文即言：「夫文字之生也，有義而後有音，有音而後有形，三事遞衍，而義爲之主。」〔註197〕其後於《卜辭瑣記》又言：「考釋文字，舍義以就形者，必多窒礙不通，而屈形以就義者，往往犁然有當。」〔註198〕可見楊氏考釋文字對字義之看重，而與前論字形之情況相同，楊氏考釋文字所取之義，亦多由《說文》義訓而來，對《說文》釋義多深信不疑，從而產生許多訓解上之錯誤，如釋「｜」一字，《說文》釋其義爲：「引而上行讀若囟，引而下行讀若退。」〔註199〕同一字因書寫方向不同而有二種本義與讀音，顯然與文字承載語言之原則相違，《說文》對「｜」之釋義有誤，不足採信。然楊氏並未針

〔註195〕詳見第二節「步」字駁議。
〔註196〕楊樹達，《積微居小學述林・自序》，頁2。
〔註197〕楊樹達，〈論小學書流別〉，《積微居小學述林》，頁327。
〔註198〕楊樹達，《卜辭瑣記》，頁11。
〔註199〕〔漢〕許慎著，《說文解字》，頁20。

對《說文》釋「｜」有所質疑，反逕探其義，並以同具「上行」與「下行」之義者數字加以闡發，以佐證《說文》「｜」之釋義。然《說文》釋義明顯與事實不符，則楊氏根據錯誤結論所闡釋之結果，焉能取信於眾〔註200〕？

又如釋「臣」，《說文》釋「臣」爲「牽」，此乃出於音訓，非「臣」之本義。而楊氏釋「臣」採信其說，進而闡發許說，言：「臣之受義於牽者，蓋臣本俘虜之稱……蓋囚俘人數不一，引之者必以繩索牽之，名其事則曰牽，名其所牽之人則曰臣。」〔註201〕然「臣」之本義現今難以確知，《說文》未知其本義爲何，故以聲訓，以合於「象屈服之形」之義訓，亦甚穿鑿，楊氏承《說文》誤訓加以闡釋謂「臣」爲俘虜之義，則更使字義迂迴難明，莫知其詁。〔註202〕又如「賢」字，楊氏未察「賢」所從「臤」聲乃爲假借，而《說文》訓「臤」爲「堅」乃爲誤訓，反加以申論比附，而有「人堅則賢」之謬論。此種望文生義，過度主觀之詮釋，探究其故，恐怕仍是在於楊氏過於輕信《說文》釋義所致。

楊氏訓解文字，不僅每每以《說文》釋義爲據申明闡發，同時與前述面對字形之態度相同，楊氏於他人提出對《說文》釋義之質疑，同樣爲許氏辯護，斥爲妄言，如「攷」字所從「也」聲，《說文》訓「也」爲「女陰」，歷來學人質疑者甚多〔註203〕，而楊氏則爲《說文》提出辯駁，且斥疑者之論爲無稽：

> 也訓女陰，宋元以來學者疑之，蓋以其猥褻，此腐儒居墟不達之見
> 也。吾先民於男女之事，並不諱言。……近世章太炎著《文始》，

〔註200〕詳見第二節「｜」字駁議。

〔註201〕楊樹達，《積微居小學金石論叢》，頁77。

〔註202〕詳見第二節「臣」字駁議。

〔註203〕對《說文》：「也，女陰也。」一說，後世學人多有所疑，如，〔宋〕戴侗《六書故》：「也，沃盥器也，有流形注水，象形。」〔宋〕戴侗，《六書故》（北京：商務印書館，《文津閣四庫全書》本，2005年1月），頁809；（元）周伯琦《六書正譌》亦言：「《說文》以爲女陰，象形，甚謬。」（元）周伯琦，《六書正譌》（臺北：商務印書館，《四庫全書珍本六集》本，1976年），頁7。清代亦多有學者提出質疑，如〔清〕孔廣居《說文疑疑》：「周伯琦以爲古匜字，盥器也。《說文》女陰之說鄙謬之極。」〔清〕王玉樹《說文拈字》：「女陰，象形。此訓疑爲後人所加，必非許氏原本。」〔清〕吳善述《說文廣義校訂》：「許書訓爲女陰者，蓋也之篆文作也，乃從古文變曲，其上畫之兩端向下環抱，其篆形有如女人之陰，故時俗有此鄙俚之說，許君乃以之解字，則謬甚矣。」以上見《說文解字詁林》，頁273～279。

乃謂：「天本是顛，地本是也，人莫高於頂，莫下於陰，故以此題
號乾坤。」其說精鑿不磨，爲許君築一銅牆鐵壁之防線矣。……世
有淺人，不考古人思想變化之過程，不稽古人訓詁之現象，輒欲以
其膚淺之一知半解騰笑許說，適足見其不自量而已。〔註204〕

案「妧」字由「也」、「攴」構字，楊氏從《說文》訓「也」爲「女陰」，「攴」
訓「小擊」，認爲「凡從攴之字皆含用力動作之意」，故訓「妧」爲「當爲人於
女陰有所動作，蓋男子御女之義」，同時將過往於許書有所疑義者斥爲淺人妄
言。〔註205〕然以今日古文字材料觀之，「也」金文作「𤰞」、「𤰞」、「𤰞」、「𤰞」
等形，與「它」爲一字之分化〔註206〕；「它」甲骨文作「𤰞」，金文與「也」同
形，其字象蛇之形已爲今日學界共識〔註207〕，「妧」字或作「攺」，從「攴」象
以杖擊打之形，則「妧」當以持杖擊蛇爲本義〔註208〕，《說文》訓「敷」、楊氏
訓「男子御女」俱爲望文生義之訓，說不可從。楊氏由《說文》錯誤訓解爲據，
牽強附會的說解文字字義，其說自不可信，經由古文字材料檢視，此種錯誤顯
而易見；雖楊氏釋「也」從《說文》舊釋可能出於時代侷限，然其對《說文》
釋義深信不疑，於前人所疑之處未多留心便直斥淺薄，仍嫌失於輕率、武斷。
若楊氏後學嘗謂其於《說文》之態度爲「實事求是」者，實出於後學對楊氏之
頌揚，對楊氏引用《說文》之成果做出過高評價，稍嫌過譽，或可修正〔註209〕。

〔註204〕楊樹達，《積微居小學述林》，頁52～53。

〔註205〕同上註。

〔註206〕容庚曰：「它與也爲一字，形狀相似，誤析爲二，後人別構音讀。然從也之池、妧、
馳、阤、杝、施六字，仍讀它音，而沱字今經典皆作池可證。徐鉉曰：『沱沼之沱，
今別作池，非是。蓋不知也即它也。』《說文》：『也，女陰也。』望文生訓，形義
俱乖，昔人嘗疑之矣。」容庚，《金文編》（北京：中華書局，1985年7月），頁
876。

〔註207〕姚孝遂言：「契文『它』即象蛇之形。『它』與『虫』雖同源，但《說文》『虫』字
已別爲一義。」于省吾主編、姚孝遂按語，《甲骨文字詁林》，頁1784。季旭昇亦
指出：「象蛇形。與『也』爲同字，甲金文蛇身均爲複筆，戰國以後中獨長，與『也』
區別漸漸明顯。」季旭昇，《說文新證》，頁225。

〔註208〕張政烺曰：「它是象形字，本義是一種短蛇。……攺象一隻手拿著棍子打蛇。」張
政烺，〈釋它示——論卜辭沒有蠶神〉，《古文字研究》第一輯，頁63。

〔註209〕筆者案：楊氏後學許嘉璐嘗作〈蒼史功臣，叔重諍友——《說文》楊氏學述略〉

　　楊氏釋義因循《說文》闡釋字義，除據許書誤訓致使釋字錯誤，難求正詁以外，倘若後世學人不加明辨而接受楊氏錯誤解讀，再以錯誤結論再進行申論、詮釋，其結果不僅背離文字訓解所應呈現之原貌，更使文字訓詁愈發迂迴不明，影響十分重大。如前釋之「僞」字，楊氏從《說文》之訓將「爲」訓作「母猴也，其爲禽好爪」，而有「好爪者，言其喜動作屑屑，故引申爲作爲之爲，又引申爲詐僞之僞，又引申爲僞言之譌，皆受義於母猴之爲」之結論。然羅振玉以甲骨、金文「爲」字之形以證《說文》「母猴」之義乃爲誤訓，則可知楊氏從《說文》釋義訓「僞」字受義於「母猴」者，自與事實不符，難以成立〔註210〕。羅振玉以古文字證《說文》「爲」字釋義有誤已爲學界公論，楊氏之誤已然昭彰，然其後學弟子李維琦卻爲其辯駁，撰文曰：

> 「爲」字許慎釋爲母猴，近人多懷疑他未得正解。羅振玉據甲文字形解「爲」字，認爲是人以手牽象助勞，從此更無異詞。但遇夫先生以「字義同緣於語源同」說之，使我們不能不考慮許說或者不誤，也許手牽象之「爲」與母猴之「爲」各有來頭，而後牽合爲一。〔註211〕

以古文字材料觀之，「爲」之字形由甲骨至金文雖字形稍異，大體爪形與象形仍可辨識，雖至戰國字形產生譌變，至小篆字形已然與甲骨、金文大有不同，然由其爪形與下方象形變化觀察，仍有脈絡可循；李氏所謂「手牽象之『爲』與母猴之『爲』各有來頭，而後牽合爲一」乃爲不諳文字之謬論，而忽略客觀事實爲楊氏辯解，更有不辨麥菽之感，不僅扭曲事實，更使文字訓解迂迴不明，誤導後人，其影響甚鉅。

　　又如釋「詩」，楊氏以《說文》訓「詩，志也」爲據，逕以己意尋求文例

一文，文中提及：「遇夫先生對於《說文》之態度，可以以『實事求是』四字概括。」並舉楊氏「攽」字斥前人疑許書之非者爲例，以證楊氏「實事求是」之態度。筆者以爲楊氏雖偶對《說文》略有修正，然其釋字根本大抵不離許說，對《說文》釋形、釋義亦是亦步亦趨，許氏以楊氏後學爲文頌揚楊氏，自有其立場所在，然以「攽」之一字說解爲例，此說或與實際狀況不符，或可商榷。許嘉璐，〈蒼史功臣，叔重諍友──《說文》楊氏學述略〉，《楊樹達百周年紀念集》，頁66。

〔註210〕詳見第二節「僞」字駁議。

〔註211〕李維琦，〈字義同緣於語源同略說〉，《楊樹達百週年紀念集》，頁158。

加以比附，而得出「寺」爲「志」之假借，「詩」爲「誌」假借之錯誤結論，吾人已知其非，不可信從。而今人葉舒憲撰《詩經的文化闡釋》一書，於討論「詩言志」之部分即採楊氏釋「詩」之錯誤結論，以爲「言志」即「言寺」，繼而導出「寺人」爲掌祭禮主持之職，與儒家傳統士人、君子之文化意涵之結論。然而，楊氏釋「詩」之結論已爲謬誤，葉氏不加明辨，反以此爲據論說，其結果只是不斷使錯誤訓解擴大，實爲訓詁工作一大阻力，亦爲不得不指出之現象〔註212〕。

　　楊氏此種宗守《說文》之情形，其原因在於其對《說文》研究極爲深入，考釋文字時對其多所運用，於其所錄之本形、本義過度重視，故而在考釋文字時，無形中受到《說文》制約，並毫無所疑的將《說文》訓解視爲權威，地位不容撼動。然而經由古文字材料或文字考釋實際檢視，吾人可發現《說文》於文字訓詁雖有一定程度之影響，然其侷限仍大，訓解文字不可字字皆據《說文》探求本義，仍應妥善運用，有所取捨，方能達到文字訓解之最佳效果。此外，吾人同時可發現，雖然楊氏採取西方語源學之角度進行文字訓解，在訓詁的方法上獨樹一格，能夠獲得超越前人的成績，但由楊氏墨守《說文》之態度觀之，其在面對《說文》之思維、態度上與前清儒者並無二致，爲牽合《說文》本形、本義之訓解，往往使訓詁工作之可信度與功能性大打折扣，影響文字解讀，此則爲吾人在從事訓詁工作同時值得關注與深思之問題。

二、「形聲字聲中有義」之侷限

　　楊氏訓解文字之目的之一在求語源，故楊氏訓解文字賴以因聲求義之聲訓，故其考釋文字多以形聲字爲對象，而「形聲字聲中有義」則爲其理論依據。前已提及，「形聲字聲中有義」亦即以形聲字聲符必定兼義爲出發，繼而以形聲字聲符所兼之義以探求字義，爲聲訓方法之一。此法於晉代楊泉首發其端〔註213〕，北宋王聖美倡「右文說」已推其波，段玉裁「凡從某聲皆有某

〔註212〕詳見第二節「詩」字駁議。

〔註213〕劉師培曾謂：「字義起於字音，楊泉〈物理論〉述叙字已著其端。」劉師培，《左盦集・字義起於字音說》（南京：江蘇古籍出版社，1997年11月《劉申叔遺書》本），頁1239。

義」助其瀾，一時蔚爲大觀。楊氏主張「形聲字聲中有義」，注重形聲字聲符以探求字義，雖其觀點較前人先進，又因考據方法進步，文字材料較豐富等優勢，獲得超越前人之成就，然就其根底，所謂「形聲字聲中有義」，亦不過只是「右文說」與「凡從某聲皆有某義」的承繼與發揚而已。由形聲字聲符兼義之功能推求字義、探詢語源雖爲訓詁聲訓之妙法之一，但在訓詁實踐上仍舊有其侷限，近人章太炎便曾指出此法之侷限：

> 昔王子韶創作右文，以爲字從某聲便得某義，若句部有鉤、笱，臤部有緊、堅，丩部有糾、茻，辰部有脤、覝，及諸會意形聲相兼之字，信多合者。然一致相衡，即令形聲攝于會意。夫同音之字非止一二，取義于彼見形于此者，往往而有。若「農」聲之字，多訓厚大，然「農」無厚義；「支」聲之字多訓傾邪，然「支」無傾邪義。蓋同韻同紐者，別有所受，非可望形爲諆。況復旁轉、對轉，音理多涂；雙聲馳驟，其流無限；而欲于形內牽之，斯子韶之所以爲荊舒之徒，張有沾沾，猶能破其凝滯。今者小學大明，豈可隨流波蕩？
> 〔註214〕

章說頗是，以形聲字聲符因聲求義，探求語源固然有助文字釋義，從而解決吾人訓解文字疑難之處，然仍不可漫無體例的以爲凡形聲字聲符必定兼義，如此便易有望文生義、以偏概全之失。楊氏「形聲字聲中有義」之主張，便存在此種過於絕對之缺憾。如〈釋賢〉一文，楊氏以「賢」從「臤」聲，「臤」聲必定兼義，復以《說文》「臤，堅也」之訓爲據，而有「人堅則賢」之結論。然《說文》訓「臤」乃以聲訓，非言「臤」與「堅」同義，而「賢」之聲符「臤」則爲假借，聲符並不兼義，楊氏以「形聲字聲中有義」之理論強爲之解，故而做出錯誤訓解〔註215〕。

又如〈釋嗌〉，楊氏以「嗌」從口，益聲，後孳乳爲「搤」、「縊」二字，「搤」、「縊」所從「益」聲，則均爲「嗌」之假借。考「嗌」字金文作「𦥑」、「𦥑」、「𦥑」、「𦥑」等形，象人咽喉埋於頸脈中之形，依其字形觀之，其字當爲獨體指事字，《說文》所錄之篆文作「嗌」，已是後起孳乳之形聲字，非「嗌」字

〔註214〕章太炎，《文始‧敘例‧例庚》，頁4。
〔註215〕詳見第二節「賢」字駁議。

本初之形〔註216〕。魯實先《假借遡原》言：「凡此皆自象形、指事，或會意而衍爲形聲。所以然者，蓋以象形指事結體惟簡，附以聲文，俾之音讀。」〔註217〕是知「嗌」本爲指事，而後衍爲形聲爲《說文》所錄，乃爲後起識音之字，其聲符僅有標音作用，聲不兼義。「嗌」之聲符既不兼義，則知楊氏以「形聲字聲中有義」爲原則，以「嗌」從「益」聲，而言「搤」、「縊」二字所從「益」聲，均爲「嗌」之假借，其說並不正確，倘如其說，「搤」、「縊」所從「益」聲爲「嗌」之假借，則「嗌」字亦從「益」聲，則「嗌」之聲符又爲何字之假借？是知楊氏以「形聲字聲中有義」作爲一切形聲字字義判斷之標準，實過於輕率，其理論仍有待商榷。

　　形聲字聲符兼義雖爲形聲字之普遍現象，然隨著語言之演變，文字運用亦隨之改變，時而有形聲字聲符不兼義之情形，吾人探討形聲字字義，仍須注意形聲字聲符有不兼義之現象，以避免誤訓。楊氏「形聲字聲中有義」理論不健全之處即在於其認爲「凡從某聲皆有某義」，以此考釋文字，若某字之聲符無義可釋，楊氏便無法自圓其說，從而導致訓解上之謬誤。近人魯實先嘗指出形聲字在數種情形下聲符不當兼義，其言曰：

> 許氏未知形聲字必兼會意，因有亦聲之說。其意以爲凡形聲字聲文有義者，則置於會意而兼諧聲，是爲會意之變例。凡聲不兼義者，則爲形聲之正例。斯乃未能諦析形聲字聲不釋義之怡，是以於會意垠鄂不明，於假借之義，蓋幽隱爲悉也。蓋嘗遠覽遐軼，博稽隊緒，而後知形聲之字必以會意爲歸。其或非然，厥有四類。一曰狀聲之字聲不示義。……二曰識音之字聲不示義。……三曰方國之名聲不示義。……四曰假借之文聲不示義。〔註218〕

魯氏所言頗是。文字爲語言之載體，語言隨社會環境與時代演進更迭，則形聲字聲符兼義雖蔚爲大宗，然亦有因語言文字使用狀況改變而聲不兼義之現象。

〔註216〕季旭昇言：「从冉，以小圈指示咽喉部位，舊說以爲『上象口，下象頸脈理』，說不可從，金文口形從來沒有寫成這樣的。戰國以下指示符號類化爲『口』形，《說文》所錄古文就是承繼這個形體。……武威醫簡改爲形聲字，从口益聲，《說文》小篆承繼的正是這種形體。」季旭昇，《說文新證》上冊，頁84。

〔註217〕魯實先，《假借遡原》，頁42～43。

〔註218〕魯實先，《假借遡原》，頁36～65。

楊氏主張「形聲字聲中有義」雖比漢儒、清儒泛訓形聲字兼義之情形較爲進步，但顯然未對此種形聲字聲符不兼義之情況多加留意，故而考釋文字時仍以「形聲字聲中有義」爲判斷形聲字字義之標準，仍無法避免前人以偏概全之弊病，故其於形聲字之理論上並無顯著創獲。

三、「造字時有通借證」之缺失

由形聲字聲符理論延伸，楊氏於 1944 年發表〈造字時有通借證〉一文，開宗明義便言：

> 六書有假借，許君舉令、長二字爲例，此治小學者盡人所知也。然此類實是義訓之引申，非眞正之通叚，且以號令年長之義爲縣令、縣長，乃欲避造字之勞，以假借爲造字條例之一，又名實相舛矣。余研尋文字，加之剖析，知文字造作之始實有假借之條。模略區分，當爲音與義通借、形與義通借兩端。名曰通借者，欲以別六書之假借及經傳用字之通叚，使無相混爾。〔註219〕

所謂「造字假借」，即以某字創製時，依「本無其字，依聲託事」之法，假借與某字語音相關之形符或聲符以成字，即所謂造字時之假借。此法或出於早期文字數量不足，用以補救文字數量不足之憾；或用於避免字形相似、相近文字相互混淆，加以區別〔註220〕，是知造字時形符或聲符已然假借之現象確實存在，故楊氏主張「造字時有通借」，以文字創製之現象而言，基本上是正確無誤的。雖楊氏觀察文字之理而知「造字時有通借」之現象，但其在討論此現象時所掌握之原則有誤，於六書假借與用字通叚觀念混淆不清，連帶使其所舉之例亦多有所誤，終使其所主張的「造字時有通借」一說存在難以避免之謬誤。如〈造字時有通借證〉中所言之「壬」，楊氏以《說文》「从人、士。士，事也」〔註221〕

〔註219〕楊樹達，《積微居小學述林》，頁 152。

〔註220〕魯實先曰：「小臣曰官，小矛曰鋋，所從官、延二聲，并胃之借。以胃爲小蟲，故孳乳爲小流之涓，與小盆之銷。觀夫小臣之官亦即書傳所見之涓人與中涓，是知官所從官聲乃胃之假借，塙乎無疑。」魯實先，《假借遡原》，頁 84。筆者案：小矛刃部彎曲，若取「胃」義造字，則其字恐與小盆之「銷」字同形而無法區別，故造字時即假借與「胃」音近之「延」字作「鋋」，以爲區別。

〔註221〕〔漢〕許慎著，《說文解字》，頁 391。筆者案：此「壬」字爲八篇上之「壬」，段

之說爲據，繼而言「謂壬字从士，實假士爲事也。」〔註222〕考「壬」字甲骨文作「𡈼」，下方部件「○」爲土形，象人立於地上，李孝定《甲骨文字集釋》曰：「徐灝《說文段注箋》曰：『按一曰象物出地，則當从土，壬蓋古挺字。鼎臣云：「象人在土上，壬然而立」。是也。』此說極是。……許壬从士，土之誤也。」〔註223〕《說文》从「士」乃爲字形上之誤解，復以聲訓，說不可信，然楊氏卻以此爲據，驟言「士」爲「事」之假借，自然無法取信於人。況「士，事也」，僅是《說文》所錄其中一說，於後尚有「一曰象物出地挺生也」一語，且字歸於「土」部。「壬」字二義並陳，顯示許愼亦無法確知其義，楊氏不加別義，逕取前義爲訓，亦有所偏失，難以立論。〔註224〕

又如「柄」字，楊氏〈造字時有通借證〉從《說文》所錄重文作「棅」爲據，言：「秉有把持之義，柯柄可把持，故字从秉，受秉字之義。柄之从丙，則以與秉同音借其音耳。」〔註225〕案「柄」爲後起形聲字，其聲符「丙」僅具識音作用，聲不兼義，裘錫圭言：

> 「柄」字本作「棅」，以「秉」爲聲旁。柄是器物上人手所秉執之處，{柄}是{秉}的引申義，「秉」就是「棅」的母字。後來「棅」所从的「秉」爲同音的「丙」字所取代，「丙」這個聲旁就沒有表意的作用了。〔註226〕

裘說是，「棅」受義於「秉」，然「柄」則爲單純之形聲字，聲符「丙」不釋義，楊氏以「丙」爲「秉」之假借，實屬不必。又如「獄」字，楊氏以爲其

《注》言：「他鼎切。」與天干字之「壬」爲不同二字。

〔註222〕楊樹達，《積微居小學述林》，頁153。

〔註223〕李孝定，《甲骨文字集釋》（臺北：中央研究院歷史語言研究所，1970年10月），頁2709～2710。

〔註224〕龍宇純曾指出：「許君於字之本義本形固疑不能定也。楊氏則逕取前義，棄其後義，豈楊氏別有所據，知前者爲是而後者爲非，抑即見前者可供其傅會而遂偏愛乎？……楊氏不就許君之所疑以求其眞是，而斷取前說曰此造字時有通借之證，此又豈許氏之心哉！取捨從違，但憑一己之好惡，初非余所敢逆料者也。」龍宇純，《絲竹軒小學論集‧造字時有通借證辨惑》，頁5～6。

〔註225〕楊樹達，《積微居小學述林》，頁156。

〔註226〕裘錫圭，《文字學概要》，頁198。

字從「言」,「言」從「辛」聲,故「獄」字所從之「言」爲「辛」之假借。然「言」實乃從「舌」構形,且「獄」所以從「言」是因其本義爲「爭訟」,實無需以造字假借解釋,楊氏以此爲例,實難取信於人〔註227〕。又如「義」字,楊氏據《說文》「己之威儀」而言造字初始「義」所從義符「羊」即爲「像」之假借。然《說文》「己之威儀」乃爲「義」之引申義,非其本義,且以「羊」爲後起形聲字「像」之假借,亦無從取義,且「像」字本身就已是假借字,聲符「象」並不兼義,則楊氏此言義符假借,更無所取義,難以立論。

綜上所述,可見楊氏「造字時有通借」一說實存有許多值得商榷之處,今人龍宇純〈造字時有通借證辨惑〉一文,便曾明白指出楊氏理論謬誤之處:

> 此其言也,蓋自謂發數千載之奧秘矣。然其所舉六十餘事,率皆謬誤,究其根本,蓋所犯錯誤凡三,其誤爲何?一曰迷信小篆即原始之形,而許君之說即本初之義。二曰不達語言文字之爲二事;又固執其形聲字必兼義之謬見。三曰不解文字有原始造字之義、有語言實際應用之義。〔註228〕

龍宇純所言甚是。楊氏討論「造字假借」一端時,不論視聲符、義符何者爲假借,皆認爲必有義可循,有本字可求。卞仁海〈楊樹達假借觀箋識〉曾指出:

> 楊氏在找本字上可謂煞費苦心,似乎要爲有假借的聲符字都要找到一個確定的「本字」,對於有本字的假借也許可以找到,但無本字的假借哪裡去找?既然因聲求義,何必要找「本字」?〔註229〕

筆者以爲,楊樹達論假借必求本字,其根本原因乃在於其對六書假借與用字通叚之概念混淆不清所致。楊氏〈造字時有通借證〉一文曾言:「許君舉令、長二字爲例,此治小學者盡人所知也。然此類實是義訓之引申,非眞正之通叚,且以號令年長之義爲縣令、縣長,乃欲避造字之勞,以假借爲造字條例之一,又名實相舛矣。」〔註230〕於其另一部著作《中國文字學概要》中論六書體用時

〔註227〕詳見第二節「獄」字駁議。

〔註228〕龍宇純,《絲竹軒小學論集‧造字時有通借證辨惑》,頁 1。

〔註229〕卞仁海,〈楊樹達假借觀箋識〉,《遵義師範學院學報》第 10 卷,第 4 期(2008 年 8 月),頁 21。

〔註230〕楊樹達,《積微居小學述林》,頁 152。

·316·

又言：

> 明楊慎曰：「六書者，象形、指事、會意、形聲四書爲經，轉注、
> 假借爲緯。」清代戴震曰：「指事、象形、形聲、會意四者，字之
> 體也。轉注、假借二者，字之用也。」按許君舉考、老爲轉注之例，
> 舉令、長爲假借之例，老、令同爲會意，考、長同屬形聲，知轉注、
> 假借二書本無自性。楊、戴二君之說，不可易矣。〔註231〕

由楊氏之說，可知楊氏依循戴震「四體二用」之說，將假借視爲用字之法。知
者，自戴氏倡「四體二用」之說，清代學者便於六書假借之本質進行思辨，然
由於對六書之性質含混不清，反因此造成清儒對六書假借與用字通叚之混淆。
戴氏將六書依照體、用分爲兩類實爲不妥，其原因在於轉注一書之性質非爲用
字，如「老」、「考」互訓，「老」與「考」除字形、字音微有不同以外，二字爲
絕對之同義字。而轉注一書構字方式則與形聲相同，且轉注字大多亦爲形聲字。
以此觀《爾雅·釋詁》：「初、哉、首、基、肇、祖、元、胎、俶、落、權輿，
始也。」一例〔註232〕，可知除「始」以外，其餘例字不爲假借即爲引申。戴氏
「四體二用」之說以訓詁用字之通叚觀念與詞義引申界定轉注，實屬不必，亦
失之蛇足。

又六書假借定義爲：「本無其字，依聲託事」，是以借音推義之法，使語言
中未造之字得以有所寄託，等同於字形使用上另造新字，亦當視爲造字之法，
與用字通叚毫無相關，不可混爲一談。魯實先《假借遡原》即謂：

> 苟非諦知初形本義，亦未可言轉注假借。此所以二者皆爲造字之
> 法，振古莫明者矣。要而言之，中夏文字所以迥絕四夷者，乃以其
> 形義相合。自象形指事而繹爲會意形聲，捨狀聲與譯音之字，及方
> 國之名以外，一切皆以象形爲主。其有相違者，非許氏釋義之誤，
> 與釋形之誤，則爲字形之譌，或爲假借構字。此證之《說文》釋義，
> 與殷周古文，及先秦漢晉之載記，可以斷言六書之假借，必如劉氏
> 《七略》之言，爲造字之軌則。惟其所言率略，是蓋得知傳聞，非

〔註231〕楊樹達，《中國文字學概要》（上海：上海古籍出版社，《楊樹達文集》本，1988
年9月），頁14。

〔註232〕〔晉〕郭璞注、〔宋〕邢昺疏，《爾雅注疏》，頁8。

必知其詳審，此所有待於遡原之作也。許氏未知此怡，故誤以引申
說假借，且以形聲之字聲不示義者，爲其正例。後之說者，見形聲
字聲不示義，則曰形聲多兼會意，而未知必兼會意也。或曰凡從某
聲必有某義，而未知聲文相同者，或有假借寓其中，故不必義訓連
屬也。或如劉熙《釋名》之類，據假借之字而加以曲解，是皆未知
假借造字之理，故爾立說多岐。遜清以還之言文字訓詁者，大率求
之聲音，而憖就其字形，是尤失其之輕重不侔矣。……準是而言，
文字因轉注絫衍，以假借而構字，多爲會意形聲，亦有象形指事，
是知六書乃造字之四體六法，而非四體二用。〔註233〕

　　魯氏所言甚是。六書假借確爲造字之法，非戴氏依體、用分類之用字之
法，亦與古書傳用字通叚不同，二者於使用性質上大相逕庭，不可一概言之。
而楊氏從戴震之說，將六書假借視爲用字之法，其假借觀已有偏失；而由〈造
字時有通借證〉一文中必求假借本字之作法，亦可見楊氏對六書假借與用字
「通叚」觀念混淆不清，故其「造字通借」一說多有偏頗，所提假借理論，
恐難以成立。造字時有假借，其目的在補救文字數量不足與避免字形相混，
爲文字發展過程中的現象之一，然本質與楊氏所謂「造字有通借」之用字假
借有所不同，不可混爲一談。楊氏對假借之認識與觀念仍多有可商之處，筆
者以爲，於假借一書，楊氏所提理論並無多大創見。

四、「字義同緣於語源同」之誤解

　　「字義同緣於語源同」見於楊樹達〈字義同緣於語源同例證〉、〈字義同緣
於語源同續證〉二文，其中〈字義同緣於語源同例證〉共錄 54 例，〈字義同緣
於語源同續證〉補錄 21 例。「字義同緣於語源同」爲楊氏於文字考據之中觀察、
歸納所得，其曰：「一九三三年春，偶憶《大學》『爲人父止於慈』一語，爲慈
之聲類之茲即子，於是悟形聲聲類有假借。明年春，讀《毛詩》，見〈大雅・崧
高〉篇《傳》以增訓贈，因推知賀、賞、詖諸文，加、尙、皮皆有增義，而得
同義之字往往同源之說。」〔註234〕王力《同源字典》則言：「凡音義接近，音

―――――――――――――――

〔註233〕魯實先，《假借遡原》，頁 256～259。

〔註234〕楊樹達，《積微居小學金石論叢・自序》，頁 21。

近義同，或義近音同的字，叫做同源字。這些字都有同一來源。」〔註235〕換言之，同源詞乃語音與語義的相互結合，據此可知凡同源詞之音義必然相關，如「暯」、「暯」、「漠」、「糢」與「莫」同源並由其得聲，均有「茫然」之義；又如「倫」、「輪」、「論」、「淪」、「綸」等字與「侖」同源得聲，均有「條理」之義。由此可知同源詞之音義相同或相近，於詞之義素亦每每相同或相近，故同源詞均為同義之字。

　　然細審楊氏「字義同緣於語源同」之理論，楊氏以為凡字義相同之字其必定為同源字，恰與同源詞皆同義之原則相反。王力《同源字典》曰：「同源字必然是同義詞，或意義相關的詞。但是，我們不能反過來說，凡同義詞都是同源字。」〔註236〕王力所言甚是，如「險」、「隘」、「阻」在「阻隔」之上同義；「畏」、「懼」在「恐懼」上同義；「欽」、「恪」在「敬」上同義，以上三組雖為詞義相同或相近之字，卻非語出同源之同源詞。可知楊氏理論與實際狀況仍有所出入，楊氏以錯誤觀點出發，以字義相同之原則認定某字組為同源詞，便與文字實際狀況不相符合：如〈字義同緣於語源同例證〉例四十四言「賢」、「能」同源，二字雖以「賢能」同義，然二字音讀不同，韻母遠隔〔註237〕，同源之說恐難以成立，更何況二字於「賢能」之義項上均為假借，難以構成同源之條件。〈字義同緣於語源同續證〉例十八言「曾」、「尚」同源，然「曾」、「尚」同義之結論為楊氏釋字之誤，二字聲韻俱異，亦非同義，遑論其為同源，楊氏以二字同義故同源之論，亦難成立。據此，可知楊氏「字義同緣於語源同」一說於同源字之判定仍有盲點，若以此錯誤理論釋字，勢必難以避免勉強牽合、望文生義之弊，對訓詁釋字必然有所阻礙。

　　將研究範圍鎖定在楊樹達訓詁考字之方法與理論一端，所能觀察到之問題大致如上，除可見到楊氏面對《說文》及其相關問題時所採取之態度與方法之

〔註235〕王力，〈同源字論〉，《同源字典》，頁3。

〔註236〕同上註，頁5。

〔註237〕王力曰：「值得反覆強調的是，同源字必須是同音或音近的字。這就是說，必須韵部、聲母都相同或相近。如果只有韵部相同，而聲母相差很遠，如『共 giong』、『同 dong』；或者只有聲母相同，而韵部相差很遠，如『當 tang』、『對 tuət』，我們就只能認為是同義詞，不能認為是同源字。」同上註，頁20。筆者案：「賢」古音在匣母眞部，「能」古音在匣母談部，二字雖為雙聲，但韻母遠隔，難以構成同音或音近之條件。

外，亦可一窺楊氏訓詁考字之理論依據與其侷限與缺失；墨守《說文》，爲其制約，固然可視爲時代侷限，然過於遵從、迷信《說文》，凡釋字必以《說文》爲宗，則每每降低訓詁考證之可靠性與科學性，徒增後學困擾，於訓詁考據之學並無助益。又楊氏釋字之另一問題則爲其釋字理論上之瑕疵，其釋字依據之「形聲字聲中有義」、「造字時有通借」、「字義同緣於語源同」等理論均不甚完備，甚至有觀念上之混淆與誤解，以此作爲理論依據欲規範文字發展之規律與現象，忽略文字實際使用狀況與客觀條件，其結論恐難取信於人。知者，文字之形、音、義演變與發展自有一定規律，非先有某些先驗之理論作爲規範，而後文字依循理論演變、發展。因此，考釋文字應由文字材料著手，非以理論作爲考釋文字之原則，此正爲楊氏從事考釋文字工作時之盲點之一，一旦理論無法與文字實際狀況相符，所得結論自然難以成立。

本章經由楊氏《積微居金石小學論叢》與《積微居小學述林》二書所舉個別文字訓解部分，由楊氏訓解錯誤之字例加以檢視，可發現楊氏雖以西方語源學 Etymology 爲釋字理論與考字之最高原則，然實際上卻仍未脫離傳統文字考證之範圍，其考釋文字之法，仍以漢儒音訓爲主，亦未脫離《說文》之範圍與制約，其所謂「求語源」之論，亦不過爲前儒「凡從某聲皆有某義」之承繼與延續。經由本章討論之文例，吾人可見楊氏每每過於強調釋字理論，以致對文字演變實際情況有所忽略與判斷失誤；或以傳世文獻之勉強牽合《說文》本訓，而時有穿鑿附會之弊，使結論過於輕率；或於文字形、義過於迷信《說文》，難以逃脫《說文》之制約，若《說文》有所疏漏，結論易流於主觀臆測，有所偏失。然以楊氏學養之深，見聞之廣，欲將其考釋文字一一檢視，絕非短時間能夠竣事。本章即暫以上舉字例爲商榷範圍以檢視楊氏考釋文字之問題與侷限，以爲濫觴，唯礙於論文篇幅與目前學識有限，仍有未逮之處，其餘相關問題，則有待日後深入研究再行探討。

第七章　楊樹達古籍訓解研究

第一節　楊樹達古籍訓解研究方法

　　近人楊樹達精於訓詁考據，其於文字、語言、文獻各方均有涉獵，其中於經籍文獻、訓詁文字一端，可謂用力甚深，考據精細，故而，屢有創見，成果頗豐，當代學者陳寅恪嘗譽：「嘗聞當世學者稱先生爲今日赤縣神州訓詁學第一人」〔註1〕，可見楊氏文字訓詁基礎之深厚，爲民國以來重要之訓詁學人之一。《積微居小學金石論叢》、《積微居小學述林》二書爲集楊氏多年文字訓詁學研究大成之作，其間於文字、聲韻、訓詁之學多所發揮，所論大抵考據精要，詳實有據，雖其內容形式爲筆記性質，稍有博雜，然仍不損其成就與價值，爲我國當代訓詁學之重要作品。楊氏訓解經籍文獻，以創新立說、修正舊注爲主要目的，故於前人訓解多所修正，亦時有創發之論，具討論價值，故本章即以楊氏《積微居小學金石論叢》、《積微居小學述林》二書經籍訓解條例爲討論範圍，一窺楊氏於文獻載籍訓詁方面之成果與得失，以楊氏經籍訓解之方爲其發端，後舉實例疏證、駁議以見其得失。

一、因聲求義，疏解疑難

　　楊氏訓詁考據之方，於前人訓詁多有所承，嘗自云：「予年十四五，家大人

〔註1〕陳寅恪，〈積微居小學金石論叢續稿序〉，《楊樹達誕辰百周年紀念集》，頁10。

授以郝氏《爾雅》、王氏《廣雅》二疏，始有志於訓詁之學。」又云：「生平服
膺高郵王氏，念王氏兼治虛實，學乃絕人。」〔註2〕觀楊氏之語，則知其訓詁考
據法，蓋脫胎於乾嘉一脈，於觀點、方法均有所承，考釋典籍文獻，於前人「凡
聲同、聲近、聲轉之字，其義多存乎聲」〔註3〕之聲訓之法多所發揮，以文字音、
義繫連爲要，據聲求義，訓解經籍不爲文字所限，故於古書疑難之處屢有疏解、
創見，爲人所重視。如《積微居小學金石論叢》〈《爾雅》大瑟謂之灑說〉一文，
楊氏以邢昺《疏》引孫叔然「音多變，布如灑出」〔註4〕一說牽強無據，乃以《墨
子》、《漢書》等文例爲據，明「灑」從「麗」聲，有「分決」之義，並以邢《疏》
所引《世本》云庖犧氏作瑟五十弦，後破析爲半一說爲據〔註5〕，言「『灑』
之得名蓋受之『析』」〔註6〕，以聲求義，修正前人望文生義之訓解，其說有
其依據，復以他卷驗之可通，故較前人訓解爲長。又同書〈《爾雅》鷚天鸙釋
名〉一文，據《說文》訓「翏」爲「高飛」，「鷚」性好高飛，故從「翏」聲，
以詮釋郭璞《注》「好高飛作聲」之訓，據音以求，疏證古籍，其說亦甚允。
又《積微居小學述林》〈《詩》袞職有闕〉一文釋《詩·烝民》「袞職有闕」之
「職」，以「職」與「識」聲類相通，並據《左傳·成公十六年》「識見不穀
而趨」一語王念孫《經傳釋詞》讀「識」爲「適」爲據，言「職與識聲類同，
識可訓適，知職亦可訓適也」，以《詩》文之「職」讀爲「識」訓「適」，與
「王適有言」、「荊適有謀」句例相同，以明鄭《箋》「袞職」連讀之誤，就古
音以駁前人謬誤，說亦甚善。凡此皆楊氏訓解古籍發揮前人「就古音以求古
義」之聲訓之法，以經典文獻所載文字之音、義源流考據古籍，以其研究方
法與觀點均較前人先進，復能以整體考量文義，故於時能於訓詁實踐中修正
前人誤訓，疏通古籍疑難，從而屢有新說，成績斐然。然而，在此之餘，吾
人仍須留意，楊氏古籍訓解中，仍見因過信聲訓而擴大其使用範圍，致使證
據不足，皮傅穿鑿，因以致誤之例，則知因聲求義之法僅爲訓詁方法之一，

〔註2〕楊樹達，《積微居小學金石論叢·自序》，頁21。

〔註3〕〔清〕郝懿行，《爾雅義疏》（上海：上海古籍出版社，2002年3月《續修四庫全
書》本）冊187，頁359。

〔註4〕〔晉〕郭璞注、〔宋〕邢昺疏，《爾雅注疏》，頁155。

〔註5〕同上註，頁154～155。

〔註6〕楊樹達，《積微居小學述林》，頁311～312。

然僅就文字音、義關係推究載籍文獻，於訓詁實踐仍有其侷限，聲訓之法當依所見經籍文獻之語言實況運用，不可過度依賴，以免誤訓。有關楊氏因聲求義而誤訓之失，將於後文第四節再行討論。

二、破讀通叚，以正字義

我國古時字少，傳世載籍章句往往多通叚，復因書寫時空背景、書寫習慣等因素，致使通叚、本字時而兼相互用，至爲駁雜，古籍訓解頗爲不易；過往前人訓詁，因不明通叚而曲解典籍之義者，所在多有。故通讀古籍經傳，若能破通叚而正字義，則經傳正詁可求。故前人訓解往往以破讀通叚爲訓解古籍之要務，此法有賴於因聲求義之聲訓，可視爲聲訓之延伸，楊氏考據典籍，於此法亦多所運用，由語言本身之音、義關係破讀通叚，降低經典文字形構束縛，以求經典原義，成果頗豐。如《積微居小學金石論叢》〈《書・微子》草竊姦宄解〉一文，楊氏以章句「草竊姦宄」連文，分析可知「姦」、「宄」二字義近，故可推知「草」與「竊」二字義亦相近，故以《說文》訓「叉曲」之「鈔」〔註7〕字爲據，以「草」爲「鈔」之通叚〔註8〕。「草竊」舊釋爲「草野」〔註9〕，於文義扞隔不通，「草」字古音在清母幽部，「鈔」古音在清母宵部，音近可通，《廣雅・釋言》:「鈔，掠也。」可爲其證，孫星衍《尚書注疏》亦主此說〔註10〕，楊氏據音以求，破通叚讀以本字，修正舊釋之誤，補充孫氏之說，其說甚確。

又〈《詩》于以采蘩解〉一文，楊氏言「以」爲「台」之通叚，並舉《尚書》、《史記》之例以證「台」有「何」義，復以金文「以」、「台」二字通作之例，證「以」、「台」可相通作，以補孔《疏》訓「以」爲「何」之不足。考「以」、「台」二字古音俱在定母之部，同音可通，楊氏此說以古音相求，復以文獻、金文爲證，信而有據，龍宇純肯定其說，云:「改『于以采蘩』至『于以求之』十個『于以』句爲疑問句，讀以字爲台，使于以二字各有明確意義和功能，於是『于以』與『于沼』二于字同義，上下呼應，文義貫串；

〔註7〕〔漢〕許慎，《說文解字注》，頁721。

〔註8〕楊樹達，《積微居小學金石論叢》，頁297～298。

〔註9〕〔漢〕孔安國傳、〔唐〕孔穎達疏，《尚書正義》，頁261。

〔註10〕〔清〕孫星衍，《尚書今古文注疏》（北京：中華書局，1998年12月），頁256。

其他凡句法相同者，亦無不理氣通順，實爲不刊的創發。」〔註11〕由此亦可見楊氏以通叚訓解古籍之價值。又《積微居小學述林》〈《書‧康誥》見士于周〉一文，楊氏據《說文》、《詩經》與金文文例互證，以「士」爲「事」之通叚〔註12〕，說亦甚確。又〈《詩》不我能慉解〉一文，楊氏以《毛傳》訓「養」、《鄭箋》訓「驕」〔註13〕、《說文》訓「起」〔註14〕義皆膚泛，乃承馬瑞辰之說，以《廣雅‧釋詁》「嫭」訓爲「好」一說爲據，言「與好爲一聲之轉」，以通叚釋《詩‧谷風》「不我能慉」一句，亦甚得體〔註15〕。〈《詩》造舟爲梁解〉一文，言《詩‧大明》五章「造舟爲梁」之「造」，《毛傳》、《鄭箋》均無訓解，雖肯定前人以「比舟」之義爲訓，然楊氏以爲前人訓解猶有未逮之處，故言：「注家說造舟爲比舟，其義誠是，然造訓爲比，古書訓詁未見。余謂造當讀爲聚，造舟猶聚合其舟也。」〔註16〕以「造」古音在覺部，「聚」在侯部，對轉可通，破字爲訓，以疏通、補正前人訓解疑慮。凡此皆楊氏據古音以求，破讀通叚以訓解典籍之例，楊氏充分運用前人古音研究成果於訓詁實踐之上，繼以甲骨、金文等古文字材料驗證其說，復旁徵博引，以大量典籍文獻書證相互印證，破讀典籍通叚較前人考釋慣用之音同、音近、音轉之法更爲深刻、全面，於傳統文獻訓解之上另闢蹊徑，故有高度成就與價值。

三、會通文義，以義爲要

訓詁之要務，在以今語釋古語，欲通解古籍經傳，準確理解經典原義，除有賴於諸多訓詁理論之實踐與廣泛運用，同時亦需針對經典文獻之文例、詞義、語境等因素加以推演，復廣求諸證以爲檢驗，方可立義定說，成爲定論；反之若隨意引申、濫用音訓、通叚而無確證，必有穿鑿皮傅，以文害詞之弊。楊氏訓解古籍，除於章句文字訓詁頗多關注，以聲訓之法、破讀通叚等方法疏通句讀以外，於章句義訓亦十分重視，此當與楊氏重視文字義訓觀

〔註11〕龍宇純，〈詩經于以說〉，《絲竹軒詩說》，頁262。

〔註12〕詳見第二節，〈見士于周〉疏證。

〔註13〕〔漢〕毛亨傳、〔漢〕鄭玄箋、〔唐〕孔穎達疏，《毛詩正義》，頁151。

〔註14〕〔漢〕許慎，《說文解字注》，頁510。

〔註15〕楊樹達，《積微居小學述林》，頁349～350。

〔註16〕同上註，頁352。

點一致，其嘗謂：「夫文字之生也，有義而後有音，有音而後有形，三事遞衍，而義爲之主。」〔註17〕由重視文字義訓推求之觀點延伸至訓詁實踐，楊氏於古籍訓解除據章句文字之音、義關係及破讀通叚以判斷文義，於文獻文例、詞義、語境關係之推求亦十分重視，其後尚能以相關典籍文獻加以會通、驗證，以求訓解周延、完善。如《積微居小學述林》〈《詩》衰職有闕解〉，楊氏先就「職」與「識」通，訓爲「適」〔註18〕，復據「衰」、「適」之義衡量文義，復以「王適有言」、「荊適有謀」之相同文例印證，以求章句確詁，並據此改正前人將「衰職」連言訓解之失；又如〈駁《公羊傳》京師說〉一文，舉《詩》〈公劉〉、〈大明〉、〈下武〉、〈下泉〉等詩與金文文例爲據，並以文義審視全文，證「京」當爲地名之稱，以修正《公羊傳》訓「京」爲「大」之誤；《積微居小學金石論叢》〈《書・盤庚》罔知天之斷命解〉，楊氏據「罔知天之斷命」一句語境考量，言「罔知」爲古人常語，猶「難保」、「不保」之義，並據《左傳》、《尚書》等文獻加以驗證，言「罔知」即《左傳》之「弗知」、《尚書》之「罔敢知」、「不敢知」，據此以駁《僞孔傳》以「無知」訓「罔知」之誤〔註19〕；《積微居小學述林》〈《詩・大雅・文王》釋〉引〈文王〉章句「文王在上」、「文王陟降，在帝左右」二句，楊氏據《孝經》「昔者周公郊祀后稷以配天，宗祀文王于明堂以配上帝」之說爲據，言：「文王在上者，宗祀之時，文王之神在上，非謂在民上也。文王陟降在帝左右者，帝謂上帝，以其配上帝，故曰陟降在帝左右，非謂升接天下接人也。」據此以駁《毛傳》以「在民上」釋「在上」、以「文王升接天，下接人」釋「文王陟降」之誤〔註20〕；他如〈《詩・周頌・天作》篇釋〉據《說文》訓「大王荒之」之「荒」爲「蕪」，言「蕪謂之荒，墾治蕪穢亦謂之荒，古名動同辭之通例也」；〈《詩》對揚王休解〉以「休」爲賜與之義，言「休爲賜與，古人名動相因，故賜與之物亦可謂之休」二例，則據詞義、詞性之活用以訓解文義，修正舊注訓解未周之處，說亦甚是。由上述諸例，吾人可見楊氏訓解古籍除能活用前人訓詁基礎與方法之外，尚能

〔註17〕楊樹達，〈論小學書流別〉，《積微居小學述林》，頁213。

〔註18〕楊樹達，《積微居小學述林》，頁344。

〔註19〕楊樹達，《積微居小學金石論叢》，頁298～300。

〔註20〕楊樹達，《積微居小學述林》，頁341～342。

兼顧文例、詞義與文獻經籍之關係推求經典載籍之義，故能以較進步、宏觀之角度訓解傳統經典章句，時而突破前人訓詁窠臼與舊注誤訓之限制，有所創獲，能於古籍訓詁開創新局，頗有參考價值。

　　楊氏古籍訓解之主要方法大致如上所述，吾人可見楊氏於前人訓詁理論、方法上有所承繼，充分運用其在文字、聲韻、訓詁方面之深厚學養考定傳世文獻，並同時兼顧文例、詞義及文法等相關問題之探討而有所開創，復據甲骨、金文等新出古史材料與傳世典籍文獻資料相互印證、比對，補充、修正前人舊注經傳訓解之誤訓與不足之處。雖楊氏於經典載籍考釋之論未必皆可為定論，然其方法先進，觀點全面，仍有超越前人之處，於古籍訓解有所貢獻。以下即以《積微居小學金石論叢》、《積微居小學述林》二書楊氏古籍訓解之實例以資討論，一窺楊氏經籍訓詁研究之優劣得失。

第二節　楊樹達古籍訓解義證

　　楊樹達為民國以來傑出之訓詁學者，於文字、語言、訓詁各方面均有所涉獵，用力甚深，貢獻卓著。楊氏以其深厚文字訓詁基礎，輔以因聲求義之法，於文字、詞義之考釋訓解獲得優異成果，同時將其成果綜合運用於典籍訓解之中，以義訓為要，復善於比對文獻，時能跳脫字形侷限，會通傳世載籍，使經籍文獻章句考釋更臻完善，於我國傳統文獻考證之研究有相當程度之價值。本節擬擇楊樹達《積微居小學金石論叢》、《積微居小學述林》二書中經籍訓解精要之處進行討論，一窺楊氏於訓詁實踐精妙之處。其例如下：

一、《爾雅》「木自斃柛」說

　　《積微居小學金石論叢》卷五〈《爾雅》木自斃柛說〉一文下，楊氏云：

> 《爾雅·釋木》云：「木自斃，柛；立死，菑；蔽者，翳。」邵氏《正義》云：「柛《說文》作槙，云：『仆木也。』」槙，都年切。郝氏《義疏》亦引《說文》云：「槙从眞聲，與柛聲義俱近。柛猶伸也，人欠伸則體弛懈如顛仆也。」樹達按：槙為正字，柛為假字。邵說以柛、槙為一字者，是也。申古文作 𢑚，即今電字。《說文·十三篇上·虫部》虹或作 𧍙，云：「籀文虹从申，申，電也。」

是也。蓋𓄏爲初文象形字，電从雨从申，則後起字也。又陳字从申聲，古讀陳與田同，知申字古讀如電如田，與槙音近，故得相通叚。郝氏舍聲而求之於形，云神猶伸，謬矣。蔽者翳，王引之《經義述聞》卷二十八讀蔽爲獘。又據《大雅·皇矣篇》「其菑其翳」，翳《韓詩》作殪，讀翳爲殪而訓爲仆，其說良是。蓋木之字獘者謂之槙，爲人所獘者謂之殪，槙、殪皆仆踣之辭，事相近則其受名之故亦相近矣。〔註21〕

案：《爾雅·釋木》云：「木自獘，柛；立死，菑；蔽者，翳。」一條，言木自仆倒謂之「柛」，直立而死謂之「菑」，倒地枯死則謂之「翳」。「獘」，《說文》訓爲「頓仆也。从犬敝聲。《春秋傳》曰：『與犬，犬獘。』獘或从歺。」〔註22〕商承祚《殷墟文字類編》云：「殆爲《周禮·獸人》『弊田』之『弊』矣。」〔註23〕《周禮·獸人》云：「及弊田，令禽注虞中。」鄭《注》云：「弊，仆也。仆而田止。鄭司農云：『弊田，謂春火弊，夏車弊，秋羅弊，冬徒弊。』」〔註24〕訓「獘」爲「止」，則其字義當與「繲」〔註25〕同，故以「止」義爲訓，由此則知「弊田」乃與鄭《注》所引〈大司馬〉所謂之「火弊」、「車弊」、「羅弊」、「徒弊」之「弊」同，本字皆當爲「獘」，經典作「弊」者爲同音通叚字。而《說文》訓「獘」爲「頓仆」者亦爲通叚，其本字當爲下引从死之「斃」，馬敘倫《說文解字六書疏證》云：

倫按仆也蓋以聲訓，頓也校語。然顛仆爲斃字義，或踣字義。《周禮·獸人》「及弊田」，〈大司馬〉「弊旗」、「誅後至者」，然則獘之本義必關畋獵，故字次獲下。……倫按「斃」、「獘」必異字，「斃」當入死部，爲死之同聲脂類轉注字，經言斃而不言死者，踣或仆之借耳。〔註26〕

〔註21〕楊樹達，《積微居小學金石論叢》，頁314～315。

〔註22〕〔漢〕許慎，《說文解字》，頁480。

〔註23〕商承祚，《殷墟文字類編》（北京：北京圖書館出版社，1999年8月《甲骨文資料彙編》本），頁16。

〔註24〕〔漢〕鄭玄注、〔唐〕賈公彥疏，《周禮注疏》，頁101。

〔註25〕《說文》：「繲，止也。」〔漢〕許慎，《說文解字》，頁654。

〔註26〕馬敘倫，《說文解字六書疏證》，頁75～76。

馬說可從。「檗」義爲「止」，與「仆」義無涉，自當別爲二字，惟「檗」、「斃」古音同，經典或有通用，故《說文》誤合二字爲一，不察訓「仆」之字當以「斃」爲本字，《左傳·僖公四年》作「毙」者爲通叚字。是知馬氏言「檗」、「斃」爲不同二字之說不誤，此《爾雅·釋木》言「木自檗，柛」者之「檗」，正取「斃」之「仆」義，亦「斃」之通叚字也。惟馬氏以「斃」爲「踣」、「仆」之假借者則未確，知者，「斃」、「踣」、「仆」皆有「仆倒」之義，徵之古音，「斃」爲並母月部字；「踣」爲並母職部字；「仆」則爲滂母屋部字，三字義同音近，則「斃」、「踣」、「仆」當爲同源字，非馬氏所言之借字。

又《爾雅·釋木》云：「木自檗，柛」者，「柛」字《說文》所無，郝懿行《爾雅義疏》、邵晉涵《爾雅正義》皆以爲《說文》之「槙」〔註27〕，所不同者，郝氏以「伸」義釋之，言「人欠伸則體弛懈如顚仆也。」楊氏則從邵說以駁郝氏之訓，以「柛」、「槙」音近，故言「槙爲正字，柛爲假字」。考「槙」《說文》云：「木頂也。从木眞聲。一曰仆木也。」段玉裁《注》曰：「人仆曰顚，木仆曰槙，顚行而槙廢矣。頂在上而仆於地，故仍謂之。顚，槙也。」〔註28〕段說是也，以「顚」爲人首，首至於地則爲「仆」，故「顚」引申而有「仆」義，如《詩·蕩》：「人亦有言，顚沛之揭」〔註29〕、《論語·季氏》：「危而不持，顚而不扶」〔註30〕，皆爲其證。「槙」爲木頂，則木頂至於地者亦可言「仆」，故以「仆木」訓「槙」，《尚書·盤庚》：「若顚木之由蘖」〔註31〕言「仆木」作「顚」者，當以「槙」爲本字。「柛」字《說文》所無，《爾雅》以「柛」訓「木自檗」，則「柛」當爲「槙」之通借，「槙」古音在端母眞部，「柛」古音在透母眞部，二字旁紐疊韻可通。是知邵晉涵《爾雅正義》讀「柛」爲「槙」者甚確，郝氏《義疏》言「柛猶伸也」一說乃比附字形爲訓，大可不必，楊氏據古音駁之，亦甚是。

〔註27〕 郝說見《爾雅義疏》。〔清〕郝懿行，《爾雅義疏》，頁 634；邵說見《爾雅正義》。〔清〕邵晉涵，《爾雅正義》（上海：上海古籍出版社，2002 年 3 月《續修四庫全書》本），冊 187，頁 261。

〔註28〕 〔漢〕許愼撰、〔清〕段玉裁注，《說文解字》，頁 252。

〔註29〕 〔漢〕毛亨傳、〔漢〕鄭玄箋、〔唐〕孔穎達疏，《毛詩正義》，頁 1161。

〔註30〕 〔魏〕何晏注、〔宋〕邢昺疏，《論語注疏》，頁 221。

〔註31〕 〔漢〕孔安國傳、〔唐〕孔穎達疏，《尚書正義》，頁 226。

《爾雅・釋木》此條楊氏以古音相近之說以證邵氏《正義》以「槇」為「柛」本字，跳脫字形侷限，就古音以求古義，以證郝氏《義疏》之失，其說甚確。同時期學者黃侃《手批爾雅義疏・釋木》亦有相同訓解：

> 柛字，邵讀作「槇」，云：「《說文》曰：『仆木也。』」《繫傳》引《書》「若顛木之有由枿」，本作此字，作「顛」，假借也。按槇從眞聲，即柛之正字。〔註32〕

黃氏之論與楊氏之說相近，而其《手批爾雅義疏》於一九三一年問世，則黃氏此說當在成書之前，而楊氏此文作於一九三五年，是知黃氏援引邵氏《爾雅正義》以「槇」為「柛」一說之論述實先於楊氏。此雖無損楊氏駁郝懿行《爾雅義疏》一說之正確性，然楊氏所論晚於黃氏，且兩人三〇年代互有往來，不知楊氏是否已見黃侃之說；然黃氏之論早於楊氏，當無可疑，故將黃侃之說一併錄於其上，以見二人於《爾雅・釋木》之論。

二、釋《尚書》「多方」

《積微居小學述林》卷六〈釋《尚書》多方〉一文下，楊樹達曰：

> 《尚書》有〈多方篇〉，篇首云：「周公曰：『猷！告爾四國多方，為爾殷侯尹民。』」偽孔《傳》釋篇名為眾方天下諸侯，是告爾四國多方為周公以王命順大道告四方，義俱不了。今按：方者，殷周稱邦國之辭。《戰國策・趙策》云：「紂醢鬼侯」，而《易・既濟》九三爻辭云：「高宗伐鬼方，三年克之」，鬼方，鬼侯國也。故干寶云：「方，國也。」是也。《春秋》莊公二十六年記公會宋人、齊人伐徐，僖公三年記徐人取舒，以後徐事屢見不一見，古傳記常記徐偃王事，而《詩・大雅・常武篇》三章云：「徐方繹騷」，又曰：「震驚徐方」，全篇稱徐方者凡七見，而五章又曰：「濯征徐國」，故鄭君箋《詩》，釋徐方為徐國，此徐國恒稱徐方也。徵之龜甲文字，《戩壽堂殷墟文字》第拾壹葉拾壹版云：「庚申，卜𡧊貞，乎伐𠙹方，孫詒讓釋昌方 受有又？」第拾式葉拾式版云：「丁巳，卜，𣪘貞，更△𢧑从伐土方？」《殷墟書契後編》上卷第拾捌葉陸版云：「佳王來正與征同盂方。」𠙹

〔註32〕黃侃，《手批爾雅義疏》（北京：中華書局，2006年8月），頁1146。

方字不審識，土方無考，盂方即《尚書大傳》所記文王受命二年伐

邘之邘也。準此言之，多方謂多國多邦，蓋無可疑。四國多方，乃

古人複疊語，不得以後人文法例之，疑其重複也。〔註33〕

案：方於卜辭作「𡴀」、「𡴀」，金文作「𠂤」、「𠂤」等形，徐中舒謂象耒形：

「古者秉耒而耕，刺土曰堆，起土曰方。」〔註34〕卜辭可見以「方」為方國之

「方」之例〔註35〕，如：

貞：隹王往伐呂方？《合集》614

甲午卜，古貞：王伐呂方，我受又？《合集》6223

庚申卜，爭貞：乎伐呂方，受有又？《合集》6226

己酉卜，賓貞：鬼方昜無囚？五月。二告。《合集》8591

癸巳卜，黃貞：王旬無畎？王來征人方？《合集》36496

癸酉王卜貞：旬無畎？王來征人方？《合集》36497

辛酉卜：七月大方不其來征？《合集》20476

上舉諸辭之「呂方」、「鬼方」、「人方」、「大方」之「方」，俱為方國之義，見

於銅器銘文者，如：〈中方鼎〉：「為王令南宮伐反虎方之年」（《集成》275）、

〈師詢段〉：「臨保我孚周與四方」（《集成》4342）、〈秦公段〉：「竈囿四方」（《集

成》4315）、〈小臣艅犀尊〉：「唯王來征人方」（《集成》5990）、〈虢季子白盤〉：

「用征蠻方」（《集成》10173），諸器或云「虎方」，或云「四方」、「人方」、「蠻

方」之「方」，皆以「方」為方國之義。傳世文獻者亦常見以「方」作方國之

義者，如：《書·多方》：「告爾四國多方」、《易·觀卦》：「先王以省方觀民設

教」、〈既濟卦〉：「高宗伐鬼方」〔註36〕、《詩·皇矣》：「帝謂文王，詢爾仇方」、

〈蕩〉：「覃及鬼方」、〈常武〉：「震驚徐方」、「徐方震驚」〔註37〕，諸文獻所

〔註33〕 楊樹達，《積微居小學述林》，頁 330～331。

〔註34〕 徐中舒，《甲骨文字典》，頁 954。

〔註35〕 朱歧祥《甲骨文詞譜》謂：「方為外邦方國之習稱，若指特定方國，則專稱『某方』。」
朱歧祥，《甲骨文詞譜》，冊 5，頁 242。

〔註36〕 〔魏〕王弼注、〔唐〕孔穎達正義，《周易正義》，頁 98、251。

〔註37〕 〔漢〕毛亨傳、〔漢〕鄭玄箋、〔唐〕孔穎達疏，《毛詩正義》，頁 1033、1159、1253。

見之「方」，亦皆以「方」爲方國之義。

　　由上引卜辭、金文、文獻之例，可知「方」於古時常以方國爲義，於出土文獻、傳世經典亦甚爲常見，而此處《書・多方》所云：「告爾四國多方」一句，「四國」猶言「四方」，言天下四方之諸侯國也，如《詩・下武》：「受天之祐，四方來賀」、〈民勞〉：「惠此中國，以綏四方」〔註38〕、《左傳・襄公二十六年》：「今楚多淫刑，其大夫逃死於四方」〔註39〕、《論語・子路》：「使于四方，不能專對。」〔註40〕諸句所言之「四方」與「四國」之義俱同，皆指天下四方諸侯之國。以「方」爲「方國」之義，所謂「多方」亦指天下眾多方國而言，與「四國」同。〈多方〉一篇乃記周公以成王之命誥於殷商遺民及管、蔡諸國之語，則知所謂「四國多方」正謂天下諸侯方國，若《僞孔傳》所言「以王命順大道告四方」所言，以乃以「大道」釋「方」字，其說甚謬，故楊氏批評爲「義俱不了」〔註41〕。「多方」乃指天下諸侯方國，是楊氏所謂「多方謂多國多邦，蓋無可疑。四國多方，乃古人複疊語」之論，其說甚確。

　　又楊氏徵引王國維《戩壽堂殷墟文字》所言之「呂」，孫詒讓釋「昌」〔註42〕；王國維釋「吉」〔註43〕；董作賓〔註44〕及今人朱歧祥均以其爲「鬼方」爲一方之異名〔註45〕；陳夢家釋「邛」，言地望在「太行山西北地區」〔註46〕；島邦男則云「呂」與「鬼方」不同，或位於今山西中部〔註47〕，研契諸家歷來眾說紛紜，迄今尚無定論，故李孝定云：「呂蓋殷西大國，相去當在數百里之間，地望今不可考，則缺之可也。」〔註48〕李氏所言頗是，蓋「呂方」

〔註38〕同上註，頁 1048、1138。

〔註39〕〔明〕左丘明傳、〔晉〕杜預注、〔唐〕孔穎達正義，《春秋左傳正義》，頁 1045。

〔註40〕〔魏〕何晏注、〔宋〕邢昺疏，《論語注疏》，頁 173。

〔註41〕《僞孔傳》之說見上方楊氏引文。

〔註42〕〔清〕孫詒讓，《契文舉例》（上海：上海籍出版社，2002 年 3 月《續修四庫全書》本），冊，906，頁 155。

〔註43〕王國維，《戩壽堂所藏殷墟文字》，頁 1259。

〔註44〕董作賓，《殷曆譜》，下冊，卷 9，頁 39。

〔註45〕朱歧祥，《殷墟甲骨文字通釋稿》（臺北：文史哲出版社，1989，12 月）頁 107～110。

〔註46〕陳夢家，《殷墟卜辭綜述》，頁 274。

〔註47〕島邦男，《殷墟卜辭研究》，頁 384。

〔註48〕李孝定，《甲骨文字集釋》，頁 421。

地望實難考索，不妨存疑，不必強解，楊氏言「◫方字不審識」，未作強解，至為允當。又「土方」與「盂方」者，「土方」見於第一期卜辭，陳夢家疑為《左傳‧襄公二十四年》「唐杜氏」之「杜」，饒宗頤從之〔註49〕；島邦男則以其在殷之北，◫方之東，指陳氏之說為非〔註50〕。又「盂方」，王國維以為其地在河南省一帶〔註51〕；陳夢家以為即《左傳‧隱公十一年》所言之「邘」〔註52〕；島邦男則以其地當在「喪」地一帶〔註53〕，各家均有推斷，且各有理據，然至今均無確說，筆者以為不妨存疑，或可留待日後更多例證出土再行檢視，可與「◫方」一例相同，存疑待考。

三、《書‧康誥》「見士于周」解

《積微居小學述林》卷六〈《書‧康誥》見士于周解〉一文下，楊氏云：

> 《書‧康誥》云：「惟三月哉生魄，周公初基作新大邑于東國洛。四方民大和會，侯甸男邦采衛百工播，民和，見士于周。」〔註54〕樹達按《說文》一篇上〈士部〉云：「士，事也。」《詩‧豳風‧東山》云：「勿士行枚。」毛《傳》云：「士，事也。」蓋士事古音相同，故二字多通作，《書》文見士即見事也。知者〈匽侯旨鼎〉云：「匽侯旨初見事于宗周。」〈玽鼎〉云：「己亥，玽見事于彭。」

〔註49〕陳夢家，《殷墟卜辭綜述》，頁 272；饒宗頤，《殷代貞卜人物通考》，頁 172～173。

〔註50〕島邦男，《殷墟卜辭研究》，頁 385。

〔註51〕王國維，〈殷卜辭中所見地名考〉，《觀堂別集》，頁 1273。

〔註52〕陳夢家，《殷墟卜辭綜述》，頁 260。

〔註53〕島邦男，《殷墟卜辭研究》，頁 410。

〔註54〕筆者案：楊氏於「侯甸男邦采衛百工播，民和，見士于周」此句句讀未確，「侯、甸、男、邦采、衛」所指為各方諸侯，《周禮‧大司馬》云：「方千里曰國畿，其外方五百里曰侯畿，又其外方五百里曰甸畿，又其外方五百里曰男畿，又其外方五百里曰采畿，又其外方五百里曰衛畿。」「百工」即謂百官，「播民」則指為周所遷之殷商遺民；「和」則謂「合」。則本句當於「侯、甸、男、邦采、衛」之下斷開，於「百工、播民」下斷開，當作「侯、甸、男、邦、采、衛，百工、播民，和見士于周」義方足順，乃言「各方諸侯、百官、殷商遺民俱見事于周」之義。若如楊氏斷句，雖無礙「見士于周」一句訓解，然文義不協，仍有礙全句通讀，特此言之。〔漢〕鄭玄注、〔唐〕賈公彥疏，《周禮注疏》，頁 763。

皆與《書》文例相同。異者，金文用事，爲木字，《書》文用士，

爲假字耳。〔註55〕

案：「士」，《說文》言：「士，事也。」〔註56〕考「士」金文作「**士**」、「**士**」等

形，季旭昇《說文新證》言：「字形象斧頭類的器具，轉爲指持這種器具的人。」

〔註57〕其說可從，則知「士」本義當與《詩・祈父》所言之「爪士」〔註58〕、《左

傳・閔公二年》之「甲士」〔註59〕同，以軍士之「士」爲本義。《說文》以「事」

訓之，殆以聲訓，非其本義。又「事」，《說文》云；「事，職也。」〔註60〕「事」

甲文作「**事**」，金文作「**事**」，季旭昇《說文新證》曰：「甲骨文『事』與『吏』

同字，均爲『史』之引申分化字。『史』爲『職事者』，所從事之事即爲『事』。」

〔註61〕王國維亦言：「史之本義爲持書之人，引申而爲大官及庶官之稱，又引申

而爲職事之稱。其三者各需專字，於是史、吏、事三字於小篆中截然有別。持

書者謂之史，治人者謂之吏，職事爲之事。」〔註62〕王說是也，卜辭「史」、「事」

同字無別，至金文則逐漸分化，「事」於金文爲「使」或「職事」之義，後引申

爲「任事」之義，即楊氏所謂「見事」。以「事」爲「職事」、「任事」之義，與

「士」之爲「軍士」之義有別，則知金文作「事」，經典則作「士」或「仕」者，

俱「事」之通叚字，「事」、「士」古音同在從母之部，同音可通。此《尚書・康

誥》之文，乃言周公奉成王之命營建洛邑，「侯、甸、男、邦、采、衛，百工、

播民」均集於雒邑，以爲周用，則「見士于周」正取「任事」之義，「見士于周」

之「士」，亦當爲「事」之通叚，楊氏所言確是。

四、《詩》「敦商之旅，克咸厥功」解

　　《積微居小學述林》卷六〈《詩》敦商之旅，克咸厥功解〉一文下，楊氏云：

〔註55〕楊樹達，《積微居小學述林》，頁336。

〔註56〕〔漢〕許慎，《說文解字》，頁20。

〔註57〕季旭昇，《說文新證》，頁50。

〔註58〕〔漢〕毛亨傳、〔漢〕鄭玄箋、〔唐〕孔穎達疏，《毛詩正義》，頁673。

〔註59〕〔明〕左丘明傳、〔晉〕杜預注、〔唐〕孔穎達正義，《春秋左傳正義》，頁312。

〔註60〕〔漢〕許慎，《說文解字》，頁117。

〔註61〕季旭昇，《說文新證》，頁201。

〔註62〕王國維，《觀堂集林》，頁268。

《詩‧魯頌‧閟宮篇》云：「后稷之孫，實維大王，居岐之陽，實始翦商。至於文武，纘大王之緒，致天之屆，居當讀如戒 于牧之野。無貳無虞，上帝臨女。敦商之旅，克咸厥功。」鄭《箋》釋敦商之旅二句云：「敦，治也。旅，眾也。咸，同也。武王克殷而治商之臣民，使得其所，能同其功於先祖也。」按鄭訓敦爲治，訓咸爲同，文義皆不剴切。今謂：敦者，伐也。咸者，終也，竟也。知者，〈不嬰設〉云：「女及戎大臺戰。」王靜安云：「臺戰皆迫也，伐也。《詩》敦商之旅，猶〈商頌〉云袤荊之旅，鄭君訓袤爲俘，是也。〈宗周鐘〉云：『王臺戰其至』，〈寡子卣〉云：『以臺不淑』，皆臺之訓也。《詩‧常武》：『鋪敦淮濆』，鋪敦即臺戰之倒文矣。」〈不嬰設〉考釋柒葉 樹達按：王說是也。《逸周書‧世俘解》云：「憝國九十有九國，服國六百五十有二。」憝與敦同，憝國謂伐國也。此《詩》言敦商，猶〈大雅‧大明〉篇之言「燮伐大商」、「肆伐大商」也。

知咸有終、竟諸字義者，僖公二十四年《左傳》云：「昔周公弔二叔之不咸」，不咸謂不終也。杜《注》訓咸爲同，亦非也。〈毛班設〉云：「王令毛伯更虢城公服，粵王位，作四方望，秉繁蜀巢。令錫鈴勒，咸。王令毛公以邦冢君土馭國人罰東國？戎，咸。王令吳伯曰：乃以師右比毛父！」咸字再見。〈史懋壺〉云：「王在葊京濕宮，窺命史懋路箊，咸。王乎伊伯錫懋貝。」諸咸字皆竟字之義也。蓋周自大王翦商，至武王率三千人伐紂于牧野，始克竟大王翦商之功，故曰敦商之旅，克咸厥功也。鄭《箋》乃云：「武王克殷而治商之臣民，使得其所，能同其功於先祖」，失其義矣。按敦之訓伐，咸之訓終，前人訓詁皆不之及，今會合彝銘故書證成其說，知古訓之失傳者多矣。〔註63〕

案：「敦」之初文作「臺」，甲文作「𩱠」，金文作「𩱠」、「𩱠」等形，字初不從「攴」，後金文加「攴」作「𩱠」朱駿聲曰：「此字本訓擿也，故从攴，《詩‧北門》：『王事敦我。』」〔註64〕「敦」初作「臺」，而以「擿」爲本義訓「擊」，

〔註63〕楊樹達，《積微居小學述林》，頁342～343。

〔註64〕〔清〕朱駿聲，《說文通訓定聲》（北京：中華書局，1984年6月），頁802。

引申而有「擊殺」、「征伐」之義。王國維云:「臺戟皆迫也,伐也。臺者,敦之異文,《詩‧魯頌》:『敦商之旅。』」〔註65〕王說是也,據此則知《說文》訓「敦」為「怒也,詆也。」、「一曰誰何也」〔註66〕,俱非本義。季旭昇言:「『怒也,詆也』為引申義。『誰何』當為假借義。」〔註67〕其說可從。「臺」於甲文、金文均有作「征伐」之義,其見於甲文者,如:

丁卯卜,爭貞:翌辛未其臺𠂤方,受业㞢?《合集》6337 正

癸亥卜,王方其大臺大邑?《合集》6783

丙申卜:方其臺?《合集》6793

丁卯卜,㱿貞:王臺缶于蜀?《合集》6860

貞:其臺邑?七月。《合集》7070

癸丑卜,王臺西今日戈?《合集》7083

辛卯卜,大貞:洹弘弗臺邑?七月。《合集》23717

又「臺」見於銅器銘文而有「征伐」之義者,或言「臺」,或言「臺伐」、「臺戟」,其例如:

〈宗周鐘〉:「王臺伐其至。」《集成》260

〈禹鼎〉:「臺伐噩,休隻氒君馭方。」《集成》2833

〈不娶殷〉:「女及戎大臺戟。」《集成》4328

〈寰子卣〉:「以臺不淑。」《集成》5392

此甲文言「臺」,金文言「臺」、「臺伐」、「臺戟」皆以「擊殺」、「征伐」為義者之例,「臺」於典籍作「敦」,亦為「擊殺」之義,除本條〈閟宮〉「敦商之旅」及楊氏所引《逸周書》之例外,尚見於《莊子‧說劍》:「今日使士敦劍。」郭慶藩《莊子集釋》引《釋文》云:「敦,斷也。」〔註68〕其義亦與「擊殺」之義

〔註65〕王國維,〈不娶簋蓋銘考辨〉,《觀堂古金文考釋》,頁4935。

〔註66〕〔漢〕許慎,《說文解字》,頁126。

〔註67〕季旭昇,《說文新證》,頁229。

〔註68〕郭慶藩輯,《莊子集釋》(臺北:華正書局,1985年8月),頁1019。

相近，是知「敦劍」之「敦」亦「擊」之義。上舉甲骨、金文之「臺」、典籍文獻之「敦」均爲「擊殺」、「征伐」之義，其義均與〈閟宮〉之「敦商之旅」同，而《毛傳》訓「敦」爲「厚」〔註69〕、《鄭箋》訓「敦」爲「治」〔註70〕，俱與「敦」義不合，其說非是。此〈閟宮〉所言：「敦商之旅」，「敦」當訓爲「征伐」之義，楊氏云：「猶〈大雅·大明〉篇之言『變伐大商』、『肆伐大商。』」其說甚是。

〈閟宮〉詩文又云：「克咸厥功」，「咸」《說文》云：「皆也，悉也。从口戌」〔註71〕考「咸」甲文作「𠙹」、「咠」等形，金文作「𢦏」、「戗」等形，觀其字形構件，當爲從「口」，從「戈」，非《說文》所謂從「戌」之形，吳其昌謂：「咸之本義爲殺，《書·君奭》：『咸劉厥敵。』又《逸周書·克殷解》：『則咸劉商王紂。』咸劉連文，其義皆殺也。」〔註72〕以「咸」字甲骨、金文從「戈」，其本義或可從吳氏之說有「殺」義，據此則知《說文》訓「咸」爲：「皆也，悉也」，恐非本義。楊樹達謂「咸有終、竟諸字義」，甲文、金文皆可見以「咸」爲「終」、「竟」之用法者，如：

　　辛亥卜貞：咸秭穭？《合集》9565

　　□亥貞：咸既祭？《合集》33440

　　〈霝侯馭方鼎〉：「王宴，咸飲。」《集成》2810

　　〈史獸鼎〉：「史獸獻工于尹，咸獻工。」《集成》2778

上舉甲骨、金文之「咸」，義爲「終」、「竟」，俱指陳述之主體而言，依其詞性觀之，當爲副詞用法，今人趙誠便云：「咸，甲骨文寫作𠙹，形構不明。卜辭用作副詞，表示完成，有『盡』、『皆』、『已經』之義。」〔註73〕其說可從。是知「咸」有「既」、「竟」之義，《詩·閟宮》言「克咸厥功」，猶言「克盡厥功」，謂武王完成翦商大業之義，則楊氏言：「周自大王翦商，至武王率三

〔註69〕〔漢〕毛亨傳、〔漢〕鄭玄箋、〔唐〕孔穎達疏，《毛詩正義》，頁171。

〔註70〕同上註，頁1411。

〔註71〕〔漢〕許慎，《說文解字》，頁59。

〔註72〕周法高編，《金文詁林》，頁230。

〔註73〕趙誠，〈甲骨文虛詞探索〉，《古文字研究》第十五輯，頁282。

千人伐紂于牧野，始克竟大王翦商之功，故曰敦商之旅，克咸厥功」，正合《詩》
恉，其說甚是。若《毛傳》訓「咸」爲「同」，《鄭箋》從之，言：「能同其功
於先祖」〔註74〕，以「同」訓「咸」，則失之遠矣，說併非是。

五、《詩》「對揚王休」解

《積微居小學述林》卷六〈《詩》對揚王休解〉一文下，楊氏云：

> 《詩·大雅·江漢》五章云：「釐爾圭瓚，秬鬯一卣。告于文人，
> 錫山土田，于周受命，自召祖命。虎拜稽首，天子萬年。」六章云：
> 「虎拜稽首，對揚王休，作召公考，天子萬壽。」鄭《箋》云：「休，
> 美也。」朱子《集傳》亦同鄭說。按對揚王休之語，彝器銘文屢見
> 不一見。自宋以來治金文者皆依鄭義，略無異說。余按對揚王美，
> 文理膚泛不切，鄭說殆非也。愚疑休當爲賜與之義。《詩》五章言：
> 「釐爾圭瓚，秬鬯一卣」，又云：「錫山土田」，此記天子賞賜召虎
> 之事也。六章云：「虎拜稽首，對揚王休」，此記虎答揚王賜之事也。
> 文自上下相承，至爲警策，若訓休爲美，則文字鬆懈，全失《詩》
> 文上下相承之理矣。然則休何以有賜與之義？竊謂古音休與好同，
> _{同幽部曉母字}休當讀爲好也。《左傳》昭公七年云：「楚公子享公于新
> 台，好以大屈。」好以大屈者，賂以大屈也。《周禮·天官·內饔》
> 云：「凡王好賜肉脩，則饔人共之。」好賜連言，好亦賜也。鄭《注》
> 釋爲王所善而賜，誤矣。……余流覽金文，請投以五證以明余說。
> 〈小臣𣪘〉云：「追〔註75〕叔休于小臣貝三朋，臣三家。對厥休，
> 用作父丁尊彝。」休于小臣貝三朋，臣三家，休字除賜與之義外，
> 不能有他釋。下文云「對厥休」，自與上文之休爲一義。若作「對
> 厥美」訓釋，豈不離奇可笑乎！此一證也。〈效卣〉云：「王錫公貝
> 五十朋，公錫厥涉子效王休貝廿朋。」文云王休貝，即王賜公五十
> 朋之貝也。……蓋王以貝五十朋賜效之父，而效之父即於此五十朋
> 之中分二十朋賜其世子效也。上言王賜公貝，下言王休貝，明休即

〔註74〕〔漢〕毛亨傳、〔漢〕鄭玄箋、〔唐〕孔穎達疏，《毛詩正義》，頁1411。
〔註75〕筆者案：字當作「趙」，非爲「追」。

賜也。變錫言休者，以句中已有公賜之文，特變易以避複耳。此二證也。〈大保設〉云：「王△大保，錫休余土。」休與錫同義，故二字連文。〈姛設〉云：「姛休錫厥瀕事貝」，又倒云休錫。惟休與錫同義，故可云錫休，又可云休錫也。休與好，錫與賜，皆同音字，〈姛設〉之休錫，即《周禮》之好賜也。此三證也。〈虢叔鐘〉云：「旅敢啓帥刑皇考威儀，△御于天子，由天子多錫旅休。」〈追設〉云：「追虔夙夕卹厥死事，天子多錫追休。」夫休而云錫，且云多錫，若休爲美義，如何可錫，又何多少之可言乎！惟休爲錫與，古人名動相因，故賜與之物亦可謂之休也。此四證也。〈省卣〉云：「甲寅，子商小子省貝五朋，省揚君商，用作父己寶彝。」〈守宮尊〉〔註76〕云：「王在周，周師光守宮事，價周師丕舓。錫守宮絲束，苴幕五，苴幎二，馬匹，毳巾三，△△三，㻬朋。守宮對揚周師釐，作祖己尊。」按商與賞同，釐與賚同，省揚君賞，守宮對揚周師釐，與對揚王休句例無異。賞釐皆賜與之義，知休亦賜與之義也。此五證也。尋金文對揚王休之句，必爲述作器之原因，君上賞錫臣下，臣下作器紀其事以爲光證，此所謂揚君賜也。若謂對揚君美，賞賜臣下爲人君常事，何美之可言乎！此從事理言之，可知必其不然者也。顧自鄭君誤釋，至今將二千年，宋以來治吉金諸人皆陳陳相因，雖近日孫仲容、王靜安精治彝器銘文，皆未悟舊説之失，得非以其語太習見，故視爲故常，羣習焉而不察乎！〔註77〕

案：「休」於甲文作「休」，金文作「休」，象人在木旁，有所依靠之形，而以「止息」爲其本義，即《說文》云：「息止也。」〔註78〕正爲其本義。以「休」之本義爲「止息」，復引申而有「美善」之義，《爾雅·釋詁》言：「休，美也。」〔註79〕正取「休」之引申義，「休」有「美善」之義，見於銅器銘文者，如：

〔註76〕筆者案：本器或名〈守宮盤〉，爲盤類水器，舊時著錄大多誤認爲尊，是以舊多稱爲〈守宮尊〉，現今著錄均已改稱〈守宮盤〉。

〔註77〕楊樹達，《積微居小學述林》，頁346～348。

〔註78〕〔漢〕許慎，《說文解字》，頁272。

〔註79〕〔晉〕郭璞注、〔宋〕邢昺疏，《爾雅注疏》，頁26。

〈員方鼎〉：「王令員執犬，休善。」《集成》2693

〈公臣𣪕〉：「臣其萬年用寶茲休。」《集成》4184

〈史頌𣪕〉：「休有成事。」《集成》4229

〈師袁𣪕〉：「休既有功。」《集成》4313

〈不𡢁𣪕〉：「女休。」《集成》4328

〈中山王𧊒壺〉：「上下之體，休有成功。」《集成》9735

〈兮甲盤〉：「折首執訊，休亡敃。」《集成》10174

又「休」作「美善」之義，其見於典籍文獻者，如：《書‧大禹謨》：「戒之用休」、〈益稷〉：「以昭受上帝，天其申命用休」〔註80〕；《詩‧豳風‧破斧》：「哀我人斯，亦孔之休」、〈小雅‧菁菁者莪〉：「既見君子，我心則休。」〔註81〕凡此皆金文與傳世文獻之「休」爲「美善」之義者，故《鄭箋》注〈江漢〉詩「對揚王休」一句言：「虎既拜而答王策命之時，稱揚王之德美。」〔註82〕亦以「美善」之義訓「休」。然「對揚王休」一句，若依鄭說爲「稱揚王之德美」，便與上文描述動作「虎拜稽首」一語文義不協〔註83〕，而鄭《注》於經文亦憑空添一「德」字，亦實屬無據，似無必要。是「對揚王休」之語，是否依循舊注以「休」訓爲「美善」之義，仍有疑慮，故楊氏疑鄭氏所釋有誤，另作別解。

　　「休」雖於甲文、金文語文中俱有「美善」之義，然亦有「美善」之義無可通讀之例，若楊氏所舉〈小臣𧻚〉：「䢔叔休于小臣貝三朋、臣十家」（《集成》4042），及〈小臣𤳈鼎〉：「召公建匽，休于小臣擅貝五朋。」（《集成》2556）銘

〔註80〕〔漢〕孔安國傳、〔唐〕孔穎達疏，《尚書正義》，頁89、115。

〔註81〕〔漢〕毛亨傳、〔漢〕鄭玄箋、〔唐〕孔穎達疏，《毛詩正義》，頁529、630。

〔註82〕同上註，頁1247。

〔註83〕筆者案：彝銘銅器屢見「拜稽首」之後復言「對揚」，「對揚」當爲「拜稽首」之後續動作，同屬動作活動，非指語言形式應答。沈文倬〈對揚補釋〉一文，嘗舉《儀禮‧鄉射禮》、〈燕禮〉、〈大射義〉之文比對，以「對」爲古禮儀式中之特定動作；並以《禮記‧檀弓》「杜蕢洗而揚觶」爲據，以「揚」爲「揚觶」之舉，指「對揚」乃與「拜稽首」爲一連貫之動作行爲，非傳統舊注所謂「對答稱揚」之語言形式，其說可從。沈文倬，〈對揚補釋〉，《宗周禮樂文明考論》（杭州：杭州大學出版社，1999年12月），頁529～538。

文云「休于某」者，則「休」於句中僅能作動詞之義，作「賜」之義，若以「美善」之義言之，則「美於某貝朋」，便嫌抽象，無從取義，難以構句，故楊氏言「休爲美義，如何可錫，又何多少之可言乎」，其言甚確。

又〈江漢〉詩與銅器言「對揚王休」者，知者，「對揚」與「拜稽首」同爲古時對應封賞、策命之動作，爲制度固定之動作行爲之一，《禮記・玉藻》云：「君賜，稽首，據掌，致諸地。」鄭玄《注》云：「至首于地。據掌，以左手覆按右手服之。」〔註84〕此與《書・舜典》：「禹拜稽首」之例同〔註85〕，爲人臣受君賜、策命後叩謝君命之舉，臣受君賜，既拜而起，復又對答舉觶，以謝君賜。是知「拜稽首」與「對揚王休」乃爲答謝君賜之連貫行爲，以銅器銘文審之，若〈大鼎〉（《集成》2806）、〈大設〉（《集成》4298）、〈靜設〉（《集成》4273）、〈師酉設〉（《集成》4288）、〈師遽設〉（《集成》4214）、〈彔伯致設〉（《集成》4302）、〈廿七年衛設〉（《集成》4256）、〈繁卣〉（《集成》5430），凡此諸器皆於銘文先言賜物，復言「某拜稽首」、「對揚王休」或「對揚某休」之例也，由銘文語境觀之，則某受賜於君或上位之人，依禮而拜稽首，復謝君賜，則諸辭之「休」，正指前述諸多賞賜而言，則「休」於文例中乃爲動詞，與〈守宮盤〉「對揚周師釐」一語相當，則知「休」與「釐」義同，當訓爲「賜」，若以「美善」之義訓之，不免籠統，與文義不協矣。又金文可見「錫休」、「休釐」等語，如：〈大保設〉：「錫休余土」（《集成》4140）、〈噩侯馭方鼎〉：「敢對揚天子不顯休釐。」（《集成》2810）「休」與「錫」、「釐」同義，「錫休」、「休釐」爲同義複詞，此又可爲「休」於金文有「賜」義之一證。

由上舉諸多銅器銘文與文獻用例可知，「休」於金文、典籍兼有「美善」與「賜」二義，所用何義當由「休」於文例中之位置、語境判斷，不可一概以「美善」之義訓釋，若〈大雅・江漢〉「對揚王休」一句，「休」字當承前章「釐爾圭瓚」一事而來，故有「虎拜稽首」、「對揚王休」一事，衡之語境與金文用例，此處之「休」當以「賜」義爲訓，《鄭箋》以「美善」之義訓之，實爲誤解，當以楊說爲是。

經上述舉例，吾人可見楊氏雖以文字聲訓之法見長，推演經籍章句文字、

〔註84〕〔漢〕鄭玄注、〔唐〕孔穎達疏，《禮記正義》，頁919。
〔註85〕〔漢〕孔安國傳、〔唐〕孔穎達疏，《尚書正義》，頁73。

詞義，引爲線索，據以考定、推求經典文義章恉，同時以章句文例、詞義、語境等多方考量申講文義，推求章句正解，復廣徵文獻，以傳世文獻比對，所論信而有據，結構縝密，故時有超越前人訓解之創見，成就斐然，貢獻卓著。然而，傳世經籍多數距今千年之遠，相關文獻材料流存不多，保存不易，章句亦大多簡約，考證傳世典籍文義，實非易事，故楊氏章句訓詁存有若干誤解、過度詮釋之處，亦在所難免。針對楊氏經籍訓詁若干失誤之詮解，筆者將於後文擇取楊氏古籍訓解有誤之例與之商榷，做進一步討論。

第三節　楊樹達古籍訓解商榷

由上節討論，吾人由楊氏《積微居小學金石論叢》、《積微居小學述林》古籍訓解之例，一窺楊氏訓詁考據之精要之處，以聲求義、破讀通叚，不爲文字字形所限，以典籍文獻義訓爲先，通讀爲要，善於比對詞例、文例，會通古籍文獻，修正前人謬誤，使經典考釋更臻完善，於傳統文獻研究有相當程度之價值。然我國經典文獻流傳至今已歷千年，加之文獻保存、流傳不易，先民古制難考，欲通解文獻，會通經義，實屬不易，即博學鴻儒如王氏父子所論尚不能盡是，是故楊氏考釋典籍存有若干值得商榷之處，亦在所難免。本節擬對楊氏若干古籍訓解不周之處舉例提出商榷，期能在肯定楊氏經典訓解成就之餘，亦能指陳其說謬誤之處，使經典文獻詮釋更加完整，茲舉例如下：

一、《詩》「亶侯多藏」解

《積微居小學金石論叢》〈《詩》亶侯多藏解〉一文下，楊樹達曰：

> 《詩·小雅·十月之交》云：「皇父孔聖，作都于向；擇三有事，亶侯多藏。」《毛傳》云：「擇三有事，有司，國之三卿，信維貪淫多藏之人也。」按毛以「信」釋「亶」，以「維」釋「侯」，於《詩》文未切合。今按《說文·五篇下·㐭部》云：「亶，多穀也。从㐭，旦聲。」《詩》文言多藏，故以訓多穀之亶狀之。「亶侯」者，猶言「亶兮」也。《史記·樂書》云：「高祖過沛，詩〈三侯之章〉。」〈三侯之章〉者，世所稱〈大風歌〉，即「大風起兮雲飛揚，威加海內兮歸故鄉，安得猛士兮守四方」之詩也。故《索隱》云：「侯，語

辭也。兮，亦語辭。沛詩有三兮，故云三侯也」是也。三兮可云三侯，侯兮同義明矣。_{侯兮同淺喉音字。}〈大雅・下武篇〉云：「媚茲一人，應侯順德。」應侯，亦應兮也。《詩》文言順德，故以應兮狀之。《左傳》所謂「今與王言如響」者也。《毛傳》訓「應」爲「當」，訓「侯」爲「維」，非是。

案：《詩・小雅・十月之交》章句云：「擇三有事，亶侯多藏。」「亶侯多藏」一句，《毛傳》言：「信維貪淫多藏之人也。」以「信」訓「亶」，以「維」訓「侯」〔註86〕，以言奸臣聚斂之多，舊釋多從其說。楊氏則以《說文》「亶」訓：「多穀」爲據，言「亶侯多藏」之「亶」當訓爲「多」，《毛傳》訓解與詩恉不合。考「亶」字從「㐭」，像穀倉之形，故《說文》以「多穀」訓之，楊氏從《說文》爲訓，故以「亶」訓「多」。然衡之語義，下文既言「多藏」，則「亶」又訓「多」，義嫌繁複，義無所取；以語境考之，「擇三有事，亶侯多藏」一語，旨在強調三有司之貪多聚斂，爲陳述事實之具體肯定，若「亶」訓「多」，則亦無強調「多藏」之作用，是知楊氏以「亶」訓「多」雖有所本，然與語義、語境均不相合，其說未確，不可信從。若「亶」訓「多」不可從，則「亶侯多藏」之「亶」當作何訓？筆者以爲此句之「亶」仍當從舊釋，以「信」、「誠」釋之較長；考《爾雅・釋詁》言：「亶，誠也。」〔註87〕「亶」之訓「誠」，先秦典籍已然多見，如《詩・常棣》言：「是究是圖，亶其然乎？」〔註88〕《荀子・彊國》亦云：「今相國上則得專主，下則得專國，相國之於勝人之埶，亶有之矣。」〔註89〕上舉文獻「亶」之文義，皆爲對實際發生之事件之情況加以肯定與評斷，表示事實爲眞，與本句之文義相同，皆當以「信」、「誠」之義爲訓，義方足順，楊氏以「多」訓之，無法成立。

又楊氏以《史記・樂書》稱〈大風歌〉爲「三侯之章」、《史記索隱》釋「侯」、「兮」均爲語辭之解爲據，言「侯」、「兮」俱爲淺喉音〔註90〕，故二者

〔註86〕 〔漢〕毛亨傳、〔漢〕鄭玄箋、〔唐〕孔穎達疏，《毛詩正義》，頁727。

〔註87〕 〔晉〕郭璞注、〔宋〕邢昺疏，《爾雅注疏》，頁17。

〔註88〕 〔漢〕毛亨傳、〔漢〕鄭玄箋、〔唐〕孔穎達疏，《毛詩正義》，頁575。

〔註89〕 〔清〕王先謙，《荀子集解》（北京：中華書局，1988年9月），頁295。

〔註90〕 筆者案：「侯」、「兮」二字聲母均在「匣」母，當爲牙音，非楊氏所謂喉音。

相通，「亶侯」者，猶言「亶兮」之論，小非。《詩·十月之交》「亶侯多藏」之「侯」，《毛傳》以「維」釋之，考《爾雅·釋詁》言：「伊、維，侯也。」〔註91〕以「侯」訓「維」，以無義語詞訓之，猶《詩·四月》：「山有嘉卉，侯栗侯梅。」〔註92〕之「侯」，其作用爲引介主語，強調意義，爲無實義之語助詞〔註93〕。

又「兮」之一字，一般置於句末，以強化語氣，表感情之興嘆爲主，爲一表情緒、感情之語氣詞，如《詩·狡童》：「維子之故，使我不能餐兮」、〈伐檀〉：「坎坎伐檀兮，寘之河之干兮。」〔註94〕上舉之「兮」，均用於句末表情緒興嘆之感慨，相當今語之「啊」，當爲語氣詞。由是可知，「侯」與「兮」均爲無義語詞，然仍具詞彙意義，「侯」用以引介主語或謂語，「兮」表情緒之語氣，二者劃然有別，不當混同爲一。〈十月之交〉「亶侯多藏」一句之「侯」，於主語之後引介「多藏」，用以強調「多藏」一事，與語詞「維」之用法相當，故《毛傳》「維」訓之，當無可議。楊氏未察「侯」作虛詞與「兮」之用法迥異，不可混同，復又因以「亶」訓「多」之故，言「亶侯」爲「亶兮」，此說與語境不合，當有可商。苟依楊說，以「亶」爲「多」，以「侯」爲「兮」，則「亶侯多藏」即言「多啊多藏」，不僅語義重複，且詩人苦心勾勒上位人臣之多貪形象，亦不復存矣。筆者以爲，楊氏此說所以失誤，乃在於其先據《說文》「亶」字義訓假定其必爲「多」義，再以其爲原則，定「侯」爲「兮」之通借，最終導出「亶侯」爲「亶兮」之論，以指《毛傳》訓解錯誤。此論看似成理，且立論新穎，有推翻舊注，另闢蹊徑之意，實則昧於字書所訓，於文字通借之理過於深求，復忽視虛詞語境與其詞彙意義之差異，致使其論背離詩歌本恉，導致誤釋。本句「亶侯多藏」仍當以舊注所訓爲長，實無翻案之必要，楊氏訓解假說未確，說不可從。

〔註91〕〔晉〕郭璞注、〔宋〕邢昺疏，《爾雅注疏》，頁 54。

〔註92〕〔漢〕毛亨傳、〔漢〕鄭玄箋、〔唐〕孔穎達疏，《毛詩正義》，頁 793。

〔註93〕筆者案：《詩經》中「侯」多爲「爵位」之義，作「維」義者，僅 19 見，與虛詞「維」上百之用例比例懸殊，近人龍宇純以爲其因乃由隸書「侯」、「維」二字形近訛誤所致，其說可從。龍宇純，〈試說詩經的虛詞侯〉，《絲竹軒詩說》，頁 342。

〔註94〕同上註，頁 304、369。

二、《論語》「子奚不爲政」解

《積微居小學金石論叢》卷五〈《論語》子奚不爲政解〉一文，楊氏云：

《論語‧爲政篇》云：「或謂孔子曰：『子奚不爲政？』子曰：『《書》云：孝乎惟孝，句讀從舊讀。友于兄弟，施于有政，是亦爲政，奚其爲爲政？』」〔註95〕《集解》引包咸注曰：「或人以爲居位乃是爲政也。施，行也，所行有政道，即是與爲政同耳。」今按包氏釋政爲政令之政，其說非也。愚謂鄭謂卿相大臣，以職言，不以事言。《左傳‧閔二年》曰：「君與國政之所圖也。」《史記‧晉世家》《集解》引賈逵注云：「國政，正卿也。」又〈昭十五年〉曰：「孫伯黶司晉之典籍以爲大政。」杜《注》云：「孫伯黶，晉正卿。」又〈哀十五年〉曰：「莊公害故政，欲盡去之。」杜《注》云：「故政，輒之臣。」《史記‧衛世家》作莊公欲盡誅大臣。《國語‧周語》曰：「昔先大夫荀伯自下軍之佐以政。」又云：「趙宣子未有軍行而以政。」韋昭《注》釋以政並云：「升爲正卿」是也。……《爾雅‧釋詁》曰：「正，長也。」是也。夫施行政令，在位者之責也。孔子既非在位之人，人乃以其不行政令爲疑，是無理也。若問其何不居卿相之位，此猶陽貨以辭譏孔子之不仕，斯合於事理矣。

「施于有政」者，施者，延及之詞。《禮記‧樂記注》云：「施，延也。」是也。有政指在位之人而言，猶言有司也。文亦作有正。《書‧酒誥》云：「文王誥教小子有正有事。」又云：「庶士有正越庶伯君子。」「友于兄弟施于有正」者，謂以其所以友于兄弟者延及於卿相在位之人也。……包訓施爲行，訓施于有正爲所行有政道，不辭甚矣。〔註96〕

案：「子奚不爲政」出自《論語‧爲政》，乃以人問夫子何以不爲政，夫子答曰：「孝乎！惟孝，友于兄弟，施于有政，是亦爲政，奚其爲爲政？」以言其

〔註95〕筆者案：此若依舊說斷句，以「《書》云：『孝乎惟孝，友于兄弟』」爲句，則語意不通，無所取義，全句當作「《書》云：『孝乎！』惟孝，友于兄弟」，即「孝順，友愛兄弟」之謂，義方足順，楊氏言「句讀從舊讀」，依從舊解，似有未當。

〔註96〕楊樹達，《積微居小學金石論叢》，頁309～310。

由「齊家」進而「治國」之道。《論語集解》引包咸言「爲政」爲「居位」之意，以「政」爲「政令」，其說與事理不符，楊氏已駁其誤，此不贅言。楊氏以《集解》所引包氏之說有誤，不可盡信，乃以《爾雅・釋詁》：「正，長也」一說爲據，復引《左傳》、《國語》文獻爲證，以「政」、「正」相通，故言此句「子奚不爲政」之「政」「以職言，不以事言」，「政」當以「卿相大臣」爲訓。考「政」、「正」古音同在端母耕部，古多通借，楊氏所舉《左傳》、《國語》諸辭之「政」皆爲「正」之通叚，訓爲「官長」之義，當無可疑；蓋楊氏此處將「爲政」一詞拆解，單訓「政」字，以「政」可通「正」，故訓「官長」之義。然衡之語義，卻與此句「子奚不爲政」之「政」義不相屬，不可一概而論。「子奚不爲政」一句，當以「爲政」爲一詞訓之。此乃人問於夫子何以不爲政？夫子乃論若先以孝、友齊家，以其德行影響及於爲政治國，便等同於爲政，並反詰對方「奚其爲爲政？」此即夫子所謂「爲政以德」〔註97〕之政治論，以禮樂教化之施行，延於家國天下，方爲「爲政」之道。由是觀之，所謂「子奚不爲政」一句之「爲政」當爲一詞，「爲政」者，即謂之治國，此與《詩・節南山》：「不自爲政，卒勞百姓」〔註98〕、《左傳・宣公元年》：「趙宣子爲政，驟諫而不入，故不競於楚。」〔註99〕之「爲政」同義，當指「治國」而言，此乃人問於夫子何以空言治國而不出而治國？夫子答以「齊家」、「治國」之道與治國無異。「爲政」所指當爲「治國」，非楊氏所謂之「卿相大臣」之義，楊說乃由誤讀文義而生，故訓詁之前提有誤，其說非是。

又楊氏言「施于有政」之「有政」與《尚書》之「有正」同，當爲「有司」之謂者，亦非。楊氏此說乃由前論「政」爲「官長」之訓而來，以「政」爲「卿相大臣」，則「有政」自當指「有司」而言。然前已論及，「爲政」當指「治國」，非言「卿相大臣」，則此處「有政」自當以「治國」一義訓之。「施于有政」與下句「是亦爲政」相對，「有政」即言「爲政」，乃夫子旨在強調以孝、友等禮樂教化實踐於個人生活，由「齊家」進而擴展至「治國」，則天下方可大治，此即〈子路〉篇所謂：「苟正其身矣，於從政乎何有？不能正其

〔註97〕　〔魏〕何晏注、〔宋〕邢昺疏，頁14。

〔註98〕　〔漢〕毛亨傳、〔漢〕鄭玄箋、〔唐〕孔穎達疏，《毛詩正義》，頁704。

〔註99〕　〔明〕左丘明傳、〔晉〕杜預注、〔唐〕孔穎達正義，《春秋左傳正義》，頁590。

身，如正人何？」〔註100〕之政治論思想，則知文曰「有政」即「為政」之謂，亦指「治國」而言，非楊氏所謂「有司」之義，楊說非是。綜上所述，楊氏之論，不論以「政」為「正」，或以「有政」為「有司」，均由文義之誤讀而生，進而形成訓詁前提之誤判，即便楊氏於訓詁過程毫無破綻，且廣徵文獻以證成其說，可謂煞費苦心，然作為前提之假說出於誤讀，已然有誤，所得結論自然有待商榷，吾人從事訓詁考據，不可不察。

三、《孟子》「臺無餽」解

《積微居小學金石論叢》卷五下〈《孟子》臺無餽解〉下，楊氏云：

《孟子・萬章下篇》云：「繆公之於子思也，亟問，亟餽鼎肉。子思不悅，於卒也，摽使者出諸大門之外，北面稽首再拜而不受。曰：『今而後知吾〔註101〕君之犬馬畜伋。』蓋自是臺無餽也。」趙歧注云：「臺，賤官，主使令者。《傳》曰：『僕臣臺。』從是之後，臺不持餽來，繆公慍也。〔註102〕」樹達按無餽事屬繆公，不當以興臺賤吏言之。邠卿望文生義，其說非也。今按臺當讀為始。「蓋自是臺無餽」，謂魯繆公自是始不餽子思也。《說文・十二篇下・女部》曰：「始，女之初也。從女，台聲。」台與臺古音同。按《呂氏春秋》卷十七〈任數篇〉云：「嚮者煤臺入甑中。」高誘注云：「臺讀作炱。」今本《呂氏春秋》此文高注有挽誤，此從王念孫《讀書雜志・餘編》據《文選》陸機〈君子行〉引高注校正。《說文・十篇上・火部》「炱從台聲。」《孟子》之假臺為始，猶《呂氏春秋》之假臺為炱矣。〔註103〕

案：此萬章問孟子士之託諸侯，「周之則受，賜之則不受」之理，孟子以魯繆公與子思之事為例，譏繆公之悅賢而不能敬賢、養賢之語。「臺無餽」之「臺」，舊釋均以為「賤官」，趙歧《注》言：「臺，賤官，主使令者。」孫奭《疏》言：

〔註100〕〔魏〕何晏注、〔宋〕邢昺疏，《論語注疏》，頁175。

〔註101〕各本《孟子》均無「吾」字，不知楊氏所據何本？當刪吾字。

〔註102〕筆者案：趙《注》「《傳》曰」之後楊氏斷句有誤，若從楊氏之文，則文義不協，難以通讀。其文當作：「僕臣臺從是之。後臺不持餽來，繆公慍也。」義方足順。

〔註103〕楊樹達，《積微居小學金石論叢》，頁310～311。

「蓋自子思如是辭之之後，僕臣臺從此不持餼來也。」〔註104〕朱熹《集註》亦言：「臺，賤官，主使令者。蓋繆公愧悟，自此不復令臺來至餼也。」〔註105〕諸家訓解雖有小異，然於「臺」皆釋爲「賤官」。楊氏則謂：「餼事屬繆公，不當以輿臺賤吏言之。」乃謂趙歧望文生義，以古「臺」、「台」同音，「始」從台聲，復以文義衡之，言「臺無餼」之「臺」當假爲「始」，「臺無餼」即「始無餼」之義。

考「臺」與「台」古音同屬定母之部同音，「始」從台聲，古音在透母之部，聲近韻同，具古音通叚條件。故楊氏據此以「臺」爲「始」之通叚，復又舉《呂氏春秋》「臺」假爲「炱」之例爲證，言此文「臺」當讀爲「始」，方可取義。然楊氏以「臺」、「台」同音，「始」從台聲，則「臺」可爲「始」，僅僅爲因聲求義之訓，並無語言實際例證可資證明；「臺」、「台」、「始」諸字僅具音聲關係，字義不相連屬，且於傳世文獻亦無「臺」假爲「始」之用例，即楊氏所舉《呂氏春秋》「臺」假爲「炱」一例，除證明「臺」、「炱」音同以外，於「臺」假爲「始」之一說，亦無多大作用。筆者以爲，此處《孟子・萬章》章句「臺無餼」之「臺」仍當從舊釋訓爲「賤官」，不當以楊氏讀「臺」爲「始」。《左傳・昭公七年》言：「天有十日，人有十等，下所以事上，上所以共神也。故王臣公，公臣大夫，大夫臣士，士臣皂，皂臣輿，輿臣隸，隸臣僚，僚臣僕，僕臣臺。」《正義》引服虔之言曰：「臺，給臺下，微名也。」〔註106〕俞正燮《癸巳類稿・僕臣臺義》亦言：「謂之臺者，罪人爲奴；又逃亡復獲之則爲陪臺。自皂以下得相使役，故曰臣曰等也。」〔註107〕是知趙歧《注》所言「賤官」，當本《左傳》而來，非向壁虛造之言。則知此處之「臺」所以爲「賤官」者，乃因其僅供使役之用，爲階級低下之始役，即今所謂「跑腿」之流。則知《孟子》此文乃言：繆公餼食子思，屢以君命使賤吏持餼以贈，每使子思拜謝君賜，是以子思不悅，故而麾之。揆之文義，趙歧舊注不論於語境、文義訓解均較楊氏以「臺」讀「始」爲長，則「臺無餼」一語，實無

〔註104〕〔漢〕趙歧注、〔宋〕孫奭疏，《孟子注疏》，頁285、287。

〔註105〕〔宋〕朱熹，《四書集注》（北京：中國書店，1994年5月），頁297〜98。

〔註106〕〔明〕左丘明傳、〔晉〕杜預注、〔唐〕孔穎達正義，《春秋左傳正義》，頁1237。

〔註107〕〔清〕俞正燮，《癸巳類稿》（上海：上海古籍出版社，2002年3月《續修四庫全書》本），冊1159，頁308。

翻案之必要；楊氏別無旁證，僅以語音關係便驟言通叚，實有望文生義、濫用通叚之失，其說非是。又楊氏言「餽事屬繆公，不當以輿臺賤吏言之」一語亦有未確。此事自當以臺吏爲子思麾之，返告繆公子思之言，繆公方不再令臺吏持餽贈之，楊氏「不當以輿臺賤吏言之」一說與事理邏輯之不符，自不待言，更無論矣。

　　古時字少，前人訓解典籍，用字多以音同音近者通叚之，然此僅爲用字權宜之法，非爲絕對法則，不當以某字與另一字具音韻關係，便貿然以通叚視之。王力嘗謂：

> 古音通叚說的廣泛應用，開始於王念孫、王引之父子。……王氏父子治學是嚴謹的。事實上他們不是簡單地把兩個聲同或聲近的字擺在一起，硬說他們相通，而是：（一）引了不少的證據；（二）舉了不少的例子。這樣就合乎語言的社會性原則，而不是主觀臆斷的。當然，在王氏父子的著作中也有頗多可議之處，那些地方往往就是證據不足，例子太少，所以說服力不強。後人沒有學習他們的嚴謹，卻學會了他們的「以意逆之」，就是棄其精華，取其糟粕，變了王氏父子的罪人了。〔註108〕

王氏所言甚是，以通叚方式訓解古籍，固須考慮文字之音韻關係，然仍需實際例證加以輔助，並以語境、文義多方考量，方可成立，並非有音韻關係之字均可以通叚視之，否則以漢語同音之字多不勝數，便無字不通，無字不叚，妨礙訓詁考據之正確性與客觀性。以《孟子》「臺無餽」一語觀之，楊氏訓解所以不如舊注，有望文生義之弊，其原因仍在於過於注重因聲求義，以破讀通叚爲首務，忽視通叚於音韻關係以外之「滿足條件」〔註109〕，故陷入濫用通叚之泥淖，影響文義判讀。

〔註108〕王力，〈訓詁學上的一些問題〉，《王力文集》，頁 193～194。

〔註109〕筆者案：所謂「滿足條件」，即近人周何於《中國訓詁學》一書所舉：「即過去曾經通用，得到普遍公認的驗證。也就是在文獻資料中找到不止一次以此代彼的證明，那就足以肯定當時確實具有公開的習慣性才足以滿足鑑定的要求，故謂之滿足條件。」周何，《中國訓詁學》（臺北：三民書局，1997 年 11 月），頁 67。由此，吾人可知「滿足條件」即可謂文獻證明，以通叚訓解文義，除堅持語音條件以外，仍須有明確之證據，否則即便有本字可求，假說亦無法成立。

四、《爾雅》窕閒說

《積微居小學金石論叢》卷五〈《爾雅》窕閒說〉一文，楊氏云：

《爾雅・釋言》云：「窕，閒也。」邢《疏》引《詩・關雎傳》窈窕訓幽閒爲證。王氏《經義述聞》引《司馬法》：「凡戰之道，力欲窕，氣欲閒，及擊其倦勞，避其閒窕。」諸語，證閒又爲閒暇之閒，説既得之矣。愚謂窕之訓閒，尚有寬閒一義。《楚辭・招魂篇》王逸《注》云：「空寬曰閒」，是閒有空寬之義也。窕得訓爲空寬之閒者，《大戴禮・王言篇》云：「布諸天下而不窕，内諸尋常之室而不塞。」《管子・宙合篇》云：「其處大也不窕，其入小也不塞。」《墨子・尚賢篇》云：「大用之天下則不窕，小用之則不困。」《荀子・賦篇》云：「充盈大宇而不窕，入郤穴而不逼。」《呂氏春秋・適音篇》云：「音大鉅則志蕩，以蕩聽鉅，則耳不容；不容則橫塞，橫塞則振。大小則志嫌，以嫌聽小，則耳不充；不充則不詹，不詹則窕。」高誘《注》云：「窕，不滿密也。」《淮南子・俶真篇》云：「處小隘而不塞，橫扃天地之間而不窕。」〈本經篇〉云：「故小而行大，則滔窕而不親；大而行小，則陿隘而不容。」高《注》與《呂氏春秋》同。……凡諸書言窕，與塞困逼諸語爲對文，言滔窕與陿隘對文，塞困逼陿隘，皆寬閒之反也，則窕訓寬閒明矣。《説文・十二篇下・門部》云：「閒，隙也。從門，從月。」〔註110〕此閒之本義也。引申爲寬閒之閒，謂有餘地也。邢氏説爲幽閒，王氏説爲閒暇，皆不及寬閒之閒，乃爲能言其餘義而遺其要義矣。《爾雅・釋言》又云：「窕，肆也。」《經義述

〔註110〕筆者案：考今段本《説文注》「閒」字在十二篇上，又「閒」下《説文》言：「從門、月」，而楊氏所引「從門，從月」則爲小徐本《説文》之語，然小徐本「閒」字在卷二十三，非十二篇。此二處當爲楊氏筆誤與混淆段本《説文注》、《説文繫傳》内容所致，特此指出。此類筆誤顯而易察，然自1937年商務印書館出版《積微居小學金石論叢》時即已存在，是書一再再版，歷1955年中國科學院增訂版、1986上海古籍出版社《楊樹達文集》版，乃至最新之2013年上海古籍出版社《楊樹達文集》版，如此明顯筆誤，數十年來各版竟均未校出，余心頗感訝異，特此記之。

閜》窋肆皆言深極，是也。《說文・七篇下・穴部》云：「窋，深肆極也。」曰肆，曰深肆極，義與寬閜相因。王念孫於《廣雅・釋詁》能詳證《廣雅》窋寬之訓，而不能悟《廣雅》之窋寬與《爾雅》之窋閜同義，郝懿行知窋閜之閜有寬閜之義，而不能證窋之爲寬閜，蓋皆未能心知其意也。故具言之。〔註111〕

案：《說文》云：「閒，隙也，从門、月。」〔註112〕字由「門」、「月」構形，取象門中見月，以見門中「閒隙」之義。《爾雅・釋言》言：「窋，閒也。」乃以「閒」之本義訓「窋」，以明「窋」有「閒隙」之義，郭璞《注》云：「窈窋，閒隙。」〔註113〕正以本義釋之，邢昺《疏》則更加闡釋，云：「窈窋，閒隙也。」，並以《毛傳》「窈窋」訓「幽閒」爲據，以證「窋」之「閒隙」義，而楊氏以「空寬」、「寬閜」言之，其義亦同。以「閒」爲「閒隙」，引申復有「閒暇」之義，此義郭《注》無釋，王引之爲明「閒」亦有「閒暇」之義，故於《經義述聞》引《司馬法》爲據，以證「閒」之兼有「閒暇」之義。「閒」既兼「閒隙」與「閒暇」二義，郭《注》何以無釋？黃侃《爾雅音訓》言：「閒兼閒暇、閒隙二義，然閒暇之義本由閒隙引申也，故郭但云閒隙，而閒暇之義自見其中矣。」〔註114〕由此可見，郭《注》乃以本義包舉引申，故未明言「閒」之有「閒暇」之義，而王引之爲明古訓，故復論之，以標舉「閒」兼有「閒隙」與「閒暇」之義，可謂用心良苦。

　　楊氏以王引之但云「閒暇」，未言「閒隙」，故廣徵書傳，以證「閒」之有「閒隙」、「空寬」，並言「邢氏說爲幽閒，王氏說爲閒暇，皆不及寬閜之閒，乃爲能言其餘義而遺其要義矣」、「王念孫於《廣雅・釋詁》能詳證《廣雅》窋寬之訓，而不能悟《廣雅》之窋寬與《爾雅》之窋閒同義。」故而具論「閒」之有「空寬」之義，以發前人所未發，補舊釋之遺漏。然楊氏之論，雖言之鑿鑿，看似成理，實則誤解前人舊釋，不明前人用心。前已論及，邢昺《疏》以「幽閒」釋「閒隙」，正爲申論郭《注》「閒隙」一說而來；而王引之以郭氏未明言

_____

〔註111〕楊樹達，《積微居小學金石論叢》，頁313～314。

〔註112〕〔漢〕許慎，《說文解字》，頁595。

〔註113〕〔晉〕郭璞注、〔宋〕邢昺疏，《爾雅注疏》，頁80。

〔註114〕黃侃，《爾雅音訓》（北京：中華書局，2007年7月），頁47。

「閒」兼有「閒暇」之義，而獨舉「閒暇」之義以明詞義，非不知「閒」兼有二義，而獨舉「閒暇」之義，自無「能言其餘義而遺其要義」之辯，是知楊氏此論乃由誤解前人訓解而來，其說非是。

而楊氏言「王念孫於《廣雅・釋詁》能詳證《廣雅》窕寬之訓，而不能悟《廣雅》之窕寬與《爾雅》之窕閒同義」一語，說亦未確。王氏《廣雅疏證》「窕，寬也」〔註115〕一詞訓解雖未言及與《爾雅》「窕」訓同義，然其於《讀書雜志・荀子雜志》嘗謂：「窕者，閒隙之稱。」〔註116〕王氏此訓當本《爾雅》而來，顯見王氏知曉《爾雅》之訓，而《廣雅疏證》所以不言其與《爾雅》義同，乃因王氏是書乃為《廣雅》疏證，當以《廣雅》所釋詞義為主；且其復緊守《廣雅疏證・序》所言「義或易曉，略而不論」體例之故，以《爾雅》之訓已為常義，故略而不言，非楊氏所謂不悟二書所訓同義者。楊氏未能體察前人訓解用心，自覺發百年來人所未發，逕指前人訓解遺漏，實則楊氏自發自覆，未能心知前人訓解之意，其論仍嫌專斷，而猶有可商。

又《爾雅・釋詁》言：「窕，肆也。」楊氏引《說文》「窕」訓「深肆」為據，言義與「閒隙」一義相因。考《爾雅・釋言》此條之後尚有「肆，力也」一語，全句當作：「窕，肆也。肆，力也。」郭璞《注》云：「輕窕者，好放肆。肆，極力。」〔註117〕由此觀之，可知「肆」除「深肆」之義，尚兼有「放肆」之義；《爾雅》「窕，肆也」所取當為「放肆」之義，又恐讀者與「深肆」之義相混，復於後加「肆，力也」一語指明其義，郭《注》則進一步言「放肆」，則「窕」之訓「肆」之義大明，當為「輕佻」之義，《左傳・成公十六年》云：「楚師輕窕，固壘而待之，三日必退」，正取此義〔註118〕，此條之「窕」當訓「放肆」之義，與訓「閒」之「窕」不同，不可相混。由此吾人可知訓「肆」之「窕」與訓「閒」之「窕」分屬不同詞義概念，楊氏未察二者有別，將其混同，言「曰肆，曰深肆極，義與寬閒相因」，看似成理，實則有「偷換概念」之失，其誤顯然。王力嘗謂：

〔註115〕〔清〕王念孫，《廣雅疏證》，頁90。

〔註116〕〔清〕王念孫，《讀書雜誌》（臺北：世界書局，1963年4月），卷八之八，頁14。

〔註117〕〔晉〕郭璞注、〔宋〕邢昺疏，《爾雅注疏》，頁71。

〔註118〕〔明〕左丘明傳、〔晉〕杜預注、〔唐〕孔穎達正義，《春秋左傳正義》，頁778。

古代學者（包括清人在內），由於時代的局限性，常常陷於偷換概念而不自覺；現在我們如果再蹈這覆轍，那就不應該了。……偷換概念是望文生義的自然結果。望文生義的人們往往不會毫無根據地「生」出一個「義」來，而往往是引經據典，然後暗渡陳倉，以達到他們想要生的義。〔註119〕

王說甚是。此楊氏訓解《爾雅》「窕，肆也」一例觀之，「窕」之訓「肆」與訓「閒」顯然分屬不同概念與詞位，楊氏未察「窕」字一詞多義之特性，詞位概念尚未釐清，便主觀認定「窕」字僅具「間隙」一義，故將「窕」之不同二義加以混同，產生「偷換概念」之誤釋；而《爾雅·釋言》此條全文為：「窕，肆也。肆，力也。」楊氏逕取前義，棄其後義，楊氏取捨如此乃因別有所據，或僅因個人好惡，尚不得而知，然斷章取義，以意逆志，亦非訓詁常法，吾人不可不戒。

五、《詩》「履我即兮」、「履我發兮」解

《積微居小學述林》卷六〈《詩》履我即兮履我發兮解〉一文下，楊氏云：

《詩·齊風·東方之日》一章云：「東方之日兮！彼姝者子，在我室兮，履我即兮。」二章云：「東方之月兮！彼姝者子，在我闥兮，履我發兮。」履毛《傳》訓為禮，即鄭《箋》訓為就，發毛《傳》訓為行，似皆非是。愚謂履與《大雅·生民篇》「履帝武敏」之履義同，毛《傳》於〈生民〉之履訓踐，是也。即者，《說文》即字從卪聲，蓋假為卪，卪則卩之象形初文。𦥑字從卩，《說文》訓為卪曲，是其證也。卩、桼古音同在屑部，聲亦相近，卪乃卩之後起加聲旁字耳。詳余〈釋卩篇〉古人席地而坐，安坐則卪在身前，故行者得踐坐者之卪也。發者，《說文》發從癹聲，癹從址聲，《詩》文乃假發為址。址從二止，《說文》訓足刺址，其有足義甚明。履我發者，踐我足也。闥毛《傳》訓內門，《釋文》引《韓詩》云：「門屏之間曰闥。」蓋在室內或坐或行，故行者得踐坐者之卪，門屏之間，兩者皆行，故一人可踐他者之足，與在室之時異也。詩人賦《詩》，

〔註119〕王力，〈訓詁學上的一些問題〉，《王力文集》，頁197～199。

情事分明，固歷歷如繪也。此蓋男女間互相愛慕時之詩，履即屨發，
皆示愛之事，被履者得之喜而形諸歌詠也。《詩》文明白易曉，祇
以即、發二字依聲通叚，不作本字，遂致辭義沈誨二千餘年。余今
說明其義，冀通經之士諟正焉。〔註120〕

案：楊氏此釋《詩·齊風·東方之日》章句，就形、義以釋「履」、「即」、「發」
諸字之義，言《毛傳》於諸字所釋皆誤，此詩「履我即兮」、「履我發兮」二
句諸字，「履」當訓「踐」；「即」為「卪」之通叚訓「郤」；「發」為「址」之
通叚訓「足」。楊氏自謂此論乃發二千年來之晦，然所舉諸事率皆謬誤，其說
非是，今即以楊氏所舉「履」、「即」、「發」三字加以商榷，以明楊氏之誤，
茲論如下：

「履我即兮」之「履」，《毛傳》訓為「履，禮也。」《鄭箋》申明其義，
言：「在我室者，以禮來，我則就之。」〔註121〕毛、鄭二家均以「禮」訓「履」，
乃以聲訓，《說文》「禮」下云：「禮，履也。」〔註122〕「履」、「禮」古音同在
來母脂部，「履」為「足所依也」〔註123〕，引申有依循之義；「禮」則為行為
規範，希望為人所共同依循、遵守，故以「足所依」之「履」為訓；《詩·長
發》：「率履不越。」《毛傳》即言：「履，禮也。」〔註124〕《易·序卦》：「物
畜然後有禮，故受之以〈履〉。」王弼《注》云：「履，禮也。」〔註125〕《禮
記·祭義》：「仁者仁此者也，禮者履此者也。」〔註126〕《荀子·大略》：「禮
者，人之所履也。」〔註127〕均以此義之。是知「履我即兮」之「履」，毛、鄭
以「禮」訓之，乃以聲訓為之，旨在言來我室者依禮而行，我當親近之義。
楊氏據「履」引申義言「履」當訓「踐」，「履我即兮」即「踐我即兮」，不論
語義、語境均與詩恉不合，其說難以成立，「履我即兮」之「履」仍當以毛、

〔註120〕楊樹達，《積微居小學述林》，頁348～349。

〔註121〕〔漢〕毛亨傳、〔漢〕鄭玄箋、〔唐〕孔穎達疏，《毛詩正義》，頁335～336。

〔註122〕〔漢〕許慎，《說文解字》，頁2。

〔註123〕同上註，頁407。

〔註124〕〔漢〕毛亨傳、〔漢〕鄭玄箋、〔唐〕孔穎達疏，《毛詩正義》，頁1454。

〔註125〕〔魏〕王弼注、〔唐〕孔穎達正義，《周易正義》，頁335。

〔註126〕〔漢〕鄭玄注、〔唐〕孔穎達疏，《禮記正義》，頁1333。

〔註127〕〔清〕王先謙，《荀子集解》，頁495。

鄭之說爲長，楊說非是。筆者以爲，楊氏所以訓「履」爲「踐」，乃爲遷就其「即」、「發」二字所釋而論，此處單論「履」字，尚無從見其立論荒謬之處，因此處僅先處理毛、鄭以「禮」訓「履」一事，暫不討論，待「即」、「發」二字訓解釐清之後，再於後文一窺楊氏立論不合事理之處。

「履我即兮」之「即」，楊氏言「即」爲「卪」之通叚，以「卪」爲「卻」之初文，言「履我即兮」之「即」當訓爲「卻」，而有「古人席地而坐，安坐則卻在身前，故行者得踐坐者之卻也」之論。然楊氏以「卪」爲「卻」之初文之說實有未當；考「卪」於甲骨文作「𠂤」、「𠃜」等形，象人長跪之形，屈萬里言爲「跽」之初文〔註128〕。今案屈說是，「卪」即象人跪坐之形，非楊氏所謂專指人體部位之「卻」而言，楊說非是。考「即」甲文作「𠂤」，金文作「𨙨」等形，均象人跪坐於「簋」旁，以「就食」爲其本義〔註129〕，引申爲「就」，有接近、靠近之義。「履我即兮」即《鄭箋》所謂「在我室者，以禮來，我則就之」之義，非楊氏所謂「踐我卻」者。楊氏此以「即」之從「卪」，復逕以「卪」爲「卻」之初文，而訓「即」爲「卻」之說，實乃望文生訓之說，說不可信。

又「履我發者」，楊氏以爲「發」之從「𣥠」，「𣥠」《說文》訓爲「足剌𣥠」，故認爲「發」有足義，而以「發」爲「𣥠」之通叚，當訓爲「足」，「履我發」即「踐我足」之義，故言「門屛之間，兩者皆行，故一人可踐他者之足，與在室之時異也」。考「發」《說文》訓「躮發也。」〔註130〕此即「發」之本義，「發」甲骨文作「𢏱」，金文作「𢖋」，字從弓從殳，象人張弓射矢之形〔註131〕，初不從「𣥠」，「𣥠」乃後附加之聲符〔註132〕，字衍爲形聲，聲符「𣥠」僅爲識音之用，聲不兼義。以「發」之本義爲「躮發」，引申而有「出發」之義，如《孫子·軍爭》：「故迂其途，而誘之以利，後人發，先人至，此知迂直之計者也。」〔註133〕故《毛傳》訓「發」爲「行」，正取此義。「履我發兮」即《鄭箋》所言：

〔註128〕此詳見前章「卪」字釋義。

〔註129〕羅振玉，《增訂殷墟書契考釋》，頁157。

〔註130〕〔漢〕許慎，《說文解字》，頁647。

〔註131〕羅振玉，《增訂殷墟書契考釋》，頁134。

〔註132〕見《甲骨文字詁林》「勿」字條引裘錫圭〈釋勿發〉一文。

〔註133〕孫武，《孫子》（臺北：先知出版社，1976年10月《二十二子》本），冊10，頁420。

「以禮來，則我行而與之去。」〔註 134〕楊氏僅以「發」字從「址」，便言「足義甚明」，進而訓「發」爲「足」，釋義迂曲，有望文生義之弊，其說難以成立，仍不如《毛傳》、《鄭箋》之說爲長。近人龍宇純便言：

> 《說文》云：「卩，瑞信也。象相合之形。」是把卩自認爲後世節信的節。楊氏不從許說，是其高明之處。根據卻卷二字，便說卩是卻字的象形初文，其出發點便是接受了《說文》卩字的讀音，究竟「卩」是否果然爲一獨立字，基本上不能認爲無問題；卻蓋的膝可否用象形的方式來表現？如「ʃ」的形象是否能表現出來卻蓋？當然也都成問題。楊氏著眼於卻卷二字，以爲卩即是卻，似乎覺得理所當然。……可見楊氏的想法，實在是過於簡單了。楊氏如果只是要說爲假借，「即」與「卻」本就韻同音近，符合假借條件，直接說「即」借爲「卻」即可，不必繞這大彎。換句話說，楊說的錯誤，在前一章還看不出來，要命的是第二章的發字。……楊氏以其「從二止」，便認爲「有足義甚明」，然則步字亦從二止，金文奔字從三止，𨃚字從四止，也都「有足義甚明」嗎？楊說之虛枉不實，可說是洞若觀火了。至於即與發只能是動詞，不能爲名詞，楊氏當然更是沒有想到過。〔註 135〕

　　龍說甚是。楊氏訓「即」爲「卻」，訓「發」爲「足」，實爲遷就其訓「履」爲「踐」之義而來，以成其「踐卻」、「踐足」爲情人示愛動作之說。然未察毛、鄭以「禮」訓「履」爲聲訓，以「即」訓「卻」、「發」訓「足」亦爲未察古文字形演變之誤說，不僅釋字錯誤，更與本詩文義、語境均不相合，其誤昭然，說不可從。至楊氏言此詩「蓋男女間互相愛慕時之詩，履即履發，皆示愛之事，被履者得之喜而形諸歌詠」之說更爲謬論，有違人類思維邏輯，豈有踐人卻、足者以爲示愛之舉乎？苟如楊說，則詩人苦心勾勒之意境、形象，蕩然無存矣！楊氏此論之荒謬，自不待言。本詩「履我即兮」、「履我發兮」二句，楊氏自謂發二千年來之隱晦，實則誤釋，「履我即兮」、「履我發兮」二句仍當從舊釋，意指：對方以禮來，我則從之。楊說穿鑿，其說非是。

〔註 134〕〔漢〕毛亨傳、〔漢〕鄭玄箋、〔唐〕孔穎達疏，《毛詩正義》，頁 336。

〔註 135〕龍宇純，〈詩義三則〉，《絲竹軒詩說》（台北：五四書店有限公司，2002 年 11 月），頁 237～238。

六、駁《公羊傳》「京師」說

《積微居小學述林》卷六〈駁《公羊傳》京師說〉一文下，楊氏云：

桓公九年《公羊傳》曰：「春，紀季姜歸于京師。京師者何？天子之居也。京者何？大也。師者何？眾也。天子之居必以眾大之辭言之。」〔註136〕文公九年《穀梁傳》、《白虎通·封公侯篇》、蔡邕〈獨斷〉文並略同。以余考之，京本地名，不當訓大也。知者《詩·大雅·公劉》三章云：「篤公劉，逝彼百泉，瞻彼溥原，迺陟南岡，乃覯于京。京師之野，于時處處，于時盧旅，于時言言，于時語語。」數語與《禮記·檀弓》下篇，歌於斯，哭於斯，聚國族於斯，義略同。四章云：「篤公劉，于京斯依，蹌蹌濟濟，俾筵俾几。」此記周先人公劉初發現京邑營築居之之事也。六章云：「篤公劉，于豳斯館。」于豳斯館與于京斯依句例同，豳為地名，決知京為地名也。又〈大明〉二章云：「執仲氏任，自彼殷商，來嫁于周，曰嬪于京，乃及王季，維德之行。」〈思齊篇〉云：「思齊大任，文王之母，思媚周姜，京室之婦。」此記文王之母大任嫁于周為婦于京之事也。〈大明〉六章云：「有命自天，命此文王，于周于京，纘女維莘，長子維行，篤生武王。」此記天命文王于京之事也。〈下武〉云：「下武維周，世有哲王，三后在天，王配于京。」此言武王配三后于京之事也。京為地名，屢見於《詩》文如此，其訓詁不當有異。而毛於〈大明〉則訓京為大，鄭於〈公劉〉訓絕高為之京，皆非其義。惟〈大明〉《箋》訓京為周國之地小別名，〈思齊〉《箋》訓為周地名，乃為得之。京復稱京師者，周人於地名之下往往加師為稱。〈公劉〉三章既云「乃覯于京」，下即云「京師之野」，其為同指一地，決無疑義。〈曹風·下泉〉一章云：「愾我寤嘆，念彼周京。」三章云：「愾我寤嘆，念彼京師，」鄭《箋》云：「念周京者，思其先王之明者也。」鄭舉先王之明者，意謂公劉，然則此京亦指公劉所依之京也。一章言周京，三章稱京師，又京師即京之確證矣。更以《尚書》證之：

〔註136〕筆者案：《公羊傳》「天子之居」一句，意謂「天子所居之處，必為人口眾多且方圓廣大之地」，故曰「眾大」。以此義衡之，則於「天子之居」下當即斷開，後接「必以眾大之辭言之」義方足順，楊氏斷句判斷，似有未確。

〈召誥〉云：「若翌日乙卯，周公朝至于洛。」〈洛誥〉云：「予惟乙卯朝至于洛師。」二篇所記爲一事〔註137〕，〈召誥〉稱洛，〈洛誥〉稱洛師，與《詩・公劉》上文稱京，下文稱京師者爲例正同。更考之於金文：凡金文地名下一字往往作𠂤。〈小臣單觶〉云：「王後𠂤，克商，在成𠂤。」〈小臣謎𣪕〉〔註138〕云：「唯十又二月，遣自𤔲𠂤述東降伐海眉，粵卑復歸，在牧𠂤。」〈旅鼎〉云：「在十又二月庚申，公在盩𠂤。」〈遇甗〉云：「隹六月既死霸丙寅，師雝父在古𠂤。」皆其例也。金文作𠂤，知經典古文字本皆作𠂤，漢代經師讀𠂤爲師，故有京師、洛師之稱耳。《說文》𠂤訓小阜，然則地名云𠂤者，猶《左傳》莊公九年之「堂阜」，《晏子春秋》之「公阜」耳。……《詩・公劉》之京自指公劉所依之地而言，桓公九年《春秋》記紀季姜歸于京師，其時在平王東遷洛邑以後，京師又指洛邑，何也？曰：京本公劉之所依，然周道之興，自公劉始，故後人取其所依之地以名其新都。武王都于鎬，則有鎬京之稱。……京亦指鎬京也。及東遷以後，洛邑亦稱京師，此皆以專指之名達泛稱之用。〔註139〕

案：《春秋》經桓公九年記曰：「九年春，紀季姜歸于京師。」《公羊傳》即解「京師」之義爲：「京師者何？天子之居也。京者何？大也。師者何？眾也。」〔註140〕《公羊傳》釋「京」爲「大」，當本《爾雅・釋詁》所言：「京，大也」〔註141〕而來，蓋《公羊傳》之義乃以「京」有「大」義，故言「天子之居，必以眾大之辭言之。」楊氏則據《詩經》所載「京」字均指地名，以駁《公

〔註137〕 筆者案：楊氏言〈召誥〉、〈洛誥〉二篇所記爲一事，此說恐誤。徵之《尚書》，〈召誥〉所記乃周公歸政成王之後，成王命召公營建雒邑，以遂武王之願。其間周公巡視，召公乃託對成王之諫言於周公，所記乃周公巡視雒邑營建之事，此當記於雒邑未成之時；〈洛誥〉所記乃雒邑既成，成王至雒巡狩，命周公留守雒邑，所記爲雒邑營建之始末與主政之事，所記起自雒邑初建，終於既成，所記不論時間、內容與〈召誥〉全然有別，不當視爲一事。楊氏云此二篇所記相同，實爲誤說，然此論與本文所論主題無涉，僅以此註，以明〈召誥〉、〈洛誥〉二文所記絕非一事爾。

〔註138〕 檢視原器拓片，「謎」字從「來」不從「束」，當作「謎」，楊氏楷定有誤。

〔註139〕 楊樹達，《積微居小學述林》，頁356～357。

〔註140〕 〔漢〕公羊壽傳、〔漢〕何休解詁、〔唐〕徐彥疏，《春秋公羊傳注疏》，頁94。

〔註141〕 〔晉〕郭璞注、〔宋〕邢昺疏，《爾雅注疏》，頁9。

羊傳》訓「京」爲「大」當爲誤釋,「京」當爲地名,且因周興始自公劉,「京」爲公劉所依之地,故因以泛稱周天子所居之地爲「京」。

考「京」於甲文作「𣆌」、「𣆌」等形,金文作「𣆌」、「𣆌」等形,字象樓觀之形,而以高樓爲其本義,季旭昇《說文新證》言:

> 甲骨、金文京字,學者都以爲是宮觀亭台高聳之形。上古一般人的住所是半穴居,王者所居則爲高聳的宮觀亭台,上象屋頂,中爲屋柱,下爲柱礎。戰國以後漸漸訛變。〔註142〕

季說是也。「京」字古文字作「𣆌」,上半即象可登觀高樓之處,下半象纍土高聳之形,當以高樓爲其本義。以「京」之本義爲「高樓」,復引申而有「高」、「大」之義,《說文》五篇下訓「京」爲「人所爲絕高丘也」〔註143〕,其訓當本《爾雅·釋丘》:「絕高爲之京」〔註144〕而來,併取「京」之引申義,非本義也;《公羊傳》桓公九年:「京,大也」、《詩·文王》「裸將于京」、〈大明〉「曰嬪于京」,《毛傳》俱訓爲「大」〔註145〕,是皆爲「京」之引申義,然以「大」義訓「天子所居」之處,則未合經恉,所言非是。考《詩·公劉》之「京」,乃指公劉所依豳地之某丘而言;〈下泉〉、〈大明〉、〈思齊〉、〈下武〉諸詩之「京」則謂「鎬京」;《春秋》所記魯桓公九年,即周桓王十七年,時當東周,「紀季姜歸于京」之「京」,則當指「雒邑」而言。上舉文獻之「京」,或指豳地高丘,或指「鎬京」與「雒邑」,俱爲地名,則知《毛傳》、《公羊傳》以「大」義釋「京」均與經恉不合,故楊氏言:「京本地名,不當訓大也」,據此以駁《公羊傳》訓「京」爲「大」之失,其說得之。

「京」於文獻爲地名,指「天子所居」之處爲「京」,故不當以「大」義訓之,楊氏援引文獻爲證,指瑕古注,其說當無可議,然其言「京本公劉之所依,然周道之興,自公劉始,故後人取其所依之地以名其新都」之論,則爲非。蓋楊氏之意乃以周人稱「天子所居」之地爲「京」,其肇因於周興起自公劉,公劉所依之地在「京」,故後人感念公劉,復稱「天子所居」之處爲「京」。筆者以

〔註142〕季旭昇,《說文新證》,頁451。

〔註143〕〔漢〕許慎,《說文解字》,頁231。

〔註144〕〔晉〕郭璞注、〔宋〕邢昺疏,《爾雅注疏》,頁203。

〔註145〕〔漢〕毛亨傳、〔漢〕鄭玄箋、〔唐〕孔穎達疏,《毛詩正義》,頁962、967。

爲，楊氏此說純粹出於主觀臆測，缺乏明證，實不足信。考「京」之本義爲「高樓」，高樓可登臨遠眺，故「京」又引申而有「觀」義，此即《爾雅・釋宮》：「觀謂之闕」〔註146〕、《禮記・禮運》：「昔者仲尼與於蜡賓，事畢，出遊於觀之上」〔註147〕皆爲「京」之本義「高樓」而引申之義。以王者所居之處高於尋常百姓之居，故周人稱王都爲「京」，正取「京」引申之「觀」義，非楊氏所謂以公劉居「京」，爲感其興周之德，故泛稱天子之都爲「京」也，楊說穿鑿，論不足信，其說非是。

又楊氏言金文往往於某地之下加「𠂤」作「某𠂤」，引〈小臣單觶〉（《集成》6512）、〈小臣謎段〉（《集成》4238）、〈旅鼎〉（《集成》2555）、〈遇甗〉（《集成》948）諸器之「成𠂤」、「牧𠂤」、「𣪘𠂤」、「古𠂤」爲例，並以《說文》訓「𠂤」爲「小𨸏」，言地名曰「𠂤」者與《左傳》、《晏子春秋》之「堂阜」、「公阜」同者，亦非。考金文之「𠂤」字即「師」之初文〔註148〕，《說文》所謂：「二千五百人爲師」〔註149〕，以「師旅」爲其本義。因「師旅」人數眾多，故凡人口稠密、眾多之都邑亦得稱「師」，故有「京師」、「洛師」之稱。然楊氏所舉金文〈小臣單觶〉、〈小臣謎段〉、〈旅鼎〉、〈遇甗〉諸器之「成𠂤」、「牧𠂤」、「𣪘𠂤」、「古𠂤」之「師」，則仍用「師旅」之本義，知者，諸器銘文言「某𠂤」之前，銘文均記器主參與師旅征伐之事，征伐歸於「某𠂤」，則諸器所謂「成𠂤」、「牧𠂤」、「𣪘𠂤」、「古𠂤」乃謂駐紮該地之師旅而言，故金文言「某𠂤」，當以本義訓爲「師旅」爲是。《說文》訓「𠂤」爲「小𨸏」〔註150〕，乃誤以「𠂤」爲「𨸏」之省形，其說非是。楊氏既知「𠂤」爲「師」字，卻取《說文》誤訓爲義，言地名作「𠂤」者同於《左傳》、《晏子春秋》之「堂阜」、「公阜」，其因在楊氏仍爲《說文》訓「京」爲「絕高丘」之「高」義所限，故以爲「京師」者必指高地而言，故金文言「某𠂤」者亦指某處之「高地」，此皆由《說文》誤釋而來，其說未確，論不足信。

〔註146〕〔晉〕郭璞注、〔宋〕邢昺疏，《爾雅注疏》，頁130。

〔註147〕〔漢〕鄭玄注、〔唐〕孔穎達疏，《禮記正義》，頁656。

〔註148〕羅振玉，《增訂殷墟書契考釋》，頁88。

〔註149〕〔漢〕許慎，《說文解字》，頁275。

〔註150〕同上註，頁737。

此論《公羊傳》「京師」一說，楊氏雖能據經傳以駁《公羊傳》訓「京」爲「大」之說無誤，能正古籍之失，實屬難得，可見楊氏博覽群籍，訓詁考據之精細。然於「天子所居」之所稱「京」一解卻流於臆測，而有穿鑿附會之失；復因《說文》釋形之誤，而於金文所言「某自」訓解不甚完善，則爲其可惜之處，整體而言，楊氏於《公羊傳》此句訓解仍有未逮之處，故仍待商榷，以明文義。

七、《公羊傳》「君不使乎大夫」解

《積微居小學述林》卷六〈《公羊傳》君不使乎大夫解〉一文下，楊氏云：

> 成公二年《春秋》曰：「秋七月。齊侯使國佐如師。己酉，及國佐盟于袁婁。」《公羊傳》曰：「君不使乎大夫，此其行使乎大夫，何？佚獲也。」何《注》云：「據高子來盟，魯無君，不稱使，不從王者大夫稱使者，實晉郤克爲主，經先晉傳舉郤克，是也。」按何意謂《傳》所釋使字乃經文齊侯使國佐之使，故以閔公二年齊高子來盟不稱使之例相較以解本文，殊爲巨謬。果如其說，齊侯，君也，國佐，臣也，君之使臣。自其分爾，《傳》何得云君不使乎大夫？又果如其說，齊侯使國佐，與逢丑父之佚齊侯了不相涉，而《傳》乃以佚獲答使乎大夫之問，豈非答問不相應乎！緣劭公誤解，故其注繳繞不通，不可究詰，清儒說經者亦不能是正，殊可惜也！余謂君指齊頃公，大夫指逢丑父也。丑父使頃公取飲，及操飲而至，曰：「革取清者」，是頃公一再爲逢丑父所使，所謂君使乎大夫也。使謂爲人所使，非使人也。僖公十四年《春秋》曰：「季姬及鄫子遇于防，使鄫子來朝。」《公羊傳》曰：「鄫子曷爲使乎季姬來朝？內辭也。」經文爲季姬使鄫子，而《傳》文則言鄫子使乎季姬，此《傳》文使乎某爲見使之義之確證也。《傳》文若曰：「君無見使於大夫之理，而此行則其頃公見使於逢丑父，何也？以頃公見獲，丑父欲使公佚去也。」《傳》文本自明白，而二千年來讀者不明其義者，以不知使爲見使之義故也。〔註151〕

〔註151〕楊樹達，《積微居小學述林》，頁 359～360。

案：《春秋・成公二年》云：「六月癸酉，季孫行父、臧孫許、叔孫僑如、公孫嬰齊帥師會晉郤克、衛孫良夫、曹公子首及齊侯戰於鞌，齊師敗績。秋七月，齊侯使國佐如師。己酉，及國佐盟于袁婁。」此記晉郤克、魯臧孫許前聘於齊，受辱於齊頃公母後，晉、魯率兵伐齊，大敗齊軍於鞌，齊頃公佚獲之後，方使國佐會盟晉郤克一事。《公羊傳》釋齊頃公未親往會盟，而使國佐與盟之故曰：「君不使乎大夫，此其行使乎大夫，何？佚獲也。」何休《解詁》引〈閔公二年〉齊高子使魯一事曰：「據高子來盟，魯無君，不稱使，不從王者大夫稱使者，實晉郤克為主，經先晉傳舉郤克，是也。」〔註152〕《傳》與《解詁》旨均在釋齊侯不親與會盟，使大夫與盟之故，故有此言。

　　楊氏以何休《解詁》以「頃公使國佐」之義釋「君不使大夫」一說巨謬，言：「使謂為人所使，非使人也」，言「君不使乎大夫」當指逢丑父與頃公互易其位，使頃公取飲以便遁逃一事，故言「君無見使於大夫之理，而此行則齊頃公見使於逢丑父，何也？以頃公見獲，丑父欲使公佚去也。」筆者以為，楊氏此說看似成理，實則出於臆測，誤解文義，究其緣由，乃因未知《公羊傳》傳文有所脫誤所致，考阮元校勘本《公羊傳》下校曰：

　　「《春秋》謹于別尊卑，理嫌疑，故絕去使文，以起事張例，則所
　　謂『君不行使乎大夫也』者是。」。〔註153〕

據阮氏勘本所載，作「君不行使乎大夫」，「君不」下尚有一「行」字，考《公羊傳・隱公六年》徐《疏》於「何不以言戰」與「諱獲也」二句下引〈成公二年〉文云：「君不行使乎大夫」；於〈閔公二年〉「我無君也」下亦引作「君不行使乎大夫。」〔註154〕徐《疏》三引《公羊傳》文於「君不」下均有「行」字，復據阮元本，則知「君不」下，乃有脫誤，當補「行」字，作「君不行使乎大夫」。「君不行使乎大夫」一句，筆者以為「君不行」下當斷開，作「君不行，使乎大夫」，即謂「國君不行，故使大夫」，此句乃釋前文「齊侯使國

〔註152〕〔漢〕公羊壽傳、〔漢〕何休解詁、〔唐〕徐彥疏，《春秋公羊傳注疏》，頁371。
〔註153〕〔清〕阮元校勘，《公羊傳》（臺北：藝文印書館，1956年《十三經著疏》本），頁215。
〔註154〕〔漢〕公羊壽傳、〔漢〕何休解詁、〔唐〕徐彥疏，《春秋公羊傳注疏》，頁53、54、197。

佐如師」，以齊侯遁逃在前，故不願與晉會盟，方使國佐前往，故《公羊傳》言：「君不行，使乎大夫，此其行使乎大夫，何？佚獲也。」乃明言齊頃公暫避爲晉人所擒之禍，不願自投羅網與晉會盟，故而使國佐代其與晉人會盟。《左傳》亦記此事，〈成公二年〉云：「晉師從齊師，入自丘輿，擊馬陘。齊侯使賓媚人賂以紀甗、玉磬與地。」〔註155〕此可與《公羊傳》所記互證，知所言「君不行，使乎大夫」正指齊頃公使國佐與盟一事，與《公羊傳》後段文章所言逢丑父與齊頃公易位，命齊頃公取飲，藉機以遁逃一事絲毫無涉，楊氏未察《公羊傳》文有所脫誤，言「君不使乎大夫」爲齊頃公爲逢丑父所使，其說實爲楊氏主觀臆斷之詞，說不可從。苟如楊說，「君不使乎大夫」爲「爲人所使，非使人」則該句之「不」字又該當何解？楊說迂曲不通，已至爲顯著。又楊氏引僖公十四年《春秋》載鄫爲季姬所使一事，其文例、語境均與〈成公二年〉不同，自不可視爲一事與之類比，援引此例，於解經實無助益。

此《公羊傳・成公二年》章句「君不使乎大夫」一句，楊氏所訓之誤，乃在未察文獻版本脫誤，復以己意臆測文義所致；足見訓解古籍之時，版本校勘與辨析文義之重要性，王力云：

> 當我們讀古書的時候，所應該注意的不是古人應該說什麼，而是實際上古人說了什麼。如果主觀地肯定了古人應該說什麼，就會想盡辦法把語言暸解爲表達了那種思想，這有牽強附會的危險；如果先細心地看清古人實際上說了什麼，再來體會他的思想，這個程序就是比較科學的。所得的結論也是比較可靠的。〔註156〕

王氏所言甚是。以楊氏釋《公羊傳》此例觀之，吾人可見楊氏所謂二千年來未解之謎，其實僅不過由一字之脫誤所生，且僅此一字之缺，經典訓解便有千里之差。然則據同經援引同一文獻之章句差異、上下文義之判斷，便可知原典或有經文脫誤之可能，如此便不宜貿然論斷，當作多方查索與考量，以免落入唯心之訓解，誤解古注隨意詮釋，致使結論偏失，喪失訓詁考據之功能。

〔註155〕〔明〕左丘明傳、〔晉〕杜預注、〔唐〕孔穎達正義，《春秋左傳正義》，頁697。
〔註156〕王力，〈訓詁學上的一些問題〉，《王力文集》，頁186。

八、《論語》「久要不忘平生之言」解

　　《積微居小學述林》卷六下〈《論語》久要不忘平生之言解〉一文，楊氏云：

> 　　《論語・憲問篇》曰：「子路問成人，子曰：『若臧武仲之知，公
> 綽之不欲，卞莊子之勇，冉求之藝，文之以禮樂，亦可以爲成人
> 矣。』曰：『今之成人者何必然。見利思義，見危授命，久要不忘
> 平生之言，亦可以爲成人矣。』」《集解》引孔安國釋久要句云：「久
> 要，舊約也。平生猶少時。」朱子《集注》云：「久要，舊約也。
> 平生，平日也。」《周叔弢六十生日論文集》載俞平伯〈久要不忘
> 平生之言解〉，據《法言・問明篇》有「久幽不改其操」之語，以
> 久幽讀久要。余謂孔以舊約釋久要，朱子從之，的爲誤解。平生
> 當從朱子說，如久要果爲舊約，則與平生之言文義重複無理矣。
> 余按《論語・里仁篇》云：「不仁者不可以久處約，不可以長處樂？」
> 孔安國解上句云：「久困則爲非。」皇疏云：「約猶貧困也。」今
> 爲本文之久要即彼篇之久處約也。古音要與約同。《禮記・坊記篇》
> 曰：「小人窮斯約。」鄭《注》云：「約猶窮也。」《莊子・山木篇》
> 曰：「雖飢渴隱約，猶且胥疏於江湖之上而求食焉。」約字義亦與
> 《論語》久處約同。孔子意謂：見利而能思義，見危而能授命，
> 雖久居困約而能不忘其平日之諾言，亦可以爲成人也。孔釋久要
> 爲舊約，亦以約釋要，特彼意認約爲期約，與余說約爲困約者不
> 同，貌同而實異也。俞君以《法言》釋《論語》，意亦近之，特今
> 以《論語》釋《論語》，更覺直截了當耳。〔註157〕

案：「久要不忘平生之言」，出自《論語・憲問》，乃由子路問成人之道，孔子
答以「見利思義，見危授命，久要不忘平生之言，亦可以謂成人矣。」「久要」，
舊注均解爲「舊約」；「平生」解爲「少時」〔註158〕。楊氏則以爲「久要」釋
「舊約」則與「平生」作「少時」文義重複無理，駁舊注爲誤解。故楊氏以
〈里仁篇〉：「不仁者不可以久處約」之「約」爲據，以「要」、「約」古同音，
並舉《禮記》、《莊子》爲證，言「久要」即〈里仁〉「久處約」之義，「久要

〔註157〕楊樹達，《積微居小學述林》，頁363～364。

〔註158〕〔魏〕何晏注、〔宋〕邢昺疏，《論語注疏》，頁188。

不忘平生之言」即「久居困約而能不忘其平日之諾言」之義。

　　楊氏以「要」、「約」二字同音，故以「要」爲「約」之通叚，復與〈里仁篇〉「久處約」一語連結，言「久要」即「久處困約」之義，其說看似成理，實則誤釋，筆者以爲，楊氏之說有若干不合理處：「要」與「約」古音同，確具通叚之條件，典籍亦可見二字通作之例，如《周禮・大司馬》云：「大役，以慮事屬其植，受其要，以待考而賞誅。」鄭《注》言：「要，簿書也。」〔註159〕《呂氏春秋・具備》：「五歲而言其要。」高《注》云：「要，約最簿書。」〔註160〕《商君書・修權》：「凡賞者，文也。刑者，武也。文武者，法之約也。」〔註161〕《漢書・禮樂志》：「雷震震，電燿燿。明德鄉，治本約。」顏《注》：「約讀曰要。」〔註162〕上舉均爲「要」、「約」互通之例，可證二字於典籍確可通作，然傳世文獻「要」、「約」互通之例，或爲「會計書簿」之義，或爲「綱要」之義，均未見以「要」假爲「困約」之例。王力言：「兩個字完全同音，或者聲音十分相近，古音通叚的可能性雖然大，但是仍舊不可以濫用。如果沒有任何證據，沒有其他例子，古音通叚的解釋仍然有穿鑿附會的危險。」〔註163〕今楊氏以「要」、「約」同音，言其通作，然訓「要」爲「困約」之例，古書訓詁未見，僅以同音便驟言通叚，仍有未逮，實有待商榷，此楊氏之論不可信之一者。

　　又本章所言「久要不忘平生之言」之「久要」一語，前已論及，「要」無「困約」之義，此章文言「久要」者，當視「久要」爲一詞訓解，「久要」即舊釋所謂之「舊約」，此章句下邢《疏》言：「言與人少時有舊約，雖年長貴遠，不忘其言。」〔註164〕蓋其所言，乃指與人舊日有言，或約定，歷經日久仍不忘卻，即「言而有信」之謂；「平生」何晏《注》言：「猶少時。」〔註165〕所謂即指「不久」，與前句「舊約」相對，則其義當以「平日」釋之。則孔子

〔註159〕〔漢〕鄭玄注、〔唐〕賈公彥疏，《周禮注疏》，頁783。

〔註160〕陳奇猷校釋，《呂氏春秋校釋》，頁1226。

〔註161〕高亨，《商君書注譯》（北京：中華書局，1974年11月），頁110。

〔註162〕班固著，楊家駱編，《新校本漢書》（臺北：鼎文書局，1991年9月），冊2，頁1049。

〔註163〕王力，〈訓詁學上的一些問題〉，《王力文集》，頁196。

〔註164〕〔魏〕何晏注、〔宋〕邢昺疏，《論語注疏》，頁188。

〔註165〕同上註。

此句所謂「久要不忘平生之言」意謂乃欲達「成人」之境，當講究守「信」一端，「久要不忘平生之言」，乃謂「平日不忘過往之言」之義。而「不仁者不可以久處約」，「約」為「簡約」、「困約」，乃孔子言人若無「仁」之概念，便易患得患失，故不得「安」〔註166〕，難以安身立命。是知〈憲問〉之「久要」為「舊日之言」，故以「舊約」訓之；而〈里仁〉之「久處約」乃言「久處困約」，二詞除同有「久」字以外，不論構詞形式與詞義均不相同，不可混為一談；而楊氏所舉《禮記》一例，除證明「約」有「困約」一義之外，亦無法證明「要」有「困約」之義。《論語》之「久要」與「長處約」實為不同二詞，無必然關係，楊氏僅以「要」、「約」同音，便將不同二詞相為類比，不僅有增義解經之失，亦有濫用通叚之弊，所論實有未當，此楊氏之論不可信之二者。

又以文義觀之，本章子路問「成人」之道，孔子舉有智、不貪、有勇、有藝之人「臧武仲」、「公綽」、「卞莊子」、「冉求」為例，言有其美德，輔以禮樂教化，即可達「成人」之境。復言「今之成人者何必然。見利思義，見危授命，久要不忘平生之言，亦可以為成人矣。」所謂「見利思義，見危授命」乃言人需有「義」，「久要不忘平生之言」言人需有「信」，蓋孔子之意乃言欲「成人」者，需實踐以「信」、「義」於日常生活之中，方可謂之「成人」，即《論語・為政》所謂「人而無信，不知其可也」〔註167〕之義，示成人之道當以「信」、「義」為要，與〈里仁〉所謂「不仁者不可以久處約」所論「仁」之論點不同。楊氏解「久要不忘平生之言」為「久居困約而能不忘其平日之諾言」，意謂成人君子可「安時處順」之義，然上文所言「見利思義，見危授命」一句乃教人行事以「義」為重，苟如楊說，則前後章句不相連屬，文義不協，反有害詞義，無益於訓詁。是知楊氏釋「要」為「約」，釋「久要」為「久處約」一說，不論通叚條件、構詞與文義均有未逮，「久要不忘平生之言」一句，仍當以舊注所訓為是，實無翻案之必要，楊說牽強，其說非是。

〔註166〕筆者案：此章全文為：「不仁者不可以久處約，不可以常處樂。仁者安仁，知者利仁。」乃言君子合於「仁」，則胸懷坦蕩，無所憂慮，故可隨遇而安。小人苦於困約，便易不耐困約而為非，患得患失，故亦不能處樂，此仁人志士與小人之別也。〔魏〕何晏注、〔宋〕邢昺疏，《論語注疏》，頁47。

〔註167〕同上註，頁23。

九、《楚辭》耿介說

《積微居小學述林》卷六〈楚辭耿介說〉一文，楊氏云：

〈離騷〉云：「彼堯舜之耿介兮。」王逸《注》訓耿爲光。樹達按光與介義不相連屬，王說非也。余謂耿介之耿殆假爲冂。《說文》五篇下〈冂部〉云：「邑外謂之郊，郊外謂之野，野外謂之林，林外謂之冂，象遠界也。」或作同、坰。二篇上〈八部〉云：「介，畫也，从八，从人，人各有介。」十三篇下〈田部〉云：「界，境也，从田，介聲。」冂象遠界，即有界義，故古以冂介連文，耿乃借字也。耿介者廉潔自持，不妄取與，猶今人言界限分明也。〔註168〕

案：「彼堯舜之耿介兮」，乃〈離騷〉章句，全文爲：「彼堯舜之耿介兮，既遵道而得路；何桀紂之猖披兮，夫唯捷徑以窘步。」詞云「耿介」者，王逸《注》云：「耿，光也。介，大也。」〔註169〕「耿」從耳從火，《說文》云：「耳著頰也。」〔註170〕乃以其字從「耳」，故以「耳著頰」爲訓，然「耳著頰」與「火」或其字有「光」義均不相連屬，無從取義，是知許說僅由字形從「耳」而以「耳著頰」爲訓，仍嫌牽強，然「耿」字從耳從火，造字構義難明，或言爲「從耳，熲省聲」〔註171〕，亦無確證，聊備一說。「耿」字所以而有光義，乃爲「炯」之通叚，《說文》言：「炯，火光也，从火同聲。」〔註172〕「耿」與「炯」古音同在見母耕部，同音可通，《尚書·立政》〔註173〕、〈禹鼎〉、〈毛公鼎〉所謂「耿光」，即以「耿」爲「炯」之通叚，故有光義。楊氏以「耿」爲「冂」之假借，以「遠界」訓之，然「耿」實無「遠界」之義，楊氏僅以音訓，其說非是。

又「介」甲骨文作「𠆳」、「𠆳」等形，金文作「𠆳」形，皆象人著甲，而

〔註168〕楊樹達，《積微居小學述林》，頁372～373。

〔註169〕何錡章編，《王逸注楚辭》（臺北：黎明文化事業股份有限公司，1973年9月），頁5。

〔註170〕〔漢〕許慎，《說文解字》，頁597。

〔註171〕魯實先，《說文正補》（臺北：黎明文化事業股份有限公司，2003年12月《魯實先先生全集》本），冊3，頁87。

〔註172〕〔漢〕許慎，《說文解字》，頁490。

〔註173〕〔漢〕孔安國傳、〔唐〕孔穎達疏，《尚書正義》，478。

以「冑甲」爲其本義〔註174〕。《說文》以「畫」訓「介」，乃承訓「竟」之「界」
義而來，故云「人各有界。」然「界」義應是由訓「界」之「畺」字而來，如
此輾轉爲訓，意義略顯迂曲，亦無明顯佐證，是知「介」與「界」義無涉，楊
氏引《說文》所訓「介」爲「界」，所謂「界限分明」之論，實由《說文》誤釋
所延伸，其說非是。以「介」之本義爲「冑甲」，則凡有甲殼者亦得稱爲「介」，
由「甲殼」之義又引申而有「堅」義，則本句之「耿」爲「光明」之義，「介」
爲「堅」義，「耿介」乃言堯、舜之德「光明正直」，非楊氏所謂「廉潔自持，
不敢妄取」之謂也。

　　《離騷》文言：「彼堯舜之耿介兮，既遵道而得路；何桀紂之猖披兮，夫唯
捷徑以窘步。」「彼堯順之耿介兮，既遵道而得路」乃言以「堯舜之光明正直，
故可遵循天地之正道」，此句之「耿介」與下句之「猖披」之「偏邪狂妄」對文，
若以楊說「耿介」爲「界限分明」之義，便與下文所言之「猖披」不相對應，
無法通讀，反有害詞義。是知楊氏以「耿介」爲「界限」之訓實乃誤釋，而「廉
潔自持，不妄取與，猶今人言界限分明」之論更爲楊氏臆測之詞，無益解讀文
義，說不可從。

　　經本節討論，吾人可見楊氏雖長於因聲求義之法，用以考定經文用字之音、
義，破讀古籍經傳通叚以求正詁，同時善以義訓推求字義，廣徵文獻比對、推
演經籍文義與古人制度，求取經典文獻章句之正詁。然楊氏或因過於信從因聲
求義之法，以致於字形有所疏忽，逕以破讀通叚，復有濫用通叚之弊；或因誤
讀文義，貿然以己意論斷，修正舊說、創立新解，取捨從違時有主觀臆測之失。
此皆爲楊氏經籍訓解失誤之處，吾人肯定楊氏經典訓詁成就同時，亦需留心楊
氏研究中的若干謬誤之處，以免爲其誤導。至楊氏訓詁實踐方法與詮釋上之失
誤，則留待下節再行深入討論。

第四節　楊樹達古籍訓解缺失

　　由前二節楊氏經籍訓詁實例之論述，吾人可見楊氏古籍訓詁，主要以創
新立說、修正舊注爲要，其訓詁之方法、觀點則脫胎於乾嘉學派「因形以得

〔註174〕詳見第六章楊樹達「介」字訓解駁議。

其音，因音以得其義」、「治經莫重于得義，得義莫切于得音」〔註175〕之法，而尤受高郵王氏父子影響，嘗自言曰：「生平服膺高郵王氏，念王氏兼治虛實，學乃絕人。」〔註179〕是楊氏承繼乾嘉學風，研考經典以因聲求義、破讀通叚為要務，進而以義相求，旁徵博引以求章句之通讀無礙，相較前人訓詁，能以較全面之角度通讀典籍文義，為其訓詁優勢，故時有創獲，訓詁成就超越前人。然而，楊氏訓詁雖後出轉精，取得超越前人之成果，吾人於其經典考釋之文，卻仍可見諸多因聲求義、濫用通叚及誤解古注等訓解未確或謬誤之處，致使楊氏於經籍訓解有所偏失，立論過於主觀之缺憾，此為吾人欽佩楊氏訓詁考據精要詳實之餘，仍須注意之課題。本節承接上節楊氏經籍訓解之商榷而來，擬對楊氏於經籍訓解侷限與不足之處加以討論，以見楊氏訓詁考據未周之處，分述如下：

一、因聲求義之失

楊氏古籍訓解特點之一在求語源，故楊氏於經典訓詁方面賴以音訓，時由文字聲旁、音讀考定字義，繼而考索文義，此可視為楊氏識字理論「形聲字聲中有義」之實際應用與延伸。由考索音同、音近之字出發，繼而以形聲字聲符所兼之義以探求字義，以字音衍生之音、義關連求取古籍文字確詁，進而串講句義，會通章恉，此即高郵王氏所倡「就古音以求古義，引申觸類，不限形體」〔註179〕之妙法，楊氏掌握此法，復因考據方法進步，文字材料較豐富等優勢，屢有創獲，頗具訓詁價值。然以音訓之法推求文字音、義關係，探詢語源以求文義之所宜，通讀古籍疑難之處雖為訓詁妙法之一，然於訓詁實踐上仍舊有其侷限，楊氏於音訓之法，往往求之過切，將其視為訓解古籍之優先條件，時以音訓做為訓解古籍之前提，復以此前提定義論述，其結論往往流於主觀臆測。如《積微居金石論叢・盉侯多藏解》一文言：「侯、兮淺喉音」，故以「侯」與「兮」字相通，然「侯」、「兮」雖為虛詞，無實際詞義，然語法意義不同，二字劃然有別，楊氏僅據音以求，便言「侯」、「兮」相通，

〔註175〕段玉裁，〈廣雅疏證序〉，《廣雅疏證》，頁1。

〔註179〕楊樹達，《積微居小學金石論叢・自序》，頁21。

〔註179〕〔清〕王念孫，《廣雅疏證・自序》，頁2。

忽視二字語法意義有別，其結論，似是而非，實不可信〔註178〕。又同書〈《孟子》臺無餽解〉一文，以「臺」、「台」同音，「始」從「台」聲，即訓「臺」爲「始」，言「臺無餽」爲「始無餽」之義。然楊氏所論，除可證明「臺」、「台」、「始」諸字於音韻有關外，於典籍文獻並無實際用例可供證明，欲以此推測字義，通讀文獻，其論據仍嫌薄弱，難以立論〔註179〕。相同情況尚見於《積微居小學述林・《論語》久要不忘平生之言》一文，楊氏以「要」、「約」同音，故以「要」爲「約」之通叚，言「久要」即謂「久處困約」之義。「要」、「約」雖古同音可通，然文獻可見之「要」、「約」互通之例乃在「綱要」之義，以「要」爲「困約」之義則不見於載籍，無例可求，增義解經、濫用通叚，如此與實際語言狀況不符，難以立論。楊氏僅就二字語音關係便驟下結論，忽略實際語言現況，論據上仍有望文生義之缺憾。

近人黃侃嘗謂：「宋人王子韶有右文之說，以爲字從某聲，即從其義，輾轉生說，其實難通，如眾水同居一渠而來源各異，則其謬自解也。故治音學者，當知聲同而義各殊之理也。」〔註180〕黃氏所言甚是，字之音同音近者往往同義，由形聲字聲符推求字義之原則基本無誤，且具一定科學性，然需注意者，漢字同音未必同義，因聲求義同時亦需顧及實際語言情況，不宜過於泛濫，以爲凡從某聲皆有某義，若無實際用例佐證，便易有望文生義，主觀臆斷之失。由上述楊氏訓詁失誤之例，吾人可知因聲求義之法有其可取之處，然訓詁操作時仍有侷限性；「引申觸類，不限形體」之要旨當在重視古音演變，非謂以此做爲訓詁唯一標準，而楊氏於此求之過深，往往先據音訓掌握某義，以爲原則，再依其原則推衍引申以定文義，如未有充分證據支持，便易忽略詞例、語境等客觀條件，而有所偏失，使結論有誤，此爲楊氏訓解經傳典籍時十分常見之現象。

二、濫用通叚之失

我國古時字少，傳世載籍往往多用通叚，訓解經傳如可破通叚正字義，便

〔註178〕詳第三節，〈宣侯多藏〉駁議。

〔註179〕詳見第三節，〈《孟子》臺無餽解〉駁議。

〔註180〕黃侃，《聲韻略說》（臺北：漢京文化事業有限公司，1984年7月《黃侃論學雜著》本），頁98。

有利讀者閱讀。王引之便云：「訓詁之旨，存乎聲音。字之聲同音近者，經傳往往假借，學者以聲求義，破其假借之字而讀以本字，則渙然冰釋，如其叚借之字而強為之解，則詁籥為病矣。」〔註181〕王說甚是，破讀通叚實為訓解古籍必要方法之一。訓解古籍經典若欲破讀通叚，則有賴因聲求義之法，若因聲求義過於泛濫，則勢必造成濫用通叚之失誤，此為一體兩面之事。楊氏訓解古籍亦偶有於因聲求義之法過於執著，所釋通叚之例缺乏客觀條件佐證，致使訓解判斷失準，而有濫用通叚之情形，如上舉〈亶侯多藏解〉以「侯」為「兮」之通叚、〈《孟子》臺無餽解〉以「臺」為「始」之通叚，均為僅具語音條件而無確證之例。又如《積微居小學述林·《書·酒誥》茲乃允惟王正事之臣解》一文以金文之「眈」從「允」聲，又與「夋」聲通，故以「允」為「駿」之通叚，言：「允惟王正事之臣，即金文之眈臣天子」，以「允」通叚為「駿」訓「長」，據以推翻舊注以「信」訓「允」之說。考金文之「眈」確與「畯」通，為「駿」之通叚訓「長」，楊氏之說於音於義均有所據，然徵之金文，「允」訓「信」為常義，或與「以」通，而「眈」、「畯」雖從「允」聲，於金文卻未可見與「允」通作之例，且以「允」為「信」，足以訓解「允惟王正事之臣」一句，實無通叚改讀之必要，楊氏此論援引金文為據，除於音有據以外，更無例證，其說仍嫌牽強，論不足信〔註182〕。又如〈《詩》履我即兮履我發兮解〉，以「即」從「卪」聲，故以為「即」為「郅」之通叚：以「發」從「址」聲而為「址」之通叚，則於形、音、義之訓解均有所誤，由不正確之音、義條件出發，所得結論自不可信，亦有濫用通叚之失〔註183〕。

　　吾人面對傳世文獻眾多疑惑難通之處，欲通讀文義，疏通疑難，其要務非全然於破讀古書通叚一端，更需留意通叚字之取捨與判斷。以音訓之法因聲求義破古籍通叚本為訓解經典之一大助力，然若以此為詮解文獻要務，舉凡古籍文意難通，或與自身理解不同，或欲創新立論，即據古音妄言通叚，如此便無字不通，無字不假，反有穿鑿臆斷，以文害詞之失，近人王力便云：「兩個字完全同音，或者聲音十分相近，古音通叚的可能性雖然大，但是仍舊不可以濫用。如果沒有任何證據，沒有其他例子，古音通叚的解釋仍然有

〔註181〕王引之：《經義述聞·序》，（臺北：世界書局，1975年出版），頁2。

〔註182〕詳見第三節，〈允惟王正事之臣〉駁議。

〔註183〕詳見第三節，〈《詩》履我即兮履我發兮解〉駁議。

穿鑿附會的危險。」〔註184〕王氏所言極是。因聲求義破讀通叚雖爲訓解古籍
之重要方法之一，若僅據音韻條件驟言通叚，忽略詞例、語境等客觀條件，
便有濫用通叚之失，此爲前人訓詁之通病，亦爲楊氏偶然疏忽之處。

三、推翻古注，而無確證

訓詁之要旨在以今語釋古語，以已知解未知，吾人欲通解傳世載籍，準確
理解文義，則於前人故訓注疏，亦當有所重視。王力〈訓詁學上的一些問題〉
曾謂：

> 古代的經生們抱殘守缺，墨守故訓，這是一個缺點。但是我們只是
> 不要墨守故訓，卻不可以一般地否定故訓。……我們應該相信漢代
> 的人對先秦古籍的語言懂得比我們多些，至少不會把後代產生的意
> 義加在先秦的詞彙上。甚至唐宋人的注疏，一般地説，也是比較可
> 靠的，最好不要輕易去作翻案文章。〔註185〕

蓋王氏之言，乃謂訓詁考據除對文獻原文詳加研究以外，於古注訓解亦需詳
細理解、判斷，於前人訓解精粗當予以摒棄，若前人故訓與己義不合，亦需
多方求證，方可論斷，不宜貿然推翻古注，創新立說。楊氏訓詁後出轉精，
於訓詁方法、文獻資料方面均較前儒爲進步，於古籍訓解方面迭有新說，修
正前人故訓，卓然可取者甚多，然其間仍存有若干僅據音、義論斷，或主觀
臆測詞義，並無確證便推翻舊注，創立新說之例，難以令人信從。如前舉《積
微居小學金石論叢》〈《孟子》臺無餽解〉，楊氏以趙歧舊訓「臺」爲「賤吏」
不可信，故以音近之「始」字爲訓，然以「始」訓「臺」不僅於文例無徵，
亦與原文語境不合；又由《左傳·昭公七年》所言「王臣公，公臣大夫，大
夫臣士，士臣皂，皂臣輿，輿臣隸，隸臣僚，僚臣僕，僕臣臺」之語觀之，
趙歧訓「臺」爲「賤吏」實有所憑據，楊氏僅以語音關係便貿然推翻舊注，
實無必要。又《詩·東方之日》：「履我即兮」、「履我發兮」，楊氏以爲《鄭箋》
訓「即」爲「就」，《毛傳》訓「發」爲「行」爲非，改讀以「郗」、「足」二
義，並言「踐郗」、「踐足」爲情人示愛之舉，實無理據可循，亦無翻案之必
要。

〔註184〕王力，〈訓詁學上的一些問題〉，《王力文集》，頁196。
〔註185〕同上註，頁200。

又《論語・憲問》：「久要不忘平生之言」一語，「久要」與「平生」舊注分別訓爲「舊約」與「少時」，楊氏則以爲舊注無理，據〈里仁篇〉「不仁者不可以久處約」之「久處約」以釋「久約」爲「久居困約」之義。然《論語》此章乃孔子教子路「成人」之道在於「信」、「義」，故上舉可謂「成人」者數人，下云「見利思義，見危授命」；若依楊氏之論以「約」爲「困約」之義，不僅上下文義不協，以「要」訓爲「困約」，亦有增字解經之失，其說看似新穎，然舊注已足以訓解，且楊氏之論乃增字成義而來，此說亦不足信。又《積微居小學述林》〈《楚辭》耿介說〉論〈離騷〉「彼堯舜之耿介兮」一句，楊氏亦不滿足於王逸《注》以「耿」爲「光」之訓，言「耿」當爲「冂」之通叚，訓「耿介」爲「廉潔自持，不妄取與，猶今人言界限分明」之義。然〈離騷〉此句「彼堯舜之耿介兮」實與下文之「何桀紂之猖披兮」相對成文，若依楊氏「廉潔自持」之義爲訓，則上下文義不相連屬，反有害文義，不如舊注訓「光」爲長。

由上述文例之討論，吾人可知訓解古籍當務實求證，切忌一味創新求變，當就典籍傳注等故訓資料詳加考證、論斷，方可提出假說與論證，貿然推翻古注，實屬不必。前已論及，楊氏治經以創新立說爲要務，由於用功甚勤，考證精細，訓詁方法、觀點較前儒先進，時而修正古注，別出新解，成果頗豐。然楊氏追求創新之同時，亦偶有於文義、語境有所疏忽，故往往新說迭出而無確證，反成其訓詁考據之一大缺失。王力即云：「如果不能切合語言事實，只是追求新穎可喜的見解，那就缺乏科學性，『新穎』不但不可喜，而且是值得批判的了。」〔註186〕

四、誤讀章句，假說未確

一如前儒訓解古籍往往誤讀章句，產生失誤，楊氏訓解亦偶有誤讀古籍章句之處，由誤讀文獻產生之義，復引爲假說、以爲前提訓解古籍，其結論自是難以立說，不足爲信。如《積微居小學金石論叢》〈《爾雅》窔閒說〉一文，楊氏以「窔」於《爾雅・釋言》有「窔，閒也」與「窔，肆也」二條，楊氏以「閒」爲「間隙」之義，復據《說文》「肆」訓「深肆」，故言「窔，肆也」、「義與寬相因」，當爲同訓。然《爾雅・釋言》條例爲：「窔，肆也。肆，力也。」已明

〔註186〕同上註，頁184。

言所訓之「肆」爲「極力」之義，自當與「寬」義無涉〔註187〕。楊氏未由章句整體考量，以求周嚴，逕將章句截半，取其前義，摒棄後義，此楊氏定知後者「肆，力也」爲非，別有所據，故棄而不取尚未可知；然「閒」與「肆」二者，義不相因至爲顯然，楊氏此說則有「偷換概念」之失。取捨從違之間，典籍誤訓由此而生，究其緣由，乃在楊氏於章句之誤讀所致。

又如《積微居小學述林》〈《公羊傳》君不使乎大夫〉一文，此記《春秋·成公二年》晉郤克敗齊軍於鞌，齊頃公佚獲，使國佐會盟一事。楊氏以「君不使乎大夫」乃「使謂爲人所使，非使人也」之謂，言此句所記非言國佐會盟，而爲後文逢丑父用計使齊頃公遁逃一事。然據阮元校勘，徐彥《疏》於〈隱公六年〉、〈閔公二年〉三引此句爲「君不行，使乎大夫」，故則可疑此句「君不」下脫誤「行」字，當審慎比對、考量。則據《公羊傳》〈隱公六年〉、〈閔公二年〉徐彥《疏》三引作「君不行，使乎大夫」，則可知章句所指正爲國佐代齊頃公會盟一事，非言逢丑父一事，楊氏所以誤讀，當在未深思《公羊傳》文有脫誤文字之可能，逕以己意揣測文義，引爲假說，是以訓解有誤。此句經文脫誤文證，見於同部經典注疏之中，由楊氏此訓之失觀之，顯見楊氏並未考慮經文脫誤之可能，其因恐在楊氏已爲心中定見所限，故而未及思慮原文脫誤，以楊氏訓詁考據之精細而言，有此失誤，實屬少見。又〈《詩·周頌·天作篇》解〉一文引〈周頌·天作〉章句：「天作高山，大王荒之。彼作矣，文王康之。彼徂矣岐，有夷之行。子孫保之。」言「彼徂矣岐」與《漢書·西南夷傳》朱輔《疏》所引「彼徂者岐」相同，爲「雖彼險阻之岐山，亦有平易之道路」之義〔註188〕。然「彼徂矣岐，有夷之行」一句，各本均作「彼徂矣，岐有夷之行」〔註189〕，「岐」字當屬下讀，則「彼徂矣」與上文「彼作矣」相對成文，句式統一〔註190〕。楊氏此訓有誤，實出於句讀有誤，故誤判文義，而以「雖彼險阻之岐山」之定見爲原則，致使未察句式而訓解偏失，陳子展《詩三百解題》便言：

> 他把全詩直解爲散文，一氣貫注，看來也比舊有解說暢達。但他不

〔註187〕詳見第三節，〈《爾雅》宛閒說〉駁議。

〔註188〕楊樹達，《積微居小學述林》，頁345。

〔註189〕〔漢〕毛亨傳、〔漢〕鄭玄箋、〔唐〕孔穎達疏，《毛詩正義》，頁1295。

〔註190〕〔清〕馬瑞辰，《毛詩傳箋通釋》（北京：中華書局，2005年7月），頁1049。

知道《韓詩外傳》三、劉向《說苑‧君道篇》均引《詩》作「岐有
夷之行，子孫保之。」岐字當屬下爲句。他又不曾細想詩說彼作矣，
彼徂矣，自是同一句例，黃震《日鈔》、馬瑞辰《通釋》都說這兩
句相對成文；又不知道朱子讀彼徂矣岐，原係誤讀。因而他雖然把
彼作矣之彼作爲人稱代詞，指太王，卻還沿著《朱傳》彼徂矣岐之
誤，把彼徂矣之彼作爲指示形容詞，指彼險阻之岐山。他不知道兩
彼字在同一篇中，同一句例，同一詞位，具有同一詞性，應該同樣
作解，即指太王；或者因爲後一彼字在文王康之句下，也可認爲同
指太王文王，彼字單複數不分，係古文法通例。〔註191〕

　　陳氏所言甚是。楊氏於此條訓解由誤讀文義所立之原則出發，致使未能
據上下文脈、句式準確通讀文義，因而產生誤釋。可見訓解古籍除細審原文、
核對訛誤之外，尚須考量所立假說是否合於文怡，方可據以論斷。楊氏因句
讀有誤致使訓解有礙文義之情況，尚見於《積微居小學述林》〈《書‧康誥》
見士于周解〉一文，楊氏援引〈康誥〉經文作：「周公初基作新大邑于東國洛。
四方民大和會，侯甸男邦采衛百工播，民和，見士于周」，經文所謂「侯甸男
邦采衛」，據《周禮‧大司馬》所載知爲各方諸侯之稱〔註192〕；「百工」即〈堯
典〉所謂「允釐百工」〔註193〕，即「百官」；「播民」則指周所遷之殷商遺民，
就此，則整句當作「侯、甸、男、邦、采、衛，百工、播民，和見士于周」，
「和」當訓爲「會」，「和見士于周」即謂「侯、甸、男、邦、采、衛，百工、
播民」均來會見，共效力于周之義，與上文「四方民大和會」之義相同，若
依楊氏斷句「侯甸男邦采衛百工播，民和」則文義不協，有礙解讀。雖楊氏
此舉〈康誥〉章句固無礙於「見士于周」單句訓解，然若欲串講通段章句，
則有害文義，無法通讀。是知吾人訓解古籍除需留心假說、論證以外，於典
籍句讀亦需詳加琢磨，倘僅一字一詞句讀之不確，經典訓解即有千里之別，
訓解古籍者不可不察。

〔註191〕陳子展，《詩三百解題》（上海：復旦大學出版社，2001年10月），頁1125。
〔註192〕《周禮‧大司馬》云：「方千里曰國畿，其外方五百里曰侯畿，又其外方五百里曰
　　　　甸畿，又其外方五百里曰男畿，又其外方五百里曰采畿，又其外方五百里曰衛畿。」
　　　　〔漢〕鄭玄注、〔唐〕賈公彥疏，《周禮注疏》，頁763。
〔註193〕〔漢〕孔安國傳、〔唐〕孔穎達疏，《尚書正義》，頁31。

此番以楊氏《積微居小學金石論叢》、《積微居小學述林》二書經籍訓解條例概括檢視，楊氏於傳統文獻訓解方面之侷限與缺失大致可見。細審楊氏訓解有誤之例，吾人可察楊氏經籍訓解謬誤之例，與其所採訓詁方法、理論正確與否無涉，而在楊氏訓解時所假設之原則與訓解之過程。楊氏訓詁極重義訓推演，然過於偏重，時先據某義，奉為原則，復依其原則推衍經籍文義，證成其說。然楊氏所據之原則往往由因聲求義、誤讀文義而來有所偏失，復因未有充分證據支持、忽略詞例、形構等因素，致使結論流於主觀臆斷之唯心詮釋，而有所偏失。由是，楊氏於經典訓解例證中所見失誤為多方面與多層次之誤，時而一例之中並陳因聲求義、濫用通叚、偷換概念、誤讀文義等多種缺失，最終使結論偏離經典原文、舊注範圍，而有過度詮釋之憾。是故王力嘗謂楊氏研究方法盲點為：「從原則出發，而不是從材料出發，這是楊氏研究方法上的缺點。」〔註 194〕王氏之言蓋為楊氏之語言學研究而發，然筆者以為，用於總結楊氏訓解經籍之研究缺失亦頗適用。檢視楊氏經籍訓解之例，大凡楊氏訓解有誤之處，往往即在假設之原則有誤，據此貿然推翻經典舊注，創新立說，仍有過於主觀之弊。

本章由楊氏所著《積微居小學金石論叢》、《積微居小學述林》經籍訓解之部出發，檢視其經典詮釋之得失，可見楊氏訓詁考據上之優點，如善於運用《說文》本訓，善用音訓，充分發揮乾嘉學派「以聲求義，破其假借之字而讀以本字」〔註 195〕之法，求義定字；復善用義訓，依傳世文獻文例、詞義推求經典正詁，解決不少古籍難解之處，修正舊說，頗有創新；博考群籍，旁徵博引，印證經籍文義，有效詮釋、疏通古史資料。凡此俱為楊氏經典訓解之重要成就與優點，復因訓詁觀點、方法上之進步，時有創見，成果頗豐，於我國傳統文獻訓詁方面有相當程度之貢獻與價值。然而，智者千慮，猶有一失，楊氏考釋古籍亦無可避免可見若干缺失，如楊氏因過信因聲求義之法而為其所限，進而濫用通叚，致使立論偏頗，失其正詁；義訓為先，忽略研究材料呈現之客觀條件，貿然推翻舊注、創立新義，使經典訓解流於主觀臆測，有所偏失；又因誤讀文義之故，所訓往往為楊氏主觀認定為經典該為之

〔註 194〕王力，《中國語言學史》，頁 211。

〔註 195〕〔清〕王引之，《經義述聞‧序》（臺北：臺灣中華書局，1966 年 3 月），頁 1。

義，而非原有之義，逕以牽合，導致誤訓。凡此皆爲楊氏經籍訓解所生之盲點，吾人欽佩楊氏用功甚勤，考據精深之同時，亦需留心楊氏之若干詮釋缺失，以免輾轉相誤，誤解經典。

第八章　結　論

　　本論文討論楊氏文字訓詁與古籍訓解，由前文三至七章之疏證與駁議，大致可見楊氏於訓詁考據學之方法與觀點。詞類學方面，楊氏《詞詮》收字豐盈，分類適確，闡釋精要，在詞語、詞義、詞用各方面均有詳盡條目、例證，取前人之所長，發揮其訓詁學深厚基礎，結合西學觀點，建構我國新式虛詞辭典。《詞詮》一書可謂繼王引之《經傳釋詞》、馬建忠《馬氏文通》之後，我國首部以現代詞義觀點與傳統訓詁學結合之虛詞專著，於虛詞研究承先啓後，集其大成，於虛詞研究影響甚大，頗具參考價值。《詞詮》雖於虛詞研究貢獻甚大，然受限於時代、觀點，其間小難避免有若干缺陷與侷限：如全書體例承《經傳釋詞》有所開創，爲其創新之處，然所釋虛詞多沿自《經傳釋詞》，僅另補若干《漢書》虛詞，於材料收集較無顯著貢獻；其次爲缺乏歷時性觀念，雖《詞詮》所收虛詞歷時甚長，然書中僅將虛詞平面排列，未考慮某些義項於時演變之消亡，古今雜揉，亦使讀者混淆；執著英語語法，以爲「詞無定義」，於詞類認定，僅依句中所處位置判定，使詞義判定游移不定，過於龐雜，亦使讀者困擾。整體而言，楊氏於詞類研究雖於體例有所創新，爲虛詞研究別創新局，然缺乏歷史觀點與完整理論體系，仍爲其不足之處。

　　古文字學方面，楊氏最大成就在以訓詁學方法研究古文字。楊氏精熟於《說文》一書，充分發揮《說文》所錄篆、籀形、音、義各方材料，以爲橋

檠，上推甲骨、金文，引爲旁證，藉以考定甲骨、金文字形、字義，疏通難解之字，以求訓解之完善；又楊氏，博覽群籍，嫺熟經史，每每援引傳世文獻與甲骨、金文字、詞或上古制度加以比對，時能於載籍尋得文證，考釋文字，會通文義，闡明古制，皆信而有據，詳實可信，故新說迭出，屢有不刊之論，爲古文字研究注入新氣象，貢獻卓著。

楊氏雖善用《說文》篆籀材料，以音訓、義訓之法、文獻比對立證，跳脫舊釋成說，使古文字之考釋更臻完備，時有創見，然甲骨、金文等出土文獻去今甚遠，文字辨識不易，辭例簡約難讀，資料甚爲缺乏，故楊氏亦難避免於古文字考釋有若干失誤之處：如引用《說文》篆、籀爲證，未考慮篆文與甲骨、金文爲不同文字系統，各有其發展、演變，且篆文經東周文字謅變，字形或非原本面貌，未有充分證據，不宜貿然以篆文規範甲骨、金文；考釋古文字強調「義爲之主」，於文字義訓之法求之過甚，時先以某義爲原則，再依其原則推演字義。義訓雖爲我國傳統訓詁考據慣用之法，但若以此爲首要，似有未妥。知者，古文字自有其發展演變之規律，非先有特定先驗之義，復依其義而演變；考釋古文字，若無充分例證，逕以義訓爲原則考釋古文字，便易陷於主觀臆斷之失；考據甲骨、金文，雖旁徵博引，書證豐沛，爲其立論提供佐證，然亦偶有過於輕信文獻、類書，逕以後世文獻規範古文字義、古代制度，易有以今律古之侷限，影響其結論之客觀、準確。凡此皆爲楊氏古文字研究之盲點，或出於時代侷限，或出於楊氏己身取捨，使其古文字研究所論未必盡是，可爲定論。然值得肯定者，楊氏於古文字研究之方法與考證方面，仍爲後世學人提供諸多方向與啓發，深具價值。

文字訓解方面，楊氏研究成果主要集中於《積微居小學金石論叢》、《積微居小學述林》二書之中。楊氏以《說文》一書爲基礎，廣泛援引形聲字爲例，據其聲符所兼之義考索語源，相較清儒僅就《說文》材料考證、疏通注解，楊氏援引古文字材料、經史典籍廣泛考證，結合西方語義觀點考索語源，爲傳統文字訓解開創新局。所論「形聲字聲中有義」，於形聲字聲符推求語源，可探知文字原初之義，有助解決訓詁疑難；「造字時有通借」言文字創制過程中已有「通借」，觀點基本正確無誤；「字義同緣於語源同」亦有歸類、整理相同聲符材料之功。楊氏即通過形聲字聲符意義之研究，全面推求漢語語義與語源，突破前人訓解文字之窠臼，可謂創新，於考釋文字本義與語源方面，

有相當程度之貢獻。楊氏雖於文字考釋頗有所得，然其釋字方法與理論仍有相當程度之侷限與失誤：細審楊氏所釋諸字，可發現楊氏考釋文字之方，仍多採漢儒音訓，大體亦未脫《說文》之範圍與制約，其間受《說文》誤導產生之誤訓所在多有；「形聲字聲中有義」雖較前人泛訓形聲字較爲進步，然未考慮形聲字聲符不兼義之情況，考釋文字時往往爲「聲符必定兼義」之觀點所限，形成誤釋；「造字時有通借」基本觀點無誤，然楊氏於六書無本字之假借與有本字之「通叚」觀念混淆，其「造字通借」一說多有偏頗，以此做爲假借理論，仍難以成立；「字義同緣於語源同」以凡同義之字其必爲同源字，與同源字、詞之原則相違，於同源字之判定猶有未逮，以此錯誤理論釋字，主觀臆斷、望文生義等失誤，亦難避免。筆者以爲，考釋文字應由文字材料本身入手，而非以理論作爲指導原則，此爲楊氏從事考釋文字工作時之盲點，亦爲吾人師法楊氏文字訓詁方法時所應避免之處。

楊氏諸多考釋經傳載籍之作，則爲楊氏具體訓詁之實踐。楊氏於聲訓考索形聲字聲符、就古音以求文字義訓、甲骨、金文等古文字爲證等方面，均頗有心得，復以豐沛經傳文獻之例引爲旁證，或修正前人誤訓，或創新立言，考據精要，信而有據，雖爲文短小，稍有博雜，仍不損其成就與價值，受當代學人與後學推崇，頗受重視。然而，訓詁範圍包羅萬象，具體實踐之時所需考慮層面眾多，舉凡文字訓解、詞彙詞義、禮制風俗、名物制度、鳥獸蟲魚、人情世故，無所不包，欲從眾多古籍經傳訓解前人注疏，廣集證據，以成定論，實非易事。故楊氏雖精於訓詁，且後出轉精，以宏觀新穎之角度通讀典籍文義，頗有所得，然亦難避免有若干錯誤與誤訓之例。是故吾人於盛讚楊氏訓詁考據精要卓絕之同時，亦應注意楊氏經籍考據中錯誤、似是而非之論，取其精華，去其糟粕，以免爲其誤導。

本文將研究範圍集中於楊氏文字訓詁之學，經由各章對楊氏詞類、古文字、文字訓解、訓詁實踐等方面之研究、探討，吾人已大致可掌握楊氏治學與訓詁考據之優劣得失，茲就各章統整楊氏文字訓詁學之價值與貢獻，得楊氏可取之處數條，分述如下：

一、訓詁研究方法創新

楊氏身處新舊交替之時代新局，訓詁考據學脫胎於乾嘉學風，前有所承，舊

學基礎深厚；復因留學日本，沈浸西方學術，觀點新穎，兩相結合，引申觸類，會通其要而有所得。於詞類學、文字學、訓詁學等諸多面象，均能以較新穎、全面之角度研究，或以英語語法為輔，或以詞類、詞義、句法等觀點分析，或結合文化、民俗等因素綜合研究，無論深廣皆有超越前人之處，承先啓後，為吾國訓詁考據學創立新局，於訓詁考證之方法與體例之創新，給與後學莫大啓發。

二、深化聲訓之法

楊氏擅長因聲求義之聲訓之法，其以《說文》為基礎，針對形聲字聲符音、義關係探求語源之研究，深化清儒「凡從某聲皆有某義」之論，以西方語言觀點加以輔助，探求形聲字聲符之最初語源，考索文字初義。其成就不僅在修正清儒泛訓形聲字之漫無體例，同時考索文字之根源，於字根尋求形構之外之理據，不受形體拘牽，歸納、整理紛雜之形聲字聲符系統，所論例證充足，成果豐碩，超越前人，且於後人有所啓發，成就卓越。

三、充分結合、運用地下材料

晚清以至民國，古文字研究大有斬獲，學人用以驗證、修正《說文》所錄文字形、義之說，頗有所得。楊氏文字訓詁研究亦大量運用甲骨、金文材料以為驗證，疏通、修正《說文》諸多因時代限制產生之誤釋，於文字之形構、義訓，乃至於古籍經傳文字、字詞訓解，均有所獲。相較同期學者如章太炎、黃侃等人之無視古文字材料，偏執《說文》至於迷信之情形，楊氏廣泛運用古文字材料之方法，自是先進，故於文字訓詁學之方法與觀點均較章、黃二人為長，所得成果也較為可信。

由上述楊氏文字訓詁之長，可見楊氏於觀點、方法及所運用之旁證材料方面，均有超越前人研究之處，故時能廣綜經史，觸類會通，實屬難得。然吾人亦需留意者，楊氏所探之訓詁方法雖無大誤，但於訓詁實踐過程往往有所失誤，以致結論似是而非，難以成立者亦所在多有，承上述各章所見楊氏文字訓詁侷限與缺失，亦可概括楊氏可商之處若干，分舉如下：

一、宗法《說文》，受其制約

《說文》為吾國重要字書，於文字訓詁研究影響甚大，然為時代侷限，所

載文字、本義仍存相當程度之謬誤。楊氏考釋文字雖能據古文字材料加以驗證，適度剪裁許說之謬，然其於《說文》所載字形、本義仍過於輕信，致使過於重視篆文形、義，使文字訓解仍以《說文》爲基礎，難以避免受其制約，並將《說文》訓解視爲原則，致使結論偏失。由此可知，楊氏雖取古文字以爲驗證，亟欲避免清儒受《說文》桎梏之覆轍，仍因於《說文》所採之態度與尊崇，使其文字訓詁時有疵謬，甚爲遺憾。

二、缺乏歷史主義觀點

　　楊氏訓詁考據之另一侷限，即在缺乏歷時性觀點一端。由詞義考證觀之，楊氏時有視詞義爲互古不變之理，忽略詞義於時空、語言之演變，致使詞義訓解古今雜揉，較失客觀；又如文字考釋，時未考慮文字時空、系統之不同，將甲骨、金文與篆文置於同一平面，忽視文字本身演變規律，形成誤釋。然此皆爲楊氏訓詁考據時而忽略之處，究其緣由，皆出於楊氏缺乏歷史主義觀點，故易將詞義、文字置於相同基點對比，降低訓詁考據學客觀、正確性。

三、缺乏邏輯嚴密且完整之理論體系

　　訓詁之要求在以今語釋古語，以已知解未知，爲邏輯辨證之學科，故於訓詁實踐之時，除就已知證據提出假設，考證釋字，疏通句讀以外，尚須留意所提假設是否合於邏輯，方可成立。楊氏文字訓詁偏失之處，往往在於先掌握某義以爲假說，復依其假說爲原則，以意逆志，廣徵群籍以證成其說；然若其假說悖於常理與人類思維邏輯，逕以其奉爲原則，必有望文生義、牽強武斷之失，不合常理，有違邏輯之假說與結論，勢必備受檢驗。又楊氏文字訓詁論著雖廣博深入，然筆記形式專文略嫌雜亂零散，使考據片段，難以構成完整訓詁理論；此或因楊氏爲學廣博之故，然缺少完整理論體系指導、規範其說，則使其訓詁考據缺乏邏輯，範圍不定，每每亦降低楊氏訓詁考據之科學性與客觀性。

　　本論文有鑑於近代對楊氏文字訓詁學研究之闕如而撰寫，將研究範疇限定在楊氏文字訓詁學一端，所能見到楊氏研治文字訓詁學之優劣得失大致如此。除可見楊氏處於新舊時代交替之際，面對傳統舊學與西方新學所採取之

態度與方法以外，同時亦可見楊氏治學會通中西，貫串古今時所產生之問題，於肯定楊氏治學價值與貢獻之餘，仍值得關注與商榷。至於楊氏爲學廣博，涉獵甚廣，礙於學識，本論文僅就楊氏文字訓詁學進行研究，於其史部、子部之學力有未逮，期於日後勤學深研與系統整理以盡全功，能以更加全面之角度檢視楊氏之學。僅以此論文拋磚引玉，期能對日後有心鑽研楊氏治學與訓詁相關研究之同好學人有所啓發。

參考書目

（書目分傳統文獻、今人論著、學位論文、期刊文獻四類。傳統文獻依時代先後爲序，今人論著、學位論文、期刊文獻則依著者姓氏筆劃爲順序）

一、傳統文獻

1. 〔周〕左丘明傳、〔唐〕孔穎達疏，《春秋左傳正義》，北京：北京大學出版社，1999年。

2. 〔漢〕公羊壽傳、〔漢〕何休解詁、〔唐〕徐彥疏，《春秋公羊傳注疏》，北京：北京大學出版社，1999年。

3. 〔漢〕孔安國傳、〔唐〕孔穎達疏，《尚書正義》，北京：北京大學出版社，1999年。

4. 〔漢〕鄭玄箋、〔唐〕孔穎達疏，《毛詩正義》，北京：北京大學出版社，1999年。

5. 〔漢〕鄭玄注、〔唐〕賈公彥疏，《周禮注疏》，北京：北京大學出版社，1999年。

6. 〔漢〕鄭玄注、〔唐〕孔穎達疏，《禮記正義》，北京：北京大學出版社，1999年。

7. 〔漢〕鄭玄注、〔唐〕賈公彥疏，《儀禮注疏》，北京：北京大學出版社，1999年。

8. 〔漢〕趙歧注、〔宋〕孫奭疏，《孟子注疏》，北京：北京大學出版社，1999年。

9. 〔漢〕揚雄，《法言義疏》，臺北：世界書局印行，1981年。

10. 〔魏〕何晏注、〔宋〕邢昺疏，《論語注疏》，北京：北京大學出版社，1999年。

11. 〔晉〕郭璞注、〔宋〕邢昺疏，《爾雅注疏》，北京：北京大學出版社，1999年。

12. 〔北魏〕酈道元，《水經注》，臺北：臺灣商務印書館，1975年。

13. 〔唐〕司馬貞，《史記索隱》，北京：商務印書館，2005年《文淵閣四庫全書》本。

14. 〔唐〕陸德明撰，《經典釋文》，濟南：山東友誼書社，1991 年。

15. 〔宋〕朱熹，《詩集傳》，臺北：中華書局，1991 年。

16. 〔宋〕朱熹，《四書集注》，北京：中圖書店，1994 年。

17. 〔宋〕洪興祖撰，《楚辭補注》，臺北：藝文印書館，1981 年。

18. 〔宋〕陳彭年等篇、廣文編輯所校，《重校宋本廣韻》，臺北：廣文書局，1961 年。

19. 〔清〕王念孫，《廣雅疏証》，臺北：新興書局，1965 年。

20. 〔清〕王引之，《經義述聞》，臺北：廣文書局，1971 年。

21. 〔清〕王引之，《經傳釋詞》，南京：江蘇古籍出版社，2000 年。

22. 〔清〕方濬益，《綴遺齋彝器考釋》，香港：明石文化國際出版有限公司，2004 年《金文文獻集成》本。

23. 〔清〕阮元校，《十三經注疏附校勘記》，臺北：藝文印書館，1956 年。

24. 〔清〕阮元，《積古齋鐘鼎彝器款識》，香港：明石文化國際出版有限公司，2004 年《金文文獻集成》本。

25. 〔清〕吳式芬，《攈古錄金文》，香港：明石文化國際出版有限公司，2004 年《金文文獻集成》本。

26. 〔清〕俞正燮，《癸巳類稿》，上海：上海古籍出版社，2002 年《續修四庫全書》本。

27. 〔清〕邵晉涵，《爾雅正義》，上海：上海古籍出版社，2002 年《續修四庫全書》本。

28. 〔清〕胡承珙，《毛詩後箋》，上海：上海古籍出版社，2002 年《續修四庫全書》本。

29. 〔清〕郝懿行，《爾雅義疏》，上海：上海古籍出版社，2002 年《續修四庫全書》本。

30. 〔清〕孫星衍，《尚書今古文注疏》，北京：中華書局，1988 年。

31. 〔清〕孫希旦，《禮記集解》，臺北：文史哲出版社，1990 年。

32. 〔清〕孫詒讓，《契文舉例》，上海：上海古籍出版社，2002 年《續修四庫全書》本。

33. 〔清〕陳奐，《詩毛氏傳疏》，臺北：臺灣學生書局，1968 年。

34. 〔清〕徐同柏，《從古堂款識學》，香港：明石文化國際出版有限公司，2004 年《金文文獻集成》本。

35. 〔清〕馬瑞辰，《毛詩傳箋通釋》，北京：中華書局，2005 年。

36. 〔清〕袁仁林，《虛字説》，北京：中華書局，1989 年。

37. 〔清〕劉淇，《助字辨略》，北京：中華書局，2004 年。

38. 〔清〕潘祖蔭撰，《攀古廎彝器款識》，香港：明石文化國際出版有限公司，2004 年《金文文獻集成》本。

二、近人論著

1. 于省吾，《甲骨文字釋林》，北京：中華書局，1979 年。

2. 于省吾，《澤螺居詩經新証》，北京：中華書局，1982 年。

3. 于省吾編，《甲骨文字詁林》，北京：中華書局，1996 年。

4. 王國維，《觀堂集林》，臺北：臺灣大通書局，1976 年《王國維先生全集初編》本。

5. 王國維，《戩壽堂所藏殷墟文字考釋》，臺北：臺灣大通書局，1976 年《王國維先生全集初編》本。

6. 王國維，《觀堂古今文考辨》，臺北：臺灣大通書局，1976 年《王國維先生全集初編》本。

7. 王國維，《古本竹書紀年輯校》，臺北：臺灣大通書局，1976 年《王國維先生全集初編》本。

8. 王力，《中國語言學史》，臺北：谷風出版社，1987 年。

9. 王力，《同源字典》，北京：商務印書館，1982 年。

10. 王讚源，《周金文釋例》，臺北：文史哲出版社，1982 年。

11. 王初慶，《中國文字結構析論》，臺北：文史哲出版社，1997 年。

12. 王宇信、楊升南主編，《甲骨學一百年》，北京：社會科學文獻出版社，1999 年。

13. 中國社會科學院考古研究所編，《殷周金文集成》，香港：香港中文大學出版社，2001 年。

14. 中國文字學會、河北大學漢字研究中心編，《漢字研究》第一輯，北京：學苑出版社，2005 年。

15. 朱芳圃，《殷周文字釋叢》，臺北：臺灣學生書局，1972 年。

16. 朱鳳瀚，《商周家族形態研究》，天津：天津古籍出版社，2004 年。

17. 朱歧祥，《殷墟甲骨文字通釋稿》，臺北：文史哲出版社，1989 年。

18. 朱歧祥，《殷周文字釋叢》，臺北：臺灣學生書局，1997 年。

19. 朱歧祥，《甲骨文字學》，臺北：里仁書局，2002 年。

20. 朱歧祥，《朱歧祥學術文存》，臺北：藝文印書館，2012 年。

21. 朱歧祥編撰，《甲骨文詞譜》，臺北：里仁書局，2013 年。

22. 沈文倬，《宗周禮樂文明考論》，杭州：杭州大學出版社，1999 年。

23. 沈建華，《沈建華甲骨學論文選》，北京：文物出版社，2008 年。

24. 吳闓生，《吉金文錄》，香港：萬有圖書公司，1968 年。

25. 何澤翰，《楊樹達誕辰百年紀念集・積微先生與語源學》，長沙：湖南教育出版社，1985 年。

26. 何琳儀，《戰國文字通論》，北京：中華書局，1989 年。

27. 何九盈，《中國現代語言學史》，廣州：廣東教育出版社，2000 年。

28. 宋永培，《說文與上古漢語詞義研究》，成都：巴蜀書社，2001 年。

29. 吳其昌,《殷墟書契解詁》,臺中:文听閣圖書有限公司,2009 年《民國時期語言文字學叢書》本。

30. 李孝定,《甲骨文字集釋》,臺北:中央研究院歷史語言研究所,1970 年。

31. 李維琦,《楊樹達誕辰百年紀念集‧字義同緣於語源同略說》,長沙:湖南教育出版社,1985 年。

32. 李建國,《楊樹達誕辰百年紀念集‧遇夫先生文字語源學簡說》,長沙:湖南教育出版社,1985 年。

33. 李孝定,《讀說文記》,臺北:中央研究院歷史語言研究所,1992 年。

34. 李孝定,《金文詁林讀後記》,臺北:中央研究院歷史語言研究所,1992 年。

35. 李建國,《漢語訓詁學史》,上海:上海辭書出版社,2002 年。

36. 呂珍玉師,《詩經訓詁研究》,臺北:文津出版社,2007 年。

37. 周法高,《中國古代語法‧稱代篇》,臺北:中央研究院歷史語言研究所,1959 年。

38. 周法高,《金文詁林》,京都:中文出版社,1981 年。

39. 周何,《中國訓詁學》,臺北:三民書局印行,1997 年。

40. 周大璞,《訓詁學》,臺北:洪葉文化事業有限公司,2009 年。

41. 金祥恆,《金祥恆先生文集‧甲骨文 牲圖》,臺北:藝文印書館,1990 年。

42. 林義光,《文源》,臺北:新文豐出版股份有限公司,2006 年。

43. 林尹,《訓詁學概要》,臺北:正中書局,1989 年。

44. 林尹,《文字學概說》,臺北:正中書局,2002 年。

45. 林澐,〈豐豐辨〉,《古文字研究》第十二輯,北京:中華書局,2005 年。

46. 季旭昇,《詩經古義新證》,臺北:文史哲出版社,1995 年。

47. 季旭昇,《說文新證》,臺北:藝文印書館,2004 年。

48. 孟蓬生,《上古漢語同源詞語音關係研究》,北京:北京師範大學出版社,2001 年。

49. 胡小石,《甲骨文例》,上海:上海古籍出版社,1955 年。

50. 胡楚生,《訓詁學大綱》,臺北:華正書局 1989 年。

51. 胡厚宣,《甲古文合集》,北京:中華書局,1999 年。

52. 胡厚宣,《殷商史》,上海:上海人民出版社,2004 年。

53. 姚孝遂編,《殷墟甲骨刻辭類纂》,北京:中華書局,1998 年。

54. 殷寄明,《語源學概論》,上海:上海教育出版社,2000 年。

55. 殷寄明,《漢語同源字詞叢考》,上海:東方出版社,2007 年。

56. 高鴻縉,《中國字例》,臺北:台灣省立師範大學,1960 年。

57. 高本漢著、董同龢譯,《詩經注釋》,臺北:國立編譯館中華叢書編輯委員會,1979 年。

58. 孫海波,《甲骨文編》,北京:中華書局,1965 年。

59. 孫雍長,《楊樹達誕辰百年紀念集‧遇夫先生研究說文的態度》,長沙:湖南教育

出版社，1985 年。

60. 孫淼，《夏商史稿》，北京：文物出版社，1987 年。

61. 唐蘭，〈關於大克鐘〉，《出土文獻研究》，北京：文物出版社，1955 年。

62. 唐蘭，〈周王 鐘考〉，《唐蘭先生金文集》，北京：紫禁城出版社，1995 年 10 月。

63. 容庚，《善齋彝器圖錄》，香港：明石文化國際出版有限公司，2004 年《金文文獻集成》本。

64. 容庚，《金文編》，北京：中華書局，1998 年。

65. 馬承源，《商周青銅器銘文選》，北京：文物出版社，1988 年。

66. 徐中舒，《甲骨文字典》，成都：四川辭書出版社，1990 年。

67. 徐中舒，《先秦史論稿》，成都：巴蜀書社，1992 年。

68. 連劭名，〈甲骨刻辭中的血祭〉，《古文字研究》第十六輯， 北京：中華書局，1989 年。

69. 許嘉璐，《楊樹達誕辰百年紀念集·蒼史之功臣 許君之諍友——《說文》楊氏學述略》，長沙：湖南教育出版社，1985 年。

70. 島邦男，《殷墟卜辭研究》，臺北：鼎文書局，1975 年。

71. 陳邦福，《殷契辨疑》，北京：北京圖書館出版社，2000 年《甲骨文研究資料彙編》本。

72. 陳夢家，《殷墟卜辭綜述》，臺北：台灣大通書局，1971 年。

73. 陳偉武，〈雙聲符字綜論〉，《中國古文字研究》第一輯，長春：吉林大學出版社，1999 年 6 月。

74. 陳新雄，《訓詁學》，臺北：台灣學生書局，1999 年 9 月。

75. 陳夢家，《西周銅器斷代》，北京：中華書局，2004 年。

76. 陳子展，《詩三百解題》，上海：復旦大學出版社，2001 年。

77. 陳年福，《甲骨文詞義論稿》，上海：上海世紀出版社，2007 年。

78. 陳霞村，《古代漢語虛詞類解》，太原：山西古籍出版社，2007 年。

79. 陳偉武，〈雙聲符字綜論〉，《中國古文字研究》第一輯，長春：吉林大學出版社，1996 年。

80. 陳劍，《甲骨金文考釋論集》，北京：線裝出版社，2007 年。

81. 陳劍，〈釋屮〉，《出土文獻與古文字研究》第三輯，上海：復旦大學出版社，2010 年。

82. 葉玉森，《殷墟書契前編集釋》，臺中：文听閣圖書有限公司，2009 年，《民國時期語言文字學叢書》本。

83. 葉保民、嚴修、楊劍橋等著，《古代漢語》，臺北：洪葉文化事業有限公司，1992 年。

84. 黃侃，《黃侃論學雜著》，臺北：漢京文化事業有限公司，1984 年。

85. 黃侃，《手批爾雅義疏》，北京：中華書局，2006 年。

86. 裘錫圭，《古代文史研究新探·關於商代的宗族組織與貴族和平民兩個階級的初步研究》，南京：江蘇古籍出版社，1992 年。

87. 張芷，《楊樹達誕辰百年紀念集·楊樹達和漢語語源學》，長沙：湖南教育出版社，1985 年。

88. 張清常、王廷棟注，《戰國策箋注》，天津：南開大學出版社，1994 年。

89. 張光直，《中國青銅時代》，北京：三聯書店，1999 年。

90. 張世超，〈「貯」「賈」考辨〉，《中國古文字研究》第一輯，長春：吉林大學出版社，1996 年。

91. 張在雲、李運啓等校議，《詞詮校議》，昆明，雲南教育出版社，1998 年。

92. 張玉金，《甲骨文語法學》，上海：學林出版社，2002 年 1 月。

93. 商承祚，《甲骨文字研究》，天津：天津古籍出版社，2008 年。

94. 商承祚，《殷墟文字類編》，北京：北京圖書館出版社，2000 年《甲骨文研究資料彙編》本。

95. 郭沫若，《文史論集·由周初所見四德器的考釋談到殷代已在進行文字簡化》，北京：人民出版社，1961 年。

96. 郭沫若，《甲骨文字研究》，北京：中華書局，1976 年。

97. 郭沫若，《殷契餘論》，北京：科學出版社，2002 年《郭沫若全集》本。

98. 郭沫若，《卜辭通纂》，北京：科學出版社，2002 年《郭沫若全集》本。

99. 郭沫若，《殷契粹編》，北京：科學出版社，2002 年《郭沫若全集》本。

100. 郭沫若，《金文叢考》，北京：科學出版社，2002 年《郭沫若全集》本。

101. 郭靜云，〈甲骨文「門」、「冗」、「率」字考〉，《甲骨文與殷商史》新三輯，上海：上海古籍出版社，2013 年。

102. 裘錫圭，《文字學概要》，臺北：萬卷樓圖書公司，1994 年。

103. 裘錫圭，《裘錫圭學術文集》，上海：復旦大學出版社有限公司，2012 年。

104. 楊德豫，《楊樹達誕辰百年紀念集·文字形義學概況》，長沙：湖南教育出版社，1985 年。

105. 楊樹達，《詞詮》，上海：上海古籍出版社，1986 年。

106. 楊樹達，《中國文字學概要》，上海：上海古籍出版社，1988 年。

107. 楊樹達，《文字形義學》，上海：上海古籍出版社，1988 年。

108. 楊樹達，《積微翁回憶錄》，北京：北京大學出版社，2007 年。

109. 楊樹達，《馬氏文通刊誤》，上海：上海古籍出版社，2007 年。

110. 楊樹達，《高等國文法》，上海：上海古籍出版社，2013 年。

111. 楊樹達，《積微居小學金石論叢》，上海：上海古籍出版社，2013 年。

112. 楊樹達，《積微居小學述林》，上海：上海古籍出版社，2013 年。

113. 楊樹達，《積微居金文說》，上海：上海古籍出版社，2013 年。

114. 楊樹達，《積微居甲文說》，上海：上海古籍出版社，2013 年。

115. 楊樹達，《耐林廎甲文說》，上海：上海古籍出版社，2013 年。

116. 楊樹達，《卜辭瑣記》，上海：上海古籍出版社，2013 年。

117. 楊樹達，《卜辭求義》，上海：上海古籍出版社，2013 年。

118. 楊伯峻，《春秋左傳注》，北京：中華書局，2005 年。

119. 楊逢彬，《殷墟甲骨刻辭詞類研究》，廣州：花城出版社，2003 年。

120. 楊懷源，《西周金文詞彙研究》，成都：巴蜀書社，2007 年。

121. 曾昭聰，《形聲字聲符示源功能論述》，合肥：黃山書社，2002 年。

122. 馮浩菲，《中國訓詁學》，濟南：山東大學出版社，1997 年。

123. 葉玉森，《殷墟書契前編集釋》，臺中：文听閣圖書有限公司，2009 年，《民國時期語言文字學叢書》本。

124. 葉保明、嚴修等著，《古代漢語》，臺北：洪葉文化事業有限公司，1992 年。

125. 費爾迪南·德·索緒爾，《普通語言學教程》，北京：商務印書館，2004 年。

126. 齊珮瑢，《訓詁學概論》，臺北：漢京文化事業有限公司，1985 年。

127. 趙振鐸，《訓詁史略》，新鄉：中州古籍出版社，1988 年。

128. 趙誠，〈甲骨文虛詞探索〉，《古文字研究》第十五輯，北京：中華書局，1986 年。

129. 趙平安，《金文釋讀與文明探索》，上海：上海古籍出版社，2011 年。

130. 管燮初，《楊樹達誕辰百年紀念集·《積微居金文說》的識字方法》，長沙：湖南教育出版社，1985 年。

131. 管錫華：《校勘學》，合肥：安徽教育出版社，1998 年。

132. 蔡信發，《說文部首釋類》，臺北：臺灣學生書局，2002 年。

133. 魯實先，《假借遡原》，臺北：文史哲出版社，1973 年。

134. 魯實先，《轉注釋義》，臺北：洙泗出版社，1992 年。

135. 魯實先，《殷契新詮》，臺北：黎明文化事業股份有限公司，2002 年《魯實先全集》本。

136. 魯實先，《說文正補》，臺北：黎明文化事業股份有限公司，2002 年《魯實先全集》本。

137. 魯實先講授、王永誠編，《甲骨文考釋》，臺北：里仁書局，2009 年。

138. 魯實先講授、王永誠編輯，《周金疏證》，臺北：臺灣商務印書館，2011 年。

139. 劉師培，《左盦集》，南京：江蘇古籍出版社，1997 年《劉申叔遺書》本。

140. 劉宗漢，〈金文貯字研究中的三個問題〉，《古文字研究》第十五輯，北京：中華書局，1986 年。

141. 劉釗，〈釋𡆥〉，《古文字研究》第十五輯，北京：中華書局，1986 年。

142. 劉釗，《古文字構形學》，福州，福建人民出版社，2006 年。

143. 劉夢溪主編，《中國現代學術經典·楊樹達卷》，石家莊：河北教育出版社，1996

年。

144. 龍宇純,《絲竹軒小學論集》,北京:中華書局,2009 年。

145. 龍宇純,《絲竹軒詩說》,臺北:五四書店有限公司,2002 年。

146. 盧國屏,《漢語解釋與文化詮釋學》,臺北:五南圖書出版股份有限公司,2008 年。

147. 鍾柏生,《殷商卜辭地理論叢》,臺北:藝文印書館,1989 年。

148. 戴家祥,《金文大字典》,上海:學林出版社,1995 年。

149. 羅振玉編,《三代吉金文存》,臺北:樂天出版社,1973 年。

150. 羅振玉:《增定殷墟書契考釋》,臺中:文听閣圖書有限公司,2009 年《民國時期語言文字學叢書》本。

151. 饒宗頤:《殷代貞卜人物通考》,香港:香港大學出版社,1959 年。

152. 饒宗頤:《甲骨文通檢》,香港:香港大學出版社,1999 年。

153. Elliot Aronson 著、邢占軍譯,《社會性動物》,上海:華東師範大學出版社,2007 年。

154. Matthews, P.H.,《牛津語源學辭典》,上海:上海外語教育出版社,2001 年。

三、學位論文

1. 林清源,《楚國文字構形演變研究》,臺中:東海大學中國文學系研究所博士論文,1996 年。

2. 周孟樺,《楊樹達文字形義理論初探》,中壢:中央大學中國文學研究所碩士論文,2006 年。

3. 黃青,《楊樹達先生語源學研究的成就》,長沙:湖南師範大學碩士論文,2006 年。

4. 萬學港,《楊樹達古文字研究》,曲阜:曲阜師範大學碩士論文,2010 年。

5. 劉祖瑋,《楊樹達之語源學研究》,臺北:世新大學中國文學系研究所碩士論文,2009 年。

6. 劉金紅,《積微居金文說研究》,濟南:山東師範大學碩士論文,2009 年。

四、期刊論文

1. 王力,〈訓詁學上的一些問題〉,《王力文集》,濟南:山東教育出版社,1990 年。

2. 卞仁海,〈楊樹達假借觀箋識〉,《遵義師範學院學報》,第 10 卷 4 期。

3. 卞仁海,〈楊樹達語義觀箋識〉,《船山學刊》,2008 第 3 期。

4. 卞仁海,〈楊樹達的語法觀及其在訓詁中的應用〉,《語言知識》,2008 年第 3 期。

5. 卞仁海,〈楊樹達文字訓詁商榷(六則)〉,《信陽師範學院學報》,2008 第 4 期。

6. 卞仁海,〈楊樹達訓詁札記六則之商榷〉,《深圳大學學報》,第 28 卷第 3 期。

7. 卞仁海,〈楊樹達詞匯訓詁商榷三則〉,《河南教育學院學報》,第 33 卷第 3 期。

8. 李學勤,〈論殷墟卜辭的星〉,《鄭州大學學報》,1981 年第 4 期。

9. 李學勤，〈魯方彝與西周商賈〉，《史學月刊》1985 第 1 期。

10. 李學勤，〈天亡簋試釋及有關推測〉，《中國史研究》，2009 年第 4 期。

11. 李學勤，〈棗莊徐樓村宋公鼎與費國〉，《史學月刊》，2012 年第 1 期。

12. 范忠程、范群，〈楊樹達與國學〉，《湖南大學學報》，第 20 卷第 5 期。

13. 凌瑜、秦樺林，〈楊樹達先生的《詩經》研究〉，《古漢語研究》2011 年第 1 期。

14. 梅廣，〈詩三百篇「言」字新議〉，丁邦新、徐藹芹主編，《漢語史研究：紀念李方桂先生百年冥誕論文集》，臺北：中央研究院語言學研究所，2005 年。

15. 葛毅卿，〈說滴〉，《中央研究院歷史語言研究所集刊》，7 本 4 分。

16. 黃婉寧，〈楊樹達先生金文研究之理論與方法初探〉，《中國學術年刊》第 23 期，2001 年 12 月。

17. 彭裕商，〈保卣新解〉，《考古與文物》，1998 年第 4 期。

18. 張秉權，〈甲骨文中所見的數〉，《中央研究院歷史語言研究所集刊》，1975 年 6 月第 46 期，第三分。

19. 張曉東，〈《詞詮》的缺失〉，《衡陽師範學院學報》，第 23 卷第 1 期。

20. 符嵐，〈國學大師楊樹達〉，《書屋論壇》，2012 卷第 6 期。

21. 裘錫圭，〈釋殷墟卜辭中的「衣」和「𧘝」〉，《中原文物》，1990 第 3 期。

22. 楊榮祥，〈楊樹達先生學術成就述略〉，《荊州師專學報》，1999 年第 1 期。

23. 楊文全，〈古漢語虛詞研究的奠基之作——《詞詮》平議〉，《青海民族學院學報》，第 28 卷第 3 期。

24. 曾昭聰，〈楊樹達先生有關「形聲字聲中有義」之研究述評〉，《中國語文通訊》，第 58 期，2001 年 6 月。

25. 蔣禮鴻，〈讀字肊記〉，《說文月刊》第 3 卷第 12 期，1944 年。

26. 趙誠，〈楊樹達的甲骨文研究〉，《古漢語研究》，2005 年第 1 期。